「十二五」国家重点图书出版规划项目

中國散文通史

郭预衡 郭英德 总主编

现代卷 下

刘勇 邹红 主编

时代出版传媒股份有限公司
安徽教育出版社

图书在版编目（CIP）数据

中国散文通史. 现代卷. 下 / 刘勇，邹红著. —合肥：安徽教育出版社，2012.12
ISBN 978－7－5336－7195－2

Ⅰ.①中… Ⅱ.①刘…②邹… Ⅲ.①散文—文学史—中国—现代 Ⅳ.①I207.6

中国版本图书馆CIP数据核字（2012）第283893号

书名：**中国散文通史·现代卷（下）** 主编：刘 勇 邹 红

出 版 人：朱智润 策划统筹：张丹飞 张 利 责任编辑：张 利
版式设计：朱 锦 装帧设计：张鑫坤 技术编辑：王 琳

出版发行：时代出版传媒股份有限公司 http://www.press-mart.com
安徽教育出版社 http://www.ahep.com.cn
（合肥市繁华大道西路398号，邮编：230601）
营销部电话：（0551）63683010，63683011，63683015
排 版：安徽创艺彩色制版有限责任公司
印 刷：安徽新华印刷股份有限公司 电话：（0551）65859480
（如发现印装质量问题，影响阅读，请与印刷厂商联系调换）

开本：720×1010 1/16 印张：22 字数：318千字
版次：2013年1月第1版 2013年1月第1次印刷

ISBN 978－7－5336－7195－2 本卷定价：128.00元（全套定价：1490.00元）

目　录

第三编　记叙抒情散文

第四编 纪实散文

第三编　记叙抒情散文

概　述

中国现代记叙抒情散文当然也和小说、诗歌一样，是横向借鉴与纵向继承的结果，也就是说是在吸收外来思潮和接受固有传统的基础上发展起来的，但相比之下，现代记叙抒情散文所受的外来影响的因素要少一些，它的根深深扎在丰厚的古代散文土壤中，并从中吸取了充分的养料。所以，尽管中国现代小说和诗歌与过去相比，从内容到形式都发生了很大的变化，但现代记叙抒情散文则始终在平稳中向前发展，并且与自己民族的文学传统和血脉保持着密切的联系，以至于在中国现代文学急剧变化的 20 世纪第一个十年，散文创作的成就甚至在小说诗歌之上。正像王瑶指出的那样："如果说五四时期的现代小说、新诗、话剧，主要是借鉴于外来的形式，那么散文就和古典文学传统有着更为密切的联系，五四时期的作家都受过传统的读古书的教育，对古代散文有基本的素养，这是散文获得成功的一个重要原因。" ①传统的散文观念，"文以载道"也好，"独抒性灵" 也好，对现代散文地位的稳固，对现代散文发展的影响，至今没有大的改变。正是由于有悠久的历史渊源，五四时期中国现代散文才出现了文体形式多样，题材内容广泛，艺术表现自由，个性色彩浓厚，名家高手辈出的盛况，对此，鲁迅、郁达夫、朱自清等都有非常精彩的评价。

一、记叙抒情散文的总体特征

记叙抒情散文是中国现代散文创作的一个非常重要的组成部分，一

① 王瑶：《中国现代文学与古典文学的历史联系》，载《北京大学学报》1986 年第 5 期，第 9 页。

般意义上的记叙抒情散文、散文诗、游记或旅行记等体式，都可涵盖其中。

很难对中国现代记叙抒情散文的总体特征进行比较准确的描述，因为这种文学样式的题材范围非常广泛，文体形式灵活自由，思想感情无拘无束，而且始终处于发展变化之中。基于以上因素，现代记叙抒情散文创作风格绚烂，派别林立。正如朱自清 20 世纪 30 年代所写的一段文字：五四时期的散文“有种种的样式，种种的流派，表现着，批评着，解释着人生的各面。迁流曼延，日新月异：有中国名士风，有外国绅士风，有隐士，有叛徒，在思想上是如此。或描写，或讽刺，或委屈，或缜密，或劲健，或绮丽，或洗练，或流动，或含蓄，在表现上是如此”。[①] 朱自清虽然描述的是五四时期的散文，但即使是后来由于战争或其他因素的影响，散文创作的这种态势也没有受到太大影响。

不可否认现代记叙抒情散文与传统散文的密切联系，但现代记叙抒情散文不完全就是传统的延续，它有着更为明显的个性化、抒情性和时代性特征。换句话说，主要表现在因现代意识的自觉而带来的“自我主体”精神的张扬、因“白话美文”观念的确立而带来的真情实感的自然流露。现代散文家成功地实现了以白话取代文言的艺术转型，以白话写杂感评论始，进而写作抒情叙事散文，显示出白话散文平易畅达、亲切自然、生动活泼的艺术美质和情感魅力。特别是周作人自觉地从理论上提倡“美文”，身体力行创作“用平淡的谈话，包藏着深刻的意味”的小品文，并取得了很大成功，加上其他散文家创作了大量漂亮、简洁、隽永的散文，其水准不亚于古典散文，这就“彻底打破那‘美文不能用白话’的迷信”[②]了。现代散文家在他们的作品中既汲取了我国传统散文“文以载道”和“独抒性灵”中的有益的部分，也吸收了外国散文中表现自我、张扬个性的精华因素，特别注重在散文中表现主体率真的个性、自由的心灵和人格的内涵，注重人、自然与社会的和谐统一和有机联系。这种表现是不加雕饰，自然而然地从作者的胸臆中流露出来的。正如郁达夫在《〈中国新文学大系·

① 朱自清：《论现代中国的小品散文》，载《文学周报》1928 年第 345 期。

② 郁达夫：《〈中国新文学大系·散文二集〉导言》，见《中国新文学大系》，上海良友图书印刷公司，1935 年版，第 6 页。

散文二集〉导言》中所说:“现代的散文之最大特征,是每一个作家的每一篇散文里所表现的个性,比从前的任何散文都来得强。……这作家的世系,性格,嗜好,思想,信仰,以及生活习惯等等,无不活泼泼地显现在我们的眼前。”“从前的散文,写自然就专写自然,写个人便专写个人,一议论到天下国家,就只说古今治乱,国计民生,散文里很少人性,及社会性与自然融合在一处的,最多也不过加上一句痛哭流涕长太息,以示作者的感愤而已;现代的散文就不同了,作者处处不忘自我,也处处不忘自然与社会。就是最纯粹的诗人的抒情散文里,写到了风花雪月,也总要点出人与人的关系,或人与社会的关系来,以抒怀抱,一粒沙里见世界,半瓣花上说人情,就是现代的散文的特征之一。从哲理的说来,这原是智与情的合致,但时代的潮流与社会的影响,却是使现代散文不得不趋向到此的两重客观的条件。这一种倾向,尤其是在五卅事件以后的中国散文上,表现得最为显著。”

郁达夫的话道出了中国现代散文(包括记叙抒情散文)的极其重要的审美特质,就是作者“本真”和作品“情真”,即现代散文家在作品中真实地抒写了自己的思想和感情,并且真实地流露了自己的内心体验和对客观事物的感悟与思考。的确,五四时期的散文家将中国传统性灵散文的讲求率真和西方现代散文追求的自我表现的艺术精神,经过重新整合,赋予了现代记叙散文以全新的形(白话语言)与全新的质(自我表现),确立了作家“自我”在散文中的人本地位,打破了由封建专制思想所决定的种种束缚创作主体艺术个性与创造精神的“道统”及其“文统”,使散文这种古老的文体得到了时代性的解放与新生,获得了自我精神的解放和自由,使得作家们游刃有余地在文本中真实抒写“自我”的禀性、气质、灵感、情思、嗜好、习惯、生平经历、身边琐事、人生体验等等,生动展示了作者率真的思想、率真的感情与率真的精神个性。

二、中国现代记叙抒情散文的历史演进

五四时期创立的新型散文有多种多样的体裁样式,以性质和功用区分,主要包括议论性散文和记叙抒情散文两大类型。早在 1918 年间白话

文学提倡时,《新青年》杂志上就开始陆续发表了胡适等人的记叙散文和刘半农的语体散文诗试作。但是,由于当时的杂感短评更便于从事除旧布新的思想启蒙,所以率先盛行开来,这样,记叙抒情散文尚处于萌芽阶段。到了新文学运动由致力于"破旧"向致力于"立新"深入发展的阶段,记叙抒情散文的各种样式才快步赶上杂文的发展势头。所以,自五四运动起,记叙抒情散文开始发展成为一种自觉的艺术创作和独立的文学形式,形成了以记叙抒情散文为文学散文主体的新的发展格局。人们不仅可以用白话写杂感短评,而且可以用白话创作叙事抒情散文。

在新文学初期,中国现代记叙抒情散文的成就主要体现在鲁迅、周作人、俞平伯、朱自清、许地山等人创作的抒情叙事散文(即"美文")中。因为真正有意识地把散文作为一种文学体裁来创作,是从 1919 年开始的,是从提倡和创作以抒情和叙事为主的"美文"开始的。李大钊、冰心、鲁迅、周作人等积极尝试和倡导"美文"的创作,特别是周作人,于 1921 年 6 月发表了题为《美文》的文章,号召新文学作家致力于美文创作,这对推动中国现代散文的自觉发展有重要意义。随后出现了朱自清、郁达夫、郭沫若、瞿秋白、叶绍钧、徐志摩、俞平伯、钟敬文、梁遇春、丰子恺、林语堂、许地山、郑振铎等众多作家的现代散文创作,使散文创作成为五四时期各文体中收获最大的一种。

中国现代散文中的记叙抒情散文,首先起于众多的纪游之作。游记、旅行记一类文体随着社会开放、中外沟通的时代需要而迅速兴起,风行一时,从而出现了一批游记名家和游记专集,如孙福熙的《山野掇拾》和《归航》、孙伏园的《伏园游记》、冰心的《寄小读者》、朱自清的《踪迹》、徐志摩的《巴黎的鳞爪》、徐蔚南和王世颖的《龙山梦痕》等。这些作品或介绍域外社会风貌,充满异国情调;或采写国内风土人情,各具地方色彩;或以新的眼光领略山水名胜,尽情讴歌自然美,从而开拓了游记的新题材新境界。此外,早期游记体散文中还出现了一些可称为"漂泊记"、"流浪记"的作品,如郁达夫的《还乡记》、成仿吾的《太湖游记》、倪贻德的《东海之滨》、陈学昭的《倦旅》等。这些作品侧重抒写作者的漂泊生涯、不幸遭遇及其不满现实、崇拜自然的浪漫感伤情绪,带有浓厚的自叙传色彩和释愤抒情气息。

《寄小读者》是冰心旅美留学期间写给《晨报·儿童世界》的通讯结集。这本通讯散文集，题材颇广，许多是作者去国后领略美国风光的游记和旅行记。冰心以女性温厚的爱意和婉约的笔调来表现她眼中的异国风物。

徐志摩《巴黎的鳞爪》、《我所知道的康桥》是他早期游记的代表作。他的记游文章，充满着对自然的虔敬之意、陶醉之情和由衷礼赞。以我为主、内外混成一气、体裁不拘的写法是徐志摩散文的一种特色。文章词藻优美、艳丽、多姿，重叠的句式与口语的自然结合，形成了生动活泼的富于表情的语言，给读者以美的感受。

朱自清的游记中那些对客观景物的细腻的描写，内心感情的细致流露，景与情的交融，具有很大的魅力。郑振铎的《山中杂记》所记的山中游览、生活，反映了一些社会侧面，他提倡为人生的文学，即使是山中杂记，也充满着对人生的热情与朝气，其后来的《海燕》、《欧行日记》、《西行书简》保持和发扬了这种记游风格。

随着思想解放运动波及全国，各种新思潮广泛传播，新与旧、个人与社会、理想与现实等矛盾冲突相当尖锐。觉醒的知识分子更真切地感到觉醒的痛苦和前途的渺茫，更敏锐发觉理想追求与现实社会的尖锐对立，大多处于梦醒之后而无路可走的苦闷彷徨状态。这种社会心态使得作家迫切需要表达和倾诉自己的思想感情，这就促成了抒情散文的蓬勃发展。

散文诗跨过幼稚的试作阶段，出现了鲁迅《野草》这样的艺术丰碑和焦菊隐《夜哭》、高长虹《心的探险》、于赓虞《魔鬼的舞蹈》以及不少单篇的成功之作。他们标志着散文诗这种新创的抒情文体走上了独立发展的道路。

抒情散文名篇迭出，业已成为一种自觉的艺术创作。

鲁迅的散文诗集《野草》的出现，开中国新文学史上散文诗创作之先河，对以后的散文诗创作产生了深远的影响。鲁迅自己也毫不掩饰对《野草》的喜爱。

的确，《野草》是独树一帜的艺术性很高的散文集，它表达了当时鲁迅的内心矛盾和斗争，诸如对孤独、寂寞、惶惑、苦闷、死亡、焦虑、不安、绝望、反抗等情绪的体验。其中《秋夜》、《影的告别》、《好的故事》、《过客》、《失掉的好地狱》、《这样的战士》、《聪明人和傻子和奴才》等蕴藏着无限而隽永的人生体验和哲理思考，深刻精警。《野草》构思新颖奇特，多写梦境和幻觉，把个人的思绪和情感外化为象征性意象，从而异彩纷呈地创造出许多蕴涵丰富的象征性画面和意境，其中包含着的暗示、隐喻、烘托、通感等多种艺术手法，同时营造出了一种“神秘幽深”的艺术氛围。此外，梦幻与现实的自然衔接，又把情、景、理有机地融合在一起，达到了一种弦外之音、境外之意的美学境界和艺术效果。《野草》中文章篇章短小精炼，意象浓缩，语言富有诗一样的跳跃性和音乐感，给读者留下无尽的思考空间和回味空间。

《朝花夕拾》是回忆性的散文集，涉及鲁迅对童年的思念，乡情的依恋，家庭和邻里人物的回忆，对逃异地、走异路的经历的揭示，对走人生的长途所尝过的辛酸和悔恨，所遭遇到的教育问题、社会问题和政治问题的反思，表现得极为具体。其中既有个人生活经历的反映，江南乡镇风俗的描画，也有时代的肖像和国民性的面影。这样，世态、风俗、人物和自我的心路历程有机交织写来，使《朝花夕拾》具有丰厚的人生底蕴和社会内涵。冷静的叙述中渗透着睿智的思考，活泼的场景里寄寓着无限的感慨，抒情的笔墨里不乏机智的嘲讽，某些当时不甚了了的事件开始具有触目惊心的时代意义；而作者笔下极具个性的长妈妈、藤野先生、范爱农等人，也带着深刻的时代印记耸立在我国现代文学的长廊里。这是《朝花夕拾》给读者的最大的贡献和艺术感受。

《野草》和《朝花夕拾》的问世，可以说是现代记叙抒情散文较早也是最成功的尝试。鲁迅也因此成为中国现代记叙抒情散文和散文诗的开山祖。他的散文标志着五四时期散文创作的最高水平。

郁达夫早期的许多散文，可以称之为“零余者”的感伤之歌。如《还乡记》、《零余者》、《给一位文学青年的公开状》、《一个人在途上》、《感伤的行旅》等，以及整部《日记九种》，大多是羁旅漂泊、感伤身世的作品，抒写自己在黑暗社会中四处碰壁、走投无路的愤懑伤心情绪，堪称典型的“漂泊记”。郁达夫这时期的散文率性纵笔，才情毕露，不仅将主观感情渗入叙事过程，而且以自己的情感激流作为结构行文的主线，肆意铺写心理活动，宣泄内心悲愤，以率真坦露、自然畅达见长，同时，将自己所擅长的自叙传抒情小说的一些手法，诸如场景描写、心理描写、对话描写和故事穿插等，引入散文创作，扩大了散文的艺术容量和叙事抒情的张力。在郁达夫这里，散文真正成了最自由不拘、最见个人才情的一种文体。

冰心的《笑》、《往事》、《寄小读者》，这些精美的抒情篇章或颂母爱童心，或咏山水自然，文笔细腻委婉，清润雅丽，显示了冰心独特的文体风格。与冰心几乎同时创作抒情散文的是庐隐。她的散文《海滨故人》、《曼丽》和《灵海潮汐》，往往在清婉幽丽的文字中，蕴含着深深的忧伤愤懑之情，颇有自己的风格和情致。与冰心处于安适幸福的生活不同，庐隐饱尝坎坷与艰辛，她更多地表现着时代的苦闷、爱情的追求和悲苦命运的挣扎。她的文字同样脱胎于丰厚的优秀古典诗文传统，行文中自然地引用许多动人的古典诗词和习见词汇，但以真率自然见长，并不炫奇斗巧，刻意求工。在石评梅的小说、散文合集《涛语》和散文集《偶然草》中，“漂泊”两字是经常出现的。在《涛语》里，多以友人的名字标题，用呼告的形式，尽情地诉说内心的悲哀和愤恨，并寻求友人的慰藉。《偶然草》是石评梅经历爱情的悲剧之后的作品，是一个心怀壮志的青年女性在旧社会挣扎的悲歌。

稍后于冰心出现的散文名家是朱自清。他写于 1923 年的《桨声灯影里的秦淮河》，观察精确，描绘细致，有声有色，展示出一幅十分美丽的图画。而他 1925 年创作的《背影》，文字朴实平易，感情真挚深沉，又表现出另一种独特的风格。此后陆续出现的是许地山的《空山灵雨》。《空山灵雨》对人生痛苦及其社会根源的揭示是敏锐的、深刻的，对人生的重要方面爱情问题，也有所探求。生本不乐，这是许地山所看到的现实。《空山灵雨》最为突出的是丰富的联想和想象，这是连接具体事物和某种寓意中间的必不可少的桥梁。同时，常常以第三人称作为抒情叙事的主人公，多通过对话来表现主题，也是对散文形式的一个新的尝试。

其他如俞平伯、梁遇春等人的夹叙夹议的散文，叶圣陶随时随地抒写日常感兴的散文,等等,以其各具特色的散文风格,把刚刚开辟出来的现代记叙抒情散文园地装点得春意盎然。

进入第二个十年,现代记叙抒情散文又以其丰厚的底蕴,在新的时代历史条件下,向着更加纵深和阔远的方面挺进,日益走向成熟和完美,进入到全面丰收的季节。这一时期,出现了更多的独具个性和风采的散文作家,也形成了新的散文流派和风格。在新老作家的辛勤耕耘下,20 世纪 30 年代散文园地繁花似锦,硕果累累。

这一繁盛期是以 1932 年底黎烈文接编并改革《申报·自由谈》,邀请鲁迅、茅盾等人为之撰稿为重要标志的。《申报·自由谈》非常注重发表杂文、随笔、速写、抒情散文,汇集了许多散文作家。影响所及,许多大报副刊纷纷仿效,开设副刊为散文广开门路;一些刊物如《涛声》、《新语林》、《芒种》、《太白》、《水星》、《论语》、《人间世》、《宇宙风》、《文饭小品》、《文艺风景》、《中流》、《光明》等专注于发表散文作品;各书店也竞相出版散文的专集、选集乃至丛书。报刊杂志上散文园地的扩大,出版商热心出版散文著作,使得写作和阅读散文蔚成一时风气,造就了散文市场的空前广大和创作队伍的空前壮大。老作家中,鲁迅、周作人、郁达夫、朱自清、冰心、叶圣陶、郑振铎、王统照、林语堂、俞平伯等人,都不断有散文新作问世,仍是这一时期散文界的主干;20 年代中期开始从事散文创作的作家,如茅盾、丰子恺、鲁彦、沈从文等,到这时期取得了丰硕的成果;还有 20 年代末 30 年代初陆续涌现的一大批文学新人,如巴金、靳以、柯灵、唐弢、徐懋庸、周木斋、何其芳、李广田、吴伯箫、丽尼、陆蠡、萧红、萧军等活跃于散文界,他们成为 30 年代创作的一支生力军。

一些散文作家努力拓展个人的创作路径,确立自己的创作风格。如郁达夫、冰心、叶圣陶、朱自清、沈从文、李健吾等,或絮语家常琐事,领略人生情趣;或记述异域文化风习,陶写古国山水名胜;或回忆个人经历,怀念师友亲人;虽然不一定涉及敏感的政治性题材和尖锐问题,但又不流入消闲玩世之类,主要以益人心智的知识、情趣和自然美吸引读者,在游记和抒情散文等方面取得了很高的艺术成就。

一批具有自己独特风格的记叙抒情散文作者现身文坛,如何其芳、丰子恺、李广田、缪崇群、丽尼、陆蠡、萧乾、吴伯箫、芦焚、朱企霞、方敬、陈敬容、严文井、南星、季羡林等，他们以《大公报·文艺》、《文学季刊》和《水星》为阵地，专注于叙事抒情散文的创作，力图把散文作为“一种纯粹的独立的创作”(何其芳语)，刻意追求散文艺术本身的圆满完美。这种有意追求散文艺术性的倾向，突出地表现在所谓“小说家的散文”和“诗人的散文”两类作品里。前者吸收了小说“比较客观，刻画完整”的长处，融化短篇小说的某些观照方式和表现手法，使记叙性散文带有小说化倾向，这在李广田的《银狐集》、方敬的《风尘集》、陆蠡的《竹刀》、丽尼的《白夜》中可见一斑；后者追求“诗意”，经营意象，构思精巧，想象丰富，结构短小圆满，在散文创作中倾注了诗艺，丰富和扩张了散文表现生活实感和内心世界的能力，如何其芳的《画梦录》、丽尼的《黄昏之献》和《鹰之歌》、李广田的《画廊集》和《雀蓑记》、缪崇群的《寄健康人》、陆蠡的《海星》等的创作。这些以创作抒情散文为主的作家，其作品或则揭露丑恶的黑暗现实，或则赞颂人民的反抗斗争，或则描绘祖国或世界的壮丽山河，或则抒写个人的胸臆，使这类散文作品丰富多彩，如星罗棋布，闪耀在现代散文的艺术天空。

何其芳和李广田曾与卞之琳合作出过诗集《汉园集》，因而他们有“汉园三诗人”之称。何其芳和李广田后来都以更多的精力从事抒情散文的写作。

《画梦录》是何其芳苦心经营之作。1937 年，该书与曹禺的《日出》、芦焚的《谷》一起，获得《大公报》的文艺奖金。作品反映了小资产阶级知识分子不满丑恶现实而又找不到出路的寂寞、哀愁、徘徊与探索的感情，带有梦幻与憧憬的色彩。何其芳善于使用浓丽精致的语言，优美新奇的比喻，写出具有诗意的散文。

李广田著有《画廊集》、《银狐集》，这些作品通过作者的亲身经历和感受，艺术地描绘了某些社会生活，向读者展示了绚丽多姿的生活画廊。它们较为集中地展现了李广田这一时期散文创作的成就和风貌，不仅奠定了他的散文创作的基本格调，也确立了他作为散文家的文学史地位。比较起来，李广田这个时期的散文创作，不像何其芳的散文那么空灵，时常作邈远的想象，而有着相当坚实的生活基础，直接托出自己的爱憎和喜怒哀乐，以素朴、疏朗为美，往往在素淡中流贯着脉脉的情思。就散文的总体风格而论，他更有自己的特色：质朴、清淡、婉约。淡淡的抒情融化在对人物的精心刻画或生活场景的亲切描述之中，于质朴中透露着刚健，在朴拙的语言外衣下流动的永远是一个诗人的赤子之情。李广田 30 年代散文创作的一个重要特点，是以“地之子”的眼睛观察那些普通的纯朴人们的命运，写出他们的遭际和憧憬，织出一幅充满崇高和悲壮的乡俗画。

当时以写作抒情散文著称的，还有陆蠡和丽尼等人。陆蠡写有《海星》、《竹刀》、《囚绿记》3 本散文集。《海星》多是散文诗式的短篇，题材大多取自幼年时代的回忆。在《竹刀》的“后记”里，作者说：“这神圣的民族解放的斗争将仍继续着，我惭愧这小小的散文集未能予苦难的大众以鼓励和慰藉。”可见抗日战争的烽火已经燃烧着作者的心灵，使他抛弃个人的吟唱和感喟，投入到“鼓励和慰藉”“苦难的大众”的时代激流和风暴中去！《囚绿记》隐喻着永不屈服于黑暗的民族的热望，也让读者窥见了他那渴望阳光、渴望生命、渴望欢乐的灵魂。陆蠡散文的一个重要特色，在于感情真挚，深沉蕴藉，作品把浓郁的诗情与深挚的哲思融为一体，从而使他的散文整体上具有意境美、哲理美，具有深沉的力度。丽尼著有散文集《黄昏之献》、《鹰之歌》和《白夜》等。初期散文创作以诗意的抒情为主，风格颇为接近何其芳的《画梦录》，但又具有个人特色：以清秀淡雅的文字诉说自己内心深处的悲哀和凄苦，着重抒发自己在“梦一般的生活”里的感受，怀念童真的友谊，咀嚼青春的爱恋，在忧郁感伤之中怀着企望。逐渐地，作家的笔触从狭小的内心世界转向广阔的社会现实，开始关注苦难，关注时代，关注底层人民的命运。散文中叙事的因素也随之加强，融散文、小说的写法为一体，并在抒情叙事中蕴涵哲理性的意旨。作者的抒情基调也明显地从低沉哀婉转向了昂奋激越，个人情怀的倾吐上升为对集体、祖国和整个民族命运的关注。丽尼的散文带有比较明显的外来影响的痕迹，不事雕琢铺陈，以清新秀丽见长；文笔委婉，思绪跳跃，有浓郁的诗意。

同是记叙抒情散文作家，丰子恺的散文与上述诸人明显不同。何其芳等人的作品受外来影响更明显，而丰子恺则无论从性格还是创作上，都更为明显地接受了中国古典散文、传统艺术、佛家思想的熏染和影响，这一特点在中国现代作家中是颇为难得的。丰子恺 1931 年出版了《缘缘堂随笔》，以后又有《缘缘堂再笔》和《车厢社会》等作品问世。

儿童题材在丰子恺的创作中占有相当突出的比重，不灭的童心则是其艺术创作中一以贯之的重要内核。他通过对生活细节的描写，表达对儿童世界的真诚、纯洁、聪慧的由衷赞美，对成人世界的虚伪、卑俗、自私的憎恶。这一独特的题材选择和主题展示，折射出丰子恺作为一个艺术家的率真天性。丰子恺非常善于发现生活中的佛理，并把佛理生活化。这常常表现为在平淡无奇、司空见惯的日常生活中发现暗合于佛理的人生百相，常通过一个故事、一个比喻、一次见闻将所要表达的佛理(指其创作中流露出的佛家哲理和其他对人生社会的哲理性思考)讲述出来。丰子恺散文也有不少关怀现实人生的作品。人类社会的种种不平等，不和谐，他都会形诸笔端，给以深刻的揭示。还有不少散文作品流露出了他自己的特立独行的精神风貌。胸中保持着宁静超脱的淡泊心境，笔底流露出对现实人生的一片深情，是丰子恺散文的主要价值取向。丰子恺善于以敏感细致的笔触来捕捉生活中的细枝末节，显示出一种以小见大、举重若轻的本领。他还善于把诗、画、文三者的意境圆满地糅合在一起，具有一种清幽玄妙，灵达通脱的独特韵味，这与他长期所受的中国传统文化艺术的熏陶有密切关系。他的文章看似结体随意，实则构思精巧，追求一种漫不经心的“经心”，随心所欲的“所欲”，这是丰子恺散文耐咀嚼，经回味，不枯燥，能给人以启悟和感染的重要原因。

不少著名的小说家也写出反映了广阔社会生活和人情物理的优美散文。如茅盾的《上海的大年夜》、《故乡杂记》，蹇先艾的《城下集》，鲁彦的《驴子和骡子》、《旅人的心》，巴金的《旅途随笔》、《短简》，沈从文的《湘行散记》，萧红的《商市街》和《桥》，吴组缃的《黄昏》、《泰山风光》等，即是这方面较有影响的作品。

第二个十年的记叙抒情散文之所以出现了繁荣的局面，一方面是动荡剧变的社会现实所致，另一方面也是现代散文自身不断求变创新、开拓艺术视野的结果。而散文期刊的空前兴盛,也起了重要的促进作用。

从抗战爆发直到解放战争时期,社会动荡不安,时代急剧变化,通讯报道、报告文学一类迅速、及时的反映现实,配合抗战的散文形式成了战时文艺的主流,拥有最广大的作者和读者,现代记叙抒情散文的创作态势和整体面貌也发生了很大的变化。因此,这一时期的抒情与记叙散文数量相对较少,创作成绩较之二三十年代也要逊色一些,但仍然有自己的特点和优长。

在上海"孤岛"时期与战后时期,在40年代西南大后方和东南内地,以及在华北沦陷区,记叙抒情散文都有过活跃发达的时期和大量可读的作品。可以说,40年代国统区的抒情散文与上海"孤岛"时期同类作品相互映照,共同构成这一时期散文发展的主流。重庆的《国民公报·文群》、《大公报·战线》和《中央日报·平明》,桂林的《救亡日报·文化岗位》、《大公报·文艺》、《文艺生活》、《文艺杂志》,昆明的《文聚》和《诗与散文》等等,都是战时散文的重要发表园地。这时期国统区的散文创作,主要是以各个作家抒怀述感的真挚性和独特性反映出历史发展的曲折性和复杂性。作家的抒情自我形象因人而异,但大多可以归并入"在暗夜里呼唤光明者"或"在黑暗中战取光明者"的形象系列。从巴金、靳以、缪崇群、李广田,到新起的田一文、刘北汜、陈敬容、莫洛、郭风等,都有声息相通之处。从表现形式上说,大多是抒情散文、散文诗一类短小凝炼之作,又大多采用比喻、象征、暗示、寓意等间接抒情手法,写得曲折含蓄。通常出现的意象有曙前、冬夜、寒风、冰雪、星光、烛火、黎明、春天之类与黑暗和光明、现实和理想、今天与明天等矛盾冲突对应的景物和时序,从而曲折透露自己的心曲,隐约把握到了新旧社会处于生死决战关头的时代脉搏,这就在整体上显示了40年代国统区抒情散文的美学风貌:不同于20年代那些思想启蒙者的热烈而悲凉,也不同于30年代那批青年作家的忧伤和迷惘,还不同于抗战时期的慷慨和悲壮,而是给人一种既温柔幽美又沉着坚韧的审美感受。

这一时期,解放区的记叙抒情散文创作,其发展呈现出不平衡性。从总体上看,记叙性散文较为发达,纯粹的抒情散文不够丰富,大多数作品是一种以叙事为主而兼有抒情因素，将记实与述感融为一体的散文速写。许多作家在热情歌颂新生活、新人物的同时，即兴抒写自己由新现实所激发出来的新感受和新激情，以及在新天地中脱胎换骨的精神蜕变。丁玲、何其芳、吴伯箫、陈学昭、严文井等人都曾在散文中表达了这种经过自我战斗的痛苦而抵达新生的快乐的情感变迁。解放区土生土长的新作家如孙犁、萧也牧等人的散文速写，则以熟悉人民群众的思想感情、追求客体"真象"与主体"真情"统一而显出自己的特色。解放区的散文速写洋溢着清新芬芳的泥土气息和朗阔高昂的革命激情。

三、中国现代记叙抒情散文的风格流派

以专门性的散文社团与同人刊物为阵地，或以综合性的社团与刊物所聚集的作家的散文创作活动为基础，或以相近、相似的散文创作风格与倾向为依据，中国现代散文在形成和组合方式、艺术主张和趣味、表现形态和创作追求等方面，或有意，或自觉，或无意，或巧合，客观上出现了不同的艺术流派，这些流派在现代散文园地里留下了不可磨灭的劳绩，构成了现代散文史上丰富多彩的华章。大体说来，主要有如下流派。

以文学研究会作家为骨干的标举为人生的写实派散文，主要作家有冰心、朱自清、丰子恺、梁遇春、许地山、叶圣陶、郑振铎、茅盾、王统照、庐隐等。他们在记叙抒情散文领域开拓着写实主义的道路，关注现实问题，思考人生意义，品味世态人情，脚踏实地地执著于建设一种写实求真、清新活泼的白话美文，并不断吐故纳新，是这个流派能够成为文学史上影响深远的散文流派的主要原因。

以语丝社作家为代表的主张文明批评、社会批评的社会派散文，主要作家有鲁迅、周作人、林语堂、孙伏园、俞平伯等。尽管他们的思想和艺术主张都不尽一样，但在针砭时弊方面形成了大致一致的风格，就是所谓的"语丝文体"，特色是："任意而谈，无所顾忌，要催促新的产生，对于有害于新的旧物，则竭力加以排击。"①语丝社的散文创作主要有两大方面，一是

① 鲁迅：《我和〈语丝〉的始终》，见《鲁迅全集》第4卷，人民文学出版社，1981年版，第167页。

以鲁迅为代表的杂文，一是以周作人为代表的小品散文。

以创造社为班底旨在表现自我的浪漫派散文。该流派尊自我，重主观，强调艺术是自我表现、内心自然流露，强调灵感在创作中的作用。郭沫若的散文情调激荡奔腾，郁达夫的散文写得清新流畅，又俊秀圆润，富有激情和神韵，具有很大的影响。

以《水星》、《文丛》等刊物上的青年作家为主力的锐意创新的抒情派散文。李广田、何其芳、陆蠡、丽尼、缪崇群等人的创作，更多地吸收了现代派诗文的表现手法，来革新散文的抒情艺术，提高散文形式的审美价值，带有唯美倾向和现代派气息。

中国现代记叙抒情散文是一种新的文体形式，它以自己众多的散文名家，灵活的形式，多样的风格，独特的表现手法和恒久的艺术魅力在中国现代散文史上占据主流位置。

第一章　记叙抒情散文(上)

第一节　鲁迅的散文

鲁迅的散文创作实绩丰厚,影响深远,除了杂文杂感,在散文诗、记叙抒情散文等方面均有涉猎。不同于其杂文对中国现实社会的深刻揭示与批判,也迥异于其散文诗对自我灵魂的反省与剖析,他的记叙抒情散文呈现出作为思想启蒙者的鲁迅性格中温情的一面。对孩提时代生活的回忆、对纯朴民风民俗的描述、对故人师长的怀念,既融合了历史与现实的观照,又洋溢着沉静与激愤的情绪,语言流畅,结构舒展,在现代散文史上占有重要的地位。这其中,有一类是像《朝花夕拾》和《我的第一个师父》、《女吊》这样的回忆性散文。这类散文多记事怀人,充满浓郁的乡土色彩和自叙传的特色;另一类是悼念逝去的学生、战友和老师的,例如《纪念刘和珍君》、《为了忘却的记念》、《关于太炎先生二三事》、《忆韦素园君》、《忆刘半农君》等,多收入杂文集中。鲁迅的记叙性散文中,最具代表性的莫过于回忆性散文集《朝花夕拾》。《朝花夕拾》原是专为《莽原》半月刊撰写的一组文章,发表时以《旧事重提》为总题,出版时改名为《朝花夕拾》,朝花晚拾,犹有"明日黄花"之意。其中共收入回忆散文 10 篇,首篇《狗·猫·鼠》写于 1926 年 2 月 21 日,《后记》完成于 1927 年 7 月 11 日。正如作者所述:"那一点文本或做或辍地几乎做了一年,这一点后记也或作或辍地几乎做了两个月。”[①]该书1928年9月由北京未名社初版，列为“未名新集”之一种。

鲁迅关注自身的生命历程，决意以一种深刻而成熟的人生视角反观过去，对曾经的往事进行新的价值判断。他曾说《朝花夕拾》是“从记忆中抄出来的”，是作者一种记忆的美化反刍，犹如儿时在故乡所吃的蔬果，时时回味。“在我久别之后尝到了，也不过如此；惟独在记忆上，还有旧来的意味留存。他们也许要哄骗我一生，使我时时反顾。”[②]同时，创作《朝花夕拾》的1926年还有着复杂的社会背景。那一年发生了段祺瑞执政府屠杀爱国群众的“三・一八惨案”。鲁迅震惊而又愤怒，怒斥反动政府比禽兽不如，指出“血债必须用同物偿还”，明确表明他的对抗立场，结果被密令缉捕。4月中旬，他离家避难。8月中旬，不得不离京去厦门谋生。这10篇散文，前5篇写北京的避难生活，后5篇写于厦门。因此这些回忆散文是“在纷扰中寻出一点闲静”的心理驱使下创作的，既是历史的回顾，充满温馨的回忆和对童年、亲友的思念，又是现实的战斗，渗透了对反动势力的控诉和讽刺。时而有如炉边絮语，娓娓道来，时而又如时事点评，嬉笑怒骂，二者结合，形成一种优美抒情中夹杂着冷峻讥讽的风格。

鲁迅有着强烈的文体创新意识。文体的自觉精神表现在叙事散文方面，即是开创了新型的回忆性记事写人的散文形式。《朝花夕拾》作为叙事文体，既是诗意的，又是理性的。10篇文章分别以10种形式，自成一格，体现出鲁迅所谓的文体的“杂乱”。[③]回忆旧事其实是进行社会批判与文化反思的载体，杂文家兼诗人的气质使作者自如地在叙事中夹以议论、抒情，呈现出散文诗化，夹杂杂文笔致的特点。即使是正文前后的《小引》和《后记》，也表现出不同形式，前者类似“散文诗”，象征和暗示的手法运用自如，言在此而意在彼；后者则显示出说明文的文体特征，一丝不苟，谨严明确。各种文体交相辉映，多姿多彩，体现了鲜明的鲁迅散文的个性。从全书内容来看，大致分为三种类型，一是以刻画人物为主，如《范爱农》、

---

① 鲁迅：《〈朝花夕拾〉后记》，见《鲁迅全集》第6卷，人民文学出版社，1981年版，第335页。

②③ 鲁迅：《〈朝花夕拾〉小引》，见《鲁迅全集》第6卷，人民文学出版社，1981年版，第230页。

《藤野先生》、《阿长与〈山海经〉》等；二是以议论杂感为线索，把和中心线索有关的生活片断贯穿起来，如《二十四孝图》、《狗·猫·鼠》、《无常》等；三是以叙事为主，通过一件事或一段经历，表达出作者的思想感情，如《五猖会》、《父亲的病》、《琐记》等。

《朝花夕拾》虽然不是自传，但它提供了许多关于鲁迅早年经历可靠的信息，具有相当重要的文献价值。例如散文中提及鲁迅童年时的家庭教育和私塾生活，父亲死于庸医之手，到南京求学和富国强兵梦的破灭，东渡日本仙台学医，后又弃医从文，以及辛亥革命前后的经历等等，而这一切都对他日后的思想和创作产生了深刻的影响。十个看似独立的小故事，各自独立在十个小"节点"上，虚实相间，以点带面地勾勒出作为一个伟大思想家、文学家的鲁迅三十多年来思想成长、文化观发展演变的心路历程：如何在故乡的私塾中得到人生的启蒙教育(《从百草园到三味书屋》)；为何对腐朽的传统文化习俗深恶痛绝，以至于一生都在与之进行不懈的斗争(《五猖会》、《父亲的病》)；什么原因致使南京求学一无所获，只能东渡日本(《琐记》)；如何弃医从文，成就了一个伟大文学家的诞生(《小引》)；又如何怀着"我以我血荐轩辕"的雄心壮志，走向交织着战斗和荣辱的人生旅途的。人们往往通过《朝花夕拾》的娓娓叙谈，逐渐走近鲁迅的思想和人生，了解他身后那个文化激荡的社会，体会他那如潜流般强劲奔腾的情感。

《朝花夕拾》虽然是散文，却塑造了一系列栩栩如生的人物形象。例如两个著名的老师形象：三味书屋中的私塾先生和日本的藤野先生。在《从百草园到三味书屋》中，作者以一种温存的心理回忆着这位"方正、质朴、博学"的老先生："他是一个高而瘦的老人，须发都花白了，还戴着大眼镜"，学生提出怪异问题时他会露出"怒色"，却不常用戒尺与罚跪的规则，时而投入地朗读着"铁如意，指挥倜傥，一座皆惊"，时而也会在微笑时"将头仰起，摇着，向后面拗过去，拗过去"……一个微小但无比生动的细节突出了老先生大声朗读课文时的专注与入神，一位质朴、迂腐的塾师形象跃然纸上。正是点缀了这点滴温情，才为枯燥的读书生活平添了几分生趣，不致使幼小的心灵完全被"圣贤之书"束缚。而藤野先生则是另一幅严肃认真的形象。他衣着马虎，不修边幅，但教学、研究态度一丝不苟。难能可贵的是在日本学生因军国主义的影响对中国学生歧视寻衅时，他依然对学生一视同仁，坚持对中国学生的关心和教诲。藤野先生的人格力量是伟大的，对鲁迅的影响也是深远的。鲁迅在《藤野先生》篇末深情地写道："只有他的照相至今还挂在我北京寓居的东墙上，书桌对面。每当夜间疲倦，正想偷懒时，仰面在灯光中瞥见他黑瘦的面貌，似乎正要说出抑扬顿挫的话来，便使我忽又良心发现，而且增加勇气了，于是点上一枝烟，再继续写些为'正人君子'之流所深恶痛疾的文字。"篇末意味深长的结尾，深情地书写了对藤野先生音容笑貌的怀念，不过分夸张，只在淡淡的氛围中渗透出作家对先生深沉的情感。

另外还有些鲜明生动的普通人物形象，如保姆阿长。《阿长与〈山海经〉》这样介绍长妈妈："阿长是一个一向带领着我的女工，说得阔气一点，就是我的保姆。"寥寥数语，既交待了阿长的身份，又表明了她是个地位卑微的甚至连名字也没有的劳动妇女。她知道许多令人不耐烦的规矩：如大年初一醒来要说吉利话，人死了必须说"老了"，以及不能进死了人和生过孩子的屋子等等。她爱唠叨许多繁琐之至的道理，切切察察地同人说话，睡觉时四肢呈大字型。她不小心将隐鼠踩死了却对儿时的鲁迅说是给猫吃了，表现出狡黠的一面，但只要了解了她年轻守寡的身世，就不难理解这种性格产生的客观原因。前文嬉笑调侃不已，但在文章后半部分，作者笔锋一转，以庄重的口吻讲述阿长为"我"寻到《山海经》的故事。一个目不识丁的、将《山海经》念成"三哼经"的长妈妈却在"告假回家以后的四五天"里，用微薄的工资为"我"买回了《山海经》。在孩子幼小的心灵中，分明比对出大字不识的长妈妈和"书多"却不近情理的叔祖，哪一个更接近宽厚仁爱的长者形象。发自天性的挚爱使她具有一种"伟大的神力"，"别人不肯做，或不能做到的事，她却能够做成功"。质朴善良的长妈妈无意中满足了一个孩子最本真的愿望，使"我"受益匪浅，在成年之后仍然心存感激，念念不忘。

鲁迅始终是在战斗着的，彻底的反帝反封建精神一直贯穿在他的创作中。《朝花夕拾》虽然是追忆往事、抒情表意的散文，但作家并未放弃杂文中那种对旧有文化传统高屋建瓴式的理性审视。对社会民生的关注使他无法沉浸在纯粹的怀旧温情中，批判陈腐伦理道德和旧文化的强烈使命感也贯穿作品始终。鲁迅在叙写儿时种种温馨的生活情景时，那些看似轻松的回忆，依然蕴含着深刻的思想和对现实深切的关注。即便在轻盈舒缓的笔调中，也不时流露出他的杂文笔致。其实，鲁迅对民间文化健康清新的部分还是相当肯定和赞扬的。《朝花夕拾》中，作家饶有兴致地介绍着记载古代神话故事的《山海经》，绍兴的地方戏《无常》、《女吊》，迎神赛会的“五猖”神，“梅姑”神故事，民间“花纸”、“八戒招赘”、“老鼠成亲”等风俗习惯。虽然鲁迅竭力发掘出少年时的美好记忆，但当他以儿童的眼光和成人的思维共同打量客观物质世界时，旧有文化的腐朽与愚昧便暴露出来，作者无法掩饰自己对传统文化某些方面的厌恶与失望。其中，野蛮的封建伦理，愚昧的国民素质，压抑的教育模式，荒唐的陈规陋习，陈腐的庸医医道是他批判的重点。如《阿长与〈山海经〉》中，长妈妈的种种“规矩”和“古怪的仪式”，特别是她说让女人“脱下裤子，一排一排地站在城墙上”，以破除敌军大炮进攻的习俗传说，简直是愚不可及，可阿长“严肃”的表情说明她的深信不疑，她的思想“其实是样样合于圣经贤传的”，正是某些传统的风俗文化造就了阿长的愚昧思想。作家在《父亲的病》中回忆起自己也曾经为封建孝道的陋习所驱使，在临终的父亲面前大声叫唤，让父亲徒增痛苦，不能安详地离去。成年之后，他的负疚心理久久还无法驱散：“我现在还听到那时的自己的这声音，没听到时，就觉得这却是我对于父亲的最大错处。”平淡的叙述中蕴含了对父亲深沉的爱和无法抑制的内疚，同时也是对愚昧腐朽的封建孝道最有力的控诉，只是散文通过叙事和抒情来批判，行文较之鲁迅的杂文更加委婉细腻。与杂文“金刚怒目”式的气势不同，散文笔调更为平缓，揭露也更为含蓄，常常寓批判于形象中，既歌颂普通劳动人民质朴善良的品质，又对荼毒人民的封建思想给予有力的鞭笞，对当时现实中的黑暗不平进行毫不留情的抨击。

另外，鲁迅以不容置疑的坚定态度批判了陈腐的教育制度对儿童天性的压抑和摧残。在《朝花夕拾》的《二十四孝图》、《五猖会》、《从百草园到三味书屋》和《琐记》等一系列文章里，陈腐不堪的教育环境与纯真活泼的孩童之间形成鲜明对照,从而清晰地展现出严格按照旧伦理道德规范执行的传统教育是怎样扼杀儿童的“体质和精神”的。传统的教育方法扼杀儿童的天性,封建家长制又加强了这一层束缚,使他们的童年失去欢乐。《五猖会》中年仅 7 岁的鲁迅“笑着跳着”要和家人去看五猖会,父亲却总会在这时要求他背诵《策略》,“背不出,就不准看会”。等到背熟后让走了,对“水路中的风景,盒子里的点心,以及到了东关的五猖会的热闹”都提不起兴趣了。背书这事使他“至今一想起,还诧异我的父亲何以要在那时候叫我来背书”。《二十四孝图》更是揭示了封建伦理的腐朽、愚昧。“老莱娱亲”这样迂腐虚伪的行为,“以不情为伦纪,诬蔑了古人,教坏了后人”。“郭巨埋儿”更使幼年的鲁迅感到恐惧,“家景正在坏下去,常听到父母愁柴米;祖母又老了,倘使我的父亲竟学了郭巨,那么,该埋的不正是我么?”这样的道德教化带给儿童的只能是身心两方面的摧残,在潜移默化中,孩子们的自我意识往往变得扭曲。对于代表了中国传统“孝”文化的“二十四孝图”,鲁迅有着清醒的认识,“我于高兴之余,接着就是扫兴,因为我请人讲完二十四个故事之后,才知道‘孝’有如此之难,对于先前痴心妄想,想做孝子的计划,完全绝望了”。这不能不说是传统教育的罪愆,儿童们并未得到真正的启蒙,反而走向了逆反的道路。

《从百草园到三味书屋》更是将儿童的乐园和牢笼直接展示在我们面前。他如是描述充满童趣童真的儿童乐园:

> 不必说碧绿的菜畦,光滑的石井栏,高大的皂荚树,紫红的桑椹;也不必说鸣蝉在树叶里长吟,肥胖的黄蜂伏在菜花上,轻捷的叫天子(云雀)忽然从草间直窜向云霄里去了。单是周围的短短的泥墙根一带,就有无限趣味。油蛉在这里低唱,蟋蟀们在这里弹琴。翻开断砖来,有时会遇见蜈蚣;还有斑蝥,倘若用手指按住它的脊梁,便会啪的一声,从后窍喷出一阵烟雾……

这段意趣盎然的描写令人百读不厌,字里行间充满童趣童真。细致生动的描写,使人仿佛置身于园中,儿时的天真烂漫和大自然清新美妙的景色的融合，使整个百草园都显得明丽动人。相反，却是三味书屋的刻板严肃。塾师遵奉的是封建教育的一套规矩，所反映的"尊孔读经"、"师道尊严"以及对学生的严厉管束，不许逾矩等，都是整个封建教育制度的缩影。将充满诗情画意的百草园与枯燥无味的三味书屋相提并论，形成鲜明的对比，有力地控诉了封建的传统教育方式对儿童天性的束缚和对其心智的摧残，远胜于直白的揭露和批判。类似的描写，在《故乡》、《社戏》、《阿长与〈山海经〉》、《五猖会》、《狗・猫・鼠》等诸篇中都有出现。

《朝花夕拾》的语言集合了散文和杂文的语言特点，既有幽婉、沉郁、质朴、隽永的抒情笔调，又不乏深刻犀利、针砭时弊的批判揭露，交相辉映，摇曳多姿，时而异峰突起，犀利如匕首；时而远意未尽，明净如水晶，显示出抑扬有致、行云流水、谐庄并存、轻松活泼的语言风格。如《狗・猫・鼠》，作者从仇猫谈起，生发开去，以传神之笔，刻画了"媚态的猫"这样一个买办资产阶级文人的逼真形象。作者通过形容猫"凡捕食雀、鼠，总不肯一口咬死，定要尽情玩弄，放走，又捉住，捉住，又放走，直到自己玩厌了，这才吃下去"，形象地说明专以折磨虐杀弱者为快事的猫，虽与狮虎同族，却空有其貌，骨子里透出一股"媚态"，以猫比拟，将那些"正人君子"们的奴颜媚骨刻画得入木三分。《琐记》中，作者叙述自己在南京水师学堂和路矿学堂的一段学习经历后，接着议论道"爬了几次桅，不消说不配做半个水兵；听了几年讲，下了几回矿洞，就能掘出金银铜铁锡来么?"认为"爬上天空二十丈和钻下地面二十丈，结果还是一无所能"。这议论是对叙事的升华，反过来又使记叙的内容更为深刻，二者有机结合，相得益彰。作家把深刻的道理寓于信笔所至的叙述中，或议论或抒情，擒纵自如，妙趣横生。

鲁迅具有非凡的洞察力，特别善于发现看起来平常，实则"不合理，可笑，可鄙，甚而至于可恶"①的事，并运用细致的笔墨，传神的手法，艺术地刻画出来，达到幽默的效果。例如《藤野先生》中，作家就对大清国留日学生的外貌进行了辛辣的讽刺："头顶上盘着大辫子，顶得学生制帽的顶上

① 鲁迅：《什么是"讽刺"》，见《鲁迅全集》第6卷，人民文学出版社，1981年版，第328页。

高高耸起，形成一座富士山。也有解散辫子，盘得平的，除下帽来，油光可鉴，宛如小姑娘的发髻一般，还要将脖子扭几扭。实在标致极了。”作家颇具深意地以富士山作譬，入木三分地刻画出留学生们不思求学，哗众取宠的丑陋形象。《父亲的病》一文中，写到绍兴老中医开的药引子：“最平常的是‘蟋蟀一对’，旁注小字：‘要原配，即本在一窠中者’。似乎昆虫也要贞节，续弦或再醮，连做药的资格也丧失了。”这里将中医的某些陈腐荒唐的因素和封建伦理相联系，用拟人的手法赋予生物人的秉性和痛苦，嬉笑嘲弄，妙趣横生。再例如《阿长与〈山海经〉》中写夏夜长妈妈的睡姿：“伸开两脚两手，在床中间摆成一个‘大’字，挤得我没有余地翻身，久睡在一角的席子上，又已经烤得那么热”，后经劝说，“但到夜里，我热得醒来的时候，却仍然看见满床摆着一个‘大’字，一条臂膊还搁在我的颈子上。我想，这实在是无法可想了。”真是饶有生趣，令人忍俊不禁。

《朝花夕拾》作为中国现代散文史上回忆性散文的开山之作，以其丰富、透彻的文化意蕴，将回顾人生经历和文化反思、社会批判有机地融为一体，展现了对传统道德文化与优秀民族文化的辩证理性剖析，可以说是鲁迅以自我生命历程熔铸而成的艺术珍品。

第二节 冰心的散文

冰心是五四时期最早登上文坛且取得了成功的新文学作家之一。冰心体的哲理小诗、问题小说曾经风靡一时。冰心同时也是中国现代叙事抒情散文的重要奠基者，她的散文自成一体，是我国现代文学史上“最初的美文”，同样产生过极大的影响。

冰心(1900—1999)，原名谢婉莹，笔名冰心女士、男士等，原籍福建长乐，生于福州，幼年时代就广泛接触了中国古典小说和译作。1919 年开始发表第一篇小说《两个家庭》，此后，相继发表了《斯人独憔悴》、《去国》等探索人生问题的“问题小说”。同时，受到泰戈尔《飞鸟集》的影响，写作无标题的自由体小诗，后结集为《繁星》和《春水》出版。这些晶莹清丽、轻柔隽逸的小诗，哲理内蕴，情感明晰，被人称为“春水体”。冰心 1921 年加入文学研究会。1923 年毕业于燕京大学文科，赴美国威尔斯利女子大学学习英国文学，同年起发表散文《笑》和《往事》。从 1920 年起，冰心开始创作散文，至 1923 年出国留学后，专以写散文为主。在旅途和留美期间，写有散文集《寄小读者》，以独特的风格在当时文坛产生了广泛的影响。其后写有《山中杂记》、《往事》等散文集。冰心这一时期的散文作品，用行云流水般的诗化语言，幽婉柔情的隽丽文字，倾诉着自己的见闻和情思，抒发着海的启示，基督教的教义，泰戈尔的哲学，母爱的沉醉，以及对天国的憧憬，对壮美生活的向往，对社会人生问题的思考等等，代表了在新思潮激荡下的，满怀新式理想然而又不免遭遇挫折的新女性的心声，显示出婉约典雅、凝炼流畅的特点，具有高度的艺术表现力。1926 年，冰心获文学硕士学位后回国，执教于燕京大学和清华大学等校。此后著有散文《南归》、小说《分》、《冬儿姑娘》等，表现了更为深厚的社会内涵。抗日战争期间在昆明、重庆等地从事创作和文化救亡活动。1946 年赴日本，任东京大学教授。1951 年回国，先后任《人民文学》编委、中国作家协会理事、中国文联副主席等职。作品有散文集《归来以后》、《再寄小读者》、《我们把春天吵醒了》、《樱花赞》、《拾穗小札》、《晚晴集》、《三寄小读者》、《关于女人》等，展示出生活的多姿多彩。进入耄耋之年的冰心，在80年代创作了一系列抨击时弊的杂文，其笔锋之犀利、思想之深刻令人神往，写作风格虽与早年提倡“爱的哲学”的冰心有异，但在思想倾向上也有内在的逻辑性和连续性，显示了硕果仅存的五四时期的知识分子的社会良知。

冰心最初的散文创作，缘于她对自然、社会、家庭、人生问题的认真思索。对污浊社会的厌恶使她在“自己证实，自己怀疑”的矛盾中逐渐领悟到每个人都是“大调和的生命里的一部分”，人生的意义就在于脚踏实地地履行各自“独有的使命”（《问答词》）。她赞颂泰戈尔的人与自然融和的理想（《遥寄印度哲人泰戈尔》），试图用“无限的生”来解决社会问题，认为英雄霸业、杀伐征战都是暂时的虚幻，唯有人间的爱以及人对自然万物的爱才是永恒的。与郭沫若从泛神论中汲取自强不息的精神不同，冰心从泛神论中获得的是对自然界和谐共存的感悟，以及试图以爱与同情来疗救人间不幸的思索。在冰心看来，爱可作为文学的创作母题、价值尺度和精神归宿。她以爱心为文心，以布爱为天职。成名作《笑》为读者开启了爱的心幕，显露出爱的笑容，文章中那使天上人间融为一体的神奇美妙的意象，使人的心灵“光明澄静，如登仙界，如归故乡”。一旦作家的内心被爱的阳光开启了天窗，伴随她成长的家人亲朋之爱，远游异邦所感受到的别国姐妹间的温情，与无邪孩童息息相通的童真，跟自然万物亲近同化的生趣……各种实感印象经爱的呼唤，升华为人生的要义，成为她寻觅医治社会污浊和人生烦闷的良方，以及砥砺自身修养、以清丽文字传播爱的福音的内在动力。由此形成了冰心对于现实社会与人生的一种知其不可为而为之的精神。她在《我的童年》中自述道：“我尊敬生命，宝爱生命，我对于人类没有怨恨，我觉得许多缺憾是可以改进的，只要人们有决心，肯努力。”在《寄小读者·通讯十九》中冰心感叹：“爱在右，同情在左，走在生命路的两旁，随时撒种，随时开花，将这一径长途，点缀得香花弥漫，使穿枝拂叶的行人，踏着荆棘，不觉得痛苦，有泪可落，也不是悲凉。”冰心的散文集《往事》、《寄小读者》、《山中杂记》中弥漫着的爱意温情，成为冰心散文的意向旨归和精神标记。在“爱的哲学”指引下，母爱、友情、童年、自然成为寄托她“爱”与“美”理想的四大载体与主要意象。她咏叹：“母亲啊，你是荷叶，我是红莲。心中的雨点来了，除了你，谁是我在无遮拦天空下的荫蔽？”（《往事（一）·七》）母爱对她来说，不仅相关于人伦亲情，还是由爱的哲思升华后的人间情爱的典范与人际和谐的最强韧的精神纽带，使母爱这种纯真情愫的典型意义得到了充分发挥。《好梦》袒露着异国姐妹间心心相印的深情。《往事》则选取“生命历史中的几页图画”，让幼年之爱、家人之爱、大海之恋、童真之趣不绝如缕地流向笔端。冰心还特别“在童心来复的一刹那顷拿起笔来”，与小朋友交流“幼稚的欢乐和天真的眼泪”（《寄小读者·通讯一》）。冰心笔下的童年，较少对于乐园不再的伤感，更多的是体味和升华童年的纯真情趣，感怀与张扬父母师长的至爱与美德，探索人格塑造的有效途径，加以由跟小朋友促膝谈心的口吻出之，充满了纯真的童趣与深沉的爱意，尤为引人入胜。沈从文这样评价冰心的抒情特点：“对人生小小事情，一例俨然怀着母性似的温爱，从笔下流出时，虽文式不一，细心读者却可得到同一印象，即作品中无不对‘人间’有个柔和的笑影。”①

散文集《寄小读者》充分体现了上述的冰心散文特色，在文学史上享有较高的地位。《寄小读者》是冰心 1923 年至 1926 年在美国留学期间写给国内小读者的 29 篇通讯的结集，最初发表在《晨报》副刊《儿童世界》栏，深情地表达了作者对祖国的眷恋，对亲人、故乡的怀念。《寄小读者》文字不长，却让我们看到了一幅游子灵魂的心灵画卷，听到了一曲绵长深情的恋歌，作品所蕴含的爱国主义和人道主义精神，闪烁着五四时期的时代光辉。

《寄小读者·通讯七》记述了作者旅美途中轮船上的三日生活，在抒发远离祖国、远离亲人的感伤情怀的同时，也对母爱、童真和自然给予了热情的赞颂。文章首先映入我们眼帘的是凄恻缠绵的送行场面，那“痴绝的无数的送别者”，他们“在最远的江岸”遥望着即将离去的亲人，终于船启动了，送行者与旅人渐渐消失在对方的视野中……人生最伤是别离，这段依依难舍的分别场景的描述催人泪下。那“终于断绝的纸条儿”系着人

① 沈从文：《由冰心到废名》，载《国文月刊》1940 年 6 月。

们不愿分离但终将各分两地的难以排遣的哀伤，感人肺腑。在海上三日的生活中，作者对海景的描绘令人流连忘返，有一望无际的匆匆的微波，有夜晚银星闪烁的海空夜色，有月光、星光、灯光交相辉映的璀璨世界，如此神秘壮观的迷人景色，牵动着作者的离愁别恨和思念亲人的沉重感情，越是在水光山色的感触下，越是增强了个人远离亲人的孤独感。美景与感情的描绘紧密结合，融为一体，深深地打动着读者的心灵。

冰心是一个富于美感柔情的女作家，她的散文所描写的“自然之美”和“纯挚之爱”以及其文笔的雅隽秀逸为后来一般女作家所难以企及，为读者留下了永难消泯的深刻印象。如《寄小读者·通讯七》就充分显示了冰心作为女作家的细腻委婉、清新俊秀的文笔。在对海景的描写中，她细致地写出了海水平静而富于变化的色彩，或“蓝极”，或“绿极”，在“斜阳的金辉”下，海水又呈现出“浅红”、“深翠”，她笔下船前的水波变幻无穷，时而“一层层，一片片漾开了来”，时而“海平如静”，静中有动，动中有静，绚丽多彩，美妙异常。

温柔、深挚、细腻构成了冰心散文独特的艺术风格。她在《寄小读者》中反复抒写母爱和童真之情。脉脉不断的母亲深情和童年生活的甜蜜回忆，其本身就包含着温柔、深挚的感情色彩，再加上作者柔情性格的感染，纤丽笔墨的点化，使得她的作品更加动人、柔媚。

自然、清新、明丽是冰心散文的又一艺术特色。冰心写作如行云流水，语言若海鸥一样自由，轻淡而深远，显示出一种纯真、清新俊逸之美。作者用“最自由，最不思索”的通讯体裁自由灵活地抒写“零碎的有趣的事”，时而倾诉思乡恋母的心情；时而抒写“童心来复”的欢乐；时而描绘星月灯光交辉的奇景；时而描摹晚霞映照海波的彩图，将人、景、物自然地联结起来，既渲染出大海斑斓、妩媚的景色，又抒发了作者怀乡思母的绵绵情意，并通过海与湖，海与山的对比，加以衬托，使所要表达的感情细流随着她的心泉轻流而漫溢，自然而又真挚。

随着时代的发展和作家思想的前进，冰心散文的文风也发展变化了，从《寄小读者》到《再寄小读者》，再到《三寄小读者》，可看到作品在“温柔”之中不再“微带着忧愁”，而是“涂上了明丽的色彩，换上了明快的曲子”，充满了乐观和自豪，透出了一股健美的气息。冰心的创作具有净化人的心灵，陶冶人的情操的作用。纯正的审美趣味与强烈的道德力量，赋予她的作品永不凋萎的艺术魅力。这也正是冰心的作品能赢得一代代读者并得以传世的主要原因所在。

冰心拾掇着生活的火花、思想的火花，以清新委婉的抒情将她所叙述的母爱、童真之爱、自然之爱等"往事"联结在一起，通过一种如涓涓细流的语言表达出来，形成了现代散文史上独特的"冰心体"。阿英认为："她的文体……就是她的诗似的散文的文字，从旧形式的文字方面所伸引出来的中国式的句法，也引起了广大的青年的共鸣与模仿，而隐隐的产生了一种'冰心体'的文字。"①"冰心体"风靡的原因，当然离不开冰心散文所关注的内容以及所采用的相关情感表达方式。冰心对"美"与"爱"的歌咏，尤其是她关于母爱的赞颂，特别容易牵动五四时期初离故园的青年人的心脉。而她"满蕴着温柔，微带着忧愁"的情感表达，含蓄细腻，充满女性委婉清丽的风致，在对抒情格外重视的五四文学中，也尤易得到认可。沈从文在 30 年代前期说："十年来在创作方面，给读者的喜悦，在各个作家的作品中，还是无一人能超出冰心女士。"②一些著名散文家的回忆录中，也常提及对冰心散文的美好印象。巴金写道："从她的作品里我们得到了不少的温暖和安慰，我们知道了爱星，爱海，而且我们从那些亲切而美丽的语言里重温了我们永远失去了的母爱。"③的确，由冰心的散文，传达出了人生中最天真、最富于幻想也最为难忘的美好年代的情思，感染着千万读者。

然而，更为重要的原因还在于冰心散文中行云流水般的语体特征。她将白话文、文言文、西文调和起来，融和成为典雅、明丽、凝练的散文语言，使之成为现代文学语言的典范。阿英由文学史的角度去理解"冰心体"："由于冰心思想的决定，她在作品中所采用的形式，也必然是新的，也包含了若干旧的成分，冰心的文字，是语体的，但她的语体文，是建筑在旧

---

① 阿英：《谢冰心》，见《冰心研究资料》，北京出版社，1984 年版，第 215 页。

② 沈从文：《论中国的创作小说》，载《文艺月刊》1931 年 4 月 15 日，2 卷 4 号。

③ 巴金：《〈冰心著作集〉后记》，见《巴金全集》第 17 卷，人民文学出版社，1991 年版，第 340 页。

文字的础石上,不在口语上。对于旧文字没有素养的人,写不出‘冰心体’的文章。具体点讲,就是到了‘冰心体’的文学产生,是表示了中国新文学的一种新倾向的存在——以旧文字作根基的语体文派。这在形式上,一样的是一个过渡期的,适合于从封建思想中刚刚地挣脱出来的青年的形式。从思想一直到文字技术,她是无往而不表示了她的独特倾向,她这样的获得了存在。”[①]这一评价,其实也是冰心自己对于散文文体想象的反映。“白话文西化”,“中文西文化”,是冰心的文体理想。在修辞上她也“爱浸些旧文化的汁水进去”。通过“化”与“浸”的方式,冰心将西文结构繁复的句式及语汇,适度地与汉语调和,将中国古典文学中意境、情韵、气氛与文字的美,不落痕迹地融入新文学的语言表达中,使她笔下的文句,灵动跳荡,韵律铿锵,显得典雅整饬,精炼蕴藉,别有一种流丽轻脆的风格。这种既有旧文字的蕴藉,又有白话文的纯净的语句,成为冰心的标志性语言。如:“在朦胧的晓风之中,欹枕倾听,使人心魂俱静。春是鸟的世界,‘以鸟鸣春’和‘春眠不觉晓,处处闻啼鸟’这两句话,我如今彻底的领略过了!”(《鸟兽不可与同群》);“船身微微地左右欹斜,这两点星光,也徐徐地在两旁隐约起伏。光线穿过雾层,莹然,灿然,直射到我的心上来,如招呼,如接引,我无言,久——久,悲哀的心弦,开始策策而动!”(《往事(二)·八》)这种语言,融叙述、描写、抒情为一体,将旧文学语言的典雅与新文学语言的流畅融为一体,温柔地传递出一种清新婉约之美,极易激发起当时既受过旧文学熏陶,又心仪新文学之顺畅的青年读者内心的共鸣,也更容易成为这些青年人群起模仿的典范文体。

冰心散文语言的新旧杂糅特征,为白话文学的确立发挥了巨大的作用。正是这种独特的文体语言,使白话摆脱了当时的“低俗”恶名,成为白话足以写作“美文”的有力证据,更显示了现代白话散文长于描写与抒情的优势,并在中西、古今语言的杂糅渗透中,使现代文学语言得以成型,发展。

冰心如此自剖:“我知道我的弱点,也知道我的长处。我不是一个有

① 阿英:《谢冰心》,见《阿英文集》,生活·读书·新知三联书店,1981年版,第121~122页。

学问的人，也没有喷溢的情感，然而我有坚定的信仰和深厚的同情。在平凡的小小事物上，我仍宝贵着自己的一方园地。我要栽下平凡的花，给平凡的小小人看。”①正是怀着这样一种坦率真挚的思想情感，她能够以自己纯真的心，怀抱着坚定的信仰，矢志不渝地实践着“爱的哲学”，搭建出美的、纯净的文学庙宇。

郁达夫这样高度评价冰心的散文：“冰心女士散文的清丽，文字的典雅，思想的纯洁，在中国好算是独一无二的作家了；记得雪莱的咏云雀的诗里，仿佛曾说过云雀是初生的欢喜的化身，是光天化日之下的星辰，是同月光一样来把歌声散溢于宇宙之中的使者，是虹霓的彩滴要自愧不如的妙音的雨师，是……这一首千古的杰作，我现在记也记不清了，总而言之，把这一首诗全部拿来，以诗人赞美云雀的清词妙句，一字不易地用在冰心女士的散文批评之上，我想是最适当也没有的事情。”“我以为读了冰心女士的作品，就能够了解中国一切历史上的才女的心情；意在言外，文必己出，哀而不伤，动中法度，是女士的生平，亦即是女士的文章之极致。”②

---

① 冰心：《我的文学生活》，见《冰心全集》第3卷，海峡文艺出版社，1994年版，第27页。

② 郁达夫：《〈中国新文学大系·散文二集〉导言》，上海良友图书印刷公司，1935年版，第15页。

第三节　朱自清的散文

几乎自中国现代文学初步开启之时，中国现代散文创作就已经达到一个足令后人追摹的高峰。而朱自清则以其特有的白话美文风范，成为这座高峰中一道靓丽的风景，同时也赋予中国现代散文以独特的审美特征。

朱自清(1898—1948)，原名自华，字佩弦，现代著名散文家、诗人、学者。1898年11月22日出生于江苏东海县，6岁时随家从东海移居扬州，自称“扬州人”。1916年考入北大哲学系，是文学研究会的早期会员。1920年于北大毕业后，辗转于江浙一带，从事中学教育并进行新诗创作。他的绝大部分新诗都写于这一时期，其中长诗《毁灭》是最有影响的代表作。1924年第一本散文集《踪迹》出版。1925年起任清华大学中文系教授，转向散文创作，同时研究中国古典文学。1928年第一本散文集《背影》出版，为他赢得了较高的声誉。抗战爆发后，他随学校南迁昆明，在西南联大任教。抗战胜利后回到北平，继续在清华大学任教。1948年6月18日，在身体极度衰弱、迫切需要营养和治疗的情况下，朱自清毅然签名于《抗议美国扶日政策并拒绝领取美援面粉宣言》，表现出了崇高的民族气节和爱国主义精神。毛泽东称颂其晚年“表现了我们民族的英雄气概”。事隔不到两个月，朱自清就在贫病交加中与世长辞。

从20年代初到病逝的近30年时间里，朱自清的写作重心数度转移，由诗转而散文转而杂文。除了极少的小说和诗外，朱自清的散文先后结集出版的有《踪迹》(1924)、《背影》(1928)、《你我》(1936)、《欧游杂记》(1934)、《标准与尺度》(1948)、《论雅俗共赏》(1948)等，此外还有不少语文教学和古典文学的研究专著。

朱自清是在五四运动浪潮的推动下开始其文学生涯的，他最初以诗人的身份走上文坛，是现代文学史最早的诗刊——《诗》的编者之一。在文学研究会众诗人中，朱自清的创作风貌显得朴实明快、皎洁真纯。创作于1922年的长诗《毁灭》是其最早的抒情长诗之一，也是朱自清全部诗作中最能代表其艺术造诣和思想动态的作品。1925 年后朱自清绝少写诗，他将主要精力移向散文写作。朱自清的散文创作大体可分为两个时期：1937 年抗日战争爆发前为前期，以叙事抒情散文为主；抗战爆发至辞世的 10 年，为朱自清散文创作的后期，以杂文为主。其前后期散文风格的发展与变化，与朱自清自身心路历程的探索是密切相关的。

朱自清早期散文创作以游记最为著名。《桨声灯影里的秦淮河》、《温州的踪迹》、《绿》、《白水漈》等都是其中的名篇。在游记写作中，朱自清能够极力地写出景物的细致情态，并将自己的情感与想象、直觉与体验，完全融化到对景物的细微描写中去，从而营造出物我同化、心与境谐的诗情画意。朱自清的游记，突破了以前短篇的随笔体创作方式，成为典型的现代游记体美文。朱自清还创设了多种体式的记游文字，除描写游踪景色之外，还有兼录社会风习的旅行记，如《航船中的文明》等，以及描述名胜古迹与文物的地方志，如《南京》、《说扬州》等。他的游记创作，极大地丰富了记游体散文的文体与抒写方式，为现代散文作出了重要贡献。30 年代以后，朱自清创作了《欧游杂记》、《伦敦杂记》，文字洗练成熟，更具有现代口语的亲切韵味，同时也显示着他认真负责、严谨不苟的写作姿态。他在《〈欧游杂记〉序》中明确地指出："各篇以记述景物为主，极少说到自己的地方。这是有意避免的。一则自己外行，何必放言高论；二则这个时代，'身边琐事'说来到底无谓。"在《〈伦敦杂记〉序》中，朱自清同样坚定地表示，"还是抱着写《欧游杂记》的态度，就是避免'我'的出现"，以重视记述与逼真描绘各国美好风光与丰富的文化艺术为创作主旨，"用意是在写些游记给中学生看"。因此，他对游记中景物、艺术品的形状、色调、风致，都尽心尽力地进行了细致入微的描绘，遣词造句无不刻意为工，力求再现景物的具体风致，使西欧的文化风貌得以活脱逼真、亲切自然地呈现在读者面前，鲜明地体现出朱自清真诚自然的人生态度与人格追求。

朱自清真诚朴素的个性，还促使他将关怀的目光投向社会与人生，力图触及生活的血泪本质。《生命的价格——七毛钱》，揭示出以 7 枚银币购得天真女童的令人发指的残酷现实；《阿河》也以类似的情节寄寓着作者对弱小者的真切同情，流露出朱自清亲眼目睹美丽的幼弱生命走向毁灭深渊而无力挽救的深刻痛楚。虽然作者在这里只能以人道主义的姿态呼吁，但也足以引起社会疗救的注意。《白种人——上帝的娇子》，通过描写自己在上海电车上遭受西洋孩童的倨傲逼视，而痛切地感受到民族歧视的无比耻辱，唤醒了他强烈的民族意识，产生了迫切的国家观念，提出了民族平等的正义要求。这在当时有着很强的现实意义。《执政府大屠杀记》以写实的笔法记录了“三·一八”惨案的真相，表达了自己的真实感受，“由怕而归于木木然，实是可耻的”，非常坦率地承认自己的“怕”与“可耻”，表现出作者可贵的诚朴正直，也促使他大声疾呼“我们有此无脸政府，又何自容于世界——这正是世界的耻辱呀！”这是一颗正直真纯的心灵面对黑暗与血腥时所必然生发的激愤反应。这一情绪模式也为40年代的朱自清能够以温文尔雅的瘦弱之躯，化身为刚强无畏的民主斗士，坚决拒领“卖国粮”的人格范式的形成，埋下了伏笔。

40年代的朱自清改写杂文，一方面为了更有力地对严峻的现实发言，一方面也是实践他所提倡的“谈话风”。其作品多议论人生社会问题，增添了较浓厚的思辨色彩与哲理意味，语言自然亲切，雅俗共赏，显示了很高的艺术功力。朱自清的杂文标志着他在散文创作上的新追求与新发展。此时的创作，无论是知人论世、研讨学问，还是写作杂记、文论、书评或序言，都非常注意对所述问题沿革发展的描述与辨析，犹如为读者揭开了活页的历史。他的指点翻阅，启发说服，往往会使读者对问题的认识达到更高层面的境界。朱自清以学问家的身份，运用朴学的考证分析方法，将历史与现实进行了贯通，坚持史论结合，论从史出，创造了杂文写作的新体式。

朱自清对新文学的最大贡献，在于创作了一系列在新文学史上占有重要地位的叙事抒情小品，以“美文”的创作实绩，彻底打破了复古派认为白话不能写作“美文”的断言，更在古典文学与西方文化结合的基础上，奠立了具有中国民族特色的散文体制与风格。他的《匆匆》、《背影》、《荷塘月色》、《春》等名篇，以事传情，用笔朴实、平淡，却有极强的情感冲击力，被认为是白话美文的典范，被选入中学语文教材之中。

朱自清以叙事写景为主的抒情散文创作，侧重于在叙事写景中抒情。

他的文章严谨不苟，风格平易自然。朴素的文章，不像大红大绿那么显眼，它的好处要细心玩味，才能够体会。

朱自清擅长写景抒情，通过对自然景物的精确观察，对声音、色彩的敏锐感知，由对千姿百态、动静交织的鲜明形象的塑造，以及巧妙的比喻和联想，构成了一个细密、悠远、浑圆的优美意境。这些作品，以细腻勾勒、层层描绘见长，称得上是“工笔美文”。如《荷塘月色》一文，在朱自清笔下，本自平常的荷塘却无美不备，淡淡的月色，田田的荷叶，薄薄的春雾，葱葱郁郁的树及树上的蝉声与水里的蛙声，组成了一幅意境优美的工笔画，虽然意在写心中“颇不宁静”，但一路写来，却又处处见“静”；《桨声灯影里的秦淮河》一文中，汩汩的桨声，勾画出一幅动人的场景：从夜幕初垂、灯影朦胧、歌声甫现，到灯月交辉、笙歌盈耳，再到灯火疏淡、素月照人，水光、灯影、月色、歌声，色彩不同，音响各异，极视听而动心弦。朱自清的写景散文，善于通过精细的观察，运用对音乐和色彩的感觉，进行比喻与联想，细腻委婉地描绘美丽的景致以及表达自己的内心感受。

朱自清的叙事抒情散文，叙述父子、夫妇间的深情厚意，能够以可感的形象表现内心，入情入理，娓娓动人。发表于 1928 年的《背影》，是这一类型散文的代表。这篇作品不是即兴之作，而是经过岁月的流逝，人生角色的转换，儿子回忆沉思的结晶，其中蕴涵着作者对人生社会的深切体验和深沉思考。《背影》通过描述父亲为儿子送行及相关的细节，将父子之情表现得细微自然，既凸显了拳拳父爱，也表达着眷眷的思父之心，两种情感交相辉映，生动感人。在回忆《背影》的写作时，朱自清曾说：“我写《背影》，就因为文中所引父亲来信里那句话，当时读了父亲的信，真是泪如泉涌。我父亲待我的许多好处，特别是《背影》里所叙的那一回，想起来跟在眼前一般无二，我这篇文章只是写实。”[①]现代评论家李广田这样评价：“《背影》一文，寥寥千五百言，其所以能历久传诵而有感人至深的力量者，当然并不是凭借了什么宏伟的结构和华赡的文字，而是凭了他的老实，凭了其中所表达的真情，这种表面上看起来简单朴素，而实际上却能

① 朱自清：1947 年 7 月 1 日答《文艺知识》编者问。

发生极大的感动力的文章，可以作为朱先生的代表作品，因为这样的作品，也正好代表了作者之为人。”[①]《给亡妇》一文同样如此，不注重表现什么深刻的社会意义，只是诚实、尽情地抒发了一个普通知识分子对亡妻的真挚淳朴的悼念之情。作品通过娓娓的叙事，尤其是一系列的生活细节叙述，细细诉说亡妻十二年来含辛茹苦养育儿女、体贴自己的历历往事，表达自己对亡妻关心、体贴不够的歉疚。文章中，作者没有粉饰，没有渲染，更没有呼天抢地的痛哭哀号，而是一一细诉，平白道来，一层进一层地铺陈开去，却使读者深切地感受到一股真情潮水的冲击。文章将“情”与“事”自然融合起来，寓情于事，驭情于笔，给人以“此中真歌哭”的情感震撼！散文《儿女》，是作家自述为父心怀与寸寸甘苦的名作，在自责悔恨中透露着为父的责任心与舐犊情深的天性，在对儿女如何成长的思考中显现出他博大的爱心与胸襟。在这类散文中，作者细细倾诉着父子、夫妻间的深情，“只为家贫成聚散”，骨肉间的悲欢离合在世事艰难的社会背景下显得感人至深，对辛酸生活的耐心咀嚼也更贴近每一位平凡读者的内心。

以《背影》为代表的朱自清散文的艺术特点主要体现在以下几个方面：第一，取材琐细，以小见大。朱自清的散文往往取材者小，所见者大，由点滴的感受或是微不足道的情景升发出深广的思想内蕴。第二，感情真挚。深厚的情感注入是朱自清散文脍炙人口的重要原因，所抒之情都是作者发自内心的真实情感的流露，没有任何斧凿的痕迹。他的以家庭生活为素材的作品所表现的或温厚、或感伤、或幽默的人伦之情，颇为动人。第三，情景交融，构思精巧。朱自清的散文名篇，写景的往往是景中有情，情景交融，既有朦胧的画意，又有幽幽的诗情；而抒情的又往往情中见景，充溢着水乡风光。梅雨潭的绿，秦淮河的波与光、弦歌画舫……都能引人入胜，生发身临其境之感。第四，语言自然、亲切、漂亮。朱自清的散文语言别具质朴之美，构思精巧而又缜密，讲究节奏感和韵律美，善用长短句的巧妙搭配，读来错落有致，朗朗上口，颇有跌宕回环的听觉美感。以《背影》、《儿女》为标志，朱自清在现代散文史上树立了一种平易、朴实、

① 李广田：《最完整的人格——哀念朱自清先生》，载《观察》1948 年第 5 卷第 2 期。

本色的散文美的典范。后人认为:“朱自清先生的《背影》,虽然只是薄薄的一本小书,而且出版已经那么多年了,但它一直也还是一个最好的散文范本,它叫我们感到写散文并不困难,并觉得无论甚么事物都可以写成很好的文章,它那么自然,那么醇厚,既没有那些过分的伤感,又没有那些飞扬跋扈的气息,假如说散文之中也有所谓正宗的话,我以为这样的就是。”①

怀人之作也是朱自清叙事抒情散文的一种。他描写友人优美的精神风度,与知己间的深厚友谊,将他们之间互相谅解、体贴及可资纪念的往事娓娓道来,使读者微微地醺醉于那醇厚真挚的人情美之中。在《怀魏握青君》中,他细致地描述了与友人的交往细节。先由在雪香斋为其友去国远行饯别写起,提及他们共同饮酒、看电影,让读者深感俩人感情的深厚;再忆及此后相知基础上,对友人玩世不恭的谅解及为人尽心竭力的赞美。“人之相知,贵相知心”,俩人的深厚友情在交往过程中借着相互的体贴与谅解徐徐渗透出来。作者接着刻画了一个月夜谈心的场景:“这种月光,这种原子,这种柏树,这种谈话,都很可珍贵”,犹如诗句“昨夜星辰昨夜风,画楼西畔桂堂东”(李商隐)所描绘的意境,所有时空景物,都摄入记忆中作为情谊的具体影像而长存。末尾表达了作者对于别后未能履行诺言的内疚,以及对于再相会的渴盼,余情犹在,余意无尽。他的怀人之作,带有一种超脱世俗、相知相怀的人情美,以淡笔写淡淡的情感,虽然不像《背影》、《给亡妇》中以深情哀笔表现对远去的骨肉亲人的魂牵梦萦,但仍别具蕴藉的醉人情味。朱自清的序跋文称得上是他怀友文的另一种形式,也极富情致。如《山野掇拾》、《〈子恺漫画〉代序》等,作家在其中以友情的慧眼,发掘着友人们内心与创作的美感,以巧妙传神的比喻,生成情思丰富新鲜隽永的文字。

朱自清散文中还有许多记叙闲情的作品,虽然并不具有特别的高尚意义与社会价值,然而却是当时诸多知识分子生活的一部分。如作家自己所说:“没有笑,没有泪,只有冷脸,只有‘鬼脸’,岂不郁郁地闷煞人!”

① 李广田:《文艺书简》,开明书局,1949年版,第41～42页。

(《怀魏握青君》)如《女人》表现作者对“艺术的女人”体态之美的欣赏，充满了静观自得的陶陶然之趣；《谈抽烟》虽然仅八百言，但却花了作者两个下午才写好，朱自清在其中以极为认真的态度谈论别人极少顾及的琐事，将抽烟的情趣说得淋漓尽致、入木三分。这些寄托闲情逸致的文章，为生活在艰辛时世中的读者，提供了些微陶养性灵的土壤。

叶绍钧认为：“现在大学里如果开现代本国文学的课程，或者有人编现代本国文学史，谈到文体的完美，文字的会写口语，朱先生该是首先被提及的。”①的确，朱自清散文语言的突出成就，就在于他善于运用“活的口语”。

五四白话文运动为现代散文运用“活的口语”开辟了道路，而朱自清则是这一道路坚定的履行者与成功的实践者。1929 年 8 月，在《说话》一文中，朱自清首次提倡“用笔如舌”和“以说话论”的文风；1932 年 10 月和 1934 年 10 月，他分别在《论白话》与《内地描写》中先后明确提出“尽量地采用活的北平话”和作品要像“寻常谈话一般”等建立“口语化”语言的艺术主张。在文集《国文教学》、《标准与尺度》、《论雅俗共赏》等一些篇章中，朱自清又进一步提出了创造“口语化”语言的一些具体的审美标准。这一切，为他艺术语言的创造和成熟奠定了坚实的理论基础。在这些理论的指导下，他自觉地以口语为基础进行创造，从北京口语和其他方言中提取有效的表达成分，包括口语词语、口语句式和语调等，并根据表情达意的需要，适度吸收与糅合富有生命力和表现力的文言成分和西欧语言的某些表达方式，形成了北京味很浓的、具有知识分子口语特点的“口语化”的语言境界。

朱自清从创作伊始，就注重学习北方方言，以北京话为基础，从口语中提取有效的表现成分，一步一个脚印地向着文学语言的口语化迈进，并逐步形成了一种堪称典范的独具个性的白话文学语言——“口语化”的艺术语言。这种语言“念起来上口，有现代口语的韵味，叫人觉得那是现代人口里的话，不是不尴不尬的‘白话文’。”虽然它仍是知识分子化的口语，

① 叶圣陶：《朱佩弦先生》，载《中学生》1948 年 9 月号，总第 203 期。

却能雅俗共赏。他的语言通俗而典雅，既用口语化的字词、句式，又点缀以书面语成分，同时采用朋友式促膝谈心的方式，形成一种清新、典雅、亲切、平等、自然、朴素的风格。他特别强调文学语言的朴素、自然与创新，声称这种自然而新鲜的语言，就是“回到自己口头的语言”(《今天的诗》)，或者为“活的口语”(《论通俗化》)。如记述北京西山松堂风景的《松堂游记》，就是用朱自清精心提炼的口语，读来饶有风趣。为说明松堂中的白皮松疏密高矮合适，他使用了很多口语化的句式，如以拟人的手法说“你挤着我我挤着你”来表达树的紧密；用反问的“四角上各种一棵，疏不是？谁爱看？”表达疏落布局的不足；用口语化的“这亭子高大轩敞”，“对得起”那四周的松树，来表达亭子与周围松树的般配。正是由于朱自清在富含语气的句式、恰当的修辞手段、同义词的选用等诸多方面的着意经营，才使得他笔下的语言显得格外别致而情趣丰富，从而为景物添加了不少情韵风致。他的散文语言，多以短句构成，易于形成鲜明的节奏，行文的跳跃停顿，都与内容与情感的起伏跌宕相辅相成，形成与口语表达一致的自然节奏。朱自清的散文语言之所以自然，还有一个重要原因，就是他基本上使用“不欧化的口语”(《你我・序》)。这种口语保持了汉族标准语的民族特点，读来干净洗练、亲切流利，无生涩别扭之感。《悼亡妇》就是这样的代表作，全篇以北京口语写成，如用“一会儿提，一会儿抱”、“那份儿心”、“成天儿忙着”、“瞧着他那硬朗点儿”等儿化句式，如话家常，亲切自然。

在朱自清的后期杂文中，这种“谈话风”的特征体现得更为鲜明充分。他“熔经铸史”，析理精微，略无理论腔调与学理面孔，而是明白如话，深入浅出，虽然是“活的口语”，但是因为经过作家的精心筛选提炼，更显得简洁朗畅。

许多研究者认为，朱自清秉承了中国“温柔敦厚”的诗教传统，从人格与文风上都体现着一种“哀而不伤，怨而不怒”的美学风格。他散文中流动的情感，从不是强烈的、偏激的，而多是一种沉痛隐忧，是克己内敛的悲伤与带着淡淡苦涩的喜悦的融合。《给亡妇》以对于日常琐事的叙述将生离死别的哀恸传达得感人至深；《背影》以平实的口吻写出家道没落的不幸，而父亲矮而胖的身影在这种压抑的叙述中形成了更为强烈的震撼力。即使在写景散文中，朱自清在景物的描写中所透露出的情怀也掺杂着微微的痛楚与淡淡的苦涩。《桨声灯影里的秦淮河》中，隐隐贯穿着作者对自我道德的考验与坚守；《荷塘月色》在细密的景物描摹中，挥之不去的是"热闹是他们的，我什么也没有"的落寞。他情感的抒发在继承中国既有散文传统的基础上，驾轻就熟地游走于纵情任性与谨慎自守的两极之间，实现了感情的收放有度以及情、景、事的完全相融。鲁迅说过："感情正烈的时候，不宜做诗，否则锋芒太露，能将'诗美'杀掉。"①虽然是针对诗歌创作而言，但也非常恰当地阐释了朱自清散文中诗意的生成途径。

而更为重要的，朱自清"谈话风"的语体特征则是传达上述"哀而不伤，怨而不怒"的诗意情感的最佳载体。情致的内敛潜隐往往易于营造恬淡的诗意，正如朱自清自己所言："说到酒，莲花白太腻，白干太烈；一是北方的佳人，一是关西的大汉，都不宜于浅斟低酌。只有黄酒，如温旧书，如对故友，真是酽酽有味。"（《怀魏握青君》）而这种"如温故书，如对旧友"的感觉，需要"随随便便，老老实实地写来"，文字"不露咬牙切齿的样子，便更加亲切。"（《"海阔天空"与"古今中外"》）借助于"用笔如舌"的谈话风文体，朱自清以现实的人情物理为经，温厚的自剖自省为纬，营造出了独特的情致深潜、真挚清幽的诗意境界。

郁达夫认为："朱自清虽则是一个诗人，可是他的散文，仍能够满贮着那一种诗意，文学研究会的散文作家中，除冰心女士外，文字之美，要算他了。"②的确，能够在白话的"谈话风"文体中自然地流露出淡淡的诗意，可以说是朱自清对现代散文的独特贡献。

---

① 鲁迅：《两地书·三十二》，见《鲁迅全集》第 11 卷，人民文学出版社，1981 年版，第 97 页。

② 郁达夫：《〈中国新文学大系·散文二集〉导言》，见《中国新文学大系》，上海文艺出版社，2003 年版，第 18 页。

第四节　俞平伯的散文

俞平伯（1900—1990）原名俞铭衡，浙江德清县人，是清代大学者俞樾俞曲园之曾孙、俞陛云之子。他从小受到良好的家庭教育和文化熏陶，奠定了深厚的古典文学基础。1919年毕业于北京大学，先后任浙江省视学、浙江师范国文教员，上海大学、北大女子文理学院教授，一度赴英、美，均不久即返。回国后，任燕京大学、清华大学、北京大学、北平大学、中国学院等院校教授。新中国成立后，历任北京大学教授，北京大学、中国科学院哲学社会科学部（现中国社会科学院）文学研究所一级研究员，全国文联委员，中国作协理事，九三学社中央委员。

俞平伯是新文学运动初期的重要诗人，中国白话诗创作的先驱者之一，曾加入过北京大学的"新潮社"、"文学研究会"、"语丝社"等文学团体，以新诗著称，提倡过"诗的平民化"，有《冬夜》、《西还》、《忆》等集子出版。他还是继王国维之后在词学批评上有着重要建树的词学家。他用漂亮缜密的写法，创作了不少十分精彩的抒情散文。他的散文不多，却写出了自己独特的风格，如：《桨声灯影里的秦淮河》、《陶然亭的雪》、《湖楼小撷》、《西湖的六月十八夜》等，这些作品的素材都取材于他自己的亲身经历和感受。正是这些散文名篇，奠定了他在中国现代散文史上的地位。

俞平伯出版有5本散文集：《杂拌儿》（1928）、《燕知草》（1928）、《杂拌儿之二》（1933）、《古槐梦遇》（1936）、《燕郊集》（1936）；另有集外散文多种，与叶绍钧合作了《剑鞘》。反映狂飙突进、风云变幻的五四时代精神和科学民主的进步思潮，是俞平伯早期散文的基调，体现了五四时代破旧立新的革命要求。写于五四前后的不少杂文随感，表达了俞平伯对政治的敏感，对社会的关注，对人生的思考。以1928年为界，他的散文作品在艺术风格上，有了明显的变化。因此分为两个时期。

前期以抒情散文为主，写景抒情，情景并茂。作者在对自然景物的描摹中，触景生情，直抒胸臆。这时期俞平伯的作品大多是写作者自己的生活际遇，抒发自己的性灵，描景状物，细腻绵密，显得文思郁勃。江南北国的自然风光和人文景观，成为他散文创作的源泉。他的散文成名作《桨声灯影里的秦淮河》，记叙与挚友朱自清泛舟秦淮河，在月光皎洁的仲夏之夜，在曲栏明窗的彩船画舫之上，灯影闪闪，波光粼粼，桨声阵阵，弦歌声声，沉浸在如诗似画的秦淮月夜之中。文中渲染了一种“空空的惆怅”的情怀，感慨喟叹“绮恨逐老去的年华”，绘制了一幅“心和境的交萦互染”的朦胧迷离的境界。还有写于 30 年代的《阳台山大觉寺》、《进城》、《秋荔亭记》、《陶然亭踏雪》等。俞平伯祖籍浙江而生于苏州，他熟稔江南文化和风土人情，对吴山越水情有独钟。北迁以后，仍然朝思暮想，刻骨铭心，他情不自禁地濡墨走笔，来描绘刻画思念中的西湖，倾诉西湖带给他的绵绵思绪和突发的灵感。因此，他的美文多以吴越地方的风物景色为抒写对象。写秦淮河的灯影桨声，写游寒山寺和重访母校苏州平江中学的回肠荡气的感慨之作；记叙观览绍兴的柯岩、兰亭、大禹庙、东湖等胜迹(《山阴五日记游》)，文字奇丽峭拔，意境幽奇深邃，是游记文学的上品。而写得最多、成就最大的，还是那些描述浙杭山水之美和人情习尚的抒情小品。俞平伯的作品，是西湖文化生动具体的感知和写照。他以独特的文化素质和审美情趣，把审美触角伸向西湖的山光月色，杭城的市井街巷，使他的美文氤氲着一层深厚浓烈、沉郁繁密的文化氛围和审美气息，给西湖文化平添了几分妩媚，延伸和拓展了西湖文化的内涵。湖光塔影、楼台亭榭、山水草木、莲塘柳陌、朝晖暮霭、听雨看云、赏花眠月、民情风尚、家庭琐细，随处可见；西湖及其周围景点，如断桥、孤山、西泠、苏堤、灵隐……活灵活现、绘声绘色地呈现在他的笔底。《西湖的六月十八夜》是描绘西湖景色最具代表性的一篇，文章写的是月夜泛舟西湖。另一篇写西湖山光水色的《湖楼小撷・楼头一瞬》，描绘雨后不断变幻着的西湖烟云和斑斓色彩，是一幅色彩绚丽的西湖山水长卷。此外如短小简赅的《梦游》则是西湖秋夜时分的油画；《芝田留梦记》淋漓尽致地写尽了经过江南兼旬寒雨洗濯后的心身，此外，如描写西湖的桃花与樱花(《湖楼小撷》)、碧桃与枫叶(《坚匏别墅的碧桃与枫叶》)、杭城的市尘街巷与东站(《清河坊》、《城站》)等等，都有精彩之笔。俞平伯的情景美文，从不同层面，不同视角，不同题材，来表现西湖山水文化的丰厚感和多彩性。美文《陶然亭的雪》,写隆冬时节踏雪陶然亭,满目银装素裹的白色世界,写尽苍茫寥廓、肃杀冷寂的北国雪原气象。俞平伯一向把北平视为第二故乡,对古都感情深笃,写下了许多有关北平的散文。他的情景美文,描绘刻画较为繁复、浓重、铺排、夸张,感情表达较为强烈、奔放、倾泻、直露,修辞用笔比较流丽、缜密、缠绵。而后期的情意美文,则一变精雕细刻、华丽浓馥的描述手法,为简赅、含蓄、冲淡、质实、雅致。

细腻委婉,是俞平伯早期散文的一个特点。他喜欢用一些典雅的词句多方面地描绘事物,款款入情地抒写自己的心曲,在情与景的交汇中显示出自己这种独特的创作个性。例如《湖楼小撷》一文,他用重彩浓墨,描述了轻阴和绯桃这"湖上春来时的双美":"桃花仿佛茜红色的嫁衣裳,轻阴仿佛碾珠作尘的柔幂"。"正在春阴里的,正在桃花下的孩子们,你们自珍重,你们自爱惜,否则春明中恐不免要夹着飘洒萧疏的泪雨,而桃树下特有成阵的残红了。你们如真不信,你们且觑着罢。春归一度,已少了一度。明年春阻挠着桃花姊妹们的酒红的手重来掴上,你们可不是今年的你们了,它们自然也不是今年的它们了。一切全都是新的。惟我的心一味的怯怯无归,垂垂的待老了。"这里既细腻地描绘了春光美景,同时又委婉地吐露了自己惜春、伤春的心怀。正是这种独特的创作个性,使得俞平伯的小品散文,显示出一种绵密的风貌。这种细腻而委婉的特色,还加深了俞平伯早期散文的抒情色彩,无论是秦淮河的月影灯彩、陶然亭的皑皑白雪、西湖的湖光山色,还是寓居杭州的所见所闻,所感所思,历历都拨动作者的心弦,促使他用委婉而有情致的笔触,抒写自己的感受和心曲。比之周作人的冷静冲淡,俞平伯的这类文字更显得有丰韵。比如《清河坊》抒写自己对故土的热恋和小康人家的乐趣;《城站》写个人的一段经历,事虽细小,但写来却颇有情味,文中也隐约吐露出对军阀混战的不满:"听说江南去年唱过的旧戏又在那边新排了,沪杭车路也不通了,您到哪儿去?杭州城站吗?"又比如《打橘子》一文,回忆少年时期的情景,亲切中又透着若干凄凉。这些篇章都是写杭州的,他写得是那么一往情深。"他为什么与众不同地那样教着他惦着?""这正因杭州而外,他意中还有几个人在——大半因了这几个人,杭州才觉可爱的。好风景固然可以打动人,但若得几个情投意合的人，相与徜徉其间，那才真有味；这时候风景觉得更好。”他用诗意的笔触写出了深情，这使得俞平伯早期的一些小品散文，有着一种温馨的人情美。

当然，我们也不能不看到俞平伯早期的创作，出于刻意追求细腻委婉，使得文字有些繁缛，过多的哲理性的议论，也使文气不那么畅达，显得有些板滞。有些散文中流露的只是一丝淡淡的寂寞和无聊之感，读者往往会感到失之缺少形象，缺少情思。正是由于这个原因，他在这一时期写的小品散文，在读者中的影响也就小了。

1928 年以后，当俞平伯写收集在《燕郊集》和《杂拌儿之二》里某些篇章的时候，他着意追求的是一种“素朴的趣味”，使得散文从细腻绵密转而为冲淡和朴拙。他的美文风格发生转向，由浓而淡，由繁而简，刻意追求雅素古朴。

朱自清在《〈燕知草〉序》言中指出：“书中文字，颇有浓淡之别。《雪晚归船》以后之作，和《湖楼小撷》、《芝田留梦记》等，显然是两个意境。……近年来他觉得描写太板滞，太繁缛，太矜持，简直厌倦起来了；他说他要朴素的趣味。”俞平伯本人在 1928 年写的《坚匏别墅的碧桃与枫树》一文中也说：“试作纯粹的描摹……这真自讨苦吃。刻画大苦，抒写甚乐，舍乐而就苦，一不堪也。”这就是说，在试作了 3 年“纯粹的描摹”——情景美文之后，他有意识地将风格由繁缛转向简洁，由华美转向质朴，由描写转向抒情，由情景美文转向情意美文。把他前期的情景美文与后期的《雪晚归船》、《冬晚的别》等情景美文作一比较，就可以明显地看出这种转换的印痕和轨迹。对此，朱自清有一个十分形象的比喻：“用杭州的事打个比方罢；书中前一类文字，好像略贤寺的玉佛，雕琢工细，光润洁白，后一类呢，恕我拟不于伦，像吴山四景园驰名的油酥饼——那饼是入口即化，不留渣滓的，而那茶店，据说是‘明朝’就有的。”

俞平伯的山水游记散文重视对大自然美的抒写，读他的作品，使人强烈地感受到，主体在与大自然交谈，在交谈中达到一种心灵的默契，他把自己的身心置于其中，正是这种浑然一体的内在意蕴使他的作品呈现出一种幽婉、轻灵、悠远的美学境界。俞平伯在山水游记散文中还“有意识地追求一种理趣美;读着俞平伯纪游文学虽然有一种飘零的闲散的寻梦的怀旧的朦胧的感觉,但透过委婉曲折、词情清秀的笔调却处处能体会出耐人寻味的哲理意蕴……”①

周作人在《〈燕知草〉跋》中,曾有一段评论:“我平常称平伯为近来的第三派新散文的代表,是最有文学意味的一种,这类文章在《燕知草》中特别多。……不专说理叙事而以抒情分子为主的,有人称他‘絮语’过的那种散文上,我想必须有涩味与简单味,这才耐读,所以他的文词还得变化一点。以口语为基本,再加上欧化语,古文,方言等分子,杂糅调和,适宜地或吝啬地安排起来,含知识与趣味的两重的统制,才可以造出有雅致的俗语文来。我说雅,这只是说自然,大方的风度,并不要禁忌什么字句,或者装出乡绅的架子。平伯的文章便多有这些雅致,这又就是他近于明朝人的地方。”这段话,常常被征引,人们认为它很深刻、准确。他说出了俞平伯散文的总体特点。俞平伯的美文,特别是情意美文,重抒情,少描写,是以“不专说理叙事而以抒情分子为主的”。与重彩描绘江南自然景观的情景美文不同,情意美文是以人或事为叙写中心,并不着重对客观环境的刻画,不写或少写自然景观,采用夹叙夹议的手法,以抒发主观情感意绪为主体,写出作者胸中之情之意。这种美文虽然仍以杭州西湖为背景,但并不以旅游观览或极力摹状山水景色取胜,而是从多视角、多层面披露剖析作者的内心世界。在内容上多为回首往事、追慕当年、怀旧伤时、忆昔抚今、缅怀故人、离情别绪……文中往往交织流荡着一股淡淡的感伤、哀愁、凄迷、怅惘的意绪。所以,周作人说“平伯所写的杭州还是平伯多而杭州少”。比如《城站》和《清河坊》两篇,写的是“蓦然闯进忆之域”的杭州火车站和街市,但文中很少触及具体街巷、市尘和东站,而“亟亟要显示的是淡如水的一味依恋,一种茫茫无羁泊的依恋,一种在夕阳光里,街灯影傍的依恋”。文中透露着爱情的温馨,家庭的温暖,以及一丝怅然若失的寂落感。《眠月》借着月夜、月华、月气,抒发了一通哲理味很浓的“名理”,表达了对亡友白采的追忆怀念。情意美文的代表作《雪晚归船》,就是回首

① 朱德发:《中国现代纪游文学史》,山东友谊出版社,1990年版,第33页。

“短梦似的”江南往事，忆写西湖雪后的“静趣”，勾勒了一幅清寒静穆、辽阔的雪后西湖暮景，衬托出作者恬淡、幽冷、寂落的心境。《春来》写的是春之降临，短短三五百字，一句未提万物勃发的生机、姹紫嫣红的春光春色，而是弹奏着一曲伤春的情怀——“感物序之无常，怨山河之辽廓”。《出卖信纸》以出卖自印信笺为题，叙写文人不善经营，闹出一连串可爱的笑话，完全是知识分子的自我揄揶，一种文人学士的雅谑，充满了诙谐感。这种美文在俞平伯的创作中，可以说是独树一帜的。

周作人还以“涩”味来评价俞平伯散文创作的特点，称其小品散文“涩如青果”。这种涩味，犹如嚼青果，开头味怪苦涩，慢慢吮咂，始觉甘甜醇香，回味无穷。俞平伯的某些文章，初读觉得拙朴涩滞，但细细品尝，就会感到余味袅袅，大可玩味。如《冬晚的别》、《芝田留梦记》、《梦游》、《春来》、《眠月》、《雪晚归船》等，作者所要表达的是含而不露，旨在言外的，都是带有涩味而意在言外的佳作。事实上，俞平伯有些散文的涩味，已超出了所谓青果的甘涩，变得过涩过晦，失去了含蓄耐读的风韵，影响了可读性和艺术的感染力。难怪他的有些文章多年来一直为人所诟病。但是这种涩味，是他努力追求的一种艺术境界，我们今天的一些读者来读这些文字，则往往会感到不那么顺畅，有些“隔”，但它作为现代散文史上别具一格的样式，却值得人们去研究或借鉴。

他的大量的小品散文被周作人称作“有独特的风致”。如《燕知草》中系列小品《湖楼小撷》，凡5篇，总括写了面对西湖胜景的沉重感叹。在这里，不论描景，还是论人或叙事，总让人感到作者在“做”一种挣扎，在文字间溢出，显得那样费劲地斟词琢句，连标点都多点在“文”“白”相间的地方，“涩”味浓烈。这涩，体现了作者在披露自己感情世界时欲吐又涩的难处，使人觉得他的内心深处有一种深深的疲惫在滋扰着，使他难以尽情地宣泄。他在向自然寻求之中常常耽于自己对宇宙、人生的玄思。这玄思因为离开了具体现实便显出了“梦”般的抽象。因而，“梦”构成了俞平伯散文中的一个重要意象。以《燕知草》为例，全集凡20余篇，写到梦或者以梦幻般的口吻道出的感慨居多。涩派散文使俞平伯的散文呈现出多种不同的独特情致。他把自己的挣扎寄托于梦与玄思之中而显得令人费解。俞平伯小品散文创作的特色除了涩外，还有意境创造的缥缈。在俞平伯的散文里，我们感到他在形象的捕捉和情思的抒发上，着意追求这种意境。翻阅他的散文集，我们可以看到他爱写月色，爱抒写月下的情思，如《桨声灯影里的秦淮河》、《眠月》等等。

在文学史上，人们把周作人、俞平伯、废名这一散文流派，称之为“名士派”。以俞平伯来说，他的美文讲究“趣味”，崇尚“雅致”，追求“洒脱”，有着中国名士的气派和风范。正是在这一点上，与晚明小品相比，比如张岱的《陶庵梦忆》、《西湖寻梦》等，有着异曲同工之妙。所以许多论者，都不约而同地把俞平伯的散文，与晚明小品相提并论，把他们之间的性情、风度、气质、情趣联系起来，加以沟通，寻找其共同之处。实际上，俞平伯身上确实较多地留存着我国古代名士的气质和风度，这在他的美文中已很清楚地反映出来。由于家教文化的渊远流长，国学根底的深厚坚牢，他毕生沉浸在一种极为浓烈馥郁的文化氛围之中；多年形成的文化心态、文化品格和审美情趣，几乎完全是中国方式、中国气派、中国传统的。他写散文，崇尚取法明人小品，向往张岱等明代文人。这种对于古人的向往，在苏雪林看来，“实际上是与三百年前明末名士之间，对中国传统文化的一种认同和性习的暗合”。他使用的语言文字，也越来越古朴奥深，有些文章，干脆全用文言文。清高的、出世的名士派思想，在俞平伯的散文中表现得比较清楚。他的笔调，追求雅致和趣味。俞平伯在美文中流露出来的怀旧伤往、悼春悲秋、生离死别的意绪情怀，看花眠月、赏雪听雨、寻诗读碑的情致雅兴，对自然景色的欣赏品鉴，对爱情和家庭的崇尚依恋等等，是千百年来人们共同吟诵讽咏的永恒主题，是历来文人学士审美情结的所在，也是传统文化积淀的一部分。

在文字技巧上，俞平伯等人并不固执地专用一种语言，他的目标是，一要有趣味，二要有知识，三要有雅致的气味。他的文字特点据周作人说就是“直承明末小品文的系统”。正如周作人所说：“以口语为基本，再加上欧化语、古文、方言等分子，杂糅调和，适宜或吝啬地安排起来。有知识与趣味的两重的统制。”(《〈燕知草〉跋》)这也因此使得他的散文作品，不像新文学运动初期的作品那样，欧化现象比较严重，而是更多地从现实生活和古代作品里吸取语言的营养，有较浓厚的民族气质。俞平伯的话的确有些“雅”，但是正如周作人所赞成的“绅士”味：单字词与双字、多字词之间往往加上一个虚词，读来颇有些古文的韵味。

俞平伯的散文，从思想倾向上说，是出世的，对于现实社会，有些远离，特别逃避后来那尖锐、复杂的社会现实。此外，在文风上，较朱自清来得味涩，没有朱自清那样爽脆。俞平伯的文字，虽是“以科学常识为本，加上明净的感情，与清澈的智理，调合成功的一种人生观，以此为志，言志因佳，以此为道，载道亦复何碍”（周作人《〈杂拌儿之二〉序》），但文字繁缛晦涩，夹叙夹议，一般读者难以理解，这是俞平伯小品文的特点，也可以说是缺点。林非认为：“俞平伯的有些散文，刻意模仿明人小品。然而在很多明人的小品中，也不乏有血性和骨气的文字，嬉笑怒骂，斥责权贵者有之；锋芒毕露，扫荡礼法者有之。俞平伯的散文，跟这种斗争的精神离开得何其迢远啊！他后来干脆用文言撰写散文，这与他在五四初期的那些新诗比较起来，不能不说是一种倒退。”

第五节　王统照、川岛、罗黑芷的散文

王统照(1897－1957),山东诸城相州镇人,字剑三,笔名韦佩、容庐、卢生等,现代著名作家、诗人,“文学研究会”的发起人之一。

王统照幼时即爱好文学,6 岁入家塾,1913 年入济南省立第一中学,开始写小说。1918 年进入北京的中国大学学习,次年参加了五四运动。1921 年 1 月,与沈雁冰、郑振铎、叶圣陶、周作人等 12 人发起成立“文学研究会”,主编并在《晨报・文学》旬刊等刊物上发表小说、散文和诗歌。1924 年 8 月就任中国大学教授兼出版部主任,1927 年母亲病逝,辞去北京的教职,举家迁居青岛,先后居留近 30 年。1934 年赴欧洲考察古代文学与艺术,1935 年回国,主编《文学》月刊,参加上海的抗日文化工作,抗战爆发后迁居上海,在暨南大学等校任教。1941 年任开明书店编辑,抗战胜利后回青岛任山东大学中文系教授,1947 年大力支持爱国师生的反内战、反饥饿、反迫害斗争,因不满学生运动遭镇压,辞去教职。新中国成立后,出任山东大学中文系系主任,1949 年底以后,王统照曾任全国文联委员、山东省文联主席、省文化局局长等职。

在新中国成立前的 30 年间,他出版了 20 多种小说、诗歌、散文集。其中,散文集主要有《北国之春》、《片云集》、《青纱帐》、《游痕》、《欧游杂记》、《去来今》6 部。除《片云集》收录的作品作于 20 年代之外,其他都是 30 年代的作品。此外,《这时代》、《夜行集》等诗集还收录了少量散文诗,也有些作品散见于报刊。这些作品保留了作者生活经历与思想发展的印记,也显示了他散文创作风格及内涵的变化。

王统照对散文的贡献起于倡导“纯散文”。早在 1923 年,他就以“剑三”的笔名发表了《纯散文》,限于历史条件,他虽然没有给出纯散文的概念界定,但指出这种散文“没有诗歌那样的神趣,没有短篇小说那样的风格与事实,又缺少戏剧的结构”,却能够“使人阅之自生美感”。他认为散

文应该有“文学的成分”①。这对于强调散文的文学性无疑是先导性的思想，对现代散文艺术的发展具有推动作用。稍后，在认识到不同文体有区别的基础上，他还对散文家族做过大致的分类。②

在文学创作上，王统照是以探讨人生问题、追求理想之境开始创作的，小说表现知识青年对“美”和“爱“的憧憬与幻灭后的怅惘与苦闷，笔调清新，富于主观抒情色彩；也有些作品反映下层人民的不幸生活，沉痛愤激，具有明显的现实主义倾向。这些倾向同样交织在以《片云集》为代表的他早期的散文创作中：既有美化人生的痕迹，有惆怅、低沉的情绪情调，也有关注社会下层、诅咒黑暗、追求光明的壮怀激烈，在艺术上较注重内心情感的宣泄。《片云四则》提取4个生活片断，寄寓“美”与“爱”的人生追求，求蕴藉，又不免消极、晦涩，是作者20年代生活情趣的投映。其中，《跌交》将人生设定为一张“网”，人生道路坎坷，总要“跌交”跌到各种各样的网中去，在“网”里消磨其悠悠的岁月，且无法摆脱。《债》指人与人情感的债，借“珑”的姊姊之口，指出人与人都不免欠债，但“一个人欠一个人的债务，别人总都不能代偿还的”。《初恋》写得最有意味、最为微妙，写了3个朋友“云朋”、“我”、善感的“女友”之间的一段对话，云朋从欢乐与悲伤说人生真谛，指出世间的事，哪桩曾是永驻的，哪一事不是常常从我们温暖的心房中，难以防备地便破壁飞去。但只求得去后的心房尚存下温热的不尽之感，这便是无量的幸福了。作品最终落脚到回思“初恋”的感觉，牵动了女伴的心思，颇有意味。4篇中，《三弦的余音》现实性最强，描述了一对盲人夫妇在大雪纷飞的冬夜里，弹着三弦在路上徘徊的悲惨情景，这引起作者强烈的不安与同情。4篇短文有虚幻的感情，也有对社会悲剧的关注，大多呈现沉思默想的特点。《阴雨的夏日之晨》描写了夏日雨后清晨的自然景色，抒发了矛盾的心情，表达了作者渴望恬静、调谐的生活，但面对社会黑暗不甘于平静，期待雷电的愿望，在军阀混战的年代，呼唤“万马千军的咆哮，金铁击触的互鸣”。《偶像》、《闲》则更触摸了佛教思

① 王统照：《纯散文》，载《晨报·文学》旬刊1923年6月21日，第3号。

② 王统照：《散文的分类》，载《晨报·文学》旬刊1924年2月21日、3月1日，第26、27号。

想之境。作为早期散文的代表,《片云集》一会儿亢奋,一会儿颓废,有时遨游于冥想之境,有时回到现实之路。对此,阿英总结说:“当他写作的时候,在他的面前,我想定然有一个幻美的世界,这世界是从苦难中产生出来的,而他的一切想象也就在这幻美的世界里孕育。他的小品文,由于这样的原因,虽必然地成为冥想之作,王统照作为小品文作家而存在的,也就是建筑在他的‘冥想的小品文’上。”①这是对他 20 年代散文的准确概括。

五卅反帝爱国运动后,王统照写下了《血梯》、《烈风雷雨》两篇激情之作,描述了北京街头的运动情景和自己的内心感受,赞美了五卅运动,着眼于现实社会,表现了狂飙突进的革命精神,语言华丽、形象,感情跳跃。

1931 年王统照赴东北短期教书并游历,将沿途见闻和对东北危亡的深切感受写成散文集《北国之春》。这时的散文,一改前期散文的浪漫虚幻,文字朴素,表达平缓,多用白描的手法,写实与批判色彩浓郁,从抒情散文转向记叙散文。《生活的对照》用对比的手法写日军占领前的东北一角,一面是困苦饥饿的人民,一面是战争乌云,但是“商女不知亡国恨”的享乐气氛充斥各方。《夜话》通过与 K 君的三宵谈话,揭露了日本军国主义的野心及中国军方的消极腐化,表达了对时局的看法和对前途的忧虑。《小卖所中的氛围》、《白城子中的投影》、《单调》等等,勾勒了一幅幅具有东北风习的画面,批评了没有国家民族观念、追求感官刺激的生活。

长篇小说《山雨》出版后,被国民党查禁。1934 年王统照到剑桥大学研究文学,其间写有散文集《欧游散记》,写实地记写了海上生活见闻、英国伦敦的社会与教育片断、荷兰的地理与人文,等等,如《失业者之歌》揭示了表面繁荣的英国社会矛盾,《荷兰鸿爪》写了荷兰的海港、渔村、博物馆、王宫建筑等。

1936 年,散文集《青纱帐》出版,既有记叙散文,也有抒情小品,这一时期的作品较为成熟。《青纱帐》暴露了灾难深重的农村收获季节的恐怖现象:土匪横乡。续篇《蜀黍》赞美了高粱的品格:粗悍、爽直,“爽直是它

① 阿英:《无花的蔷薇——现代十六家小品》,河北人民出版社,1991 年版,第 211 页。

的特性，却但不委琐，不柔靡，易生，易熟，不似别的农产品娇弱”。《乡村偶记》记写了土豪劣绅欺压乡民。《青岛素描》是一篇长篇地域文化散文，描述了青岛城市的历史沿革与作为殖民地的遗迹，揭示了青岛繁荣的表面下，一面是有钱人的豪奢，一面是穷人的困顿；一面是精致的楼房，一面是木板草棚贫民窟，更揭露了日本人对青岛的掠夺与榨取，是九一八事变后民族危亡的缩影。

《林语》、《湖滨之夜》是两篇寓言散文。《片云集》中的《林语》以拟人的手法、寓言的形式，描述了秋风肃杀中老树与小树的对话。老树指责人类“严厉而自私”、“巧妙而强硬的剥夺”，但无心反抗；小树则认为“久远的低头我们变成了代代是被剥削的奴隶”，要求联合起来，“去洗涤我们先代的耻辱！”这象征着现实中两代人不同的处世观及思想境界。作品气氛凄切、低沉，是作者早期悲观情绪的流露。《青纱帐》中的《湖滨之夜》也是一篇寓言，通过笼子里的鹦鹉与大湖中的鳄鱼的争吵，讽刺了在主人豢养下只会学舌的鹦鹉，批评了将压迫、奴役美化为“高度文化”的奴才哲学和“生之享乐”的虚伪哲学，呼吁“我们有的是顽强的力量，为保护我们的族类，为不受文化那个好听名词的撒谎，我们要以血腥同你的主人们搏斗！”

1940 年出版的《来去今》虽多为抒情之作，但议论的色彩较浓。《来去今》以哲理的语言表达了对人生的看法，强调了时间过程的连贯性，反对只强调现在而否认过去。《酒与水》则指出“水”的清淡能解人之渴，但不能消除“灵魂中的窒闷”，“酒能惹起你的兴奋，冰解了你的苦闷，漠视了痛苦，增加你向前去，向上去，向未来去的快步”，但也使人“颠狂”和“沉迷”，在水与酒的选择中，鞭挞了徘徊在两者之间无法选择的“怯懦的人”，他们“被踌躇结束”了生命。

新中国成立后，王统照主要从事文化教育工作，也创作了一些歌颂性的作品。

川岛(1901—1981)，生于浙江绍兴道墟村，原名章廷谦、字矛尘，是中国现代著名散文作家。

1915 年入山西太原第一中学，1916 年入山西大学哲学系，1919 年转入北京大学哲学系，1922 年毕业，留校任校长办公室秘书及助教。1924

年与孙伏园、鲁迅、周作人等共同创办《语丝》周刊，不仅承担着编务工作，还成为主要撰稿人，陆续在《语丝》上发表散文、小品、杂感 20 多篇。1926 年年底在厦门大学出版部工作，1927 年 8 月就任浙江大学教授。1931 年北上，在北京大学、北平女子文理学院任教。抗日战争爆发后南迁，先后在长沙临时大学、昆明西南联大任职。1946 年 8 月，回到北京大学任职及执教。1949 年 10 月加入中国民主促进会，任中央委员。"文革"中惨遭迫害，1979 年平反，1981 年病逝。

1922 年 8 月，川岛在《晨报》副刊发表第一篇杂感《撒但的行径》，12 月发表了第一篇抒情散文《月夜》。1924 年 8 月，散文集《月夜》由北京大学新潮社出版，9 月，长篇纪实散文《关外与关外》在《晨报》副刊连载。1958 年 7 月，散文集《和鲁迅相处的日子》由人民文学出版社出版。

《月夜》是 9 篇以作者自己的爱情生活为题材的优美的散文合集，其中涉及的 Aki 君正是他由恋爱而结婚的孙雯君女士。郁达夫曾指出："川岛人本幽默，性尤冲淡，写写散文是最适宜也没有的人；……薄薄的一册《月夜》，是正当他在热爱时期蒸发出来的升华。"①其中，《月夜》写了暗淡月夜下恋人行走的体贴；《刹那间的起伏》记叙了依依难舍的离别；《乐园中的一日》记叙了梦幻般的甜蜜，作品写道"过了瞬间，不由自主地到了伊的胸前，此时只听得深藏在伊怀里和击鼓似的突突的心的跳跃声，而种在我心中的未开的花也被这声息催促，在瞬息间怒放了"；《惘然》分别记叙了短暂分别的 18 个片断，有牵挂、难舍、思念、通信、甜梦、见面，等等；《莺哥儿》一篇在欢乐祥和的爱的氛围中，将燕子、八哥、麻雀、乌鸦作了拟人化处理，以莺哥儿和姊儿的爱情比拟自己的爱情。其他各篇分别写到了思念、闹别扭、病中的挂念、迁新居，等等。作品从生活的纤微处着眼，写得甜蜜细腻，感情深挚。唐弢评价说："川岛的文字清新婉约，情致缠绵，不脱一个真字；也唯因这个'真'字，是感情上的'傻川岛'，成为散文文学的妙手。"②在五四时期，讴歌健康而美好的爱情深具反封建的意义。

① 郁达夫：《〈中国新文学大系·散文二集〉导言》，见《中国新文学大系》，上海良友图书印刷公司，1935 年版，第 17 页。

② 唐弢：《〈月夜〉志异》，见《晦庵书话》，生活·读书·新知三联书店，1980 年版，第 200 页。

1926 年，发表在《语丝》第 61 期的《桥上——断藕之一》也是他的爱情散文精品，记叙了一个少年情窦初开的微妙情怀，作品不着痕迹地从少年的眼光里的桥上的风景，自然地转入邻家少女的呼唤："也是一个薄暮时节，我凭着桥梁在看——看的是什么已经忘记。忽然背后娇滴滴的一声，'檀哥儿，看什么咧？'我回转头来知道叫我的便是英姑，我却窘了，真窘，窘得脸都——该发紫了吧？"他笔下的爱情均纯洁而甜美。

由于五四运动退潮及军阀横行，1926 年后，川岛离京南下，为生计而辗转道途。此时，《语丝》时期的热情消退，创作冲动也随之消退，直到 1948 年朱自清病逝，才写下了真挚感人的悼亡之作《不应当死的又死了一个》，回忆了与朱自清的相交、相识中"一壶清茶"、"一包香烟"的友情，感慨于朱自清体贴、照料、帮助朋友，也为他对工作对生活都不能节制自己而致病感到惋惜。

作为鲁迅"忘年交"式的挚友，1951 年 9 月到 1957 年 7 月间，川岛陆续发表了 20 多篇回忆鲁迅先生的文章，这些作品显示了他与鲁迅始终不渝的感情，1958 年 7 月结集为《和鲁迅相处的日子》，由人民文学出版社出版。其中，《忆鲁迅先生和〈语丝〉》介绍了作为战士的鲁迅之对于《语丝》，不仅运筹帷幄，且一直给予精神和物质的帮助支持："自始至终站在《语丝》的最前线，以战斗者的姿态，严肃地、不屈不挠地和黑暗做殊死的斗争。"《鲁迅先生生活琐记》、《忆鲁迅先生一九二八年杭州之旅》记写了生活中的鲁迅，爱生活、爱劳动，克勤克俭，只有书与茶是两大爱好。因为所写都是很小的生活琐事，因此笔下的鲁迅十分亲切生动。《弟与兄》则写了自己所见证的周氏兄弟的矛盾与鲁迅的隐忍。

此外，1924 年，他还发表了长篇记叙性散文《关外与关外》，向友人报告了他在关外的见闻及当地的风土人情，虽涉及到社会问题，但较为散淡。《语丝》时期，他还写作了《人的叫卖》，记下了 1920 年娘子关前连姑娘带驴只卖 8 元的凄惨叫卖声，反映了军阀时期人民的苦难史；《爱国》则嘲弄了一个名叫国梁的虚荣、矫情的"爱国者"；《夜里的荒唐》通过梦境巧妙地针砭了不合理的社会现实。这些作品现实性较强，和他的杂感《撒坦的行径》、《欠缺点缀的中国人》等一样具有批判性，有"语丝"特色。

罗黑芷(1898－1927),原名罗象陶,江西武宁县人,生长于四川,笔名罗黑芷、晋思、黑子等。辛亥革命前,到日本庆应大学读书,并加入同盟会,毕业后归国,曾因参加辛亥革命在上海被捕。1919 年开始文学创作,1923 年与李青崖等人合办《湖光》文学半月刊。1925 年加入“文学研究会”。1927 年 11 月在故乡去世。

罗黑芷英年早逝,创作以小说为主,散文作品除散见于以小说为主的集子《醉里》(1927)、《春日》(1928)外,另有散文集《牵牛花》(1926)。郁达夫编选的《中国新文学大系·散文二集》中辑入他的《乡愁》、《甲子年终之夜》。

罗黑芷的散文主观化色彩浓郁,善于从生活中发现诗的意境,文字轻灵、清新而细腻,富有感觉。赵景深在评价《乡愁》时说:“黑芷的文字差不多都是这样温柔甜蜜的,所以他的散文和小说都有点像诗,他实有诗人的质地。”[①]《牵牛花》一文由 18 个短小的散文诗组成,每一个都写得别致生动。其中《小草》写道:“在日光不到的阶石缝里,有婷婷袅袅生长出来的可怜的小草:她在夜间得那偶然飘下来的一点轻霏的露,也摇曳出她灵魂里的感激的欢欣。”罗黑芷也长于凭借瞬时的感受体验进行描写,尤其是描写寂静环境下的静物。《雨前》捕捉的是雷雨前沉闷炎热的空气环境下的景物及人的感觉;《客厅中之一夜》则速描客厅的夜间光景由盛到衰的变化轨迹。

《乡愁》是罗黑芷散文的名篇,表达他羁旅他乡的别愁离绪。文章一开始即道:“谁说,你但向前途寻喜悦,莫在回忆里动哀愁呢?”作品写得惆怅温柔,但没有简单地抒情,而是回到记忆中记怀那些童年时带给自己幸福感的人与事:躺在“姐姐”的温暖的臂里,挑水的老王,“把一段长满青翠欲滴的长叶的柳梢和一个黑壳亮翅的蝉儿装在小方笼内挂在壁上给我玩耍”。全文在忧伤的回忆中,满蕴着甜蜜的向往,且颇有童稚之趣。

《将这个献给我的妻房》抒写了妻子生孩子时的痛苦情状以及“我”的感受,全篇综合运用议论、抒情、叙述等手法,在过去与现在的时间交错中表达了“我”对妻子作为母亲所遭遇的数次生育痛楚的痛惜。如他所写

① 赵景深:《罗黑芷的散文小品》,见《春日》,上海书店出版社,1993 年版,第 138 页。

的:"我现在坐着在这又是一弯残月在天的夜半的一室,做梦一般地又听到那教我神经麻痹的痛楚的呻吟。我实在不能忍了。我将耳目蔽塞么?我还有那想逃走而复恋恋于此的不自由的灵魂!我有罪了。倘若这个新的生命能与他的母亲同在,他的名字便叫作'恕儿'吧。这便是我奉献给你的微尘般渺小的报酬了!"

"晋思是灰色的。"① 罗黑芷的一些作品也流露出他忧郁、孤独的个性。《从酒楼里出来》写他酒宴之后拒绝与朋友同行;《死草的光辉》从路旁土垣死草上的阳光里探望14年前他的一段恋爱经历。

有的散文作品像他的小说一样反映了人间的惨事,富于同情心。《甲子年终之夜》在万家举杯的除夕之夜,回忆起此前两件让自己坐卧不宁的事:一处女葬身江水,被过往渔人用网捞出弃于岸边污泥中,连衣服都被人剥去,又被舟子以薄棺葬于荒郊;一行路蹒跚的少妇在昏暗的夜雨中被三辆人力车逼到路旁泥泞中站立不稳,还要遭受怒目圆瞪的车夫的污言秽语。

---

① 郁达夫:《〈中国新文学大系·散文二集〉导言》,见《中国新文学大系》,上海良友图书印刷公司,1935年版,第17页。

第六节　郁达夫的散文

郁达夫(1896—1945),名文,字达夫,浙江富阳人,创造社的发起人之一。1913年,17岁的郁达夫随长兄郁华到日本留学,毕业于东京帝国大学经济学部。期间,阅读了大量外国文学作品,深受卢梭、陀思妥耶夫斯基和日本葛西善藏等作家作品的影响。1921年,他与郭沫若、成仿吾等人组织成立创造社。1923年至1926年,先后在北京大学、武昌师范大学、中山大学等校任教,同时致力于创造社刊物的编务和出版事务。1933年,郁达夫举家迁至杭州,后又应邀到福州任职。1938年年末,他远渡南洋,从事抗战文艺运动。1941年太平洋战争爆发后又几经辗转到了苏门答腊的巴爷公务,化名从事抗日救亡运动。1945年抗日战争胜利后不久不幸被日本宪兵秘密杀害。新中国成立后,人民政府追认他为烈士。

郁达夫毕其一生在散文领域驰骋,撰写了人物散记、游记、杂感、随笔小品、日记、自传、信札、评论等诸类散文,成果丰硕,在现代作家中颇为鲜见。出版的集子有《茑萝集》、《过去集》、《在寒风里》、《忏余集》、《屐痕处处》、《达夫游记》、《达夫散文集》、《闲书》等。他的散文名篇《故都的秋》、《书塾与学堂》被收入中学课本,散文理论名篇《〈中国新文学大系·散文二集〉导言》也被广为选载,多处引用。郁达夫的记叙抒情散文不如他的游记著名,但也能体现郁达夫早期创作的某些特征。这类散文以20年代发表的《归航》(1922)、《还乡记》(1923)和《还乡后记》(1923)等为代表。

20年代郁达夫就开始了散文创作,其早期的作品带有浓厚的感伤情调和强烈的抒情色彩。"自叙传"是郁达夫创作思想的核心,他的散文作品大多都是自己生活的真实写照,作家自己也认为"文学家的作品,多少总带点自叙传的色彩的"。① 他的散文,以"自我"为中心,自叙人生的悲凉、苦闷和感伤,没有矫情,没有伪善,一切赤裸裸地袒露在世人面前。正是这种主观情绪的介入,使他的散文作品散发着独特的魅力。他的散文

① 郁达夫:《日记文学》,见《郁达夫全集》第5卷,浙江文艺出版社,1992年版,第313页。

创作虽文体多样，涉猎广泛，但总有一个“情”字贯穿始终，总是以情感的“波动”作为创作的底蕴，把满腔炽热的主观情绪投射到字里行间。他说：“平生最爱读这一类书(散记)，而自己试来一写，觉得总要把热情渗入，不能达到忘情忘我的境地。”[①]正是在这种彻底的“忘我精神”驱使下，他总是将“我”的主观情绪倾注于文字中，全然抒发孤独、感伤、苦闷甚至种种颓废情绪，让人们感受到一个鲜明的“零余者”形象。

有时，情感的抒发要借助回环往复的笔致。例如《一个人在途上》，作者记述了自己告别妻子，踏上去上海的旅程，途中追忆龙儿病死的悲凉情景。全文一气呵成，节奏急促，充分表现心情的悲怆，但在感情不能遏抑地要喷涌之时，又偶有转折、停顿，使感情不致脱缰而去，而是跌宕渐进，层层推进，逐步达到悲切的高潮。例如，当回忆到在上房砖上看到为龙儿下殓烧纸钱而留下的痕迹时，似乎应该任由感情倾泻，一抒心中的思念与悲痛，作家却一反常态，笔锋一转，写道：“园子里有一架葡萄，两棵枣树，去年采取葡萄枣子的时候，他站在树下，兜起了大褂，仰头在看树上的我。我摘取一颗，丢入了他的大褂兜里，他的哄笑声，要继续到三五分钟。”于悲切中强忍伤痛，转而回忆与爱子共度的温馨时刻，更平添了几丝哀伤。《小春天气》里，作家意识到自己“衰老的气象，实在是太急速的侵袭到了”，为了驱逐心中深藏的忧郁，与青年画家 G 君到大自然中去享受“小春天气”，却终又陷入“莫名其妙的忧郁”里。如果不是生活的困扰无处不在，使忧郁深深扎根在作家的内心，无以逃遁，他是不会如此敏感地为了挣脱“忧郁”而去挣脱，反而陷入更加深重的忧郁之中的。他忧郁的感伤，愤世的控诉并非无的放矢，而是以这种主体的姿态来看待社会，剖析自己。这些情绪既来自个人的生命体验，又饱含着对国家、对民族深沉的爱。作家还常常把自己的悲喜外化到自然景物上去，化景语为情语，既增添了自然景物的生气，又恰到好处地抒发了自己的情感。如《零余者》中写道：“苍凉的暮色，从我的灰黄的周围逼近拢来，那倾斜的赤日，也一步一步的低垂下去了。”暮色近拢、赤日低垂，强化了夕阳西下的萧索感，与

① 王自立、陈子善：《郁达夫研究资料》(上)，天津人民出版社，1982 年版，第 222 页。

作者当时的彷徨无助、颓唐伤感的情感不谋而合,使感情得到了形象的表现。

更多的时候,情感的宣泄是没有阻隔的。郁达夫可以毫不隐讳地说"我的精神萎缩得不堪"(《海上通信》),"我觉得人生一切都是虚幻"(《北国的微音》);也可以坦诚地承认自己"最利己"(《送仿吾的行》),是一个"对于社会人世""完全没有用的人"(《零余者》),甚至愤恨地怒号"恨不得拿出一把手枪来,把那同禽兽似的西洋人击杀了"(《归航》)。一切似乎都全无禁忌,任由情绪驱使。《零余者》的结尾,他坐在人力车上,心里还在不断呐喊"前进,前进,再前进象这样的前进罢! 不要休止,不要停下来!"无数次鼓起希望,却屡屡被残酷的现实粉碎希望,"碰壁、碰壁、再碰壁,刚从流放地点遇赦回来的一位旅客,却永远踏入了一个并无铁窗的故国……"(《忏余独白》),形象地表现出作家为社会萧条、生活困顿所累,走投无路的悲哀境地,清晰地勾勒出一个"除了一个瘦黄的身体之外,就是一件半旧的夏布长衫,一套白洋纱的小衫裤,一双线袜,两只半旧的白皮鞋和八角洋"的困窘模样。在他的长篇散文《还乡记》中,直抒胸臆的特点表现得更为明显。在文中,他时而自问"何以我会变成这样的孤苦的呢";时而哀叹自己是"在人生战斗场上的惨败者,现在是在逃亡的途中的行路病者";时而感伤"现在的我和将来的我只剩得极微极细的一些儿现实味",强烈的感情不加遮挡地汹涌而来。大胆、直率的感情宣泄在当时是惊世骇俗的,作家将人的情感中高尚的、卑微的,甚至自私的一面都毫不掩饰地袒露出来,有时还有长篇的自我表白,语言之酣畅,情感之决绝都让我们深刻感受到作家在坎坷境遇中所承受的异常压力、无法解脱的痛苦和敢于自我暴露的勇气。虽然充沛的感情不加约束地倾泻而出,不免显得粗糙、过露,有些散文结构也因此过于散漫,不讲究章法,但是,这也反映了当时相当一部分知识分子彷徨、苦闷的共同心态,是一种"时代病",与当时的时代精神是相互契合的。

郁达夫的散文往往带有小说的笔法,五四时期写下最多的是介于小说与散文之间、有机糅合叙事与抒情因素的散文。作家自己也认为散文体是"无结构的小说组织因素"。他的许多小说与散文的界限难以分清。

如《还乡记》、《南行杂记》等散文常常被当做小说来看，因为它们与作为小说发表的《茑萝行》同样具体地记录了作者从日本归国后的生活和思想。而后者在结构、人物心境描写等方面又带有散文笔法的特点。这与郁达夫关于"自叙传"、"自我表现"的创作形式有关。他认为散文应该比小说更带有"自叙传"的色彩，只须把自己的个性表现出来就行，好的散文集让读者一看"则这作家的世系、性格嗜好、思想、信仰以及生活习惯等等，无不活泼地显现在我们的眼前"。① 郁达夫的散文很多具有典型的小说情节，鲜明完整的人物形象，往往以主人公自我叙述为中心展开各个环节、各个侧面。这种小说化的散文，犹如抒情主人公在述说人生悲喜，或是抒发自我的情感，以主观情绪统领全篇，将本应是小说的东西"散"化，把人和景物、事件有意无意地相互交织，形成"零碎"的小说化的东西。如《还乡记》和《还乡后记》，叙说作者虽然以沉郁的心情怀乡，潜意识中还期盼着能从故土和亲人的关爱中得到慰藉，然而沿途接二连三的挫折，使他倍感自已的艰难处境，倍增苦楚寂寞，一直最后到了家门竟无勇气和家人团聚，悄然一人躲进楼上独自睡去。初读起来，画面是那么零散，小说式的情节感很强，但当我们从"我"的角度来审视全篇，并将各个侧面重新组合后，一个抒情主人公形象就呼之欲出，并能引领我们，逐步领悟文章的细枝末节。

进入 30 年代，郁达夫的艺术风格日趋成熟，"一扫绮罗香泽之态，摆脱了绸缪宛转之变"，早期散文小品中"直率、浮躁"的感情宣泄不见了，代之以冷静而客观的叙说。郁达夫许多散文篇章中的个人情绪渐渐融入了社会的感情，与对当时社会现状的忧虑融为一体。他在文中常常谈及"百业的凋敝，城市的萧条"，民族的受难，国民的麻木，甚至思考"社会的症结究在哪里？唯一的出路究在哪里？"抗战爆发前后，国民抗日救亡的热情空前高涨，郁达夫也写下了一些宣传抗日的篇章，如《沪战中的生活》、《全民抗战的线后》、《必胜的信念》等等。

由于国民党反动派的高压政策，郁达夫一度隐居杭州过着闲散安适

---

① 郁达夫著，郭文友编：《感伤的行旅》，四川人民出版社，1996 年版，第 81 页。

的生活，因而这一时期的散文小品呈现出“闲适”情调，偏重于抒情、议论。如《杂谈七月》、《住所的话》、《故都的秋》、《记广洽法师》、《杭州小历纪程》、《浙东景物纪略》等。作家以悠闲超脱的笔调饶有兴致地讲述着富有诗意的民间传说、历史传奇，寄情于都市野趣，风俗人情，回味着与友人的交往。郁达夫在《清新的小品文字》一文中说“原来小品文字的所以可爱的地方，就在它的细、清、真的三点”。《故都的秋》、《江南的冬景》等作品正是细、清、真的典范之作。《故都的秋》体味了故都秋天的特殊况味，槐花、秋蝉、秋雨等细微的景致，甚至踏在槐树落蕊上时，都感到“一点点极微细极柔软的触觉”，共同烘托出北国秋景的深沉、幽远、萧索。《江南的冬景》则细致描摹了江南冬景的迷人情调，冬日农村，“一层细得同粉也似的白雨”，“暗示着灯光的月晕”，满眼素雅而清淡的江南景致，的确是“情景兼到，既细且清，而又真切灵活的小品文字”(《清新的小品文》)。

尤其值得一提的是几篇悼亡文章，深切追忆亲朋故友，记述他们的生平经历，细数他们生前的点滴，痛念深情融入笔端，感人至深。《志摩在回忆里》全篇没有慷慨的抒情，没有痛切的哀号，而是代之以冷静细腻的描绘，在平淡的似乎寻觅不到感情色彩的文字里，完整地描绘了作者眼中那个“笑起来的时候，可还是同十几年前的那个顽皮小孩一色无二”的徐志摩形象，活灵活现，呼之欲出，而这种貌似平静的追忆真正体现了作者所谓“悲哀的最大表示，是自然的目瞪口呆、僵若木鸡的那一种样子……”他写徐志摩是个“情热的人”，“一个能使人永久不会忘怀的顽皮的孩子”，哀情中已渗入了激愤：如此真挚率性的徐志摩是如何为这个狭量的社会所不容？痛切之情溢于言表。《怀鲁迅》则是另一种风格，行文简洁，气势宏伟，对伟人逝去的追思和对现实的失望相交织，凝重、遒劲的文字中蕴藏着沉郁的悲哀和深广的忧愤。“没有伟大的人物出现的民族，是世界上最可怜的生物之群；有了伟大的人物，而不知拥护，爱戴，崇仰的国家，是没有希望的奴隶之邦。”①这句话已经成了至理名言，深刻而且富有哲理。

郁达夫特别推崇英国散文家所惯用的“家常闲话似的体裁”。他在

① 郁达夫：《怀鲁迅》，见张梦阳编《郁达夫散文选集》，百花文艺出版社，1984年版，第121页。

《〈中国新文学大系·散文二集〉导言》中曾引用美国文艺理论家尼姊(Nitchie)的话:“尤其是在那些不拘形式的家常闲话似的散文里,宇宙万有,无一不可以取来作题材,可以幽默,可以感伤,也可以辛辣,可以柔和,只教是亲切的家常闲话式的就对了。”①这种“絮语式”的语体风格看似信手拈来,实则围绕中心,有所侧重,又行文舒展,视野开阔,对郁达夫散文创作有很大影响。例如《还乡记》的思路就十分跳跃,文笔松散。全篇记录了作家旅途中说不清道不尽的情、景、事:从早上差点错过快车谈到昨晚与友人漫无头绪的愤激谈话;从不得不在杭州过夜,想到自已囊中羞涩的困窘境地;从赶到车站看到人物萧条,联想到自己无人相送落魄归乡的百般感慨;从在火车上对黯淡现实的遐想到登记旅馆时被刁难;从归家后依然苦闷的心境到旅馆中男女苟且之事,到最终心中升起行窃的念头却终未成事。所有的人事、心理枝蔓纠结在一起,看起来不讲究结构,一切都是信手拈来,散漫而没有条理,却始终没有离开对一个“零余者”苦闷心理的叙写,是由人物情绪为内在核心,以外部活动作为线索,始终贯穿着抒情脉络的有机整体。

除了专门的游记,郁达夫的散文仍有许多自然景物的描写。他善于以敏感的艺术触角捕捉感人的客观景物,通过微小细节和丰富的艺术感觉加以表现。如《还乡记》中有一段从声音的角度描摹景物,抒情达意。文中描写夜色湖面的宁静,悄无声息的湖面上,微风习习,偶尔听见几声“豁豁”的浪声,伴着一个吸尽了的烟头被丢入湖里,“啾”的一声响,主人公对这湖心发出一声长啸。在这里,既有对自然声响的描摹,也有对人物声音的捕捉,两相结合,传神地烘托出湖边那种异常的寂静氛围,进而将人物心中那种无法排遣的孤独、苦闷惟妙惟肖地传达出来。

郁达夫的散文语言清新、纯朴,常通过句式的长短变化,产生一种疏密有致、和谐流畅的节奏感,既有前期慷慨激昂的抒情,又有后期平抑晓畅的叙说,错落有致。口语化的质朴、平易,往往还融入了古典文学的语

① Nitchie:The Criticism of Literature,转引自《〈中国新文学大系·散文二集〉导言》,见《中国新文学大系》,上海良友图书印刷公司,1935年版,第8~9页。

汇，往往能够营造诗的意境，使得情景相生，意趣盎然。如：

> 悠悠的碧落，一天一天的高远起来，清凉的早晚，觉得天寒袖薄，要缝件夹衣，更换单衫，楼头思妇，见了鹅黄的柳色，牵情望远，在绸衾的梦里，每欲奔赴玉门关外去。（《苏州烟雨记》）
>
> 立在无峰书院的楼上，只听得见四围飞瀑的清音，仰视天小，鸟飞不渡，对视五峰，青紫无言，向东展望，略见白云远树，浮漾在楔形阔处的空中。（《浙东景物记略·方岩纪静》）

文言和白话两种风格的语言相融合，古典语汇和书面语词汇的活用、化用，自然妥帖，不显雕琢之气，又切合文中所写之景、所抒之情，使得语言典雅而富有文采，呈现出一种清新隽永之感。

第七节　田汉、郭沫若等作家的散文

《三叶集》(亚东图书馆,1920年),是宗白华,郭沫若、田汉3人在1920年初创作的通讯集,它也是中国现代文学史上最早的一本散文集。

宗白华(1898—1986),江苏常熟人。五四运动时期,他曾担任当时《时事新报》副刊《学灯》的主编。田汉(1898—1968),字寿昌,湖南长沙人,五四运动时期留学日本,也参加过创造社的创建工作。

宗白华和田汉的友谊开始于"少年中国学会"时期,而他们和郭沫若的结识则缘于宗白华编辑《学灯》时向郭沫若的约稿。于是3个风华正茂的爱国青年,由于志趣相投走到了一起,《三叶集》是他们3人身处3地(宗白华当时在上海,田汉和郭沫若都留学日本,但又在不同的城市)为共同感兴趣的话题所写的通信集,更是他们在青年时代友情的最好见证。田汉在《三叶集》的序中写到,他们3人的讨论"大体以歌德为中心;此外也有论诗歌的;也有论近代剧的;也有论婚姻问题的,恋爱问题的;也有论宇宙观和人生观的","所表现的文字都是披肝沥胆,用严肃真切的态度写出来的",可以说,他们是用自己的坦诚与热情,共同织就了洋溢着五四时代特有的青春激情的篇章。

在《三叶集》中,我们可以看到三位作者勇敢地进行着自我暴露和自我批评,并抱着战胜罪恶的决心,力争上游,要重建自己的人格。郭沫若在给宗白华的信中说:"我过去的生活,只在黑暗地狱里做鬼,我今后的生活,要在光明世界里做人了。"在待人接物方面,他们主张胸无城府,诚恳坦率;他们还忏悔着受良心苛责的事,反对自欺欺人的行为。田汉在给郭沫若的信中就这样说过:"The Sun Is Coming! 你们抛开那种愁云罢!大家都说些酸酸楚楚的话,倒把这个活泼的人生,弄得黑森森的,我反讨厌起来了"。他们崇拜歌德,就像郭沫若所说的那样:"真理要探讨,梦境也要追寻。理想要扩充,直觉也不忍放弃。"这体现了他们既勇于面对现实,又留心于理想的追求。对于文学,他们也有着独到的见解和领悟:他们反对矫揉造作,主张"用我们的言辞表示我们的生趣",形势要求绝对自由。对于新诗，郭沫若认为“只要是我们心中的诗意诗境底纯真的表现，命泉中流出来的 strain，心琴上弹出来的 melody，生底颤动，灵底喊叫；那便是真诗，好诗”，“诗的本质专在抒情”，“以自然流露的为上乘”，因此“诗不是‘做’出来的，而是‘写’出来的”。宗白华也非常欣赏郭沫若作诗的真率，认为他的诗有一种“自然的清芬”。田汉在读过郭沫若的诗后赞叹说：“你的诗首首都是你的血，你的泪，你的自叙传，你的忏悔录。”可见他们 3 人在新诗的主张上都是倾向于浪漫主义的文学理想的。他们的通信涉及新诗的见解，对于五四运动时期新诗的建设与发展也起到了非常重要的作用。在一些见解不同的学术问题上，他们亦能够开诚布公地各抒己见，并坦率地提出批评和意见。宗白华就曾对郭沫若诗的形式问题提出“构造方面还要曲折、优美一点，同作诗中小令一样，要意简而曲，词少而工”，可见他们之间对待问题的坦诚相见。

这本通信集全篇都跃动着 20 世纪初期青年学子的纯真的理想、无畏的勇气和一片赤诚之心，就连贯穿其中的特有的青春期的苦闷，也是那个时期青年心态的最真实的反映。该集出版后，田汉曾经将它定义为“中国的《少年维特之烦恼》”，并预言将会出现一个“三叶热”。

我们今天看来，虽然《三叶集》在情感和文风上还稍显稚嫩，带有五四时代特有的青春印记，但它却以特有的风格和特点，在中国现代散文史上树立了一个光辉的起点。

成仿吾（1897—1984），湖南新化人，原名成灏，曾用笔名石厚生。1910 年留学日本，预科学习后于 1917 年入东京帝国大学造兵科就读，1918 年结识郭沫若等人，1919 年开始发表新诗、散文和小说，和郭沫若、郁达夫等人共同发起创造社，编辑过《创造季刊》、《创造周报》、《创造日》、《洪水》多种创造社的文学刊物。《流浪》（创造社，1927）是他早年文学创作的结集，收录了包括小说、诗、戏剧和散文在内的多种作品。

关于这本文集，成仿吾曾有过这样的描述：“青春时代的欢乐与悲哀，一去已无踪迹，他们的残照与余音，通通收在这里。”由此就可见出，青春期特有的感伤与叛逆是这本文集整体的情绪特征。《太湖游记》是《流浪》一书中所收录的 4 篇散文中的代表性篇章，记叙的是作者与友人郭沫若、倪贻德从上海到无锡的游历经过。本来这一趟江南之行该是湖光山色，怡人性情的行旅，但我们读来所见的并非是一路的美景，而是作者对于现实强烈的不满和诅咒："在这爽人神魄的慈惠自然之中，有使我们看了不快的，那便是在田亩中散着的棺材的高冢。这是人为的破坏之一例。我觉得好像在葛雷的《墓畔哀歌》的世界，大地顿如一片荒坟在眼中高高涌起。"

眼前的美景不能引起作者丝毫的审美情怀，勾起的却是悲伤的往事，抒发的是类似于葛雷《墓畔哀歌》的惆怅情绪——"把全盘的世界剩给我和黄昏"。由丽景起哀情，这种笔法在游记中倒是很特别："隐忧一来，我眼前的世界忽然杳无痕迹了。一片荒漠的'虚无'逼近我来，我如一只小鸟在昏暗之中升沉，又如一片孤帆在荒海中漂泊。"

显然，良辰美景在成仿吾的笔下只是一种陪衬，那万顷太湖，连山夕照只能平添漂泊者的惆怅和寂寥。

《江南的春讯》一文创作于 1924 年 3 月 28 日，是成仿吾写给好友郁达夫的一封信，其中也涌动着对于国家黑暗现状的深沉忧虑和愤懑之情："奄奄待毙的国家，龌龊的社会，虚伪的人们，渺茫的身世，无处不使人一想起来便要悲愤起来。"

另一篇《春游》的笔调、情绪也都与《江南的春讯》极为类似。无限春光在作者看来只是视若罔闻，文中涌动的是对于现实的愤慨和不平，这和创造社同仁如郭沫若、郁达夫、倪贻德、洪为法的游记行文格调非常相似。

应该说，在创造社诸位成员中，成仿吾的成长经历算是较为特殊的一个。他在年纪尚幼时就由留学日本的大哥带到日本学习，对中国国家社会的状况浑然不觉，等到他成长为一名有知有识的青年，希望对自己的祖国有所贡献时，却发觉当时的中国社会是如此的黑暗和混乱，改变现状的努力又是举步维艰(他曾在 1918 年参加了留日的中国学生为反对段祺瑞政府签订"中日军事协约"举行的爱国游行活动，但没有起到任何效果)，他内心的矛盾痛苦就可想而知了。在 4 篇散文中的《东京》一文里，成仿吾就回顾了自己这种惆怅悲哀情绪的来源：

> 我去国时年小，不曾知道中国的事情，自那年回来，我猛然觉得自己是怎样国家的国民了。素来瞧不起日本人的我，自从那次回国一游以来（笔者注：指的就是 1918 年回国参加游行），不禁羞愧与愤恨齐生，终于暂时在悲哀的荒原彷徨了。

这样我们就可以理解弥漫在《流浪》一书中的作家对于社会现实的悲愤不已，而又彷徨于无地的心境了。

总体来说，成仿吾的散文创作主要集中在他创作生涯的早期，也是和郭沫若诸位同人刚开始创造社事业的时期。共同的志趣使得他们在创作风格上气息相通，表现出早期创造社同人作品特有的感伤、悲凉的情调。但与其他创造社成员多是抒发一己的穷愁体验不同的是，成仿吾更多表达的是对国家和社会现状的担忧，对于民族命运和前景的思考，境界更为阔大和广远。

洪为法（1899—1970），字式良，出生在江苏扬州的一个没落士绅家庭，高小毕业后，考入江苏省第五师范学校，毕业后留校任教。1921 年入武昌高等师范国文系，接触到郭沫若、郁达夫、张资平的作品，开始从事文学创作，并很快成为《创造周刊》、《洪水》的特约撰稿人，与郭沫若、成仿吾、郁达夫、阿英等交往甚密。1925 年秋和周全平合作主编创造社刊物《洪水》，1926 年到武汉，主编武汉的《农民日报》副刊，此后辗转全国各地，从事各种爱国救亡运动，新中国成立后回家乡扬州，长期从事文化教育工作。他的散文创作主要集中在早年，散文集有《长跪》（光华书局，1927）、《做父亲去》（金屋书店，1928）、《为法小品集》（北新书局，1936）等。此后还有《绝句论》、《律诗论》、《左传论》等学术著作出版。

《长跪》一书中都是一曲曲漂泊者的哀歌。其中《长跪》、《爸爸没有了》、《哭父》都是悼念他逝去的父亲的。他痛惜父亲的饱经忧患，可怜母亲的凄凉晚景，感叹众多兄弟姐妹的不如意的遭遇，也怅怀自己的悲苦流离。“人间原只是冷酷，人与人中间原有隔膜。这个也只有诅咒人生，诅咒宇宙。”他的这类文章，没有丝毫的温暖和欢乐，留给读者的只有无尽的泪水和绵绵的哀叹，父母之爱、兄弟之情都化为作者抑郁的情思，整体情绪低沉而哀婉。

他悼念父亲的抒情文章缠绵悱恻,一唱三叹,但语言略显拖沓,不够精炼。相比之下,《长跪》中的《乌鸦的埋葬》显得别具一格。这篇带有寓言性质的散文,写了受人们厌弃的乌鸦因无处栖身而凄凉死去。文人把乌鸦的尸体和文稿一起埋葬,由乌鸦的孤寂凄惨想到自己身世的零落乖蹇,感同身受之中的同情,显得尤为沉痛。文章构思别致,语言洗炼,并善于运用新鲜的比喻和富于情感的联想来表现跃动的情思,非常形象地抒写出旧社会文人孤苦无告的命运。

《做父亲去》主要状写的是作家悲苦困窘的穷愁体验,写他的爱人因为贫穷不得不接受家人的冷眼回南京老家生产;写他失业后求告无门家中面临着数米下锅的困境;写他为了基本的生活不得不一再典当妻子的物品的难堪,种种遭遇都真实地再现了作家因为生活的贫困、社会的挤压而满怀悲怆和不平的心境。

作为早期创造社中的一员,洪为法的散文也相当程度上沾染了早期创造社同人作品感伤、悲凉的普遍情绪,行文多由诉说一己的情感遭遇和在穷愁困境中的挣扎,延伸至对于当时黑暗社会的抨击和控诉,感情哀深低婉,让人低徊不已。

倪贻德(1901—1970),笔名尼特,浙江杭州人。1919 年考入上海美术专科学校学画,毕业后留校任教,著有《玄武湖之秋》、《东海之滨》等小说散文集,参加了创造社。1923—1924 年间常在《创造周报》、《创造日》上发表小说和散文。1927 年留学日本,入东京川端绘画学校学画。1928 年回国,在广州、武昌、上海等地从事美术教育,曾撰写《西洋画概论》、《水彩画新研究》、《画人行脚》等多种美术著作。1938 年入郭沫若主持的政治部第三厅,任美术科代科长。1944 年起任教于国立艺术专科学校。此后一直从事美术教育和研究活动,是我国现代著名的油画家、美术理论家和教育家,他早年创作的小说和散文在中国现代文学史上也占有一席之地。

《秦淮暮雨》一文收在倪贻德的小说散文集《玄武湖之秋》中,是一篇文采斐然的散文,也是一曲"流浪者心内的悲调"。文章叙述了作者在潇潇暮雨中离开南京，在去车站的途中回想起几个月来在南京的境遇：观赏名胜时勾起的乡愁，月下想起的湖畔少女，还有白鹭洲的黄昏，夫子庙的夜景，紫金山麓、灵谷寺前的疏林红叶和玄武湖的秋景，最终作者因为发表了描写肉欲的小说激起公愤而被辞退，在萧瑟的冬季带着悲凉继续飘零。

在早期创造社中，倪贻德的风格和郁达夫颇为相近，重感伤和抒情的调子，有着零落文人的自怜况味。但郁达夫的悲怀伤感中，有很大一部分是来自于对国家和社会的深深失望，有家国之痛的因素，而倪贻德的感伤更多的是来自于一己的穷困潦倒和离愁别绪，二者有着境界高下之别。这篇《秦淮暮雨》可以视作一篇零余者的漂泊游记，有着浓郁的香艳色调，和郁达夫的散文也有类似的地方，景色描写比较多，自抒怀抱的情绪过于浓重，对于旧社会的批判力度稍嫌不够。鲁迅曾批评创造社为“新才子派”。倪贻德的这类作品的确有较为浓重的才子佳人的气味，时时流露出作者的顾影自怜之态，语言清丽，还夹带着经过修饰的古典诗文的词汇，文字中表现出的感情色彩和思古情调，带给读者一种缱绻难遣的别样风味。

《东海之滨》(光华书局，1926)是倪贻德在《玄武湖之秋》之后的又一个小说散文集。他在文集的序中这样写道：“每好作牢骚幽怨之语，发伤春悲秋之辞。”文集中感伤之情，溢于言表，流露的是旧文人那种不堪回首的哀愁。相比较《玄武湖之秋》而言，《东海之滨》的行文显得随意而散淡，没有牢骚和愤恨，只有渺茫的虚幻和淡淡的哀愁，作者用了画家的感觉和色调，写出了漂泊者的又一种情怀。需要指出的是，在这本小说散文集中，小说和散文的界限已经非常模糊，小说中有大量的景色描写，散文中也有故事情节的叙述。这种小说散文化的现象也常见于早期创造社其他成员的创作中。

第二章　记叙抒情散文(中)

第一节　徐志摩的散文

徐志摩(1897—1931),1918年生于浙江海宁,原名章垿,初字槱森,后改志摩。1915年考入北京大学预科,1917年转入北京大学法科,次年入美国克拉克大学进历史系学习银行学、社会学、历史学等课程,1918年入纽约哥伦比亚大学研究院经济系,1921年以特别生的资格进入英国剑桥大学皇家学院学习。20年代中期开始任北京大学教授并开始任北京《晨报》副刊的编辑。1924年秋,徐志摩、胡适、林长民等人组织成立了新月派的前身——新月俱乐部,形成了中国现代文学史上一个重要的社团。

徐志摩曾留学英美,在哥伦比亚大学和剑桥大学等名师云集的学府受到了全新的滋养。他在回国后回忆时说道:“我不敢说受了康桥的洗礼,一个人就会变气息,脱凡胎。我敢说的只是——就我个人说,我的眼是康桥教我睁的,我的求知欲是康桥给我拨弄的,我的自我的意识是康桥给我胚胎的。”①徐志摩深受英国尤其是康桥文化的影响,他的政治理想、文艺观念和伦理准则中都深深带有留学时期所受教育的影子,因此其思想充满了强烈的个体意识和创造精神。徐志摩一直自称是“不可教训的个人主义者”,一生中始终呼唤“爱、自由与美”,他幻想“凭着爱的无边的力量,来扫除种种障碍相爱的势力,来医治种种激荡我们恶性的疯狂,来

① 徐志摩:《巴黎的鳞爪》,河北教育出版社,1994年版,第29页。

消灭种种束缚我们的自由与侮辱人道尊严的主义与宣传”。①

徐志摩第一篇具有现代意义的散文是1922年12月29日发表在《晨报》副刊上的《印度洋上的秋思》。而他真正的散文创作高潮是从1923年开始，有《曼殊斐儿》、《我国的端阳节》、《雨后虹》、《北戴河海滨的还乡》、《泰山日出》等散文出版问世。1925—1926年是他散文创作的另一个高潮期，《青年运动》、《爱眉小札》、《欧游漫录》、《翡冷翠山居闲话》、《我所知道的康桥》、《巴黎的鳞爪》等著名作品不断出现。徐志摩的散文“长于流露抒发自己的感情而拙于描写社会生活”。② 有人在评价他的散文创作时说：“至于他那‘跑野马’的散文，我老早就认为比他的诗还好。那用字，有多生动活泼！那颜色，直是‘浓得化不开’！那联想的富丽，有生动的充溢！尤其是他那态度与口吻，彀多轻盈，多顽皮，多伶俐！而那气力也真足，文章里永远看不出懈怠，老那样像夏云的层涌，春泉的潺溪！他的文章里的确有它独到的风格，在散文里不能不让他占一席地。”③考量徐志摩的散文创作可以发现，早期的创作更多是抒发内心激荡的青春感觉，往往是将内心的情怀赤裸裸袒露出来。随着作家年龄的增长，生活中愈来愈多的失落、痛苦、幻灭、悲哀，逐渐渗通到散文创作中，作者的创作调子开始呈现出更多的忧郁和哀戚，色彩渐渐黯淡，原本荡漾的理想之光逐渐褪去，还原成生活的原貌。

徐志摩的散文创作类型较多，既有政治性较强的政论文、内省或自剖式的文章，也有旅欧时的大量游记式的散文和抒情色彩浓重的诗化散文。徐志摩的政治色彩较强的散文，以《这回脸面字也不要了》、《列宁忌日——谈革命》、《从小说讲到大师》等文章为代表。这些文章集中表现了作者的政治倾向和观点，多有愤激之言，可读性不强。

内省自剖式的散文是徐志摩散文创作中重要的一部分，尤以《自剖》为代表。作为实现“真实自我”的一种途径，作者力图把内心全部的真纯袒露在世人面前，希望在作者和读者间编织一条感情的纽带。徐志摩把

① 徐志摩：《汤麦士·哈代》，载《新月》1928年3月号，第1卷第1期。
② 穆木天：《徐志摩论——他的思想与艺术》，载《文学》1934年7月1日，第3卷第1号。
③ 杨振声：《与志摩的最后一别》，载《新月》1933年4卷1期。

自我的纤细的感受和情绪透过纸笔真率地描摹出来。在他的散文中，“我”不再是一个抽象的、模糊的影子，而是鲜活、真实的生命个体。在他的代表作《自剖》中，徐志摩写到：“有爱护我的事物，也有我痛疾的事物。往理性的方向走，往爱心与同情心的方向走，往真光明的方向走，往真的方向走，往生命，更多更大更高的生命方向走——这是我那时的一点‘赤子之心’。我恨的是这时代的病象，什么都是猜忌、诡诈、小巧、倾轧、挑拨、残杀、互杀、自杀、忧愁、作伪、肮脏，我不是医生，我不会治病；我有一双手，趁他们活灵的时候，我想，或许可以替这时代打开几扇窗，多少让空气流通些，浊的毒性出去，清醒的洁净的进来。”徐志摩力图把自己内心的全部真诚贡献给别人。这种真情流露在笔端具有一种宽宏博大的人道主义精神，他不但对弱者寄予深切的同情，同时对所在的社会有明确的认识和奋争的精神。尽管这种九死未悔的人道主义精神也许收效甚微，但就像作者自己所说的：“尽量在这人道主义的海滩边种你的鲜花去，——花也许会消灭，但这种花的精神是不烂的。”这也正是贯穿徐志摩散文创作的一条重要的精神主线。

游记体的散文颇见徐志摩创作的神韵。作者游历欧美，在求学和旅行途中写下了大量的记游文章，寓情于景，富于变化。《翡冷翠山居闲话》，以诗的语言、旋律反复咏叹，勾勒出一片绝美的充满诗情画意的天地。作者将自然的美具体化，人“与自然同在一个脉搏里跳动，同在一个音波里起伏，同在一个神奇的宇宙里自得”，进而烘托出一个无牵挂的至纯境界。在描写一个人漫游时，作家将内心的诗意挥洒向青草、道旁树木、莺燕、山径、天空，静动交织，明暗相和，虚实共生，构成诗、画、乐完美融合的美的意境。在《巴黎的鳞爪》中，作者开篇就用极富感情的笔调抒发了自己对巴黎的丰富感受，“整个的巴黎就像是一床野鸭绒的垫褥，衬得你通体舒泰，硬骨头都给熏酥了……”“香草在你的脚下，春风在你的脸上，微笑在你的周遭……”作品以一种切肤的感受唤起读者对巴黎的向往，使读者在不知不觉间被感染，不知不觉随着作者的文章一起神游巴黎。整篇文章没有太多受形式的束缚，随意而谈。作者在具体写到巴黎的景色时没有落入俗套，没有写塞纳河和凯旋门，而是把笔落在一个普通的巴黎画家的生活故事上；然后巧妙地转换成第一人称，通过女主人公的自述道出了她哀婉凄凉的人生；接着作者妙笔一转，运用“我”与画家对话的形式为读者描绘了艺术之都的种种逸事。起初作者描绘的破败的画室此时逐渐变换了色彩，“我”与画家的对话也仿佛是做了一个“荒唐、艳丽、甜蜜的梦”。在《泰山日出》中，作者没有着重描写太阳喷薄而出的实景，而是把笔墨放在想象中日出的奇景上。他如此写道：“巨人长发在风里像一面黑色的大旗，飒飒的在飘荡”，“仰面向着东方，平拓着一双长臂，在盼望，在迎接，在催促，在默默的叫唤着光明的降临”。作者借对巨人形象的描绘，热情地歌唱赞美东方的复活，光明的胜利。徐志摩在写景游记类的散文中没有单纯地沉浸在对沿途所见所闻的摹写中，而是将灵性与生命精神寓于对客观景物的描写中，情在景中，情景互融。《翡冷翠山居闲话》集中描写了作者置身于大自然怀抱中超脱、闲适的心情。作品从不同的角度，以华丽铺张的语言，表达了“山居”的诸多妙处。如写到一个人单独漫游的时候，可以在青草里“坐地仰卧”，甚至在地上“打滚”，“因为草的和暖的颜色自然的唤起你童稚的活泼”。轻盈的笔调和华丽的词藻，恰如其分地表现了作者溶入到大自然中去的愉悦心情。整段文字写得有声有色，丰采绰约。

徐志摩多数散文具有浓郁的诗味。作为新月社的代表诗人，徐志摩把诗歌创作中激荡的诗情不自觉渗透到散文创作中，故而其散文创作带有较强的诗化倾向。不论是诗歌，还是散文，徐志摩的创作总是高扬着生命的激情，“永远保持着一个亲热的态度”。[①]《曼殊斐儿》是诗化散文的代表作。文章以一段短诗开头：“这心灵深处的欢畅，这情绪境界的壮旷；任天堂沉陷，地狱开放，毁不了我内府的宝藏！”以诗带文，几句短诗为文章打下的诗情的基调，烘托了散文氤氲的氛围。散文的正文部分行文长短错落，疏密有致，诗与散文两种文体互渗互融。作者带着一种探幽式的心情来描绘曼殊斐儿，有意使用了层层铺垫的叙述方法。先是书写了“我”渴望见到曼殊斐儿的急切心情和内心隐秘的心理活动，为曼殊斐儿

① 梁实秋：《谈徐志摩的散文》，载《新月》1933年4卷1期。

的出场埋下了伏笔;然后写到作者去拜会曼殊斐儿,见到了一个亭亭玉立的女郎,几经辗转方知不是伊人,而是房主;接下来继续写到主人由于下雨不欲见客,“我”得知后怅惘欲归,恰在此时,旁有麦雷提议“我”不妨上楼一试,“我”上楼后终于见到了久已仰慕的女主人。文章中最具特色的是对女主人曼殊斐儿的正面描写,作者先是写到女主人的房间装饰和布置,然后是对女人肖像的刻画,“她眉目口鼻之清之秀之明净”,如“秋月洗净的湖山,霞彩纷披的夕阳,南洋里莹澈的星空,或是艺术界的杰作”,曼殊斐儿的美是“整体的美,纯粹的美,完全的美,不能分析的美,可感不可说的美”。这里对曼殊斐儿的描写借用了小说中刻画人物的手法,多种方式并用,达到了一种立体化的效果。在文章的结尾部分,作者没有采用通常的散文式的结束方式,而是首尾相应,取小诗结尾:“说宇宙是无情的机械,为甚明灯似的理想闪耀在前。说造化是真善美之创现,为甚五彩虹不常住天边?”一首韵味颇深的诗将这篇纪念文章的惋惜怀念之情表现得淋漓尽致。

徐志摩的散文“仿佛是鸭儿梨的样子,流丽清脆,在白话的基本上加上古文方言欧化种种成分,使引车卖浆之徒的话进而成一种富于表现力的文章,这就是但从文体变迁上讲也是很大的一个贡献了”。[①] 徐志摩散文最大的特点就是强烈的感情成分,他的美文大多浓墨重彩,既追求情感的互渗,又重视审美的移情。正如徐志摩在《落叶》中所说:“我是一个信仰感情的人,也许我自己天生就是一个感情性的人。”徐志摩的散文创作深受浪漫主义创作的影响,多以自然景物为描写对象,将自我浓烈奔放的感情投身到景物中,以我观物,在物我合一的境界中抒发作者内心丰富独特的感受。如他的名篇《我所知道的康桥》是作者离开康桥后的回忆文章,“我”对康桥的回忆和赞美仿佛是恋人般的感情。在想起写康桥的回忆文章时,“我”不禁写到:“一别二年多了,康桥,谁知道我这思乡的隐忧?也不想别的,我只要那晚钟撼动的黄昏,没遮拦的田野,独自斜依在软草里,看第一个大星在天边出现!”作者没有直抒胸臆地表达对康桥的种种

① 周作人:《志摩纪念》,载《新月》1933年4卷1号。

眷恋之情，而是截取回忆中的一个代表性场景，将之定格放大，既使对康桥的回忆具体清晰可感，同时也有效地展现了康桥比较有代表性的场景，使读者读来亲切感人。

徐志摩的散文善于联想，正如他自己所说的是“跑野马”。这种天马行空的发散式思维大大拓展了散文文体的表现容量。随着作者穿越时空的丰富联想，读者也被带入了神游的世界。在《北戴河海滨的幻想》中作者写到：别人都去海边去了，“我”独坐在海滨别墅前廊的椅子里，继续前一天晚上的梦思。“我”不禁神思飞动，任幻想驰骋，眼前的自然美景和种种人生的漂泊感错综杂烩。在现实与想象间作者自由往来，作者思绪时而放纵，时而收敛，时而激荡，时而低沉，最终有关“我”的过去，现在，逐渐收缩成一个黑点，而“黑点亦渐次的隆翳，幻灭似的灭了，灭了，一个可怕的黑暗的空虚……”《想飞》的构思极为独特，作者有意打破散文的惯常写法，将闲谈与写实、抒情与言志自然地交融在一起，完全以个人感受式的语言表达出作家对生活与人生的深刻思考。文章开头写的是一个深极了的雪夜，无边的静廖泯灭了尘世中的一切喧嚣，“我”在英国康槐尔南端的海边漫步，听着鸟儿们向青天冲刺时幸福的赞歌声，“我”不禁浮想翩翩，从古至今有关人类飞翔的尝试，儿时想飞的种种冲动都一波一波向“我”袭来，飞翔如此幸福，而反观现在的人类又是如此无奈，于是“我”发出了“飞出这圈子”，“凌空去看一个明白——这才是做人的趣味，做人的权威，做人的交代”的心声。在思接千载的联想后表达了对“我”自由人生的向往以及由此引发的深刻思考。

徐志摩散文另一个重要特征，是他在语言驾驭上的独到之处。作为新月诗派的主将之一，徐志摩曾大力提倡写“新格律诗”，主张新诗要有音乐美、绘画美和建筑美，并以自己的创作为现代新诗做出了重要的贡献。他的许多名篇如《再别康桥》、《雪花的快乐》、《为要寻一个明星》、《我不知道风是在哪一个方向吹》等，在追求诗歌的音乐美方面为现代诗歌创作树立了的典范。在这种诗歌理论的深刻影响下，徐志摩有意识地把诗歌音乐性的追求带入了散文的领域，着重强调散文语言的音乐美，并视之为构成散文“诗歌化”的一个重要因素。他善于书写旋律优美，音乐感强烈的散文。如《浓得化不开之二》:“在一刹那间,在他的眼内,在他的全生命的眼内,这当前的景象幻化成一个神灵的微笑。一折完美的歌调,一朵宇宙的琼花。一朵宇宙的琼花在时空不容分仳的仙掌上俄然的擎出了它全盘的灵异。山的起伏,海的起伏,光的起伏;山的颜色,水的颜色,光的颜色……形成了一种不可比况的空灵,一种不可比况的节奏,一种不可比况的和谐。”在《印度洋的秋思》中,作者有意大量使用长句和多音节词语,延缓了叙述的调子,而在行文中又不失变化,形成一种错落有致,起伏参差的效果。在文章第一段中,先是以“昨夜中秋”起领全文,下一个部分对应地使用了“又是一番秋意”,以“秋”、“愁”两个韵词构成了前后相应的句子(不是严格工稳的两个句子),既增加了整个段落的音乐性,又不失起伏,摇曳多姿。这种有意却不生硬地在散文创作中借鉴诗歌创作的音乐性,大大增强了作品情感的表现力。

在抒情性的散文中,徐志摩大胆尝试了多种修辞方法,尤以排比为最。浓烈的感情使作者不得不借用大段的铺排句式,造成回环往复的叙事效果。代表性的作品是《北戴河海滨的幻想》,文章中作者在大段抒发个人感情之时,采用了排比句式。“我亦可以暂时忘却我自身的种种;忘却我童年期清风白水似的天真;忘却我少年期种种虚荣的希冀;忘却我渐次的生命的觉悟;忘却我热烈的理想的寻求;忘却我心灵中乐观与悲观的斗争;忘却我攀登文艺高峰的艰辛;忘却刹那的启示与彻悟之神奇;忘却生命潮流之骤转;忘却我陷落在危险的漩涡中之幸与不幸……”这种排比句式层层铺垫,层层递进,大大渲染了作者强烈的情感,使行文流畅又不失含蓄。又如在《泰戈尔》中,作者对泰戈尔的歌唱和赞美:“他是不可侵凌的,不可逾越的,他是自然界的一个神秘的现象,他是三春和暖的南风,惊醒树枝上的新芽,增添处女颊上的红晕。他是普照的阳光。他是一派浩瀚的大水,来从不可追寻的渊源,在大地的怀抱中终古的流着,不息的流着,我们只是两岸的居民,凭借这慈恩的天赋,灌溉我们的田稻,苏解我们的焦渴,洗净我们的污垢。他是喜马拉雅积雪的山峰,一般的崇高,一般的纯深,一般的高傲,只是无限的青天枕藉他银白的头颅。”多个排比句的使用增强了泰戈尔在作者心中的地位,也进一步强化了作者对泰戈尔的崇敬之情。

徐志摩的散文在讲求艺术性的同时，也很注重文章的思想含量。正如他在《翡冷翠山居闲话》中所说："真纯的思想是一种想象的实在，有他自身的品格与美，是心灵境界的彩虹。"徐志摩不懈追求的是生命的美、光明、爱心、健康。他在《走上前去》中高喊生命价值的不可凌辱："不能让悲观的慢性病侵蚀我的精神，更不能让厌世的恶质染黑我的血液，厌世观与生命是不可并存的；我是一个生命的信徒。起初是的，今天还是的，将来我敢说也是的。我绝不容忍性灵作的颓唐，那是最不可救药的堕落。"作者一生都在以生命的真性灵作为人生的理想。

徐志摩性情自由的洒脱和内心中滚烫的"真善美"的追求并行不悖。他的散文中秾丽雅致的语言，层叠错落的句式仿佛汩汩涌出的生命甘泉，飘逸生动，真率明朗。这种略带现代布尔乔亚式的诗人写作在现代散文史上独立一品，正如周作人在评价他的散文创作时所说的："他的文章永远是用心写的。"①

① 周作人：《志摩纪念》，载《新月》1933年4卷1期。

第二节　庐隐、石评梅、苏雪林等作家的散文

五四新文学运动的大潮，将一批才华独具的卓越女性推上了现代文坛。继冰心、冯沅君之后，庐隐、石评梅等女性作家相继出现，虽仅似彗星一闪，便消逝于天幕，但她们那奇异的光彩，动人的流线，却永远辉耀于现代文学的史册里。

庐隐(1899—1934)，原名黄淑仪、黄英，福建闽侯人，出生于一个封建官宦之家，在孤独和压抑中度过童年。6 岁时父亲病故，随母寄居在舅父家中，13 岁考入北京女子师范学校预科，广泛涉猎了中国古典小说和林纾翻译的小说，这为她积淀了较为深厚的文学素养。18 岁毕业后，在北京、河南、安徽等地当了两年的教员，1919 年秋考入国立北京女子高等师范学校。当时正值五四运动风起云涌之际，这位内心向往自由与解放的青年女性，积极地投身到如火如荼的社会运动中，同时又大胆地用自己的笔反映了当时存在的诸多社会问题。她最早创作的一批散文就是议论包括妇女问题、思想革命等在内的各种现实问题的杂文。这些文章所谈问题新颖尖锐，反映出作者敏锐的感觉和强烈的社会责任感。署名庐隐的小说《一个著作家》在《小说月报》上发表后，她的创作就一发而不可收。她也成为文学研究会成立后的第一批会员。高师毕业后庐隐先去安徽，后进北京师大附中任教。1922 年，因为共同的志向和爱好，她与北大学生郭梦良结婚，但两年之后，郭梦良病故。同时又遭遇母亲、哥哥和好友相继离世的巨大不幸，她一直处在悲哀、绝望和孤独情绪的包围中，表现在她的创作中，就有了《海滨故人》(商务印书馆，1925)、《曼丽》(北京古城书社，1928)和《灵海潮汐》(开明书店，1931)3 个散文、短篇小说集。这一时期庐隐散文创作的总体格调是感伤、哀怨，细腻委婉、如泣如诉，真实地表达出那个时代资产阶级的知识分子女性苦闷彷徨的普遍心态。

茅盾在《庐隐论》中说："庐隐未尝以'小品'文出名。可是在我看来，她的几篇小品文如《月下的回忆》和《雷锋塔下》似乎比她的小说更好……在小品文中，庐隐很天真地把她的'心'给我们看，比我们在她的小说中看

她更明白。她不掩饰自己的矛盾(她这种又天真又严肃的态度在她的小说中也是一贯的,这是她叫人敬重的一点)。”

《月下的回忆》、《碧涛之滨》、《灵魂的伤痕》这组散文收在《海滨故人》一书中,是作者在 1922 年大学快毕业时和几位同窗好友赴日游览,返回途中经朝鲜、中国东北等地所作的一组游记散文。《月下的回忆》写的是她和 3 位好友同游大连南山赏月的事。女作家没有一味地陶醉于月色中,而是时时想念着多灾多难的国家。她目之所及,看到大连的孩子受到日本军国主义的奴化教育,看到大连的青壮年被吗啡和暗娼所毒害,心中暗自神伤。“我寄我的深愁于流水,我将我的苦闷付清光”就是她对自己内心世界最真实的写照,同时不尽的哀感中又饱含着作家忧国忧民的热情和深沉的爱国情怀。

庐隐在郭梦良死后伴着他的灵柩回到了故乡福州,但故里令人窒息的生存环境又让她很快离开,到上海工作。她的《寄燕北故人》就是通过一封给友人的信件,写出了生活的飘零之感和自己内心深处的痛苦不安。收在《曼丽》一书中的《雷锋塔下》是对亡夫郭梦良的纪念悼文,作者饱含深情地回忆了他们两人相识相知和相爱的点点滴滴,缠绵悱恻,藕断丝连,感人至深。

1928 年 3 月,经朋友的介绍,庐隐认识了清华学生、青年诗人李唯建,也开始了两人浪漫而艰难的情感历程。李唯建比庐隐小 10 岁,但这并不妨碍他与庐隐之间心声相契的情感呼应。他既欣赏庐隐的出色才华,又同情她的多舛命运,在相识后不久他们便开始了频繁的通信。《云鸥情书集》(神州国光社,1931)就是他们之间 68 封来往书信的结集。庐隐惊喜于他们二人之间的默契感应,但更多的却是担心年龄的差距、境遇的悬殊和世俗的偏见给他们情感带来的压力,所以在《云鸥情书集》中我们可以看到两个爱到深处却又顾虑重重的有情人最真实的情感交流。正如庐隐自己所言,信中“没有一片,没有一句,甚至没有一个字,是造作出来的”。他们反复地探讨人生的意义,互相倾听着彼此情感的微妙起伏和变化,有时为了说服对方,还相互剖析内心世界,进行坦率辩论。最终,爱情战胜了世俗,也说服和拯救了为情所困的两个人,他们终于走到了一起。《云鸥情书集》中漫溢着充沛的热情和想象，抒写出了一曲爱情伟大的凯歌，同时也预示了庐隐散文创作将要发生的重要转变。

1930年，庐隐和李唯建东渡日本，开始了她全新的生活。《东京小品》(北新书局，1937)就是写在当时的一部集散文、短篇小说和杂文为一处的合集。其中的一部分散文描绘了当时日本的社会风习、风光名胜，尤其着重记录了日本妇女的善良友爱和痛苦屈辱。作家细腻抒情的笔调，让这些散文在当时较为多见的旅外游记中显出独特的风貌。同时，写在这一时期的散文也逐渐摆脱了女作家早期文章中流露较多的感怀个人身世的凄惶之感，这一方面得益于女作家情感生活的改观，早期的悲苦被现实的幸福所取代，另一方面也是由于身处异域，对于故国油然而生的爱国情感的投射，所以我们在《东京小品》中开始听到了更多时代、社会和民族的足音。比如《夏之歌颂》一文中就有这样的句子：

> 二十世纪的人类，正度着夏天的生活——纵然有少数阶级，他们是超越自然，而过着四季如春享乐的生活，但这太暂时了，时代的轮子，不久就要把这特殊的阶级碎为齑粉。

1931年庐隐夫妻返归国内，居住于杭州的西子湖畔。在这期间，庐隐又创作了由7篇生活散记组成的散文集《玫瑰的刺》(中华书局，1933)，文章所叙的都是她们在杭州居住期间发生的生活琐事。作家将对现实批判讽刺的诙谐笔墨蕴含在看似平淡的生活速写中，绵里藏针，好似玫瑰带刺，风格渐趋明朗爽利，清浅直切。

此外，出版于1934年的《庐隐自传》(上海第一出版社)在同期同类的传记作品中也具有较高的文学价值。传记记录了庐隐这位坚强倔强的新女性所经历的坎坷曲折的人生道路，其间充满了那个特定时代追求独立人格的现代女性在求索自由和幸福生活过程中所经历和遭遇的种种欢欣与痛苦，凄婉辗转，真实感人。

1934年，庐隐因难产逝世于上海大华医院。生命在她创作生涯的巅峰状态戛然而止，让人不禁扼腕叹息。庐隐性格内向，多愁善感，在创作中历来主张“个性”和“情感”,她的文章大多是她在教书之余一挥而就,任凭情感赤诚,所以自然真实是她散文的最大特点。与同一时期的女作家冰心一直身处顺境不同,庐隐短暂的一生饱尝了坎坷和艰辛,所以她的文章远没有冰心的散文那般的温软和柔和,更多地表现了个人的精神苦闷、对爱情的追求和对悲苦命运的挣扎,字里行间充满着哀痛和不平。到了后期,由于个人生活境遇的变化,她的文字开始趋向平和,关注的中心也由个人的小小悲欢延展到对整个时代、社会、国家和民族的前途与命运的思索和考察。此外,由于脱胎于中国丰厚的古典诗文传统,她的行文中有很多颇富意境的古典语汇在不经意间自然流出,恰到好处地烘托出文章的氛围,真率自然,一派天成。

石评梅与共产党人高君宇的凄美感伤的爱情故事,无疑是一个现代版的梁祝悲剧。但她之所以闪耀在中国现代文学史的星空里,主要还是因为她的天资聪慧、多才多艺,以及她的文学创作实绩。

石评梅(1902—1928),现代女诗人、散文家,山西平定人,自幼便得家学滋养,除酷爱文学外,还爱好书画、音乐和体育。1919 年秋考入北京女子高等师范学校,与同学黄庐隐、冯沅君、苏雪林、陆晶清等结为密友,并开始文学创作。在《语丝》、《晨报》副刊、《文学》,以及她与陆晶清参与编辑的《妇女周刊》、《蔷薇周刊》等报刊上发表散文、诗歌、小说和剧本。1923 年秋天毕业后留校任该校附中女子部主任兼国文、体育教员。在五四运动落潮这样的大背景下,石评梅在教育上找到了自己事业的立足点,在友谊上找到了自己感情的寄托点。更重要的是,她同高君宇的爱情,因为高君宇的遽然而死,而止于“冰雪友谊”。这使她痛悔交加,也使她短暂的人生变得无穷的美丽,又无穷的痛苦。陶然亭墓碑上镌刻的碑文即是明证:

我是宝剑,我是火花。
我愿生如闪电之耀亮,
我愿死如彗星之迅忽。

这是君宇生前自题像片的几句话,死后我替他刊在碑上。

君宇！

我无力挽住你迅忽如彗星之生命，我只有把剩下的泪流到你坟头，直到我不能来看你的时候。

评梅

经过一段剧烈的感情阵痛之后，石评梅心灵的创伤稍稍平复，她认真教学，关注国事。在以后发生的“三·一八”惨案中，她曾愤然作文《血尸》、《痛哭和珍》等等，表现出对爱国青年的同情和支持。正当她准备更多更好地为现代文学提供创作精品的时候，脑炎疾病夺去了她年轻的生命，年仅27岁。石评梅尝试过诗歌、小说、剧本、评论等体裁的创作，但散文是最成功的。在她去世后，其作品曾由庐隐、陆晶清等友人编辑成《涛语》、《偶然草》两个集子，分别由盛京书店(后又改由北新书局)和文化书局出版。1983年，北京书目文献出版社又整理出版了3卷本的《石评梅作品集》。同年，山西人民出版社又出版了综合性的《石评梅选集》。

在石评梅的散文里，尽管也有对于“身外大事”“腥风血雨”，以及自然风光的描写(如《报告停办后的女师大——寄翠湖畔的晶清》、《女师大惨剧的经过——寄告晶清》、《血尸》、《痛哭和珍》、《无穷红艳烟尘里》等写的是社会重大事件；《战壕》、《社戏》、《偶然来临的贵妇人》、《董二嫂》等，写的是社会生活、人世百态；长篇游记《模糊的余影——女高师第二组国内旅行团的游记》、《烟霞余影》等，写的是南游的见闻以及北京西郊的风景)，其中亦不乏佳作，但是，从整体上看，她写得最多、最好的，还是爱情、友谊和苦闷这三大主题的散文。

石评梅抒写爱情的散文，大都写在其爱情悲剧的大幕落下之后，因而带有浓厚的回忆和反思色彩，这使其抒情变得更加缠绵悱恻而又深刻隽永，从中可以分明读到石评梅那颗悲痛欲绝且悔恨不已的心灵，在孤寂凄苦中，独自追踪着、演绎着、咀嚼着那美丽而又痛苦、不堪回首而又永远难忘的尘梦。这些内容构成了作者散文的精华。如《最后的一幕》，述说在医院的病榻前，她和高君宇泪眼相望，心灵默契；《我只合独葬荒丘》描写在陶然亭的夕阳下，她和高君宇并肩漫步，低低倾诉；《肠断心碎泪成冰》

则道尽作者凄苦哀惋的感情。在1927年的清明节，她在陶然亭高君宇墓畔，写下了扣人心弦的《墓畔哀歌》敬献给亡灵。她愿醉卧墓碑旁，任霜露侵凌，不再醒来。在石评梅的爱情观中有以个性解放为核心的现代意识，但更多的还是传统文化和道德因素的折射。因此其散文的情调、韵味、气氛，乃至意象，带有浓郁的中国历代那些薄命的红颜、才女式的缠绵和悲苦。

友谊和亲情，是石评梅散文的另一个主要内容。如《母亲》、《归来》，写出了她对父母的一片挚情；《玉薇》、《露沙》、《给庐隐》、《寄海滨故人》等等，都是友爱的心声。在这类散文里，她向友人传递着彼此的消息，公开着自己的秘密，倾诉着内心的苦闷；同时，她又深深地同情、慰藉着他人的痛苦与不幸。

石评梅的很多散文，展示了自己纤细敏锐、多愁善感的心灵曲线，以及在爱情和人生观上的挣扎和矛盾。石评梅的愁，其根源既来自理想与现实的矛盾，亦出自她自身的心理的冲突。前者固无力改变，后者更难以超越。她与高君宇的爱情悲剧，实质上亦是自己的心理悲剧。她曾不解造成自己命运多舛的是社会还是自己，她也企图探索人生的究竟，同样得不到解答，于是散文中常有迷惘、怀疑、空寂的心理困惑。

于坦率中见悲壮和浓烈、在细腻处呈浪漫和忧伤，是石评梅散文的一大抒情特色。她的散文，不论是直抒胸臆，还是委婉传情；亦不论是慷慨陈词，还是娓娓而谈，都有痛快淋漓、不可遏抑的气势。比如：

> 和珍！你明天出了校门走到石驸马大街时，你记的不要回头。假如回头，一定不要离开你自己纤手铁肩，惨淡缔造的女师大；假如回头，一定不忍舍弃同患难，同甘苦的偕行诸友；假如回头，你更何忍看见你亲爱的方其道，他是万分懊丧，万分惆怅，低头洒泪在你的棺后随着！你一直向前去吧，披着你的散发，滴着你的鲜血，忍痛离开这充满残杀，充满恐怖，充满豺狼的人间吧！（《痛哭和珍》）

这是直抒胸臆，慷慨陈词。

我常觉你在身后的树林里，骑着马轻轻地走过去。常觉你停息在我的窗前，徘徊着等我的影消灯熄。常觉你随着我唤你的声音悄悄走近了我，又含泪退到了墙角。常觉你站在我低垂的雪帐外，哀哀地对月光而叹息！（《墓畔哀歌》）

这是缠绵而低回的浪漫的感情。在现代早期女作家中，写得最美丽而又忧伤的，恐怕应首推石评梅了。

石评梅散文的境界具有美、冷、静的格调。从她的笔下可以看到，她对于一切荒寒、凄清、寂静，具有颓废美的事物，有着特殊的嗜爱与敏感。她常常毫不费力地将它们捉住，布置出一个个特殊的抒情环境和氛围，同她那忧伤、愁苦的心情和谐一致。冬天、梅花、月亮、晚霞、芦花、落日、冰雪、残火、静夜，以及“寥廓而且凄清、萧森而且清爽的陶然亭”，是构成她散文美、冷、静格调的主要意象。

石评梅的散文，情感哀婉忧伤，辞藻丰富美丽，色彩浓郁鲜明，节奏优美多姿，笔下是抑制不住勃勃的才气和灵气。

苏雪林(1899—1999)，原名苏梅，字雪林，笔名绿漪，原籍安徽太平，出生在浙江瑞安。1919 年考入北京女子高等师范学校国文系，同级的学生中还有庐隐等人。1921 年赴法国留学，学习美术和文学。因母病辍学回国，后任教于东吴大学、安徽大学、武汉大学，著有散文集《绿天》(北新书局，1928)。

苏雪林自幼爱好古典文学，喜作旧诗，文学功底颇为深厚。在北京读书期间开始发表散文，偶尔创作小说。创作于 20 年代的《绿天》集收录 6 篇散文，所记的都是她婚后生活的体会和感受，风格清丽明朗，充满着生活的情味。

在《绿天》一书的首篇《绿天》一文中，女作家叙写了她和丈夫迁到一个犹如“绿天”一样的田园居所的感受。当她看到新居周围郁郁葱葱的草木花草时，内心无比舒畅，不禁发出“我原完全是个自然的孩子呵”的感叹，而这种自然率真、孩童般的眼光和视角也正贯穿了《绿天》一书的全部篇章。

表现在一些描写自然景物的散文中，女作家多采用的是拟人的手法，赋予她笔下的花木山石以活泼泼的生机和活力，丰富的想象让自然风物饱有浓厚的人情味。比如《溪水》一文中，写到水流石边时：

> 还是不经意涎着脸撒娇撒痴的要求石头放行，但石头却像没有耳朵似的，伴着冷静的脸孔，一点儿不理。于是水开始娇嗔起来，拼命向石头冲突过去；冲突激烈时，浅碧的衣裳袒开了，露出雪白的胸臂，肺叶收放，呼吸极其急促，发出怒吼的声音来，缕缕银丝头发，四散飞起……

俨然就是把一幕原本平淡无奇的自然景象描绘成了一幅饶有生趣的水石争斗图。

一组描写个人日常生活的散文《我们的秋天》也极富情致和童真，比如其中的《金鱼的劫运》、《瓦盆里的胜负》等文。作者善于抓住生活中的点滴片断，同时又能巧妙捕捉到对象的一颦一笑、音响与色调的细微变化，使得表现出来的田园风光和家居琐事也能脱尽惯常行文的窠臼，显出兴味盎然来。

从整体格调上来说，《绿天》一书抒发的是一种余裕生活的闲适情调，但优美的田园风光并没有让女作家完全忘怀社会，忘怀黑暗的现实。在看尽满园秋色，饱尝收获的喜悦之后，她说“我爱我的祖国，然而我在祖国中只尝到连续不断的‘破灭’的痛苦”（《收获》）；看到饱满的润泽如玉的扁豆荚，想到故乡“两次被土匪蹂躏的情形”（《扁豆》）。在流连于田园风光的同时，她能勇敢地剖白着自己的内心，写出惆怅莫名的心境。这也可以说是“革命潮流汹涌”的时代在一个“尝遍了甜酸苦辣的人生滋味”的女作家精神世界的投影。

阿英在评价苏雪林的散文时，认为她“富有田园诗人生活的情趣”，与冰心相比起来，“另具一番画意与诗情”。苏雪林的风格是“另具一番画意与诗情”的，“原则说，是‘细腻、温柔、幽丽、秀韵’”。这种风格的差异一方面可能源于苏雪林自幼浸淫的深厚的古典文学素养，从而涵养成她行文内敛含蓄静美的特点，另一方面还在于苏雪林善于以画笔行文的眼光。她颇善丹青，尤喜中国山水画的色彩与构图，这种偏好让她在散文创作中也非常注重画面的组合、色彩和光线的搭配，写出景来也能独得天地山水之气韵，自成一家。

陆晶清(1907—1993)，原名陆秀珍，生长于昆明，父母早亡，自幼爱诗，1922 年考入北京女子高等师范学校国文科，更以极大的热情学习新诗的创作。她热心于社会革命活动，参加过“女师大风潮”事件的斗争，同时还是“三・一八”惨案的受伤者之一。毕业后，遂投身到轰轰烈烈的大革命运动中，先到江西后到武汉，在国民党中央党部妇女部长何香凝的领导下工作。大革命失败后，她辗转到江西、北京，随即进入北京女师大语文系学习，后长期从事编辑、写作和教学工作。她的散文集有《素笺》(神州国光社，1930)和《流浪集》(神州国光社，1933)。

《素笺》以李商隐的诗“此情可待成追忆，只是当时已惘然”为代序，结集的是“致几个似曾相识者的信”，共收录书笺 10 封，其中既有作者对儿时生活的回忆、对人生的感悟，也有对自己情感经历的追索，或者说是记录了一个惯于漂泊世间的女子屡次拒情的经历。“我漂泊流浪已惯了，在飓风骤雨中我犹且依然的披着征裳狂奔，……我对人世早已无所希求了，仅只盼望这短促的生命能有一个较美的结束，就有一个理想中悲壮的死，我要死在血泊之中!”(《笺一》)信中叙事婉转曲折，凸现的是一个受尽世间苦难，厌恶人间绮艳的抒情主人公形象。

《流浪集》包括三个部分，其一是《流浪集》，收录的是陆晶清早期的散文，行文中倾吐的都是女作家早年漂泊的辛酸遭遇和内心所受的创痛。尤其是在经历了“三・一八”惨案之后，作者面临着好友刘和珍的惨死和理想的幻灭，残酷的现实几乎让她痛不欲生，“天！在人世我何尝敢有一次奢望？我祈求就平淡地了结此生。然而命运是这样作虐呵，一递一下的铁锤硬锤得我心肝全碎!”(《噩梦》)其二是《怀梅集》，收入的是几篇悼念石评梅的文章。她们二人是北京女子高等师范学校的同窗好友，命运同样乖蹇不幸，石评梅年纪轻轻就撒手人寰，不告而别，只留给当年的好友一些残损的旧梦。陆晶清在文章中追述了和石许梅交往的往昔岁月，想到生离死别，幽明永隔，更是不胜凄凉，唏嘘不已，字里行间浸透的都是伤心裂肺的字字血泪，愤激而又悲凉。其三是《而今集》，叙写的是她和王礼锡的婚后生活，格调趋向平和质朴。

陆晶清的散文语言很有特点。多年学诗的经历让她不仅积淀了丰厚的古典文学素养，而且遣词造句上也常常是以诗语入文。她的散文多采用排比句式和长短句相间，从而造成现代汉语双音节的圆美和谐的韵律效果。这一点在《怀梅集》中有充分的体现。作者用大致相同的句子形成排比，排比中又复排比，同时以重复加强韵律，让散文回荡出诗一样的音乐之美。比如“梅姐啊，我要怨天，天太无情，……我要怨你，你真太忍心”(《我哭你唤你你都不应》)，“想过去的一切，一切梅姐对我的情义；想她孤清冷寂短短的一生里的遭遇；想她死后人们对她深和浅的悲凄”(《残缺日记》)等等之类的语句，在她的散文中有非常多的展现。

陈学昭(1906—1991)，浙江海宁县人，父亲早逝，在家境极为困窘的情况下读完了上海私立爱国女学。1923 年下半年起，先后到安徽省立第四女子师范、绍兴县立女子师范、北京适存中学和黎明中学教书。1922 年赴法留学。在此期间，她在《时事新报》、《妇女杂志》、《语丝》、《京报》副刊、《晨报》副刊等报刊上发表散文。1925 年到 1929 年间，她一共出版了 5 部散文集，分别是《倦旅》(上海梁溪书店，1925)、《寸草心》(新月书店，1927)、《烟霞伴侣》(北新书局，1927)、《如梦》(春明书店，1927)、《忆巴黎》(北新书局，1929)。1981 年，浙江人民出版社出版了陈学昭的文集《海天寸心》，其中收录了除《烟霞伴侣》之外的其他大部分散文作品。

《倦旅》、《寸草心》和《如梦》是陈学昭早年在国内漂泊生活的散记，抒写的是一个忧郁寂寞，而又不屈服于命运苦苦抗争的灵魂；《忆巴黎》在承续了陈学昭早期散文的风格特征的同时，又着重介绍了中国留学生的旅法生活和见闻；《烟霞伴侣》则收录的多是风花雪月的情感故事。

她的早期散文最典型地体现了冲出封建家庭的新女性在当时半封建半殖民地社会里备受压抑、想挣脱命运勇敢追求又苦于找不到出路的迷惘心境。比如《倦旅》中的诸多篇什，就充满了凄苦之情。她感叹“人生只是这么浮萍浪花一样的漂泊着”,“瞻望前途,又若是的渺茫”(《流浪生活之起始》),有“无限的恐怖与彷徨”,“无限的懊恼与惆怅”(《恐怖之夜》);但同时她又咒骂那个充满了倾轧的社会是“罪恶的高台”,激励自己要“自强不息”(《她们的话》)。

她以女性特有的敏锐眼光发现和思考着当时社会出现的种种问题,诸如婚姻问题、妇女问题以及社会制度问题。她在文中焦灼地追问:“这样的问题,谁曾加以思考而求实际上的解答?好一片大的荒漠呵,我向谁去说话呢?”(《她的婚后》)这真实地再现了当时处在彷徨歧路中知识分子的欢欣与苦闷、希望与绝望相交织的复杂心境。

随着革命斗争如火如荼的开展,正苦于寻不着出路的陈学昭也渐渐意识到革命的力量和价值,特别是在结识了周建人、鲁迅、茅盾、沈泽民、瞿秋白和杨之华之后,她的生活和情绪有了很大的改观。她在劳动者身上“发现了人类最伟大的力量,向上心与革命的精神”(《如梦(六)》),“未来是有希望的,希望着!希望着!”(《如梦》)虽然这样的感叹因为缺少实际斗争的历练而稍嫌空洞和渺茫,但显然真理和希望之光已经在她的枯涩生活中闪耀了。

《忆巴黎》中满溢的是对故国命运的关切,对自身漂泊命运的喟叹,其间贯穿的是巴黎街市的明媚风光和师友情谊。作者的主观情感在记叙人事中被投射得异常饱满和浓烈,字里行间让我们体味出女作家对祖国的缱绻情思和面对现实的惶惑心曲。

以第三人称来写散文,用以表达自己内心的真实情感是陈学昭散文的特色。《倦旅》中的逸樵、《如梦》中的绿漪,无疑就是作者的化身。行文中夹杂着大量的诗词和自由诗,也是作者叙事抒情时采用的一种特别手法。相比较同时期女作家如冰心的飘逸柔美、庐隐的缠绵悱恻来,陈学昭的文字显出疏朗俊秀的风格。她善于捕捉大自然中的音响和色彩,在表达内心的情感、见解和议论时,善于把人物的对话、景物的描摹融会其中,情景交融地再现出当时当地的情境,体现出女作家特有的敏感和细密。

陈学昭对于社会生活的执著探索之心最终促使她抛却早期的悲愁和困惑,奔赴革命圣地延安。1940 年秋,陈学昭到延安,并留居下来,参与了当时《解放日报》文艺副刊的编辑工作。在这期间，她创作了《漫走解放区》(上海出版公司，1949)的散文集，而在早先，陈学昭第一次到延安后就有了《延安访问记》(香港北极书店，1940)。这两部文集所记的都是作者在延安访问时的所见所感，着重描述的是延安日常生活和社会的种种情状，相当程度上反映了当时延安社会生活的真实状况。此时的作者已经脱尽了早期文风中的惆怅悲切的情调，她用流丽隽永的文笔向我们娓娓道来，或是勾勒人物，或是描摹景致，都是散而不蔓，从容不迫，朴实无华，表达出那样一批经受过解放区生活洗礼的现代知识分子洗去铅华、荡涤灵府的真实心态。

第三节　沈从文的散文

沈从文(1902—1988),原名沈岳焕,湖南凤凰人。1918 年在家乡小学毕业后,随本乡土著部队在沅水流域各县生活多年。1922 年来到北京,30 年代在京津《大公报》主编文艺副刊,影响广泛。1934 年初,他重回湘西,创作了《湘行散记》(商务印书馆,1936)。1937 年抗日战争爆发,他逃难到重庆涪陵住了约 4 个月,又写下《湘西》(商务印书馆,1940)一书,别题"沅水流域识小录"。湘西题材的作品集中体现出沈从文散文创作的艺术成就。另外,作家还创作了一些人物传记,如《记胡也频》(光华分局,1932)和《记丁玲》(良友图书公司,1934)、《从文自传》(上海第一出版社,1934)等。

早在 20 世纪 30 年代,沈从文就被称为"文体家"、"文字的魔术师"。他不受章法的束缚,"宁愿在章法外接受失败,不愿在章法内成功"。[①]《湘行散记》和《湘西》以叙事、写人、记闻为主,着重描写了从常德沿沅水溯流而上,绵延千里的山川景物、风土人情、地理物产、历史现状和民事哀乐,上下古今,纵横天地,交织成一幅色彩斑斓的湘西图景。前者由 12 个单篇组成,以湘西沿河见闻、回忆为主,偏重写景、状物、抒情;后者收入散文 8 篇,以鸟瞰式的概括、介绍为主,偏重于叙事、写人、记闻。如此庞杂的人事、景物在作家的笔下却是眉目清晰,有条不紊,得益于作家借用"屠格涅夫写猎人日记的方式",融游记、散文和小说的技法于一体,使人事"凸浮于西南特有明丽天时地理背景中"(《新废邮存底续编——一首诗的讨论》)。正因为如此,其散文作品呈现出文体多样化的特征,即融合了游记、散文、小说等文体的特征,吸纳各自的长处,将它们合而为一——以游记结构全篇,结合以散文的写景抒情、小说的叙事技巧,重视选择具有典型意义的场景或片断,较客观、切实地描述社会生活,并细致地刻画人物形象,注重结构完整严密。《湘行散记》和《湘西》为了从时间、空间不同维

① 沈从文:《〈石子来〉后记》,见《沈从文文集》第 3 卷,花城出版社,1983 年版,第 90 页。

度上观照审美对象，全面展开湘西的风土人情、山川风物和历史演变，常常在尝试一种文体特色后，就另辟蹊径，使得散文长卷各篇既相对独立，错落有致，合起来又构成不同层面的有机整体。文中描绘的许多现实人生场景，故事完整，情节有始有终，与笔记小说十分相似，故而被称为“小说家的散文”。其作品也刻画了一批个性鲜明、栩栩如生的人物形象，如在大城市文明的浸淫下险些丧失个性，而一旦回归山泽就蛮勇刚健的虎雏（《虎雏再遇记》）；鹤发童颜，却如古罗马战士一样健壮，对生存无比执著的老头（《一九三四年一月十八日》），等等。这些人物形象并不刻意以小说的笔法精工细雕，却也在看似闲散的行文游走中自然天成，栩栩如生，体现出作家驾驭各种文体的深厚功底和强烈的文体意识。

纵览湘西游记作品，处处散发着作家所崇尚的人性美的光辉。自从踏进都市，沈从文在人与人冷漠的关系，社会力量的复杂倾轧中感到刻骨铭心的孤独和彷徨。在作家心目中，鲜活优美、充满生机的自然远比堕落虚伪、生命力衰竭的都市更具有魅力。因为内心与都市文明的隔阂，他回到湘西，从普通百姓身上去寻找自在的生命形式，从蕴藏着湘西文化积淀的民俗民情中去汲取力量。自然乡土成了沈从文心灵的避难所。“我这次回来，原是翻阅人事组成的历史”，这种深沉的历史感和归属感，始终贯穿在湘西系列散文中。通过对湘西风物、人情的描绘，作家弘扬蓬勃的生命力，呼唤健康人性的复归。湘西是一片充满着野蛮和原始力量的土地。青山绿水、丛林花草、精壮汉子举桡激水、弄船女子健硕有力，无不展现出无比旺盛的生命力，洋溢着生命的奔放和勃发。无论是山中的强盗、淳朴的苗民，还是吊脚楼的妓女、辰河小船上的水手，都闪现着人性美的光泽。而这种美恰恰是体现在平凡人生中充满生命力的内在美。作家充分肯定湘西百姓身上所具有的原始生命力，这是尚未受到现代社会文明弊病沾染的纯洁人性的表现，仍然保持着自然、粗犷、淳厚的品质。这股生命力体现了主体的坚韧力量与自由意志的结合。他们尽管深受压抑，内心深处仍葆有对改变命运的强烈渴望；即便在艰难的处境中，对人生也毫不畏惧，顽强奋斗。例如《一个大王》中曾当过土匪的差弁，他曾用“两只枪毙死过两百个左右的敌人”，虽然貌不惊人，但两只眼睛炯炯有神，有着过人的精力和勇气，敢在大冬天下水游泳一个多小时，肯为朋友两肋插刀，在一排敌人面前毫无惧色。虽然他干过杀人放火等种种罪恶勾当，但他“那些行为背后所隐伏的生命意识”却令作家钦佩。特别是他临死前的那份从容，使我们不禁感到死神对有着旺盛生命力的人来说，也是无能为力的。

作家以故地重游者的眼光审视湘西的历史变迁时，发觉即使漫长的历史不断地更迭轮换，那些湘西下层人民也似乎与历史毫无关系。从他们应付生存的方法与排泄感情的娱乐看上去，似乎也今古相同，不分彼此。这引起沈从文无言的哀戚。驱之不散的忧虑感就此笼罩在作品中。这种隐忧正是作者所谈及的“乡土悲悯感”，来自作家对湘西社会演变和现实人生思辨的历史观照。正是这种悲悯感散发出难以言传的悠远意境。人们“仿佛同‘自然’已相融合，很从容地各在那里尽其性命之理，与其他无生命物质一样，惟在日月升降寒暑交替中放射，分解……”（《箱子岩》）作家自己“看到的仿佛是一种原始人与自然战争的情景”（《鸭窠围的夜》）。这些终年生活在长河上的水手、纤夫、妓女以及河流沿岸的矿工、农民、士兵，各自承担了自己的那份命运，并且庄严地活着，“不问所过的是如何贫贱艰难的日子，却从不逃避为了求生而应有的一切努力。在他们生活的爱憎得失里，也依然摊派了哭、笑、吃、喝。对于寒暑的来临，他们便更比其他世界上人感到四时交替的严肃”（《一九三四年一月十八日》）。在《鸭窠围的夜》里，作家听到吊脚楼上妇人唱小曲的声音，水手、小商人猜拳行令的声音，“他们在那里把每个日子打发下去，也是眼泪也是笑……这正同读一篇描写西伯利亚的农人生活的动人作品一样，使人掩卷引起无言的哀戚”。作家将深沉的情感投注到这些人物身上，对他们的生与死、泪与笑、恩与怨都感同身受，并且远远超越了“同情”的范围，在更高的层面上达到了对人性力量的共鸣。

沈从文的湘西散文虽然专注于描绘纯朴的民风民情，但不是彻底地回避现实，而是充满对底层人民苦难命运的怜悯与同情。沈从文曾颇有深意地在《〈习作选集〉代序》中对不理解他作品的读者说：“你们能欣赏我故事的清新，照例那作品背后蕴藏的热情却忽略了；你们能欣赏我文字的朴实，照例那作品背后隐伏的悲痛也忽略了。”事实上，“神圣伟大的悲哀，并不一定要有一滩血，一把泪”。《湘行散记》和《湘西》中基本没有直接描写尖锐的阶级矛盾和阶级斗争，即便像《辰溪的煤》那样直接鞭挞和暴露统治阶级罪恶的作品，也行文从容，用语平淡，只是在字里行间弥漫着浓重的辛酸。《五个军官和一个煤矿工人》描写普通矿工的反抗精神与传奇。在国民党军队的包围下，他们无论如何不肯束手就擒，最后跳进深邃的井里。通过作者的眼光，我们“看到无数同样黑脸黑手脚人物，全身光裸，腰上围一片破布，头上戴了一盏小灯，在那个俨若地狱的黑井爬进爬出，矿坑随时皆可以坍陷或被水灌入，坍了、淹了，这些到地狱讨生活的人自然也就完事了”，“这种人总永远用血和泪在同样情形中打发日子，地狱俨然为他们而设的，他们的生活，正说明生命在无知与贫困包围中的种种”。这就是生活在黑暗中的矿工的悲惨命运。作家并不是全然超脱于社会现状，作为一个有良知的知识分子，即便在追寻远离尘世的纯朴人性，也终究无法对百姓的艰辛视而不见。

《湘西》中还蕴含了丰富的对民俗民风的描写。作家用朴实的语言在山水风物中点缀着民间传说、风俗志，将一个神奇的湘西传奇世界展现出来。例如在《凤凰》中，作家饶有兴致地介绍说：

> 苗人放蛊的传说，由这个地方出发。辰州府的实验者，以这个地方为集中地。三楚子弟的游侠气概，这个地方因屯丁子弟兵制度，所以保留得特别多，在宗教仪式上这个地方有很多特别处，宗教情绪（好鬼信巫的情绪），因社会环境特殊，热烈专诚到不可想象，小小县城里外大型建筑不是庙宇就是祠堂，江西人经营的绸布业，会馆建筑特别壮丽华美。湘西之所以成为问题，这个地方人应当负较多责任。湘西的将来，不拘好或坏，这个地方人的关系都特别大。湘西的神秘，只有这一个区域不易了解，值得了解。

作者笔下古老的湘西，充满原始神秘的美感。那里盛传赶尸的传说，苗巫“娱神唱戏”，涪陵的妇女有着折船酬鬼的古朴风俗，箱子沿上陈设着远古的红棺材，古老而传奇的民风民俗无不给湘西笼上神秘的面纱。无怪乎沈从文在《湘西》中说："湘西神秘，源于楚人的幻想情绪，在和谐的环境中，杂糅神性与魔性。滋长成为动人的诗歌，湘西的传说与神话，无不古艳动人。"从心理学、社会学和民俗学的角度去描绘这些神奇的民间遗迹，既充满了浪漫情调，又有知识含量，增添了游记的历史厚重感，使湘西这片充满历史积淀和文化传统的神奇土地凸显出来。

沈从文湘西题材的散文，笔法如行云流水，节奏舒缓从容，毫不拘谨。运笔行文中，总是力避华丽的词藻，取而代之以朴素自然、含蓄隽永的用语，不故作惊人之笔，不刻意求工，常常是漫不经心的一笔，便有出神入化之效，在平淡的描述中营造出奇幻联想的空间。如《鸭窠围的夜》中有一段：

……我到船头上去眺望了一阵。河面静静的，木筏上火光小了，船上的灯光已很少了，远近一切只能借着水面微光看出个大略情形。另外一处的吊脚楼上，又有了妇人唱小曲的声音，灯光摇摇不定，且有猜拳的声音。我估计那些灯光同声音所在处，不是木筏上的簰头在取乐，就是水手同小商人在喝酒。妇人手指上说不定还戴了水手特别为她从常德府捎来的镀金戒指，一面唱曲一面把那只手理着鬓角，多动人的一幅图画！我认识他们的哀乐，这一切我也有份。看他们在那里把每个日子打发下去，也是眼泪也是笑，离我虽那么远，同时又与我那么相近。

作家用悠然的笔调，轻盈地描绘出朦胧的灯光、多情的妇人、柔和的歌声交织而成的迷蒙景色，尽管文字淡雅，画面却别样的厚腴——有山有水有人，有光有声有色，村野之外自然原始的态势在作家笔下却宛如一首写意的抒情诗。对小镇人质朴而又美妙的生活状态的描摹，不限于一时一地、景物情事的美上，而是通过所写的景观，熔铸着深沉情感，"用想象领味这些人生活的表面姿态，却用过去的一分经验，接触这种人的灵魂"，引发人的思维向更广阔更深远的天地伸展，在近乎空灵的清丽文字背后营造出静穆雅致的境界，让人感受到一种幽深、宁静的美感，展现了湘西的整体意象——静穆美，从而使作家的精神诉求具体化。另外，沈从文还灵活运用方言俗语、文言词汇而不露痕迹，增强了作品的生活气息和地方色彩。

《湘行散记》和《湘西》几乎篇篇写景，但作家善于从不同角度，捕捉各地景物中的独特之处加以细致描摹，写来各有意蕴，独具特色。写桃园辰州，重在美兰香草；写金丝潭，重在水深鱼多；写白河，则着重写险滩猛兽、鸟异涧奇。如对玉河中王村的景物描写：

> 夹河高山，壁立拔峰，竹木清翠，岩石黛黑。水深而清，鱼大如人，河岸两旁黛色庞大石头上，在晴朗冬天里，尚有野莺画眉鸟，从山谷中竹篁里飞出来，休息在石头上晒太阳，悠然自得，转唱悦耳的曲子，直到有船近身时，方从从容容一起向林中飞去。水边还有许多不知名水鸟，身小轻捷，活泼快乐，或颈脖极红，如缚上一条彩色带子，或尾如扇子，花纹奇丽，鸣声都异常清脆。

又如：

> 遇晴明天气，白日西落，天上薄云由银红转成灰紫。停泊崖下的小渔船，烧湿材煮饭，炊烟受湿，平贴水面，如平摊一块白幕。绿头水凫三只五只，排阵掠水飞去，消失在微茫烟波里。一切光景静美而略带忧郁。随意割切一段勾勒纸上，就可以成一绝好宋人画本。

晴天朗日，水清鱼肥，偶有鸣叫的小鸟轻盈地飞翔，或是消失在浩渺烟波里。寥寥几笔，给如此宁静而又优雅的风景平添了几分韵味，轻妙而空灵，韵致的情调总是掩隐在朴实无华的文字之后。散文不是诗，却总具有诗的某些特点：骈语俪句，穿插在自由、流利的散句之中，章节的抑扬，字句的长短，句式的对偶，时时变奏着一种自然谐和的韵律，给人一种音乐般的和谐之美。

除了湘西题材散文之外，沈从文还创作了《从文自传》，共 18 篇，以个人成长经历为主线，叙写了一个向往自由、天真聪颖的少年人格形成的全过程。作品描绘了他诞生成长的故乡，成长过程中的奇闻逸事，特别是一段时期的充满传奇色彩的行伍生活，将青春期少年的悲欢得失和见闻感受，全景式地展现出来，虽然是自叙传，却充满丰富的文学性，笔下的人物活灵活现，触手可及，成长历程曲折坎坷，情节起伏跌宕，再加上作者理性解剖的视角，使全篇呈现传记文学难得的生动趣味。

第四节　叶绍钧、夏丏尊的散文

叶绍钧(1894—1998),字秉臣,辛亥革命后改字圣陶,出生于江苏苏州城内一个贫民家庭,是现代中国最为重要的文学团体——文学研究会的发起人之一,同时也是现当代知名的语文教育学家,曾担任《中学生》杂志主编。

叶绍钧的文学创作之路起步于五四新文化运动以前。在五四精神的感召下,他放弃了早年的文言小说,改向写作白话作品,投身新文学大潮。作为文学研究会的重要发起人,叶绍钧严格奉行着"为人生"的艺术宗旨,遵循"写实主义"的创作方针,注重开掘社会题材,关注小人物的平凡生活,对教育界小知识分子精神世界的披露尤其鞭辟入里。因此他的小说在当时显得独树一帜,形成了自身独特的风格。但同时他所创作的散文作品,如收录于文集《隔膜》中的《伊和他》,以及《剑鞘》(与俞平伯合集,"上辑"中收录叶绍钧文章 12 篇)中的《没有秋虫的地方》、《藕与莼菜》、《将离》等散文,却是以表现母爱、乡思和友情为主,阐发了作家对爱与美的独特追求。散文《没有秋虫的地方》,是他客居福州时的作品,文章将乡间秋虫和鸣、灵性跃动的天籁之境,与现在"井底似的庭院,铅色的水门汀地"的枯燥空间加以对比,凸现出作家对自然性灵的深切向往。

1925 年后,叶绍钧的散文创作逐渐由乡情别意的抒发转向人生经验的总结,将个人的人生态度、处世观念融入散文创作,呼吁人们脚踏实地为社会服务,凸现出较强的劝世意识。如收入《脚步集》一书中的《"双双的脚步"》、《与佩弦》、《"怎么能……"》、《诗人》等,均体现着叶绍钧执著现实、认真处世的人生观。他希望人们能体会平凡百姓的痛苦,树立为民众谋求幸福的志愿,致力于揭露现实生活的不合理并予以纠正。他认为"人间真有所谓英雄,真有所谓伟大的人物,那必定是随时考查人间的生活,随时坚强地喊'人间怎么能',而且随时在谋划在努力的。"(《"怎么能……"》)他这一时期的散文,减少了早期创作中浓厚的抒情成分,增强了理性思考的深度,大多是随笔式的文字,显得从容细致、朴实隽永、随和亲切。这一风格的形成，既与作家阅历的丰富、思想的成熟有关，同时也体现出五卅惨案影响于文学创作的时代因素。五卅惨案发生的次日，叶绍钧即创作了《五月卅一日急雨中》这一名篇，他以高昂的情绪、简洁明快的语言，毫无掩饰地宣泄着内心对于屠杀者的愤怒，歌颂了学生与工人团体的正义抗争，诅咒所有邪恶的“魔影”必将消亡。文章节奏强烈、慷慨激昂，叙事与抒情紧密结合，具有强大的震撼力，成为当时散文园地中不可多得的具有阳刚之美的艺术奇葩。

被称为叶绍钧散文代表作的，是他的《未厌居习作》，由开明书店1935年12月出版。他在此书的“自序”中说：“最近两三年，又写了一些散文。朋友劝说，不妨再来一本。我就把这些新作也挑剔一番，再把《剑鞘》和《脚步集》里比较可观的几篇加进去，又补入当时搜寻不到的几篇，成为这一本集子。”足见文集《未厌居习作》的代表性与经典地位。

抗战爆发后，叶绍钧辗转重庆、成都，既担任过国文教员，又主持过编辑事务。国破之耻、漂泊之痛，凝聚于笔端，汇成于1945年出版的《西川集》中。在《〈西川集〉自序》中，叶绍钧坦承：“识见有限，不敢放笔乱写，就把范围大致限制在文字和教育上。”“反映现实，喊出人民大众的要求，是文学的时代的使命，这个纲领我极端相信。”《西川集》中有记叙型散文4篇，是被作者在“自序”中称为试作的小记，“规模不大，文字无多”，但在叶绍钧的散文中却是极为突出的。这4篇小记记录了抗战期间4位小人物的爱国业绩，凸显出中国底层人民纯正的爱国热情，描述了抗战生活的一个侧面，刻画出在艰难环境中等待胜利的中国人民的倔强、正义的灵魂。这4篇小记运用了短篇小说习用的“场景再现”法，“我”在文中出场，与环境衬托、人物描写、对话等相互配合，体现了作者散文创作的新倾向以及对于语体化文字风格的追求，也体现了战时记叙型散文的艺术风貌。

叶绍钧不同时期不同类型的散文，都体现着不同的艺术风格。他早期的记叙抒情散文注重抒发离情别绪，文字清丽流转；后转为关注社会、思考人生、执著现实，具有质朴自然之气；战时之作，以写人为主，用小人物小事情来反映时代大潮，表达出细致隽永的人生情致。不论是叙述描写，还是议论抒情，他的散文从整体来看，总是条理清楚，意思明达，闪耀着强烈的理性光彩。尤其是他的叙事抒情类散文，也往往中心突出、脉络清晰，讲究思辨说理，具有极强的说服力。如在《藕与莼菜》一文中，叶绍钧以分析的口吻说道："在故乡的春天，几乎天天吃莼菜。它本来没有味道，味道全在于好的汤。但这样嫩绿的颜色与丰富的诗意，无味之味真足令人心醉呢。"虽为叙事，却带有议论的风格，客观化的文字中，融入了作者的分析、判断与评价，显现出理性思维的强力控制。在夹叙夹议型的散文作品中，这一议论说理的风格更加突出。在《"双双的脚步"》一文中，作者谆谆教诲读者，一定要脚踏实地生活，不可为了将来而忽视现在。"将来的固然重要，因为有跨到那里的一天；但现在的至少与将来的一样重要，因为已经踏在脚底下了。本与末固然重要，因为他们同正干是分不开的；但正干至少与本末一样重要，没有正干，本末又有什么意义呢?"事理剖析得极为明晰透彻，文字富于说服力。

叶绍钧的散文一向以结构谨严著称。郁达夫在《〈中国新文学大系·散文二集〉导言》中说："叶绍钧风格谨严，思想每把握得住现实，所以他所写的，不论是小说，是散文，都令人有脚踏实地，造次不苟的感触。所作的散文虽则不多，而他所特有的风致，却早在短短的几篇文字里具备了：我以为一般的高中学生，要取作散文的模范，当以叶绍钧氏的作品最为适当。"①这非常准确地概括出叶绍钧散文结构平实，布局严谨，不求奇诡，直白阐述的散文风格。如散文《没有秋虫的地方》，全文共 7 个自然段，可分为 4 大段落，第一个自然段说阶前不见绿草，窗外不闻虫声，那"井底似的庭院"，"铅色的水门汀地"，是一个"秋虫所不屑居留的地方"；第二、第三自然段描绘了乡间秋虫的合奏；第四、第五、第六自然段发表感慨，由秋虫声引发对于人生的淡漠感受；第七自然段是全文的收束，回应开头，提示"井底"与"铅色"的象征意味，文章不追求布局的新颖别致，仅以平直的结构显豁地阐发主题。

阿英认为，叶绍钧的散文是以"哲学家的头脑，宁静的心，在对一切的

① 郁达夫：《〈中国新文学大系·散文二集〉导言》，见《中国新文学大系》，上海良友图书印刷公司，1935 年，第 19 页。

自然现象、人生事物，刻苦地探索人生的究竟，在每一篇小品文里，他都很深刻地指示出一个人生上的问题。”①对日常人生的关注正是叶绍钧朴实谨严的思想个性的反映，与此相关，也造就了他自然亲切、明白如话的文风。叶绍钧长期从事语文教学和编辑，对于文章的谋篇布局、修辞炼句均颇有研究，能够熟练地运用叙述、描写、抒情、议论、象征等多种手段写作散文，也因此，他的文体样式丰富，小品、速写、随笔、杂感，各形各类，随手而成。一本薄薄的《未厌居习作》，在散文文体方面，就称得上“十八般武艺样样精通”，足以证明叶绍钧在散文文体方面的创造力。

叶绍钧致力于创造纯粹、典范的白话散文，较早摆脱了早期现代文学语言上的古文腔与“欧化”味儿，主张润饰字句要以活的语言为标准，注重从现代口语里提取精华，加以锤炼规范，造成一种生动活泼、明白如话的书面语言。他的散文精于用字，语句清楚，文气自然，具有叙述简洁、语气亲切、朗朗上口的艺术效果。

夏丏尊(1886—1946)，本名夏铸，字勉旃，1912 年改字丏尊，笔名默之，号闷庵，浙江上虞人。夏丏尊 16 岁即中秀才，17 岁至上海中西书院读书，后到日本东京高等工业学校留学，因经济窘迫，不得不辍学回国。1927 年起，夏丏尊开始在开明书店担任编辑，主编了杂志《中学生》，编著《文章作法》，指导中学生的阅读写作。叶圣陶在《〈夏丏尊文集〉序》中说：“对于青年读者，还有一点可说的，丏翁没有得到一张文凭，虽然进过几所学校，还去日本留过学，都没有学到毕业。读过他作品的人都知道，他知识渊博，对某些方面有比较深的见解，还有高超的鉴赏文学和艺术的眼光。所有这些都是他自己学来的。”②这足以说明夏丏尊的朴实为人及踏实品性。这一特征也反映在他的散文中。夏丏尊的文学创作并不丰富，除翻译了几册日本小说之外，仅于 1935 年出版过一本《平屋杂文》，收入了他 1921 年至 1935 年的作品 33 篇。在《〈平屋杂文〉自序》中，夏丏尊这样评价：“就文字的性质看，有评论，有小说，有随笔，每种分量既少，而且

① 阿英：《〈叶绍钧小品〉序》，见《无花的蔷薇——现代十六家小品》，光明书店，1935 年版。转引自刘增人、冯光廉：《叶圣陶研究资料》，北京十月文艺出版社，1988 年版，第 409 页。

② 叶绍钧：《叶圣陶序跋集》，生活·读书·新知三联书店，1983 年版，第 277 页。

都不三不四得可以，评论不像评论，小说不像小说，随笔不像随笔。近来有人新造一个‘杂文’的名词，把不三不四的东西叫做杂文，我觉得我的文字正配叫做杂文，所以就定了这个书名。”①这也意味着夏丏尊的散文虽然数量不多，但样式却极为丰富，文体驳杂，不拘格套。

夏丏尊的小品散文，往往在素淡中蕴含着情思遐想，颇具功力。巴金在 1961 年曾回忆：“五四以后，从鲁迅先生起又接连出现了不少写新的散文的能手，像朱自清先生、叶圣陶先生、夏丏尊先生，我都受过他们的影响。”（《谈我的散文》）作为与巴金几乎同时进行创作的作家，夏丏尊能够对前者产生难以磨灭的影响，足见其散文确有独到之处。

《平屋杂文》中的文章初看并无特别之处，既没有高深的思想，也没有华美的言辞，但是如果仔细加以品味，会发现在平淡朴素的文字下，在细微曲折的层次中，蕴含着作家精致巧妙的构思、浓郁深远的情致，较那些只注重雕琢文字词汇的文章，更经得起咀嚼回味。

《猫》是一篇叙事抒情散文的杰作。夏丏尊从一只由老家送到自己新家的猫写起，逐渐点燃家道中落的感伤。猫的悲鸣，使他陷入悼念亡妹的哀痛中难以自拔；猫的失踪，更令他感到“失却了沉思过去种种悲欢往事的媒介”。悲怆之深，无以言表；情郁于中，愈益感人！以猫为线索，他集中记叙了自己的生活遭遇，由物系事，抚今追昔，倾诉着伤逝的一片真情，行文委婉曲折，先抑后扬，前后呼应，浑然一体，体现出极强的把握文体的能力。《白马湖之冬》着力描绘白马湖寒冷的情境，寒风怒号，湖水激荡，松涛如吼，霜月当窗，形象地塑造出一片音色具厉的乡间环境，令人如临其境。他以淡墨之笔，勾勒那白马湖畔“山色冻得发紫而黯，湖波泛深蓝色”的萧瑟景致，同时交织起自己内心绵密的情思，“把自己拟诸山水画中的人物，作种种幽邈的遐想”，“深感到萧瑟的诗趣”，营造出一个独特的“有我之境”，抒发了自己作为一位正直而不得不规避斗争的知识分子，在当时社会中难言的寂寞心情。文中那一幅幅情景交融的画卷，宛如一泓明澈的秋水，洋溢着诗一般的韵味。这类文章虽然并无宏大的主题，但由

① 夏丏尊：《〈平屋杂文〉自序》，开明书店，1935 年版，第 1 页。

于作者善于在字里行间抒发自己的感情,因而使它们自然具有了打动读者心灵的力量,也因此显示出情感对于散文小品创作的关键作用。

夏丏尊主张艺术的生活化。认为真的艺术,不限在诗里,也不限在画里,到处都有,随时可得,他希望以超脱功利观念束缚的态度来观照玩味日常生活,把日常普通生活化为艺术观照的对象,因而他的作品能在貌似平淡无味的日常生活中发掘普遍的人生情味与世态风习。如《幽默的叫卖声》一文,突出地体现了夏丏尊观察日常生活的敏锐和老练。从早已习惯的嘈杂纷乱的叫卖声中,作者“发见了两种幽默家”,一种是卖“臭豆腐干”的,以其言行一致、名副其实的呼声讥讽着欺诈横行的现世;一种是卖报的,以其冷漠滑稽的口吻对待所谓国事要闻。“这两种叫卖声颇有幽默家的风格,前者似乎富于热情,像个矫世的君子,后者似乎鄙夷一切,像个玩世的隐士。”这种擅长体察日常生活现象的能力,唯有生活阅历丰富、生活兴趣广博的人方可具备。因此,在《试炼》中,夏丏尊能够由对屠宰牲畜时“悲惨的叫声”,联想到人在“流血成河,杀人盈野”的时候,有没有“和现社会罪恶对面的勇气”,显示出他精警而敏锐的思路。《钢铁假山》从日常生活的侧面来纪念“一·二八”上海的战火,曾经是杀人利器的炮弹残片,被作者当成文物古董予以收藏,寓沉痛于超脱之中,但其主旨,是要在“一·二八”战役三周年的那天,用像鲜血似的朱漆,“老老实实地写几句记实的话”,含蓄的表述中显示着强劲的思想力量。《命相家》通过占卜者坎坷的境遇,以及他所说的一段愤世嫉俗的话语,揭露出社会中人们必须依赖裙带关系和疏通门路,才得以高升,这就使没有后台与门路的人永无出头之日。而命相家作为这种摧残埋没人才的旧制度的牺牲品,反过来却以愚昧迷信的命相学说为不合理的腐败制度添砖加瓦,成为巩固这种制度的有效工具。夏丏尊抓住了其中的荒谬之处进行讽刺,相应地也就提高了其作品的艺术境界。他以朴素的口语化文字,在平淡的世俗生活中挖掘现实意义,生发哲理性的感受,使其散文深具幽默与讽刺的情味,闪耀着智慧的光芒。

夏丏尊散文的表现形式以白描为主,似乎并不着意于文学技巧的运用,但由于他能把一些所谓的技巧巧妙地隐伏在平实的文字之中,同时贯串以自身深厚的人文情怀，因此他的文章清隽、朴实，具有丰实的人格力量。夏丏尊的散文数量不多，仅有《平屋杂文》一本文集，但他的影响却十分深远。夏丏尊可以说是铸造"白马湖散文"风骨的人物，一篇《白马湖之冬》不仅使白马湖得以声名大振，也从某种程度上为"白马湖"派散文文体确立了艺术基调。"白马湖作家群"这个名称是否就此产生，学界尚无定论，然而夏丏尊及其散文作品在白马湖作家群体形成和艺术风格铸就方面，无疑具有举足轻重的地位。

第五节　巴金、靳以的散文

巴金(1904—2005),原名李尧棠,字芾甘,1904 年 11 月 25 日出生于四川成都的一个官僚地主家庭。少年时期即亲眼目睹了旧家庭的腐败与黑暗。在外出求学中,五四新潮的激荡,新书刊尤其是无政府主义的著作,赋予了他热诚激切的民主主义思想。1927 年,在大哥的支持下,巴金远赴法国,追寻救国救民之路。旅途中他创作了自己的第一本散文集《海行杂记》。1928 年,巴金回国,开始其写作、翻译生涯,还热心于现代中国的出版事业,为中国现代文学的发展做出了巨大的贡献。

巴金的写作,带有一贯的鲜明目的,他本着有所为、讲真话的宗旨,宣扬爱世界、爱人类的理想,信赖友情,呼号反抗,虽然有时不免忧郁、怅惘,但对光明的前途始终抱有坚定的信念。"春天是决不会灭亡的"是他散文写作的主要动力和中心主题。巴金的散文作品丰富,仅收录成集的散文就有十七八本。从文体来看,基本可将其散文分为三类。

第一类是旅行记,如《海行杂记》(1927)、《旅途随笔》(1933—1934)、《旅途通讯》(1938—1939)、《旅途杂记》(1940—1942)。旅行记是巴金散文的重要体裁,并成为对 20 年来现代世界不同地域风云变幻的全景式描绘。《海行杂记》记录了东南亚、印度洋、地中海的殖民地人民的贫困与苦难;《旅途随笔》反映了中国南方农村的现状、日寇侵华的罪行以及广州、厦门等城市的社会黑暗;《旅途通讯》表现日寇的狂轰滥炸使西南地区人民流离失所辗转避难的惨象。如今,这些都已成为历史,巴金的旅途记也就具有相应的文献价值且更具形象性。但现实的丑恶悲惨,并未使巴金陷入迷茫虚无,反而触发他内心的诚挚热潮。对人民的爱、对反抗的执著、对未来的信念,是巴金游记中始终蕴藏着的主题。同时,巴金在游记中还表达了自己对于美丽的自然风光以及劳动人民所创造的物质文明的热情赞颂。西贡的植物园、哥伦坡的庙宇、苏伊士运河,都在巴金的游记中留下了美丽的倩影。可见,巴金的游记具有独特的风格,能够把社会面貌、自然风光、个人感受三者紧密地结合起来,以平淡自然、家庭闲话式的笔调,自然地流露内心真挚亲切、爱憎分明的情感,兼备历史感、自然美与地域特征,表现了明朗的个性色彩。

第二类是自传回忆类的叙事抒情散文,如《生之忏悔》(1929—1934)、《忆》(1933—1936)、《点滴》(1934—1935)、《控诉》(1931—1937)、《无题》(1939—1940)、《龙·虎·狗》(1940—1941)、《废园外》(1938—1942)、《怀念》(1939—1940)、《静夜的悲剧》(1945—1946)等等。这类作品是巴金散文的主流,以直抒胸臆为主要风格。这些散文真诚地表达了巴金对社会、人生、国家、民族等现实所感受到的痛苦心情,以及自己的理想和希望,是巴金"灵魂的呼号"。在《生之忏悔》文集中,作品《我的心》、《我的自剖》、《我的呼号》、《我的梦》,以及《点滴》文集中的《生命》、《海的梦》等作品中,他一再地申诉自己的心曲,呼唤反抗,追求光明。在抗战前期写作的《梦与醉》、《控诉》、《无题》等文集,多表现了巴金对胜利的信念、反抗侵略的决心。他告诫青年,面对残酷的现实,不可一味苦闷,而要有坚定的信念。面对民族的生死存亡,巴金发出了源自心底的昂扬的战斗呐喊。回忆性散文是巴金"灵魂的呼号"的另外一种方式。他以连续性的单篇文章叙述自己的童年、家庭、人生变故以及人生观的形成。曾经美好的童年,赋予他一颗真挚的充满了爱与同情的心,因此面对无数的眼泪、呻吟、挣扎、呐喊以及最终的归于悲剧,巴金始终未曾失却理想,反而点燃了心中熊熊的信念之火,确立了反抗与奋斗乃是生活的真谛这一人生观。巴金还有很多回忆友人的文章,借述说友人的美德,表白自己内心的理想。《怀念》文集中所回忆的友人,多为善良温和的文化人,他们略无私心,肯讲义气,埋头苦干,襟怀坦荡,忠诚宽容,以自己的生命活力,带给他人光热,为了人生的美与爱,他们奉献了全部的身心。无论是回忆友人还是念及往事,无论是剖白心灵还是指斥现实,巴金始终在追求内心的袒露,表达对于理想人生之"虽九死其犹未悔"的不懈探索。

第三类是序跋文,原本散落于各文集中,1982 年,花城出版社为巴金专门出版了《序跋集》。《序跋集》充分显示了巴金在文学上的辛勤劳作,从 1928 年到 1949 年,他为自己的文集(包括创作翻译)以及友人的文集写了多达 100 篇的序跋文章。巴金的序跋文字,有些是随笔,有些只是简洁的说明,有些却是十分美丽的抒情文字。他用朴实的舒缓的笔调,宣泄心底流淌的深情,自然地拨动着读者的心弦。

巴金的散文从不刻意追求技巧,本着这种自然质朴的创作理念,巴金将散文的抒情功能运用到了淋漓尽致的程度。巴金的散文以毫无拘束的谈话口气以及舒缓的笔调,叙述生活事件、社会景致与自然风光,贯串着朴实的、真挚的思想感情、心理活动,具有一种真挚的亲切感。他的散文,少有比喻和借代,写景抒情,如在眼前,直接将心灵直白地袒露,抒情艺术手段的运用极为丰富。首先,他的抒情方式常常是议论性的,论时事,谈友谊,激情不可抑制。如《点滴·月夜》一文,在写景怀友之后,巴金直接抒发道:“这些也许会引起年轻诗人的灵感罢。可是我们当时却怀着兴奋和紧张的心情,或者说起来就想流泪似的激动。山水美丽在我们面前都变得渺小了。我们的眼睛所看见的只是那在新的巨灵前战栗着的旧社会的垂死状态。”从而将心中的丰富意念以明豁的语言表达出来。为了避免雷同,巴金还往往更换视角,《生之忏悔》一书中有几篇连续剖白内心的文章:《我的心》是对母亲的恳求;《我的自剖》是他对读者的诉说;《我的呼号》是与兄长的倾谈;《我的梦》是影与人的对话;《呓语》则纯粹是作者的梦呓。丰富的视角变化使相近情绪类型的表达不至于单调。抗战胜利后,国民党政府的政治压迫日益加剧,巴金不得不变换方式,以象征来抒情。《龙·虎·狗》中的篇章,就使用了多种象征手段来抒情。《风》托物寄意,作者希望在闷热的环境中来一阵大风大雨;《龙》采用了富于哲理意味的寓言体式;《月夜鬼哭》以幻觉象征阴森恐怖的时局,借助于奇崛的手法表现自己内心的愤怒。巴金还凭借他对国外政治家、文艺家的熟识,在文章中穿插引用他们的言谈举止,增加了抒情内容的丰富性和吸引力。

散文是一种灵活反映现实的文学形式,就文体容量来看,往往不足以反映较为广阔的社会生活。但巴金在吸收前辈作家散文创作经验的基础上,有意识地创作了多样主题系列的文章,如旅行系列、“心之歌”系列、纪念回忆系列、托物寄意系列等等,这种系列型的散文,补救了散文文体反映现实的局限,大大发挥了它的社会效果。同时,他还注重对散文文体的灵活运用,他的旅行记中,有杂记、通讯、随笔;叙事抒情散文中,有回忆性的《忆》，有心灵剖白的《生之忏悔》，有杂文体式的《控诉》，有散文诗样式的《龙·虎·狗》等。文体的丰富变化，使巴金的散文呈现着多样的色调。

在中国现代散文史上，巴金的创作是独树一帜的。他永远在诅咒黑暗，追寻光明。自然流畅、单纯明朗的语言中，蕴涵着他坚定的信念——“春天是决不会灭亡”的。他以自己永不熄灭的热诚，永无停止的呼喊，烘托出自己纯洁灼热的心灵，也强烈地激荡着不同时代不同读者的内心。

靳以(1909—1959)，原名章方叙，天津人，少年时代就读于天津南开中学，后入复旦大学国际贸易系，积极参加新文学运动，开始文学创作。最初创作过新诗，随后专门写作小说与散文。大学毕业后，靳以以写作和编辑为生。1933 年在北京与郑振铎合作编辑《文学季刊》，并担任了《水星》月刊的编委。1935 年开始在上海与巴金合编《文季月刊》、《文丛》等杂志及“烽火抗日小丛书”，期间创作了《红烛》等十余部作品。1938 年靳以担任内迁重庆的复旦大学国文系教授，兼编重庆《国民公报》的文学副刊《文群》。1941 年他到福建师范专科学校任教，并编辑了《现代文艺》、《奴隶的花果》、《最初的蜜》等期刊，期间创作了优秀短篇小说《众神》、《生存》。在战时困难的环境中，靳以一直坚守文化岗位，在从事上述文学期刊的编辑工作的过程中，他积极培养新锐作家，大力扶植散文创作，为现代散文的持续发展做出了重大贡献。1944 年靳以回到重庆，继续在复旦大学执教。1946 年夏，他随校迁回上海，任国文系主任，编辑《大公报·星期文艺》，还与叶圣陶等人合编《中国作家》。

《猫与短简》(1937)是他的第一本散文集，随后出版了《渡家》(1937)、《雾及其它》(1940)。这 3 本文集中的作品大多写于战前六七年间，以抒写身边琐事与个人心怀为主，间或也描摹几幅社会众生相。童年的记忆、身边的生活、家庭的变故、爱情的甘苦、友情的珍贵、青年人的热情与向往，是他挖掘和表现的主要题材。《猫》表现祖母去世、母亲病故、家道衰落、个人独居，哀惋悲凉。《渔》、《鸽》、《狗》等篇章回忆自己幼时如何以质朴的心爱怜弱小生命，以纯真的心憎恨生命的虐待者、残杀者。《往日的梦》回忆曾经热烈的爱变成了势不两立的恨，美丽的梦幻瞬间被粉碎了的痛苦。《听曲》中他诉说自己“活在寂寥而幽暗的日子之中”，于是对“现存的社会就有了说不出的憎恨”(《写到一个孩子》)。他在社会“看到的是一些更苦痛的人”(《又说到我自己》),却只能怀着爱莫能助的心情描写他们的命运(《造车的人》)。《火》中,他袒露从小爱火的癖好,在孤寂中企求火的光亮与温暖,甚至欢呼大火烧掉一切,要“献身在火的怀抱中”。靳以的散文喜用书简形式向读者告白自己的生活与希求,诚恳真切,娓娓动人。之后随着时代社会的变迁,他所采用的散文样式也随之发生了改变。

抗战初期,靳以创作了《我的话语》、《我们的国家》等富于鼓动性的抒情短文,以激昂的语调、澎湃的节奏,抒发誓死捍卫国土的坚强意志,表明自己将“沉着地站上自己的岗位,尽一己的全力来呐喊”(《我的话语》)的立场。这些作品收入《火花》、《我们的血》等小书中。战火的不断蔓延导致靳以不得不四处避难,颠沛流离,辗转广州、桂林、重庆、福建、上海等地。他的《雾及其它》(1940)、《红烛》(1942)、《鸟树小集》(1943)、《沉默的果实》(1945)、《人世百图》(1943)等专集就是对这段经历的记述。这些作品,表现了靳以战乱时期流离生活带来的痛苦,对敌寇狂轰滥炸疯狂暴行的愤怒,对沦落的故乡、散失的故旧的眷恋,对自由和光明未来的期望,真实地显示着一个爱国知识分子在战乱动荡年代中的立场与态度。在这些篇章中,靳以夹叙夹议,袒露自己的爱憎喜恶,对后方社会黑暗面尤其敢于揭露。

1939 年起,他开始构思、撰写《人世百图》。出于对付国民党当局的新闻检查的目的,他以“苏麟”为笔名进行写作。为了尽量写出某些社会相和人生相,而又不让敏感的当局有蛛丝马迹可寻,他“在各方面取材,思索,再思索,然后短短地写下”,且使用曲笔,借飞禽走兽来比拟形形色色的人生相。吃人不露痕迹的人熊,专吸人血的跳蚤,死而复活的土俑,黑夜横行的魔鬼,孤家寡人的大神……都是世间某种人形的化身,在作者的照妖镜下现出原形,让读者透过现象认识他们的本质。靳以将自己的憎恶隐藏在冷静深入的剖析背后,让形象本身说话,并进行了广泛的心理活动描述,创造了散文勾勒世相的一种新写法。从记叙战乱流离经历到勾勒后方“人世百图”,从控诉呐喊到对后方黑暗现实的暴露与批判,靳以的创作体现了战时记叙散文的发展趋势。

到20世纪40年代，靳以生活在国统区社会，他切身感到黑暗深重，生活艰难，心情压抑，为此他愤懑满怀，不吐不快。以黑夜为背景，他接连写了《红烛》、《萤》、《窗》、《雪》、《等待》、《沉默的果实》等篇章，将自己在黑暗社会中的真情实感含蓄地表达出来。靳以的苦闷烦忧，不仅属于他个人，也代表了当时后方人民普遍的感受，因此他歌唱人间的同情、友爱与互助，实际是将自己融入千万群众中间，将为大众谋幸福争自由作为目标。

靳以的散文，就像他所再三歌咏的烛火、萤光、星辉，并没有万丈光芒与冲天热情，但却细腻婉转，别具风格。靳以的抒情往往有所凭藉，或描绘自然景物，或表现生活场景，常借助形象进行间接抒情，含蓄但不晦涩。在他习用的“书简体”中，靳以也会尽量避免直抒胸臆，而是把抒情融入叙述与描写之中，显得较为细致真切。

第六节　鲁彦、芦焚的散文

20 世纪 30 年代的记叙抒情散文中有一类重要的“写实散文”，内容多为观照现实人生的实录感怀之作。其中又分为两种不同风格的笔法：一是如茅盾、巴金那样立足于都市生活，反映都市和乡村在现代化进程中动荡变化的纪实作品；另外一种就是以京派散文家为代表的，抒发怀古思乡之情的“乡土散文”，鲁彦和芦焚就是后者典型的代表作家。

鲁彦(1901—1943)，原名王衡，浙江镇海人。他从小生活在乡下，熟悉江浙一带的农村生活，18 岁离家后，又先后在上海、北京、南京、福建、陕西等地谋生。乡村生活和旅行见闻成为他写作的主要题材。散文结集出版的有《驴子和骡子》(生活书店，1935)、《旅人的心》(文化生活社，1937)。抗战期间在桂林创办《文艺杂志》，1943 年病逝。1947 年由其夫人覃英选编的《鲁彦散文集》由开明书店出版，收录他自 1923 年至 1939 年创作的散文作品 22 篇。

鲁迅在谈到鲁彦早期的散文和小说创作时，曾因其题材和笔致，将其作品归为“乡土文学”并加以肯定。① “乡土”的确是鲁彦散文最重要的表现内容。作家经历了太多生活的艰辛和波折，因为“艰苦和烦恼的日子太多了”，而“看不到幸福的一线微光”(《童年的悲哀》)，故而将目光投射到故乡和童年生活，记叙故乡的习俗风物，追忆童年和少年时代乡村生活的情景，来慰藉自己热烈而痛苦的心灵。《钓鱼》中充满“田园的乐趣”，《我们的学校》凝聚了儿时的美好回忆。故乡的山水秀美宜人，风物鲜明生动，乡亲纯朴厚道，连家里的猫也是那样忠诚(《父亲的玳瑁》)。在一切属于故乡的美好回忆中，《杨梅》是“世上最迷人的东西”，它那满身肉刺的奇特外形，那“映着朝霞的露水”般鲜艳红润的颜色，那酸甜爽口的甜美滋味，在作家饱蘸深情的笔下被描绘得令人垂涎欲滴。特别是母亲随口一

① 鲁迅：《〈中国新文学大系・小说二集〉序》，见《鲁迅全集》第 6 卷，人民文学出版社，1981 年版，第 248 页。

句“生了虫呢……蛇吃过了”，简单平白却饱含母亲的细致关怀，洋溢着母子间特有的温馨亲情。“我们”却不顾母亲的劝告，一口气吃光一脸盆杨梅后，挺着吃撑着了的肚子，满足地走开去。充满生活意趣的细节描写，将孩子们单纯、稚气、天真、任性的性格描绘得活灵活现，令人忍俊不禁。对于长期颠沛流离的作家而言，似乎只有陶醉在故乡和童年至善至美的情感境界中，才能暂时摆脱现实阴影的笼罩，求得一丝心灵的安宁。而事实上，鲁彦一生困苦，体验了现实人生的种种辛酸，这使他哪怕在回顾家乡时也难以保持超然物外的心绪。《旅人的心》描写了作家当年和父亲在离开故乡的途中，看到一幅美丽的夜景，心情激动并且充满美好向往。而当他再次走在家乡的小路上时，生活的重负已经磨去了他的人生憧憬。饱尝人生的焦灼后心绪曲折复杂，曾经健康的体魄和钢铁般的意志也都已被消磨，“充满了烦恼，忧郁，凄凉，悲哀，和第一次跟着父亲出远门时的我仿佛是两个人了。”历经世事沧桑，曾经的美好都幻化为遥远的记忆，可望而不可及了，字里行间充满了物是人非的感慨和悲怆。

鲁彦特别擅长以舒缓的抒情笔调描写日常生活和家庭琐事，借以表现骨肉亲情，真切自然，委婉动人。作品立足于描写平凡的生活场景和事件，从中挖掘内在含义，感情热烈真挚，笔调优美秀逸，蕴藏着朴素自然的美。《雷》写母亲在打雷时庇护儿女的情景，为了孩子全然顾不上危险，母爱的无私无畏体现得淋漓尽致。《父亲的玳瑁》叙述父亲晚年孤寂，和一只玳瑁猫相伴相依。通人性的小猫对父亲的辞世十分伤心，久久不愿离家远走。作者在文本层面实写“玳瑁”对主人难以割舍的深情，实际上是虚写了父亲的仁和慈祥，并反衬出自己对老父的情感，自己无法常伴父亲身边，希望让玳瑁代替自己去陪伴父亲，自责中夹杂着无奈和怅惘，父子深情可见一斑。

鲁彦是文学研究会的一位重要作家，他坚持“为人生的艺术”的创作主张并付诸实践。在总结自己的创作时，他诚恳地认为：“我总觉得我的现实生活的体验还不够，还没有深刻地透彻进去”（《关于我的创作》）。但事实上，除了田园牧歌般的写作外，鲁彦还书写城市生活，反映了当时的作家对社会现实的关注态度和理性认识，《厦门印象记》和《西安印象记》

就是这方面的代表作品。这些作品描绘了当地的风光和城市生活的情景，揭示了帝国主义侵略和国民党腐朽统治所导致的愚昧落后，以及伴随着的民不聊生的社会状况。虽然这类作品不如描写乡村生活的散文那样富有含蓄的韵致和动人的情思，但依然显示出作者对现实的强烈关注和深沉思考。

鲁彦的绝大多数散文采用第一人称的叙述方法，真实地描写自身坎坷曲折的人生经历和耳闻目睹的现实社会，抒发内心强烈的情感，带有明显的个性特征。他在作品中表现出强烈的对“善”的向往，但又自疑没有那样的能力，从而产生强烈的矛盾心情，即茅盾曾评价的“向善的焦灼”。这种焦灼感同样与其坎坷的人生经历有关。在《秋》、《秋雨的诉苦》中，作家描绘了一个连绵不断的、无以挣脱的梦魇，意欲抒写他内心交织着的热情和悲凉就像梦魇一样令人无法逃遁，在面临光明与黑暗、进取与落后时内心充满矛盾和痛苦，因嫌恶到处是黑暗和肮脏的人间而宁愿逃避到地底下去，最后梦魇化为淅淅沥沥悲泣着的秋雨，如同笼罩在作者心中无边的痛苦。在《狗》一文中，他从良心里看到自己的性格中鄙陋的一面，谴责自己缺乏同情心，甚至罕见地咒骂自己“我才是一只狗”，不料，承认了这一可悲的现实却使他的灵魂更加焦灼。在《灯》中，他在伤痛苦闷时向母亲寻求慰藉，要把一颗满是创伤的心归还给爱他却不理解他的母亲，做一个无心而再不会受伤害的人。在冷酷无情的社会现实面前，他这种只能依赖麻痹自我、苟且偷生的人生态度，让我们看到一个被现实挤压扭曲的不幸心灵。

在艺术手法上，鲁彦散文以朴实自然见长。行文中，叙事和抒情舒卷自如，灵活多变的表现手法和朴实的抒写相结合，一切仿佛生活的本来面貌，但实际又有所侧重，两相结合，浑然天成，毫无斧凿痕迹。可以说是“平实中带着回荡，很有个人风格”。① 作家往往通过对一些动物的拟人化描摹，或者以描绘景物达到抒发内心情感，挖掘生活内在涵义，触及社会本质的目的。如《听潮》就是通过对具有象征意味的景物的描写，把自

① 唐弢：《乡土文学》，见《晦庵书话》，生活·读书·新知三联书店，1980年版，第34页。

己从满怀喜悦到满腔激愤的心情表现出来，意趣盎然，错落有致：

首先是一幅夜晚大海的迷人景色：

大海上一片静寂。在我们的脚下，波浪轻轻地吻着岩石，睡眠了似的。在平静的深暗的海面上，月光辟了一条狭而且长的明亮的路，闪闪地颤动着，银鳞一般。远处灯塔上的红光镶在黑暗的空间，像是一个宝玉。它和那海面银光在我们面前揭开了海的神秘——那不是狂暴的不测的可怕的神秘，那是幽静的和平的愉悦的神秘。……

海在我们脚下沉吟着，诗人一般。那声音像是朦胧的月光和玫瑰花间的晨雾那样的温柔，像是情人的蜜语那样的甜美。低低的，轻轻的，像微风拂过琴弦，像落花飘到水上。

而后，作者笔锋突然一转，描写了大海另一番景象：

海受了创伤，愤怒了。

它叫吼着，猛烈地往岸边袭击了过来，冲进了岩石的每一个罅隙里，扰乱岩石的后方，接着又来了正面的攻击，刺打着岩石的壁垒。

声音越来越大了。战鼓声，金锣声，枪炮声，呐喊声，叫号声，哭泣声，马蹄声，车轮声，飞机的机翼声，火车的汽笛声，都掺杂在一起，千军万马混战了起来。

银光消失了。海水疯狂地汹涌着，吞没了远近的岛屿。它从我们的脚下浮了起来，雷似的怒吼着，一阵阵地将满带着血腥的浪花泼溅在我们的身上。

作者将大海的宁静淡远和咆哮怒吼的面貌细致生动地如油画般展现在读者面前。而这又不是单纯的写景，而是借刻画不同面貌的海，表达自己面对招待寺僧的趋炎附势，如海潮般愤激的心情，时而托物寓情，时而情景相生，从容舒缓，姿态多端。

另一位重要的乡土散文作家是芦焚。在京派作家群中，他的作品既不同于沈从文规避现实，专注于构筑“人性的希腊小庙”的尝试，也不同于鲁彦充满诗情画意但也略带沧桑感的怀乡之作，而是从城乡“边缘人”的角度，相对理性地审视故里乡村，裹挟着沉甸甸的情绪，引发人们无尽的思索。

芦焚(1910—1988)，原名王长简，还曾用过“师陀”等笔名，河南杞县人。1931年前往北平谋生，开始文学创作，这一时期散文作品结集出版的有《黄花苔》(良友图书公司，1937)、《江湖集》(开明书店，1938)。抗战期间，蛰居上海，又先后创作了《看人集》(开明书店，1939)、《上海手札二集》(文化生活社，1941)和《夏侯杞》、《上海续札》等作品。

通往芦焚心灵世界的大门是他那些怀乡忆旧的乡土散文。他的作品带来了故乡河南山野的乡土气息。面对农村经济破产溃败的现实，他为自己的故乡，为中国的农村唱起了柔和而忧伤的挽歌。《谷之夜》中，作者偶遇一位以“羊”为妻的光棍老牧人，听他讲述了凄楚悲惨的往事，文末空留一片空蒙的山色，平添无尽的忧愁。《行脚人》通过行脚人的见闻，发出了“山货贱，洋货贵，卖点山货也得上税”的不平呐喊。农村衰败，殃及儿童，他们“被残害去天真，逼着不得不负起成年人的任务，不得不担起成年人的忧愁，被轧去一切快乐。本来还只是该嬉戏的少年儿童，却已经拿起烟卷，像他们的父兄一样在抽了”(《失乐园》)。曾经给背井离乡的作家带来多少心灵慰藉的故乡家园如今已是面目全非，衰败不堪。随着农村经济萧条破产，以宗法文化为代表的传统文化及其所代表的生活方式，也是千疮百孔，满目萧然，成为一片精神的废墟。

芦焚笔下那些具体纷杂的人物和故事模糊而朦胧，他们附着在衰败的乡土社会的背景上，实际已经不具备具体的指向。他所描绘的乡土，与其说是个体的故乡，毋宁说是广义的故乡和家园——民族的生存处境。故乡已经泛化成为民族社会的整体存在，既是乡土中国的一个缩影，又是传统中国进入现代后生存环境的象征。当他从不同侧面反映了当时农村沉滞、破旧、战乱的真实面貌时，已经从经济的破产上升到文化批判的高度，从对乡村状况的揭露批判上升到对民族整体命运的批判，其思想的深刻性也已超越了通过规避现实、归属乡村来营造世外桃源的其他京派散文家，同时，又比单纯从阶级、社会矛盾的角度，条分缕析地剖析农村问题本质的“写实散文”多了几分温情。

对于故乡，芦焚的内心深处充满激烈的矛盾和斗争。早年的他不满于沉滞的故土，为了理想而背井离乡，但历经世事，满心疲惫与失望，心怀依恋回顾故乡时，却发现人事皆非，更为不堪的现状使他陷入痛苦的境地，彻底摧毁了温情的乡恋，并就此产生了多重矛盾交织斗争的心理：身处城市而不满于现状，精神还乡却已无处可去；现实的故乡与记忆中的故乡大相径庭，理智上的“否定”和感情上的“依恋”相互交织。游子遭受了来自城市和乡村的双重挤压，饱尝着作为“夹缝人”的苦楚。理智上的否定和情感上的依恋使作品的情调忧郁而沉重，既有对农村落后愚昧现状的否定、鞭笞，又充满无尽的怜悯和担忧。多重矛盾使芦焚散文表现出的情感十分复杂，耐人寻味。

正是作家的矛盾情感，使得其作品在刻画乡村满目疮痍的现状时，又不愿放弃对未来希望的追索，只能将失落而又有所希冀的心绪寄托于其中，通过超乎寻常的诗意幻想体现着作家美好的愿望。字里行间交织着现实与幻象的组合，从而使作品弥漫着淡淡的诗意。如《乡路》的结尾：

> 车满兜着风，盈满四溅，在渺茫的原上撒野，驰骋于嫩绿的毡上。
>
> 白杨，翠柳，村落，丰饶的原，向后滑行。绿的，绿的，绿的浩瀚的海。抖的一闪，是火一般的桃，烟雾似的棠梨，鹅黄的菜田，……滑行着。一个颠摆，娇滴滴的荫影罩下来……斑驳陆离的布片，孕着风，拂拂得倏跳。村娘绞着手，在笑语。笑声在绿色里激荡……丁咚！桶卸下井中去了。鸡娴雅的叫，从路中吃惊的隐进麦田。猪仔摆弄着耳朵，蹒跚的走向池塘。车摇摆着，这些都一抖消失了。接着又是白杨，翠柳，村落，丰饶的原……

几组意象的叠加，构成一幅迷人的诗意景象，与前文展示的充斥着谩骂与麻烦的境况构成鲜明的对比。但这种醉人的景象只是寄托了作者的希冀与向往，可以说故乡的理想境界只存在于幻象中。正如芦焚在《〈黄花苔〉序》中所写的，他的散文写“见闻”，也写“幻象”，由于在现实中目睹了太多的灾难与苦痛，他只能在幻象中编织着想念中的故乡、理想的社会，以慰藉自己对现实强烈的失望情绪，同时也透露出他无力改变现实，只能寄情于往昔，托付于未来的无奈。

芦焚早期的散文作品和小说的风格大致相似，散文体现出小说化的特征。他自己也说：“老实说，我也搞不清楚散文和小说的严格区别。”① 夏志清认为芦焚早期作品，主要指短篇小说和散文，是“素描和故事”，且“文笔典雅，饶有诗意”。② 这突出表现在芦焚在散文中以小说的笔法，抓住人物性格特征塑造了一个个鲜活的形象：饱受磨难却不改秉性，遭受爱情创伤却孤高自傲的老抓；风尘仆仆行踪不定的行脚人；生前感动了众人，却在默默无闻中死去的说书人；历经磨难依然刚正不阿的程耀先等等。这些人物或善良，或乐观，或活泼，或沉静，虽称不上丰满完整，却也闪耀着个性的光辉。作家真诚讴歌了纯朴、美好的人性，对生活施加给人性的扭曲恶化、加诸在人们身上的苦难表达了憎恨和不满。通过这些承载着生活艰难和民族苦难的人物，其作品表现了沉淀在普通百姓身上最为深厚的生命底蕴和民族精神，充满感人的力量。

在蛰居上海期间，芦焚创作了《看人集》和《上海手札》。前者延续了作家在战前散文创作中的内容与风格，依然“喜欢记人状物”，诉说着自己梦想中故乡的幻影和身边的琐事。《旧事》、《铁匠》、《同窗》等篇充满对乡村衰败命运的关怀和追念；《说书人》、《灯》、《邮差先生》勾勒了几个清苦平凡的小人物的形象；《方其乐》、《鹌鹑》、《残烛》、《快乐的人》则是变迁时代中，知识分子面貌的扫描。而《上海手札》是一部笔记体写实散文，作者以自己的亲身经历描述了上海战乱时期动荡忙乱的景象，着重以客观的角度展现现实生活，充满现实气息。作家辗转于逃难的途中，耳闻目睹了战乱期间的世态民情，社会的阴暗面在世事纷乱中显得特别突出，这些都难逃作家敏锐的洞察力，逐一在作品中得以展现。虽说情势严峻，作家还

① 芦焚：《石匠》，作家出版社，1959 年版，第 96 页。

② 夏志清：《中国现代小说史》，香港友联出版社 1985 年版，第 141 页。

不忘给人以希望，那“最后的旗”还在人心上迎风招展。

《夏侯杞》汇集了作家陆续发表于《文汇报·世纪风》和《万象》等刊物上的一系列散文诗作品。这组散文诗以夏侯杞对人生世事的感悟为线索，表达了自己对虚伪、自私、卑下、保守的人和事的嘲讽和反感，对诚实、单纯、善良、纯洁之类美好品德的赞美和向往。对人性的深刻体悟，对社会现实的痛切不满都汇聚到作者笔端，倾注于字里行间，文章充满哲理韵味和理性色彩。例如：

> ……平凡人应该选择一条平凡道路，我们应该知道的是馒头的味道和蔬果的味道，我们的责任是让生命穿过乱石、树林，并流过田野，如果我们的地位使我们感到不舒服，我们就将这地位改变。《笔录》
>
> ……你与其同这种人接近不如同孩子接近。从一个孩子的语言里你可能大彻大悟。至于这种人，你看他们的头举得很高吗？寺院里神像的头同样举得高；路过纸扎店的时候你也不妨暂时驻足，那些纸人的头也同样举得高。可是他们是被装塑出来就这么高的，他们并非特别对你，他们也不会对一个有势力的人卑躬屈膝，虽然他们与那些骄傲或自命不凡的人同样空无所有。《戒言》

这类至理名言包含着朴素而真切的人生道理，耐人寻味，给人启迪。

第七节　萧红、萧军、李辉英的散文

20世纪30年代，在抗日怒潮席卷全国的时代背景下，一批流亡到上海的关外青年作家，“把北国的血与泪、剑与火和胸间的民族情、乡土情凝聚于作品，成为方兴未艾的抗日反敌文学的劲旅”。① “东北作家群”就此崛起于文坛，萧红、萧军、李辉英就是其中重要的代表作家。东北作家对家园沦陷，百姓流离的社会惨象感同身受。对敌伪的深切仇恨和不甘为亡国奴的坚强决心，使他们毅然决然地投身于抗日文学的创作。他们发挥了散文短小精悍的文体优势，满怀深情地叙写了国破家亡后百姓漂泊无定的苦难，讴歌三千万东北同胞以及全国人民反抗侵略的顽强斗志，揭露了国名党政府不抵抗政策的严重后果，以及日寇傀儡伪满洲国的奴役统治，为30年代全民族的抗日救亡运动的展开发出了第一声呼号，充分发挥了战斗文学的功能。同时，抗战题材的散文创作的兴盛也突破了现代散文旧有的表现领域和方式，开拓了新的题材和主题，为下一时期抗战文学的全面发展奠定了基础。

萧红(1911—1942)，原名张乃莹，黑龙江省呼兰县人。1934年6月和萧军一道逃离哈尔滨，来到青岛，10月到上海，以小说《生死场》闻名于世。在散文创作方面，她以“悄吟”为笔名出版过散文集《商市街》(文化生活社，1936)，后又以“萧红”为笔名出版过《桥》(文化生活社，1936)和《萧红散文》(大时代，1940)。

萧红是现代文学史上极具才情的女作家。她短暂而又坎坷的人生，带给她许多苦痛的生命体验，使得她的文字充满了无处不在的悲凉感和沧桑感。同现代文学史上其他女作家相似，萧红特别擅长书写自己的亲身经历和人生体验，带有明显的自传性质。散文处女作《弃儿》，连载于1933年5月《大同报》副刊，署名“悄吟”。文中叙述了一个叫“芹”的女孩的悲楚经历，而“芹”实际上就是萧红的自我形象。除此之外的一系列散

① 杨义：《中国现代小说史》第2卷，人民文学出版社，1998年版，第284页。

文也都偏向自叙传的纪事写实之作。如《桥》通过回忆自己的童年和在外流浪的生活，描写了社会底层人民的困顿无助。《永久的憧憬和追求》记述了自己无爱孤寂的童年以及祖父善待自己的点滴记忆。《初冬》叙写“我”与弟弟的邂逅，弟弟对“我”的困顿深表同情，劝“我”回去，而“我”却有家难归，隐约中透露出“我”彷徨无助的凄怆。而 1936 年结集出版的《商市街》更是以她和萧军在哈尔滨度过的一段饥寒交迫的生活为主要表现内容，不仅真实地记述了作者坎坷艰辛的人生境遇，更深刻地镌刻着复杂深沉的情感历程，突出体现了其自传性、抒情性的创作风格。她的散文偏重叙事，较少发表议论，即使是抒情也蕴含在对生活实录的感性直觉中。文字中流溢出的是作家自由大胆的个性意识、率真缠绵的抒情品格、灵敏细腻的艺术感觉。在《商市街》中，生活的极端困境令人触目惊心，可以说是食不果腹、衣不暖体，但作家回归到自然无拘泥的自在状态，从从容容地讲述着每一段艰辛困顿的生活经历，冷静地描摹着每一个刻骨铭心的细节，字里行间虽流动着一丝隐隐的哀愁，但也不乏面对苦难的勇敢无畏、轻松洒脱。出于书写自身经历的需要，作品中常有不连贯不完整的情节，往往是依据事件发展的随机因素整合梳理，有相当大的随意性，结构相对自由松散，但这也常常带来些令人耳目一新的生活细节，比喻、夸张充满想象力，别具一格。

虽然萧红的散文多围绕个人生活经历，以自我感受为主，但也有不少作品超出了自我狭小天地的束缚，描写了很多与她一样甚至比她更卑微的小人物的生活。在这里，个人的身世之感也经由更广阔的悲剧感受而达于深远。作家把个人的寂寞与悲哀扩展到人生的悲凉，寻求表达一种共通的人生感悟。像《同命运的小鱼》、《春意挂上了树梢》、《索非亚的愁苦》、《小六》等都是对不幸人生的深切观照。她目睹他们的悲惨和挣扎，虽寄寓深深的同情和悲悯，却无能为力，笔端流露的是一种深沉的忧郁和生命荒凉的况味。

作为一位极为敏感，情感丰富的作家，萧红以她自然质朴、清新流畅的文笔，抒写了许多爱国篇章，咏唱深沉的爱国之情和对民族内忧外患的悲愤，抒发着深沉炽烈而又含蓄蕴藉的感情。自从 1934 年出走后，萧红一直流落在外，饱尝丢家失国的流离之苦。她魂牵梦绕的是家乡广袤的土地、富足的粮食，雪白的云朵，蓝得有点发黑的天空。对日寇的仇恨使她更殷切地寄希望于家乡流亡者和抗日战士："为了失去的土地上的高粱、谷子，努力吧；为了失去的土地，年老的母亲，努力吧；为了失去的地面上的痛心的一切的记忆，努力吧！"（《寄东北同胞书》）辗转到武汉、重庆之后，看到日寇的轰炸给人民造成的巨大灾难，她又写下《放火者》、《林小二》、《花狗》、《滑竿》等。慷慨陈词中，不难看出女作家对于家园失落、同胞离散的深切痛惜和激愤之情。在《商市街》中，她将萧军与她患难与共，相依为命的执著感情描摹得淋漓尽致，二人相濡以沫，共同面对艰难，顽强地跋涉在生活的道路上。她对萧军的深情并不是直抒胸臆般奔涌而出，而是在从容的讲述中，不经意间弥漫出淡淡的哀愁和浓浓的爱意。而在《回忆鲁迅先生》中，渗透在字里行间的是萧红对鲁迅先生发自内心的热爱和怀念。在萧红眼里，鲁迅既是一位具有伟大人格和崇高理想的革命导师，又是待她有如父亲般无私、宽厚、慈爱的长辈，因此，对他满怀的就不仅是抽象的爱戴和敬仰，更是有如亲人般的亲近和怀念。萧红凭着女性特有的敏感细腻，满怀着对鲁迅无尽的敬意和怀念，从印象最深的记忆中选取材料，以片断描写的形式，多方面表现了鲁迅为人处事的态度和日常的生活作风。她笔下的鲁迅，并非高高在上的精神偶像，而是充满人情味的生动可感的个人。生活场面的形象再现无不凝聚着女作家满腔挚爱之情，让人感到她是如何按捺住奔涌的哀伤，将整个身心沉静下来深情地回忆鲁迅的。

萧红的叙述是干净利索而又坦率真诚的，不事渲染，不枝枝蔓蔓，在生活的细节处捕捉抒情表意的因素，在人们习以为常的生活场景中寻找着光彩和亮色，因而总能在质朴坦率的语言中酣畅淋漓地表达出内心的真切感受，展现出经过审视后活脱生动的生活画面。如《商市街》中有许多专门描写饥饿感的篇章，实在是形神俱肖，分外准确传神。"对面包我害怕起来，不是我想吃面包，怕是面包要吞了我。""我打算就要吃了！我伏在床上，把头抬起来，正像遇见了桑叶而抬头的蚕一样。可是立刻受了打击，我眼看着那人从郎华的手上把面包夺回去。""从昨夜饿到中午，四肢软弱一点，肚子好像被踢打放了气的皮球。”“郎华仍不回来，我拿什么来喂肚子呢？桌子可以吃么？草褥子可以吃么？”朴素清新的字里行间，镶嵌着生动细节，取譬贴切、形象，感情真切、细腻。特别是描写的层次性使得各种细微的感觉得以形神俱肖，饥饿感在萧红笔下显得极富质感，既是各种身体知觉的汇总，又使感觉变得异常锋利，甚至还引起某种幻境和心灵的挣扎。饿到了极点，她开始认真考虑“偷”些食物。“偷就偷，虽然是几个‘列巴圈’，我也偷，为着我‘饿’，为着他‘饿’”。想“偷”而耻于行窃（《饿》），想“借”而又难以开口（《最末的一块木柈》），作家敏锐地发掘了饥饿感带给个人身体的煎熬和心灵的冲突。这些来源于生活实感的体验深刻地展现了作家看待生活、人生的别样的气度。

萧红散文对人物的刻画之所以能够达到简约而传神，主要也得益于作家善于抓住人物身上极具个性特点的细节加以描绘，并以一种白描的手法着意刻画，“有真意、去粉饰、少做作、无卖弄”（鲁迅语）。例如萧红这样描写郎华的饥饿：“郎华回来第一件事，他在面包上掘了一个洞，连帽子也没脱掉就嘴里嚼着……他吃面包，鼻子时时滴下水滴。‘来吃啊’，‘就来’。我拿了刷牙缸跑下楼去倒开水，回来时，面包差不多只剩硬壳在那里。”没有刻意的雕琢，没有繁复的铺陈，通过三言两语的勾勒，一副饿相跃然纸上。细节的描摹得益于对生活的细致体察和独特发现，在《回忆鲁迅先生》中，串联全篇的是鲁迅先生的一言一行的平凡小事，但却做到了以一斑而窥全豹，于细微处见精神。如写鲁迅的走路：“鲁迅先生走路很轻捷，尤其使人记得清楚的，是他刚抓起帽子来往头上一扣，同时左脚就伸出去了，仿佛不顾一切地走了。”不是细心观察很难捕捉到鲁迅先生独特的步态，在对细节的精心刻画中，将人物精干敏捷而又勇往直前的精神状态充分表现出来，使形象如浮雕般凸现于人们眼前，宛然可视，韵味天然。在无数回忆描写鲁迅先生的文章中，此篇既是情感炽诚的散文精品，又极具史料价值，不能不说是独树一帜的。

萧军（1907—1988），原名刘鸿霖，曾用过笔名田军，辽宁义县人。1932年在哈尔滨化名“三郎”开始从事文学创作，次年与萧红合出短篇小说集《跋涉》，1935年在上海出版长篇小说《八月的乡村》，一举成名。他在哈尔滨写过散文,后逃亡到青岛、上海后仍然继续进行散文创作,先后结集出版了《绿叶的故事》(诗文合集,文化生活社,1936)、《十月十五日》(文化生活社,1937)和《侧面》(香港海燕书店,1941)。

萧军的散文创作也许不如小说的影响那么深远,但仍不乏鼓舞人心的战斗激情和真切可感的艺术形象。那些以受侮辱受损害的下层百姓为主人公的作品,深深打动着每一个有良知的中华儿女,鼓舞他们反抗压迫,投身到保家卫国抗日救亡的洪流中去。在萧军的笔下,这些挣扎在生活底层的“贱民”,有农民、工人、士兵、妓女、乞丐、流浪汉、失业青年、拾煤渣的孩子等等,虽然地位卑微,生活极端贫困,以至于性格的某些方面被扭曲,但仍旧保留着宽厚善良的心地和勤劳质朴的品质。他们在现实的教育下,有的开始觉醒,有的走向抗争。和《八月的乡村》相比,这些作品的战斗激情似乎不那么高昂,却深沉、凝炼,显示出作家对社会问题进行了更深入的思考。在艺术上,也更趋于成熟、冷静,语言质朴有力,“野气”中含有清新,质朴中偶见精致,粗犷中寓有细腻。

《绿叶的故事》收录的散文多写于哈尔滨、青岛和上海。这些作品有的叙写了作者在日伪统治下压抑的生活,一片新绿的树叶也能引发作者关于利己人性的感慨(《绿叶的故事》);有的抒发了对友人的思念,对对方消息的热切期盼(《消息》);有的充满对青岛风光的由衷赞美和对美景之下依然存在的社会压迫的沉痛控诉(《好美丽的地方》);还有的思考了“活”的意义,为那么多无意识地“活”着的人们深深痛惜(《为了活》)。萧军的散文突出体现了作者率性坦荡,乐观开朗的个性,刚劲有力,是非分明,常常表现出强烈的爱憎。特别是《大连丸上》一文,记述了他和萧红冒险逃脱敌伪控制回到青岛的经历。文章特别详细地记载了他们在船上接受警察盘问的过程,刨根问底的对话,将那些走狗们欺压凌辱百姓的丑恶面目勾勒得形神俱肖。而萧军在应对敌探盘问时不屈服的口气、“顶撞”的眼神,都体现出他强悍不屈的性格特征。最终,他们所受的屈辱在看到“祖国”青青的山角时得到了平抚。作者向往祖国和平,反抗敌伪统治的强烈愿望在文中得到充分抒发,不拖泥带水,简洁流畅。

《十月十五日》写于上海和青岛,有回忆当宪兵服务的《初夜》,也有描述一个日本友人的《广田君》，还有旅行记《水灵山岛》等等，题材十分丰富。其中《病中的礼物》和《十月十五日》详细记述了鲁迅重病时和逝世的境况。鲁迅对萧军不仅有知遇之恩，还像父亲一样关心帮助着他。两人特殊的关系使萧军在书写这悲伤一幕时，更多地寄寓了亲人般的情怀。作者以沉痛的心情回顾了鲁迅离世前的只字片语，字里行间充满了对鲁迅的敬意和怀念，全书还以《十月十五日》作为书名，藉以“纪念我所尊敬的人”。①

1937年抗日战争爆发后，萧军积极投入抗战洪流中，先后辗转西北、西南等地办报、教书、开书店，不但发表了大量的杂文，还写出旅行记《侧面》等作品。根据作者的陈述，《侧面》所记述的事实“发生在1938年春季间，我由山西临汾县随着民族革命大学队伍出发，经过了襄陵—乡宁—吉县以及后来我独自渡过黄河，经过延长而达延安为止，约及一个多月的时间过程”。作者把自己这一个多月的经历中“所见所闻及亲身感受”，生动真实地记述了下来。尽管就抗日战争的整体而言，书中所反映的不过是那个大时代的侧面，但正是这许许多多的“侧面”，展现出抗战岁月的整体面貌，勾画出风云变幻的时代景象：义赴国难的学生们，热血沸腾的“西战团”的文艺家们，解放区人民的热情和觉悟……一幅幅摄人心魄的画面，无不给人留下深刻的印象。同时，《侧面》也有力地鞭挞了国民党和山西军阀祸国殃民的罪行，揭露了国统区人民的极度贫困生活和社会的黑暗混乱。在艺术上，这部旅行记写得朴素、自然，色彩鲜明，感情浓烈，在粗犷、奔放、刚健、雄浑的气势中，既有粗粝的带有生活原汁原味的真实，又含有洒脱自如、清新俊逸的神韵，既是萧军一贯风格的延续，也在一定程度上有所超越。

李辉英（1911—1991），原名连萃，吉林省吉林县（今永吉县）人。1927年考入上海立达学院高中部，1929年考取中国公学中文系，在赵景深、沈从文等教师的影响下，学习写小说、搞翻译，积极阅读大量的国内外名著。“九一八”事变后，“因为愤怒于一夜之间，失去了沈阳、长春两城，以不旋

① 萧军：《〈十月十五日〉前记》，文化生活出版社，1937年版，第13页。

踵间,又失去了整个东北四省的大片土地和三百万人民被奴役的亡国亡省痛心的情况下,起而执笔为文。"[①]1931 年 12 月他率先写出了反映抗日的短篇小说《最后一课》,发表在丁玲主编的《北斗》第 2 卷第 1 期上,从此一发而不可收。1932 年 7 月,他潜回东北亲自考察和体验沦陷区人民水深火热的生活,历时两个月,回上海后写下一批纪实性散文,陆续发表在《申报·自由谈》、《良友》、《新生》、《太白》等刊物上,后收入《还乡记》中。之后又创作了大量反映敌伪互相勾结、残害百姓的通讯和散文,收入散文集《再生集》(新钟书局,1936)。1938 年在武汉编辑《战地报告丛刊》期间,创作了《军民之间》(上海杂志公司,1933)和长篇报告《北运河上》(大众出版社,1938)。这些作品直面东北沦陷区人民的苦难生活,揭露了日伪统治者的残暴无情,讴歌了沦陷区人民顽强无畏的抗争。李辉英始终把反映中国人民的抗日斗争作为自己创作的主旋律,是我国现代文学史上抗战题材写得最早也是最多的作家。

李辉英这个时期的散文创作勇于直面现实,充满战斗精神。在 1932 年伪满洲国成立后,他潜回东北亲自考察和体验沦陷区人民水深火热的生活,历时两个月,回上海后写成散文《还乡记》,全面反映了日寇铁蹄下的东北人民的苦难生活和山河破碎的悲惨景象。这些直面现实的创作,由于其亲历性和时效性,使人有如身临其境,并以其内容的真实和描述的细致,更产生一种强烈的震撼力。如《徐州车站》写战乱中的徐州车站的嘈杂和混乱的景象,流民和乞丐四处游荡。饥饿、疾病、贫困和死亡紧紧地追随着每一个人,无家可归的难民,"从不同方向,流落到这边来,每天每夜的,用自己两片哀求的嘴片,从乘客中讨取各自的饭食",忽然一声警报,"狂潮一般泄出一团人群……有些人倒下了,有些人从别人的身上踏过去,喊叫声、哭号声,混成一团……"白描的画笔,真实地勾勒出在抗日战争灾难深重的时刻,社会底层惨不忍睹的历史一幕。在百姓流离、同胞受难的场景面前,任何铺张的渲染都是徒劳的,只有这种真实而又克制的描写才最具震撼人心的力量。

① 马蹄疾:《李辉英传略》,见《李辉英研究资料》,春风文艺出版社,1988 年版,第 4 页。

李辉英的创作思想曾经历观念上的转变,突出表现在把那种抒写闲情逸致的笔调,转化为反抗压迫的武器。他自觉地拿起笔作为战斗的武器,将他所耳闻目睹的现实真实地展现出来。正因为对东北地方风土人情的熟悉,作家在唱响民族救亡之歌的时候,更多地以东北人的身份自居,以乡情乡恋激发民族意识,通过细致描摹黑土地上人们失地流亡的痛苦悲愤,蓄满英武无畏的抗争性格,张扬民族个性。这样,充满地方色彩和乡土风情的书写就不仅仅是出自对艺术的追求,而是根植于思想意识的升华。由于创作积累不足,对突发事变的观察与思考尚嫌肤浅,李辉英这一时期的创作也存在明显不足:客观形势不容作家深思熟虑、精雕细刻;主观上也为了尽快唤醒民众的爱国觉悟,尽快投入战斗,往往在创作中“自然”地附加上反日的主题。这种看似单一的精神走向,可以看成是时代的局限性。然而这些也正是这类作品的优势所在,艺术上的粗糙与不成熟无法掩盖其作品在特定历史时期的社会影响。李辉英抗战时期的创作在当时东北作家群中表现得特别突出,就在于他是以“大我”的身份,从国家利益出发,号召全民族向共同的敌人发起冲锋,从而使他的作品获得了最为广泛的民众支持和社会反响。

李辉英 1950 年前往香港定居,继续着散文创作。大量充满怀旧之思的散文作品表明作家回归了一种静然思之、默而察之的自由心态。代表作《乡土集》,无论是描绘东北乡土民情的风俗画,还是谱写儿时生活的乡思曲,都显得情感炽热,韵味悠长,有很强的艺术感染力。散文作品中还包括一些游记,如《中国游踪》(1954)、《中国六大名都》(1954)、《中国名城游记》(1956),以及《新加坡游记》(1958)和《新马纪行》(1961)等。这些作品是他客居香港后故国神游的再版和天涯游子的乡恋,情景交融,行文妙曼,情深意长无不洋溢在字里行间,还不乏精彩的描写和深刻的议论。如果说抗战题材的作品是动荡的纪实,鼓舞的凯歌,那么,定居香港后的散文则是“安静”的写真,恬淡的回忆。一“动”一“静”之中均可见作家的爱国情怀和赤子之心。

第八节 李广田、缪崇群的散文

李广田(1906—1968)一生主要从事两项工作:文学创作和教育活动。在文学领域,他写过诗歌、散文、小说和文学评论,其中,成绩最显著,也最有影响的,则是他那带有浓郁生活气息的具有个人艺术风格的散文。

李广田,原名王锡爵,号洗岑,笔名曦晨、望之、黎地等,现代散文家、诗人、学者。1906 年出生在山东邹平县农村,自幼聪明好学,1921 年小学毕业后入县城的师范讲习所读书。1923 年考入济南一师。1926 年与邓广铭等组织"书报介绍社"。1929 年秋考入北京大学预科。1930 年开始发表文学作品。1931 年入北京大学外文系,攻读英文、日文、法文。1934 年与卞之琳、何其芳合出诗集《汉园集》,成为"汉园三诗人"之一。其后,以写作散文为主。1935 年北大毕业后回济南一中任教。1936 年先后出版了散文集《画廊集》、《银狐集》,由此成为文坛瞩目的散文家。1937 年抗战爆发后,在四川任国立六中教员。1942 年在西南联大任教,同年与杨振声合编《世界文学季刊》。抗战胜利后,先后在南开大学、清华大学任教。1948 年加入中国共产党。1949 年后,历任清华大学中文系主任,云南大学副校长、校长,云南省作协副主席等职。"文革"中被迫害去世。李广田的其他著述还有散文集《雀蓑集》、《圈外》、《回声》、《灌木集》、《日边随笔》、《西行记》、《散文三十篇》,新诗集《春城集》,短篇小说集《金坛子》,长篇小说《引力》,文学论著《诗的艺术》、《文学枝叶》、《文艺书简》、《认识与表现》、《创作论》、《论文学教育》等。他在艺术上最有光彩的散文作品是写成于抗战前的部分,包括《画廊集》、《银狐集》和《雀蓑集》的一部分。这些作品,通过作者的亲身经历和感受,艺术地描绘了某些社会生活,向读者展示了绚丽多姿的生活画廊。它们较为集中地展现了李广田这一时期散文创作的成就和风貌,不仅奠定了其散文创作的基本格调,也确立了他作为散文家的文学史地位。

比较起来,李广田这个时期的散文创作,不像何其芳的作品那么空灵,时常作邈远的想象,而是有着相当坚实的生活基础,直接托出自己的爱憎和喜怒哀乐,以素朴、疏朗为美,往往在素淡中流贯着脉脉的情思。就散文的总体风格而论,他更有自己的特色:质朴、清淡、婉约。淡淡的抒情融化在对人物的精心刻画或生活场景的亲切描述之中,于质朴中透露着刚健,在朴拙的语言外衣下流动的永远是一个诗人的赤子之情。

李广田 30 年代散文创作的一个重要特点,是回归了中国风土,清醇动人。他是从乡村山野里走出来的。他不仅熟悉大自然的质朴,更熟悉那些挣扎其间的人们朴素的灵魂和不幸的命运。他出生在北方农村,以“地之子”的眼睛观察那些普通的纯朴人们的命运,写出他们的遭际和憧憬,织出一幅充满崇高和悲壮的乡俗画。这大概就是李广田“中国风土”的精华所在。

在李广田 30 年代的散文创作中,有一组性格软弱、命运坎坷悲哀的人生画廊,如《老渡船》、《拓荒者》、《记问渠君》和《柳叶桃》等作品中的人物。收入《银狐集》里的《柳叶桃》可谓这组画廊中最凄绝艳美的一幅。《柳叶桃》写一个出身贫穷的女戏子,被一个富户秦姓少年买去作为继承香火的工具,过着奴隶不如的生活,终于在屈辱中耗尽了自己的生命。这个被旧社会剥夺了尊严与人格的女戏子,偏偏心里装满了“好梦”,装满了对美的追寻和爱慕。但她终于疯了,疯的时候不断自言自语地问:“柳叶桃,开得一身好花儿,为什么却结不出一个果子呢?”她终于死了,死的时候“还是满面脂粉,一头柳叶桃的红花”。《柳叶桃》是一个代表和象征,它象征着李广田早期散文中那些忠厚善良、逆来顺受而又无力抗争,只能随命运摆布的人生状态。而作于 1936 年底的散文名篇《山之子》则是另一种代表和象征。《山之子》描写了泰山上的一个普通山民的凄惨而悲凉的故事。“山之子”和李广田以往散文中那些卑微低下的人物一样忠厚老实,只是他的命运更加悲惨。他自己是个哑巴,他的父兄为采摘长在山涧峭壁上的百合花先后坠崖而亡,“两条人命取得一种特权,如今又轮到了哑巴来占领这百合涧”,“拾起这以生命为孤注的生涯”,以此养活老母寡嫂,延续着那顽强的生命力。与以往不同的是,这个“山之子”不再屈从于命运,他虽然像泰山一样沉默,但却不屑自己的万般艰辛、超人的吃苦耐劳,而是用一种别人难以理解的乐观情绪向不公的世道和不幸的命运勇敢抗争，以致人们把他的生命力同永恒的泰山联系起来。在这个“山之子”身上不仅体现着痛苦和凄惨，更蕴含着悲壮和崇高。文章从一个侧面反映了旧社会劳动人民的深重灾难。全文以“我”的见闻为线索，由远及近、由次及主地展开描写。对泰山景致的描绘，以及关于香客、百合花的描写，关于泰山的种种传说故事，都是为烘托“山之子”的出现而设置的背景。在如此广阔背景的映衬下，“山之子”的形象更显高大。在这篇《山之子》里，人们不仅仍然感受到了李广田散文特有的质朴清纯，而且还感悟到另一种坚毅、执著的生命激情。作者运用了大量烘托、渲染、对照的方法，结构上跌宕起伏，枝叶扶疏而又浑然一体，整体显现出浓郁苍劲的风格。

在李广田笔下，随处可见的是活跃在读者视野里的“朴野的乡村、深远的桔林、耿直的旅客、喧闹的小镇”。正是从这些最为平凡的景象——平凡得几乎没有颜色的世界里，作者提取出一点纯美而富有诗意的东西，构筑了一个原始的、洗尽铅华的风俗画廊。他讴歌大自然的美，表现美的大自然，回忆美好而破碎的童年，时时表达着他对故土的一往情深和永不凋谢的感情。

《礼物》将读者带回了对“我”遥远而清晰的少年时代的记忆。“我”从家乡来到省城读书，而每年总要捱到暑假和寒假才能回家，弟妹们以极大的欢喜来迎接“我”而“我”又能给他们带来什么呢？现实生活的窘困让“我”不能像其他同学那样拿着充裕的钱去买各式各样的礼物给弟妹们玩耍，经历沧桑的少年别具匠心地采撷大自然中五颜六色的贝壳，在清流中洗刷净尽贝壳上的污迹和藻痕，把这些变得空明净洁的贝壳带回送给弟妹，想必这样的行为是有钱人所不屑的，他们尽可挥霍钱财买到各种更为精美而华贵的礼物，然而这又怎比大自然的朴素纯美。“我”在生活拮据的经济条件下仍不忘为满心欢迎自己的弟妹们采撷河边的贝壳作为礼物。几颗微不足道的珍珠凝聚着我对亲人、故乡以及大自然的真挚感情。

《桃园杂记》通过对作者家乡那片美丽的桃园的描写，间接介绍了各种有关桃树的知识；细腻描绘了家乡的活动，由此表达了作者对家乡一草一木的深切感情。作者首先介绍了“齐东桃”的产地，接着写了家乡桃园的奇景异色，春天花团锦簇，桃红柳绿，夏天桃实已届成熟，色丽香溢，因怀着炽烈的感情而看到的事物是那样的美不胜收，无法比拟。布谷鸟声与小孩的对话更为绝美的山村画面添置了一曲妩媚动人的田园曲。鸟儿在桃园流水间翩翩起舞，给本来美丽的桃园带来了勃勃生机，至此作者有意无意让读者看到了另一个落英缤纷、黄发垂髫的桃园世界。一个平凡而美丽的田间桃园，在作者情感的融合下升华为一个人间仙境：村民们织麻纺线，耕锄收割，大人们悠然闲谈，儿童们奔跑欢歌，鸟儿们慵懒清脆地叫着，将远在他乡的作者一次次带回了魂牵梦绕的故乡。然而，这样的理想生活在现实中是不能永远的，作者在结尾对动荡不安的乱世中故乡的命运寄予了深深的忧虑和担心，既抒发了深深的乡情，也表达了淡淡的乡愁。作者详尽地介绍了桃树以及桃树的各种知识，这看似平实而不着半点议论的语言还是让人看到作者对故乡的桃园那片喜悦之情。《画廊》、《野店》等篇什，在描写故乡风俗方面，细致入微，朴实隽永，正如周作人笔下的乌蓬船、故乡的野菜，有一种大味必淡的内在情致。

回到故乡就不能不回到童年。童年的依恋同样是李广田在散文中所追寻和体现的。五光十色的贝壳、波涛滚滚的黄河、清脆婉转的鸟儿的叫声，那么多平凡的自然事物让我们看到了作者幸福而破碎贫困的童年。通过对童年生活点点滴滴的描写，通过对那些平凡陈旧事物的回忆，李广田追忆了童年没有忧虑的生活，也对破碎贫困的童年生活发出一声无奈的叹息。

抒写个人“前不见古人，后不见来者”的孤独和寂寞感，肯定那种不争浮利、不随流俗而在寂寞中埋头工作的自得其乐的生活态度，这是李广田散文最初流露出的内心生活的一个侧面。这一侧面构成了他独特而又积极的心理画廊。《画廊集》中的《寂寞》就是这一心理画廊的具体体现。其他如《黄昏》、《秋天》、《无名树》、《悲哀的玩具》等，从多种视角丰富了自我的心理画廊。

李广田散文有很多篇章都有清晰而朴实的意象。这些意象往往成为他表达内心感情的突破口。“柳叶桃”便是《柳叶桃》中的飘零孤苦的苦命女子的象征，作者以花喻人，而立意却含蓄、传神。《上马石》中一块普通的石头在孩子们的眼里是新鲜而笨拙的玩物，在老人眼里却是一个永久时代的象征，一个曾经繁华岁月的证明。一块不会说话的石头躺在那里永远在向人们诉说着生命的短暂和岁月的永恒。在李广田的散文中，多处可以捕捉到如“上马石”、“柳叶桃”一样的并不起眼的平凡意象，而这平凡的意象关涉文中题旨。这是李广田散文在艺术上的一大特色。

李广田散文的形式很多，成就比较突出的有两种：一是叙事兼有抒情的散文小品，一是以抒情为主的散文诗。其中前者占绝大部分，受周作人散文小品和英国乡土文学的影响很大。李广田在谈到英国作家玛尔廷时说：“在玛尔廷的书里找不到什么热闹来，也没有什么奇迹，叫做‘道旁的智慧’只是些平常的事物。似乎是从尘埃的道上，随时掇拾了来，也许是一朵野花，也许是一枝野草，也许是从漂泊者的行囊中落下的一粒细砂，然而我爱这些。这些都是和我很亲近的。”①李广田早期散文《野店》就渗透着玛尔廷散文的痕迹，只不过玛尔廷笔下那种英国的田园风光到了李广田笔下变成了中国式的人间味。李广田以抒情为主的散文诗，明显受了西方象征派和鲁迅《野草》的影响，在内容、情调、手法上与《野草》有着一脉相承的联系。从李广田的《过失》、《荷叶伞》和鲁迅的《风筝》、《死火》等篇的对照中，完全可以得到印证。

缪崇群一生坎坷，贫病交迫，1945 年 1 月，38 岁的缪崇群于寂寞凄凉中病死在重庆北碚江苏医院里。他的好友巴金在《关于寒夜》一文中认为，他是一个汪文宣式的人物，要是换一个社会，换一个制度，他们会过得很好。使他们如此受苦的是那个不合理的旧社会制度。缪崇群一生虽然短暂，但多才多艺，著作甚丰，在小说、散文、翻译等领域都有耕耘和收获，尤其是在散文创作方面更是倾尽了毕生心力，取得了令文坛瞩目的成绩。

缪崇群(1907—1945)，笔名终一，江苏泰县人，1907 年生于一个知识分子家庭，现代散文家、小说家。早年留学日本。1928 年开始发表作品，曾向《语丝》、《奔流》等刊物投稿。1931 年回国后担任过文学类杂志的编辑。1932 年去北京。妻子病故后于 1935 年到上海从事写作。抗战爆发

① 李广田：《道旁的智慧》，见《画廊集》，中国文联出版社，2009 年版，第 95 页。

后，辗转流徙到桂林，后转往重庆，曾在书店的编译所工作。1945年在贫病交迫中死去。

缪崇群呕心沥血地致力于散文创作。初期散文《晞露集》(1933)，沉郁感伤地追忆少年时代的生活，以及留学日本的人生经历，多写儿女之情，交织着探求人生的寂寞和忧伤(《童年之友》、《芸姊》、《守岁烛》)。此后的散文集《寄健康人》(1933)、《废墟集》(1939)等，视野渐渐转向现实的社会人生现象。《旅途随笔》、《北南西东》、《凤于进城》等篇，暴露社会世态，同情弱小，抒发心中郁愤。抗战时期的散文集《夏虫集》(1940)、《石屏随笔》(1942)、《眷眷草》(1942)等，控诉日帝侵略，情绪激昂(《苦行》、《血印》、《一觉》)；以象征隐喻的手法，讥讽社会现实，探究人生(《夏虫之什》)；审视社会芸芸众生相(《人间百相》)；描绘云南边陲风俗民情(《街子》、《牛场》)等等，都长于编织故事，抒写人情，蕴涵哲理。其散文风格平实亲切，精细委婉。病逝以后，他的好友韩侍桁和巴金先后又替他编选了《晞露新收》(1946)和《碑下随笔》(1948)两部散文集。缪崇群的这些散文作品，从一个侧面反映了当时的社会现实和风貌，留下了自己的生活道路和思想烙印，显示了他在散文创作方面的独特风格及其发展轨迹。此外，缪崇群还有短篇小说集《归客与鸟》等，译有《现代日本小品文》等。

缪崇群散文中，有相当一部分是真诚地叙写自己的生活与发生在周围的凡人小事。如对亡母、情人的追怀，对师长、同学的思念，对异邦社会的感慨描绘等。这其中回忆少年生活的内容占有很大比重，《晞露集》一集几乎全都可以归于其中。如《童年之友》、《芸姊》、《守岁烛》等篇，在追忆中寄寓着自己的情思和爱憎。缪崇群散文中还有一些表达了家国情怀与忧思，这在《夏虫集》里有集中体现。其中的《苦行》、《血印》等于悲愤中洋溢着昂扬的激情和坚强的信念。他的另一些散文则倾向于对内心世界的探索和人生之路的沉思，如《从这个驿站到那个驿站》、《黄昏的雨》、《生的寂寞》等篇。散文集《眷眷草》中的散文《路》有这样一段话："我已经走过很长很长的路；想象中的路也有很远很远。别人指示过我不少的路，在书上，在图画里，我还看见或意会过许多的路，路实在是很多，但我从来不能记忆那些路的名字(那些路都有名字吗?)，并且也不知道哪条路是通达的，哪条路迂回？哪条路是正确的，那条路分歧？……所有的这些路走到什么地方去？我跋涉，我奔跑，我踯躅，我趑趄……在那些不同的路上，然而我也不曾辨别过，哪条路是平坦的，哪条路是坎坷的；哪条路是险阻，哪条路是光明……甚至于我有时候全般地怀疑了：路在哪儿？路到底在哪儿？所有的路，莫非都是骗人的，莫非是象征吗？人和人为什么稀有着在一条路上同伴呢？路果真是太多了吗？每一个人都各自走着他的一条路么？……世界上没有同样的一条路，也没有在一条路上并肩同行的人。”追问和思索并行，激情和迷茫兼具，读来让人产生深深的共鸣和感奋。

注重真挚、纯朴感情的抒发，于精细而平实的叙写中传情达意、渲染气氛、体悟哲理，是缪崇群散文艺术的基本特色。

第三章 记叙抒情散文(下)

第一节 陆蠡、丽尼的散文

在“新诗人散文群”里,还有两位独具风采的青年散文作家,他们是陆蠡和丽尼。他们的创作成就主要都在散文方面,但他们的散文在韵味和构思方式上都更接近于诗,是新一代散文诗的突出成果。他们的出现,加强了“新诗人散文群”的群体特色和创作特征。

陆蠡(1908—1942),现代散文家、翻译家,原名陆考原,字圣泉,笔名陆敏、卢蠡、大角等,浙江天台人。1920 年入基督教慧兰中学读书,后转入之江大学附中。1926 年考入之江大学,后转入劳动大学机械系。1929 年毕业。1930 年后在杭州和福建泉州中学任教。1935 年到上海任文化生活出版社编辑。1942 年,因该社出版爱国小说《前夕》(靳以著)和刊物《文学丛刊》被日本侵略者查封而被捕入狱。在狱中坚贞不屈,酷刑而死,牺牲时年仅 35 岁。陆蠡的友人巴金、黄源、柯灵等人在怀念和回忆文章中,对他的爱国情怀、人格操守和艺术贡献都有很高的评价。著名评论家刘西渭在《陆蠡的散文》中写道:“他活着的时候,寂寞,孤独,勤苦,没有什么人关切他的存在;死了,他永远被大家记住,因为他曾经和神圣的抗战连成一页。而且,更因为,虽然不幸短命,他给我们留下三本值得珍惜的散文:《海星》、《竹刀》和《囚绿记》,不厚,然而沉重,尤其是后两本,在现代中国散文里面，有些篇耐人一读再读。”①这一段话，对陆蠡来说，是非常中肯的知音之论。

陆蠡以散文创作见长，先后出版了 3 本散文集。第一本散文集《海星》出版于 1936 年 8 月，是散文诗式的短篇，题材大多取自幼年时代的回忆。这些回忆，配以纯熟、清新的文字，纤细、流丽的描绘，以及色调、气氛的营造，读来扣人心弦。正是这本书的出版，使得陆蠡以著名散文家的姿态跻身于现代文坛。第二本散文集《竹刀》出版于 1938 年 3 月，在后记里，作者说：“这神圣的民族解放的斗争将仍继续着，我惭愧这小小的散文集未能予苦难的大众以鼓励和慰藉。”可见抗日战争的烽火已经燃烧着作者的心灵，使他抛弃个人的吟唱和感喟，投入到“鼓励和慰藉”“苦难的大众”的时代激流和风暴中去！第三本散文集《囚绿记》出版于 1940 年 8 月，也是他的最后一本专集。这本书的题名，如同《竹刀》一样，寄寓了很深的含意。它隐喻着永不屈服于黑暗的民族的热望，也让读者窥见了他那渴望阳光、渴望生命、渴望欢乐的灵魂。集内文章清澈隽永，呈现着独特的风格和特色，达到炉火纯青的境地。除散文创作外，陆蠡还译有《罗亭》、《烟》、《鲁滨逊漂流记》、《寓言诗》、《希腊神话》等。

陆蠡从事文学创作的时间不足十年，发表的散文作品也不过四十余篇，然而正如“海星”虽小却晶莹可爱一样，陆蠡的散文自有其不可低估的思想与艺术价值。

陆蠡散文的一个重要特色，在于感情真挚，深沉蕴藉，折射了他的纯美的人格和心灵。他把故乡的山山水水、一草一木和受难的亲友、群众凝结在一起。如他自己所说：“故乡的山水如蛇啮于心萦回于我的记忆中。”他的记忆离不开受难的人民。其作品在读者眼前呈现的是一个可爱的山水间生活着的却是无数受难人民的图景。在他的散文里，读者可以清楚地看到他对乡土，对受难人民的深沉、诚朴的爱。像《池影》开首的自白：“我来这池塘边畔了。我是来做什么的？我天天被愤怒所袭击，天天受新闻纸上消息的磨折：异族的侵凌，祖国蒙极大的耻辱，正义在强权下屈服，

① 李健吾：《陆蠡的散文》，见《咀华集・咀华二集》，人民文学出版社，2007 年版，第 216 页。

理性被残暴所替代,……我天天受着无情的鞭挞,我变成暴躁,易怒,态度失检,我暴露了我的弱点……”他的这种心情的自白,本质上是一个炽热的爱国心被压抑着无从发挥,变成“暴躁”、“易怒”的反常状态而出现。就在这有着一泓清水的池塘边畔,他也回忆起他的一个婶母偷偷在半夜投入它的怀抱的惨境。正是基于这样对家乡对人民的大爱,作者最后才会在事关民族大义的重要人生关头,为了维护祖国的尊严,伸张正义,不畏强暴地死于敌人的毒手。这是他心灵发展的必然,也是他“崇高的灵魂”的最高的体现。他的3本散文集,正是他心灵起伏发展的忠实记录。在3本集子里,特别在前后记里,他都注明了写作日期,由此可以看出他心灵起伏、思想发展和感情深化的过程。这3本散文,成了他生命发展的里程碑。作者对理智与感情的矛盾,心灵深层的隐私,都不加掩饰地予以展呈。《寂寞》着力坦示了作者内心的“寂寞”。作者写道:“情感是易变的、背信的,寂寞是忠诚的不渝的。和寂寞相处的时候,我心地是多么坦白光明!寂寞如一枚镜,在它的面前可以照见我自己,发现我自己。我可以在寂寞的围护中和自己对语,和另一个‘我’对语,那真正的独白。”真诚地做人,清白地生活,陆蠡的心灵世界,真率品格,如实地反映在他的散文中。

陆蠡的散文在艺术表现上体兼众妙,而又独出心裁。这也是其散文的一个重要特色。他的散文在抒情方式上较为接近何其芳的那种“独语”体式,注重且善于表达自我内在的心灵话语,属于寂寞中的人生独语;而在文章意蕴上的崇高壮美、山野气息以及叙述上的清新自然方面,则又更为接近李广田的散文风格。当然,对多种特色的有机融合也就形成了他自己特有的风格。作于1936年的《竹刀》,以一个深深投入作者身影的山乡之人叙述了山民们富有传奇色彩的艰苦卓绝的斗争生活。“竹刀”是山民不可缺少的生活用具,又是他们奋起抗争的武器。那个用竹刀勇敢杀死大肚皮木行老板的青年,最后又用竹刀割断自己臂膀上的动脉悲壮地死去。山民们的生存和命运都深深地系于这小小的竹刀。“竹刀”在这里包融了相当丰富的生活内涵。作于抗战之后的《囚绿记》是陆蠡更有影响的散文名篇,它既保持了作者特有的含蓄隽永,又显示出一股鲜活的热忱和开朗;既写出了常春藤被“幽囚”之后的枯萎,又写出了它向往阳光、向往生命的奋争。文章不仅表达出更明显的象征意蕴,而且更加直抒胸臆。“绿色是多宝贵的啊!”“它是生命,它是希望,它是慰安,它是快乐。”这种抒情的确过于直白了,甚至过于浅显了,但在民族危机的特定时空里,这样的抒情自有其独特的感染力,并不显得空洞无力。全文从南窗外的绿枝和绿影写起,写到牵绿、囚绿、释绿、念绿,构思精巧,颇具独创性。文中“常春藤”这一意象,象征了多灾多难而又坚忍不拔的中华民族,包含着作者希望祖国“永远向着阳光生长”、“永不屈服于黑暗”、永远“繁茂苍绿”的殷殷祝福和执著信念,含而不露地抒发了对破坏和毁灭生命的侵略者的愤懑之情。《囚绿记》的风格在于含蓄与明朗、曲折与率真、质朴与华美的有机融合,而这也同样是陆蠡整个散文创作的魅力所在。陆蠡初期的散文集《海星》,多抒发自我的哀怨、幻想、沉思,歌唱童心的纯真;此后散文集《竹刀》、《囚绿记》,叙事因素逐渐增强。《水碓》、《庙宿》、《嫁衣》写农村妇女的不幸;《竹刀》以传奇性的笔致歌唱山民的反抗;《囚绿记》真挚细腻、委婉含蓄地颂扬坚贞不屈、渴求自由光明的民族精神。抒发主观情感,多取散文诗笔法,真挚纯净,精巧玲珑(《海星》、《荷丝》),叙事写人,布局跌宕起伏,曲折多变,节奏自然(《灯》、《独居者》)。

浓郁的诗意,是陆蠡散文的又一重要特色。陆蠡的散文有相当一部分具有诗的特质、诗的美感和意境。如《海星》实为散文诗体式,集内每一篇都创造了一个令人心醉的意境,主观感兴的因素很多。《竹刀》、《囚绿记》虽然趋向写实,但这种写实仍然充满诗意。同时,作品把浓郁的诗情与深挚的哲思融为一体,从而使他的散文整体上具有意境美、哲理美,具有深沉的力度。

总之,陆蠡的散文创作以其别具一格的艺术风貌,闪烁着动人的魅力,成为中国30年代抒情散文不容忽视的重镇。

丽尼的散文创作主要集中在1932年至1937年间,时间跨度虽然不长,数量也不算多,但却以其别具一格的艺术魅力在中国20世纪30年代的现代散文园地里占有一席之地。

丽尼(1909—1968),现代散文家,原名郭安仁,湖北孝感人。中学时,因参加五卅运动被学校开除。一度在上海劳动大学旁听,并进行自学。

1930 年前后，在福建、武汉等地教授英语。1932 年又到上海，从事创作和翻译，参加了中国左翼戏剧家联盟和中国作家联盟。1935 年，与巴金、吴朗西等人创办文化生活出版社。1949 年以后，除在武汉大学任中文系教授外，主要在武汉、北京的一些文学艺术编译部门工作，并任《译文》（后改名《世界文学》）编辑委员。1965 年到暨南大学任中文系教授。丽尼从 1928 年开始写作，著有散文集《黄昏之献》、《鹰之歌》和《白夜》，译有《贵族之家》、《前夜》等作品。《丽尼散文选集》于 1982 年出版。

丽尼是悲哀和忧郁的歌手。初期散文创作以诗意的抒情为主，风格颇为接近何其芳的《画梦录》，但又具有个人特色：以清秀淡雅的文字诉说自己内心深处的悲哀和凄苦，着重抒发自己在“梦一般的生活”里的感受，怀念童真的友谊，咀嚼青春的爱恋，在忧郁感伤之中怀着企望。《黄昏之献》、《悲风曲》、《海夜无题曲》、《失去》、《沉默》等这方面有代表性的篇什，采用散文诗的写法，感伤地倾吐和控诉封建势力对青年纯真爱情的扼杀。作于 1930 年 4 月的《黄昏之献》一文，以浓重压抑的情绪反复哀悼着一位早逝的亡友，是一篇唱给恋人的伤逝曲：“说是你应该在梦中归来就我，然而，这崎岖的山路，就是你的梦魂也将不堪其艰难的跋涉呀！”“没有不醒的梦，除了永久的长睡以外；然而，在长睡之中连梦也会被忘却的呀！第一次梦见你在高原，第二次在海滨。然而，等到梦醒的时候，坟墓就覆盖着你了。”“我看着花开，又看着花谢，我看着月圆，又看着月缺；你哟，我看着你向人间走来，又看着你离开人间而去，我看着你在梦里欢跃，又看着你受到了梦底欺凌哟！”这里，作者的一颗年轻跃动的心化作一种老成深思的忧虑，化作“个人的眼泪，与向着虚空的愤恨”，表现出浓重的感伤主义情调。

逐渐地，作家的笔触从狭小的内心世界转向广阔的社会现实，开始关注苦难，关注时代，关注底层人民的命运。散文中叙事的因素也随之得到加强，融散文、小说的写法为一体，并在抒情叙事中蕴含哲理性的意旨。作品里出现了农民工人的身影，城乡破败的景象；既有民族危亡的阴霾，间或也闪现出群众抗争的折光。《秋夜》、《松林》等篇描写了农村的破产和农民的流离失所，反映了劳动者水深火热的悲惨处境。他描写天灾的情景:“小溪之中没有流水,田间没有庄稼,路旁坟上的古柏,在月光之下显得更其憔悴而苍老了,惟有秋风是在忧愁地吹。没有夜露。”(《秋夜》)他描写人祸的残酷:因为疾病,难以养家糊口,少年的祖父和父亲先后以同样的方式离开人世——走进令人战栗的松林自绝(《松林》)。他描写在苦难中挣扎的故园和乡亲,不仅写出了农村的凋敝和破产,也控诉了现实社会的黑暗(《池畔》)。《鹰之歌》、《原野》、《夜间来访的客人》、《急风》、《寻找》等散文,赞颂了革命者的反抗斗争,表达了作者对光明的憧憬。作于1934年12月的《鹰之歌》,虽然讲述的还是一个“忧愁的故事”,是一个“飞得那么天真,飞得那么热情”的鹰——一位献身革命的年轻女性的悲壮故事,但面对这个令“我”“凄然地流下眼泪”的故事,“我”却不再像从前那样沉浸在无尽的忧虑之中,而是从鹰的壮举里,在鹰“那嘹唳而清脆的歌声里”,得到了一种“会使我忘却忧愁而感觉兴奋”的力量。作者描绘鹰的健壮,实际上是在抒发对已被反动派残酷杀害的女友的深切怀念和无比崇敬之情。鹰就是女友的精神的象征。女友虽然永远离开了作者,但却唤醒了作者在黑暗无边的动荡年代中的忧伤、失落的心灵,激励起作者战胜困难、追求光明的勇气。《原野》一文中,作者描写了中国农民世代受苦的“老马”式的命运:“祖父在这里耕作过,父亲也在这里耕作过。无数的世代耕作着同样的田野,得到同样的报酬。时候到了,活着的人们负着死去了的,送到山丘上去。”“一代一代地过去着,原野重复着同样的故事。”最后写道:“过去的世纪是应当完结的。”“先人们埋骨的山丘也会有被铲成平地的一天。”他对铲除这不公道的秩序充满了希望和信心。丽尼还写了不少反映抗战生活的散文,抒发了炽热的爱国情感,如《我们记住》、《江南的记忆》等。《我们记住》中喊出了抗战到底的心声:“我们发誓,我们要昂起头,执起我们的武器!”《江南的记忆》中,作者深爱着祖国“丰饶而和平的土地”,他由衷赞美那些“为了民族,为了自己”而勇敢地抗击日寇的战士。总之,丽尼此后的散文创作,特别是到了《白夜》里的作品,抒情基调明显从低沉哀婉转向了昂奋激越,那些个人情怀的倾吐上升为对集体、祖国和整个民族命运的关注,显示出从个人情绪到民族情怀、从悲凉压抑到昂扬激奋的不断升华。

丽尼的散文带有比较明显的外来影响，不事雕琢铺陈，以清新秀丽见长；文笔委婉，思绪跳跃，有浓郁的诗意。他认为“在讲故事上我是一个比谁都拙劣的低能者”(《〈白夜〉后记》)。他的抒情小品比叙事之作更有自己的特色。他的散文虽然篇幅短小，但意象丰富，又喜用大量的排比句式，更加突出了诗的意味。

从何其芳到缪崇群，“新诗人散文群”的基本倾向和共同特征是十分明显的：他们的初期创作往往视野不够开阔，题材的社会意义也不大，思想情调普遍低沉哀婉；但他们随着时代步伐的不断行进，随着对社会潮流的逐渐投入，其创作的情调与格调也明显发生变化，逐步走向康健和阔朗。不过，虽然“新诗人散文群”经历了这种情感基调的发展变化，但他们在自己的创作中始终保持了异常独特的个性体悟，顽强地显示了他们对散文艺术的执著追求。他们精心营造着散文在情绪结构、叙述方式、话语氛围等多方面的最佳境地，这些，是“新诗人散文群”特有的审美情致，也是他们对现代散文的独特贡献。

第二节　吴伯箫、柯灵、方敬的散文

吴伯箫(1906－1982),原名吴熙成,笔名山屋、天荪等,山东省莱芜县人,自幼在家乡上学,1919 年考入曲阜师范学校,在孔子故里接受教育,深受我国传统文化的熏陶。1925 年至 1931 年就读于北京师范大学英语系,1925 年在《京报》副刊上发表了散文处女作《白天与黑夜》,从此开始散文创作。七七事变后投身革命,只身来到延安。自 1926 年开始利用业余时间从事散文创作,先后出版散文集《羽书》(1941)、《潞安风物》(1947)、《黑红点》(1947)、《出发集》(1954)、《烟尘集》(1955)等。

新中国成立前,吴伯箫的散文创作大致可以分为三个时期。第一个时期(1926－1931),作品多发表于《京报》副刊、《骆驼草》等刊物,6 年间写了 40 篇,原准备结集为《街头夜》出版,却因为九一八事变发生,未能实现。早期作品虽然还显稚嫩,但作为其散文创作的发轫阶段,为之后的成熟发展奠定了坚实的基础。第二个时期是 1932—1937 年。大学毕业后,吴伯箫先后就职于青岛大学、济南乡村师范、莱阳乡村师范等学校,直到抗战爆发。那段时间,他结识了臧克家、李广田、洪深、老舍、王统照等人,以文会友,共同切磋,使得散文创作在艺术上得到长足的进步,逐渐形成个人风格,作品多收于《羽书》。第三个时期是 1938—1949 年,吴伯箫作为“抗战文艺工作组”成员,与卞之琳、马加等,随同八路军到晋东南前线工作。根据“战地生活”的体验,写下了《夜发灵宝站》、《潞安风物》、《沁州行》、《神头岭》、《夜摸常胜军》和《夜雨宿渑池》等报告文学作品,多收入报告文学性散文集《潞安风物》和《黑红点》(此二集主要文章选辑在《烟尘集》中)。另有少量抒怀述感的文艺性散文收入《出发集》。

吴伯箫这样谈过自己的创作经验:“一个人是会凭借了点点滴滴的物件,憧憬到一大堆悠远陈旧的事上去的。”(《荠菜花》)的确,他善于从一些细小的事物上展开联想,回忆遥远的往昔,向往美好的未来,这已经形成“牢不可破的习惯”。如《羽书》就取材于人们生活中最为平凡的事物,说马谈萤聊聊荠菜花,论山屋,话古都,遥想长城,静思边庄,无一不是从身边充满生活气息的小物件生发开去，运用丰富的历史和生活知识，展开联想，拓宽视野，纵横捭阖，谈古论今，在文中营造出一种悠远明净、耐人寻味的氛围。同时，吴伯箫深受中国古典文学影响，作品讲究章法结构，行文中运用了许多丽词佳句和历史典故。《马》是这方面的典范。作家先是描绘了山东农村“春郊试马”、孟春溜马、瑞阳纵马的画面，接着展开童年的记忆，讲述了祖孙俩走马观梨花、山颠驻马观雪的情景，在骑马的乐趣中又融入对亲情、对大自然美丽风光的美好回忆。然后作者笔锋一转，开始铺陈与马有关的历史故事：刘备的跃马檀溪、徐庶的走马荐诸葛、康王的泥马渡江、金陵少年马倚长桥……古代先贤的飒爽英姿和高尚品质无不令他心驰神往。此时，情思逐渐高亢，从对抵御外族入侵的飞将军李广的怀念，到最终收笔于“落日照大旗，马鸣风萧萧”的壮美情怀，感情真挚强烈，语调抑扬顿挫，画面感强烈，使人如临其境。虽然叙事平实自然，但于质朴无华中时见绮丽。在情感高潮处戛然而止，则留给读者无尽的遐想与回味。这种尽情铺排历史掌故、娓娓道尽风俗民情的特点，贯穿了他一生的散文创作。

九一八事变之后，对黑暗社会的强烈不满，对帝国主义铁蹄践踏下祖国命运的担忧，对风起云涌的人民反抗斗争的深切关注，以及对生活的真挚热爱成为吴伯箫散文创作的主要内容。作家憎恶压迫者和侵略者，由从前农民惩治县长的往事联系到中国人民反抗异族统治者的历史（《羽书》）；讥讽军阀韩复榘的官僚作风、愚民政治（《理发到差》）；希望国人能够“为自己，同时更为人人”，觉醒振奋起来（《说忙》）；渴望登临长城，“为华国作障，壮起胆来”，投笔从戎，收复失地（《我还没见过长城》）；为了祖国的自由解放，愿当征战将军灯笼前的马前卒（《灯笼》）；在旅途中，感到自己的漂泊和人们的流离疲惫，在凄清的夜景中向往亲人的温暖（《梦到平沪夜车》）。作家将对理想的憧憬，保家卫国的雄心壮志，对乡土亲人的热情眷念，个人生活的感伤愁思都汇入文字中，以一种清婉明丽，略带忧伤的笔调娓娓道来。

延安文艺座谈会是吴伯箫散文创作的分水岭。他曾经表示，延安文艺座谈会使他“第一次知道文艺是为什么人和如何为法”。他深入生活斗争实际，自觉地“剖析”自己，下决心“为人民服务”，并且在创作上“走新路”。他在抗战期间有作品集《潞安风物》和《黑红点》，其主要文章选辑在《烟尘集》中，体裁上大部分是新闻性、真实性较强的通讯和报告文学。“从抗战的酝酿，抗战初期游击战争的胜利，抗战中期敌后战争的深入和开展，直到抗日民主根据地的生活建设”①，都在他的作品中得到反映。

这一时期，吴伯箫一改《羽书》的表现内容和创作风格，转而关注中华儿女浴血奋战、保家卫国的生活现实。游击战争中的人民英雄、根据地政权的建立过程和解放区轰轰烈烈的大生产运动，成为其这个时期散文创作的主要内容。《夜发灵宝站》、《送寒衣》、《潞安风物》等篇章，揭露了日本侵略者所犯下的滔天罪行，百姓家破人亡，流离失所，苦不堪言；《黑红点》反映游击队员和百姓团结一致，锄奸除恶的斗争故事；《夜摸常胜军》赞美了“攻如猛虎，守如泰山，百战百胜”的战斗历史；《调皮司令部》叙述了与敌人机智周旋的战斗故事；《马上底思想》记录老一辈革命家朱德、刘伯承、陈赓、薄一波的革命功勋。这些作品高度赞扬了边区军民团结一致，生死与共，共同对敌的精神。还有《战斗的富饶的南泥湾》、《火焰山上种树》、《孔家庄记事》、《一个农民参议员》等作品反映了大生产运动，歌颂劳动模范、英雄人物及知识分子思想转变的过程。

吴伯箫发挥了战地通讯和报告文学的文学性，在作品的结构剪裁、人物形象塑造方面都显示出独特的创造。比如《文件》写的是“反扫荡中间的一件事情”，篇幅不长，却选取了典型突出的场面、情节加以描绘，青年连指导员、通讯员、连长、孙老头的形象都十分鲜明。全文没有平铺直叙事件的经过，而是以“文件”为线索，叙述指导员为了全连的安全转移，以自己的鲜血和身躯掩盖埋藏枪支、文件的痕迹，献出宝贵生命的英雄事迹。全篇充满昂扬的斗志，洋溢着革命激情。精心设计的细节，感人肺腑的对话，富有典型意义的场面，将军民团结同仇敌忾的精神描写得淋漓尽致。

同时，吴伯箫的语言风格也得到充分体现。他的语言晓畅明了，多采

① 吴伯箫：《〈烟尘集〉再版后记》，上海文艺出版社，1979年版，第284页。

用口语，质朴无华，善于将事件发生的环境、过程用简练的语言表述出来，并在其中塑造个别突出的人物形象，比起早年《羽书》中那些充满遐想，绚丽飘逸的篇章，《烟尘集》并不刻意过多地雕章琢句，而是以醇厚素朴为本，戒除虚文浮语，追求语言的通俗、平实，宛若笃厚之人的言谈，铿锵有力，掷地有声，散发着本真之美。即便其中带有妙言隽语，穿插一些历史掌故，也都融化到质朴淳厚的行文风格中去了。如《潞安行》引述了北魏慕容氏曾在此建都，唐明皇曾当过这里的别驾，宋将陆登因失守此地而拔剑自刎；《路罗镇》介绍了镇西北的黄巢岩，东北的王莽寨，汉高祖当年的斩蛇起义等等。这些历史故事既为叙事中心服务，又能增加阅读的兴味，于平和舒缓中蕴藏着深厚感情，激荡着雄浑的内在气韵。这个阶段是吴伯箫艺术上的拓展时期，思想上逐步走向成熟，为他后来在《北极星》时期的创作做好了思想上、素材上的准备。

抗日战争结束后，吴伯箫奉调离开延安前往东北，先后在几所高等学校工作，业余时间创作散文。1954 年《出发集》出版，收入记叙散文 7 篇，论说文 7 篇。其中《向海洋》、《书》、《出发点》、《十日记》等，在风格上保留了《羽书》意境深远、富有诗意的抒情风格，《范明枢先生》和《十日记》等篇章则类似于《烟尘集》的通讯报道风格，另外还有一些论说文。首篇《出发点》就奠定了全集的基调，作者叙写离开延安的心情，“更热中的是放大眼光奔上辽阔的前途”，“从延安伸出来的路是长的哩！有老百姓的地方就有通延安的路，那是坦荡的大路，四通八达的路，人民的路。”他还以自己参加革命实践的体会，以老教育家的风范，教育下一代。《出发集》中关于教育方面的题材较多，如《范明枢先生》详细介绍了这位老教育家的光明磊落，不沽名钓誉，富有斗争精神的一生，希望读者们“有意识地吸收作品的精华，接受书香的熏陶，借以培养善良的爱好、崇高的品质”（《文学——教育底有力武器》）；以古往今来的故事，鼓励人们多读书，读好书，“从书里找认识世界、改造世界的东西”（《书》）。吴伯箫以自己的亲身经历教育年轻一代，通过文学作品履行自己教育者的光荣职责。

这一时期的吴伯箫仍善于抓住自己生活中最熟悉，感受最深的事来写，凭借着丰富的中外文学素养，行文纵横捭阖，挥洒自如，在记叙抒情散文中铺陈历史掌故、风俗民情，论说文中旁征博引，引经据典，增强说服力，通讯报道点缀穿插奇闻逸事，思路开阔，联想丰富，更富有趣味性和文学性，使得创作也呈现出丰富多彩、摇曳生姿的特点。加以语言平实晓畅，长短句错落有致，富有节奏，铅华尽去，逐渐达到一种朴素而优美的境界，显示出独特的风格。

柯灵(1909—2000)，原名高季琳，浙江绍兴人，幼年因家贫失学，靠刻苦自学走上文学创作道路。他在绍兴当过小学教师，1931 年冬到上海进入电影界，从事报刊编辑工作和电影、话剧活动。早年离家的经历使他对故乡生活充满深深的眷念，反映在他的《望春草》第 3 辑、第 4 辑和《忆江楼》、《古宅》、《闸》、《遗事》诸篇中。留居上海期间，柯灵一直坚守在文化岗位上，在极其困难的处境中创办并主编了《文汇报》副刊《世纪风》、《大美报》副刊《浅草》和《正言报》副刊《草原》，并在抗战后期接手并革新了《万象》月刊。在压抑纷扰的社会生活中，他继续以杂文的形式驱遣愤怒，而以散文的形式抒发忧郁。杂文先后结集出版了《小朋友的话》(上海新中国书店，1933)、《市楼独唱》(北社，1940)、《遥夜集》(作家出版社，1956)，散文作品收入《松涛集》(世界书局，1939)[白曙、石灵、宗珏、武桂芳、风子(唐弢)、柯灵、关露、戴平万等八家诗文合集]第 6 辑和《晦明》(文化生活社，1941)。

柯灵六十余年的散文创作生涯，孜孜不倦，笔耕不辍，奉献出了一批散文精品，与那些激昂铿锵的充满战斗性的杂文相比，柯灵的记叙抒情散文可以说是追求着一种清新、优雅、古朴、幽深的意境。早期创作的《龙山杂记》中，这种散文风格就初露端倪。《龙山杂记》取材于家乡龙山的景物风光和生活琐事，“抒情写景，劳者自歌，近于漫兴”。① 虽然作家在后期流露出“悔其少作”的思想情怀，但对自己青春时期的生命印记仍然是不无偏爱。“千山竞秀、万壑争流的越州古国，是把我妪煦成人的土地，父老乡亲，一山一水，一草一木，都和我血肉相连。多少年来，故园如画的风物，常在我梦中浮现。这些文字，就倾注了我不绝如缕的缱绻。”② 身处宁

①② 柯灵:《〈柯灵散文选〉序》，人民文学出版社，1983 年版，第 2 页。

静的小城，朝夕与故乡的悠然风光相伴，只能去领略“隔绝了市廛的红尘”的长巷深院，以排遣年轻心灵的寂寞（《巷》）；寄情于“静听雨声潇潇”，来恢复“往日澄明的心境”（《雨》）；漫步在越王台畔，鸟瞰半个越州婆娑的景致，品味古朴的民俗（《越王台畔》）；哪怕离开了龙山，也依稀在梦里回味望春花的故事（《望春》）。这组个人抒怀之作已经初显作家深厚的古典诗文修养和婉约细腻、清新典雅的文风。

1931年，柯灵离开家乡前往上海，恰逢抗日救亡运动日益高涨，左翼文化运动蓬勃发展之际，他逐步成长为坚强的文艺战士，创作风格也已从个人情感的圈子里逃出来了，正视社会现实和人生疾苦，“忧国伤时”已经成为行文的主调。在此时的心境下回顾故乡，感情就不再是单一的眷恋与思慕，更多地渗透着对社会与人生关系无尽的思考。《野渡》、《路亭》精心描述了旧时乡间特有的风物。它们朴实无华，终日默默无闻地为往来的人们提供着便利，“对倦乏的旅人，这可真算得是一种值得感谢的功德”（《路亭》）。《闸》歌颂了水乡人民与大自然世代抗争，泽被后世的光荣历史，感叹“乡民们生长在土壤肥美的福地，却忘记了先代祖宗斗争的历史，忘记了人类的双手可以改变自己的命运”，引发人们对沉滞的乡村中民生多难的社会现状更深刻的思考。《古宅》和《遗事》以冷静的笔触，叙写了江浙一带旧式大家庭的衰败没落。蜗居在森严府邸中的是一群庸人废物，他们为腐朽的制度所塑造，最终也将伴随着它的崩溃而灭亡。作品以极其冷峻的口吻叙写着历史演进中这悲剧性的一幕，激励着那些不愿为腐朽制度殉葬的年轻一代“从这活人的坟墓里逃出去”，“毫不怜惜地让那些阴森森的宅第在火里烧掉，在风暴里倒掉”（《遗事》）。柯灵这个时期的散文创作以自己所熟悉的故园乡土为主要题材，将越中水乡城镇的风土人情描摹得明净秀丽，充满江南风情。在表现乡土文化内涵时，不局限于对乡俗民情的描写和游子乡愁的抒发，还着力于开掘社会现实下面复杂的文化历史渊源，在清婉幽深的思乡情感中，唱出了挽歌似的哀伤曲调，思想和艺术上都趋于成熟。

抗战时期，柯灵留居“孤岛”上海的散文作品结集为《晦明》。此时，国家沦陷，百姓流离，愤怒的情感已经冲淡了哀伤的情绪。大敌当前之际，现实的压抑困扰着作家的心境，他“以杂文的形式驱遣愤怒，而以散文的形式抒发忧郁”，借此协调内心冲突，“支持精神的生存”。虽然作家规划了这二者的区别，但此时的激愤已经跨越了文体的界限，使散文同样承载起时代的使命，发挥着一种匕首、投枪的作用。正如作者自己所慨言“孤城落日，敌忾同仇，表达的多是激楚苍凉的兴亡之感”①，作家以现实主义的手法，深刻揭示了“孤岛”沦陷区社会的多重性，既有敌伪的残暴罪恶，又有上层社会的糜烂堕落、市民阶层的苟且偷安，还有众多难民所面对的生存灾难和精神屈辱。“每一次踯躅街头，特别是酷寒的冬暮，对着沦落路旁的无辜的人们，总是禁不住无端的哀戚。而一想到使他人坠入这种惨境的原因，一种不可抑止的愤怒，又来猛扣寂寞的心扉了。”（《踯躅》）作为一个爱国的知识分子，不仅要抒发一己的愤懑，更应该代表民众喊出生活的希望，“命运降苦难于不幸的人群，但希望的种子还孕在人们心里，茁长着新的生命”，人民的“生之意志”和理想信念是任何暴力也摧毁不垮的，“我昂着头，有鼎沸的思潮，沉重的心。——我梦想着一个狂欢的日子，盈城火炬，遍地歌声，满街扬着臂把，挺起胸脯的行人……”（《窗下》）感情深沉激越，境界开阔宏大，家国之思，兴亡之感，对未来和希望的呐喊，都通过文字喷涌出来，其振聋发聩、鼓舞人心的基调，代表着“孤岛”上海作家写作的基本倾向。

柯灵旗帜鲜明地提出了散文改革的方向：“散文必须打破自我封闭的心理，走向十字街头，和广大的读者共忧乐、共休戚、共呼吸，努力开辟一条宽阔的心灵通道。必须抛弃一切自恃清高、自我陶醉、自我多情、顾影自怜、作茧自缚的狭隘趣味，走向自由活泼、生气洋溢、千变万化、不拘一格、多姿多彩的天地；要向晦涩告别，向虚伪告别，向枯燥无味告别，向洋腔怪调、扭捏作态告别；要使笔墨有最强大的表现力和吸引力，既透明，又含蓄，经得起咀嚼；要有批评精神，又要能陶冶心灵，怡情悦性，因为这是生活的需要，社会进步的需要。”（《散文的新走向》）他的散文创作充分实

① 柯灵：《〈柯灵散文选〉序》，人民文学出版社，1983年版，第2页。

践了自己的创作理论，坚持“以真为骨，美为神”①的创作原则，无论是叙己、怀人还是记事、状物，几乎每篇都凝聚着追求真实与美感的意念。前期的作品无一不根植于作家所熟悉的生活，并在深刻的心灵感触的提炼后被塑造为典型的情境，充分展现出作家的生活积淀和情感意蕴；后期的作品不再满足于叙写一己的悲欢，而是力图把握更为广阔的社会人生，将散文看成“文学的轻骑队”，追求艺术性和社会性的和谐统一。《独语》、《流民图》、《晦明》、《窗下》诸篇章融记叙、抒情、议论、描写于一炉，体现了散文和杂文技巧的完美融合，回响着忧国忧民的时代心声和节制理性的情感诉求。

另外，柯灵讲求文笔的“雕琢”。他认为：“不经过雕琢的文笔，不成其为文学作品，正如未经雕琢的大理石，不能成为雕像。”(《文苑絮语续篇》)细品柯灵的散文，分明会感到他对语言的精心锤炼，一丝不苟，特别是将古典语汇和现代口语完美融合，运用得妥贴而自然，既有口语的流畅练达，又有书面语、古典语汇的文雅和深沉，显得古朴典雅而富有文采。其中，突出表现在作家“以诗入文”、“诗文渗透”上。柯灵散文语言“以诗入文”的审美取向，既表现为善于活用古典诗词，使之自然妥贴地融入全文的表现意境，又在于利用诗的意象和语汇，用极其感性的字词入文，使其散文语言呈现出诗的美质。例如，“有的春花秋月，流连光景，‘未老莫还乡，还乡须断肠’，有的倦于奔竞，跳出名利场，远离是非地，‘只应守寂寞，还掩故园扉’，有的素性恬淡，误触尘网，不愿为五斗米折腰，归去来兮，种菊东篱，怡然自得。”其作品引用的古典诗词恰如其分，与全文情致和谐一致，非但不显雕琢之意，反而有浑然天成之感，富于“灵动皎洁、清光照人的气质”。②柯灵和当时一批的散文家，如何其芳、李广田、冯至等人注重散文语言的表现力和艺术感染力，共同推动了现代散文语言风格在诗化倾向上的发展，而这种诗化倾向，可以被视为对20年代谈话风的一种反拨，对促进散文语言进一步艺术化起了相当大的作用。

方敬(1914—1997)，四川万县人。30年代在北京大学期间开始文学

①② 柯灵：《〈柯灵散文选〉序》，人民文学出版社，1983年版，第1页。

创作。散文集《风尘集》收初期叙事抒情作品15篇，大多是诉说家乡往事的。另有散文诗合集《雨景》，主要抒发书斋斗室的寂寞冷清，念旧怀人。抗战爆发后，回到四川，与何其芳、卞之琳等合编《工作》半月刊，在桂林主办文化工作社，到贵阳为《大刚报》主编文艺副刊《阵地》。散文著有《保护色》(桂林工作社，1947)、《生之胜利》(文化生活社，1948)等。

方敬早期的散文追求真与美，委婉曲折的行文中融入了缠绵的情思，寄寓了作家最初的人生纪念与憧憬，意蕴绵长，耐人寻味。在《风尘集》中，方敬将自己对故乡亲人的思念都熔铸到行文中。《夜谈》绘声绘色地描绘了一幅祖孙共享天伦之乐的温馨画面。善良慈祥的老祖母讲述的故事琐事犹如那淡黄的桐油灯光，"是一支动人的哀歌"。作品将乡间大家庭的生活气息，亲人间脉脉温情，静谧氛围下的冥思都融进了悠长的诗意旋律之中。《老人树》则以一种平淡的笔调叙写了一位可怜老人的悲惨遭遇。他夜以继日地辛苦劳作，却落了个妻死子散的下场。他独自在"老人树"下摆摊卖麦饼、姜糖的情景显得分外凄凉。"麦饼香香，姜糖甜甜，树下老老，不剐毛钱"，孩子们发自内心的称赞为老人孤苦的生活平添了一丝温情。在《白骨塔》中，故乡那阴森的荒冢中埋葬着作家敬爱的"外祖"和"马伯"。因而，那原本荒凉的境地变成了庄严的纪念碑，"每次从那儿经过时，就不禁肃然止步，对着那白骨塔哀悼、凭吊"，此情此景，令人唏嘘。他曾吟咏道："古老的事物常使我向往，却又惆怅于昨日之既去。从时间的替换里，我获得了无数悲哀的回忆。"

散文、诗歌合集《雨景》，是方敬30年代中期的作品，从中我们可以强烈地感受到当时追求自由民主的知识分子所受到的生存压力。他们不能直面惨淡的社会现实，仍抱有一丝希望之火，但只能在书斋斗室中辗转，在回忆往昔、感怀旧友中忍受着矛盾、彷徨、焦灼的情绪煎熬。方敬在《〈雨景〉后记》里就这样剖白了自己当时的心境："在那长长隐晦的日子里，我孤独，我苦闷；由于生的执著，在无边的空虚中，我追寻着崇高，追寻着美。'真与美'的'心灵中的诗'，由此孕育而成。"但是很快，抗日战争的枪炮声惊醒了这位"夏日的梦者"。同当时许多落难的同胞一样，方敬辗转流亡，备受艰辛。残酷的现实使他觉悟，意识到"要弹奏的是另外一种新的响亮的琴”，从而开始告别“过往忧郁的情感”和“幽微的音调”，走出象牙塔，将自己的视线投向更为广阔的社会底层，在作品中融入抗战的力量和热情。正如作家自己所说：“新时代有力地在我的情感上划了一条界线，分明了它的两种不同的时期。”作家就此改变从前的缠绵忧郁，变得富有现实气息，措辞坚强有力，情调明朗激昂。

在《赞美》中，他热情赞美了普通百姓为祖国的解放勇往直前、劳作献身的崇高精神；《逃亡短曲》痛切地描述了百姓在逃亡中颠沛流离的惨状，揭露了不合理的社会现实；《苦难》深情回忆一群青年学生在苦难中磨练成长的动人故事；《指环》一文则对抗战期间国民党当局欺骗百姓，逃避责任的卑劣行径作了深刻的揭露和抨击。在目睹了太多残酷的现实后，他在《最后的午餐》里，庄重地写道：“只有血方能雪净我们的耻辱，才能舒解民族的痛苦，只有生命才能争取永远的解放，才能换得独立、幸福、自由。”在《记忆与忘却》中，他在自己熟悉的一些“低贱的生命与崇高的灵魂”中寄托了“好德”、“扬善”的意味。除了在散文中诅咒和鞭挞黑暗，渴望和呼唤黎明，作家还表达了更为坚定、高远的自我要求。如《浪子的沉思》中写道：

> 蓝空是飞鸟的家，山林是野兽的家，我自小就喜欢那种自在而倔强的翱翔与突奔。我的心灵向高处远处跳动，好像长了健翅或劲蹄，狭小的笼子，狭小的栅栏，我的家呵，你关不住我，一种大胆的火焰已在我血里燃烧。我要出去，我不由自主地想象另外的文化，另外的地方，想到许多路可以走，许多路没有人踩过，我想象我身上觉得有一个新生命跳出来了。我要出去，把我的纯洁换诗，换理想，换一个至高无上的永远金光灿烂的王国。……
>
> 我并不是永不回头的浪子，而是钟情于新世纪的痴人呀，那沙漠中青青的绿洲更使我口渴。

在经受了时代苦难的洗礼之后，他显然已经摆脱了自我的小圈子，希望能作振翅高飞的雄鹰，在更为宽广的天地施展自己的才华。这种冲出

"小我"羁绊,崇尚"大我"的"浪子"形象,鲜明地体现了新时代青年人的精神面貌,充满鼓舞人心的力量,也反映出作家将时代的要求和个人的艺术诉求统一起来,对自由、解放和光明的迫切渴求。

方敬的散文质朴隽永,构思精巧,无论是青春忧郁的吟唱,还是现实苦难的叙写,或是鼓舞人心的战斗号角,无不根植于现实,充满对现实人生的真实感受和深刻体悟,富有真情实感。作家同时还是诗人,因而在散文创作中还融合有诗的技巧,追求散文的艺术美,以诗的节奏、韵律、语言加入散文的创作,常用象征的表现手法,以独特新巧的意象拓宽散文的表现意蕴,使朴素的文字显得诗意盎然,令人回味无穷。

第三节　茅盾的散文

茅盾(1896—1981),生于浙江省桐乡县乌镇,原名沈德鸿,字雁冰,别号明甫。主要笔名茅盾,始自1927年发表的小说《幻灭》,常用笔名还有玄珠、郎损、方壁、M·D等等。他是中国现代文学史上卓越的作家、社会活动家、翻译家、理论批评家,在多个领域里都有非凡的成就。

1909年夏,他考入浙江省立第三中学,1911年转入设在嘉兴的省立第二中学,在这里迎来辛亥革命并激发了革命热情。1913年,考入北京大学预科第一类,1916年因家庭经济困难,中止学业,预科毕业后到上海商务印书馆编译所工作,并由此开始了文学生涯,最早以译著及文学论文进入文坛。1919年,受五四运动影响,自觉从事革命文学活动并"专注于文学"。他在后来的回忆录《我走过的道路》中指出,从1919年末,他已经开始接触马克思主义了。1920年11月,他接手主编《小说月报》并参与发起文学研究会,次年文学研究会在北京正式成立,茅盾主编的《小说月报》十二卷一期正式出版,正式提出了"文学的目的是综合地表现人生",提倡"为人生"的写实主义文学。1921年7月1日,中国共产党成立,他是首批党员之一,也是现代文学史上第一位作家党员。作为现代文学史上卓有成就的小说作家,1927年大革命失败后,始发表小说处女作《幻灭》(刊于《小说月报》十八卷九号、十号上),1928年东渡日本,两年后重返上海加入中国左翼作家联盟,担任领导工作。抗战初期,主编《文艺阵地》杂志。1938年冬,赴新疆学院任教。1940年4月到延安,在鲁迅艺术学院讲学半年,再赴重庆从事救亡工作,1941年由桂林到香港,创办《笔谈》,太平洋战争爆发后,返回桂林和重庆。1949年2月到达北平,1949年7月,当选为全国文联副主席和全国作协主席。中华人民共和国成立后,曾任中央文化部部长、全国政协副主席等职,还曾担任《人民文学》和《译文》的主编。1981年3月,病逝于北京。

茅盾的散文写作始于1925年五卅运动后,先后结集的有:《宿莽》(散文小说合集,1931)、《茅盾散文集》(1933)、《话匣子》(1934)、《速写与随笔》(1935)、《故乡杂记》(1936)、《印象·感想·回忆》(1936)、《炮火的洗礼》(1939)、《白杨礼赞》(1943)、《见闻杂记》(1943)、《茅盾随笔》(1943)、《时间的纪录》(1945)、《生活之一页》(1947)、《苏联见闻录》(1948)、《杂谈苏联》(1949)、《跃进中的东北》(1958)、《茅盾散文速写集》(1980)、《茅盾散文选集》(1984)等等,近20种。

茅盾的整个创作生涯始于杂感的写作,五四时期,他在《时事新报》副刊《学灯》等杂志上发表了不少杂感,抨击旧事物,推动新生机。不过,茅盾的散文成就以抒情散文的艺术价值为最高,1925年6—7月间,抒情散文《五月卅日下午》、《暴风雨》、《街角的一幕》分别发表于《文学周刊》一七七、一八零、一八二期。这是茅盾对五卅运动的纪录,也是他最早一批文学散文,初步形成了自己的散文特色。与周作人、林语堂等作家追求闲适与幽默、灵性的散文创作态度不同,茅盾的散文,即使是他的记叙、抒情散文,一开始就与他后来的小说创作表现出同样的倾向,那就是重视文学的社会价值,反映社会问题与矛盾,具有强烈而鲜明的时代政治特色。这一特色被郁达夫评价为:"唯其阅世深了,所以行文每不忘社会。他的观察的周到,分析的清楚,是现代散文中最有实用的一种写法。""中国若要社会进步,若要使文章和现实生活发生关系,则像茅盾那样的散文作家,多一个好一个;否则清谈误国,辞章盛极,国势未免要趋于衰颓。"①在不同的历史阶段,茅盾散文的代表性作品都与时事、国运密切相关,在抒情性的表达中融入自己的政治倾向,带有社会、政治批判色彩。五卅惨案结束不久,他推出了《五月卅日下午》等作品,采用电影蒙太奇的手法,摄取五卅运动结束后的种种场景。其中既有对帝国主义暴行的控诉,也有对工农学生反抗精神的讴歌,还有对民族奴性、劣根性的批判,采用强烈的主观化抒情,兼以直白的议论,表达自己的愤怒、悲哀。1927年北伐战争失败后,在看不清革命前景的情况下,茅盾一度陷入幻灭、悲观、消沉的苦闷情绪中。此后他避居日本,期间写作了《严霜下的梦》、《卖豆腐的哨子》、

① 郁达夫:《现代散文导论》(下),见《中国新文学大系导论集》,上海书店,1996年版,第222页。

《雾》、《虹》、《叩门》等作品，反映了这种情绪。这些作品惆怅满怀、忧郁低沉，是茅盾较为纯粹的一类抒情散文，个人化突出，议论淡化，但是也从侧面折射出时代的苦闷。作家没有离开时代背景印在自己身上的印记，书写的是个人之于革命的记忆，询问的是时代、社会的出路。30 年代，散文题材、内涵进一步拓展，《故乡杂记》以书信的形式，以冷静的观察、写实的手法，记叙了自己 1932 年回乡旅途的见闻，工笔细描“一·二八”战争在乡镇各阶层人民中所引起的不同反应，以及农村经济破产对市镇的影响。《速写与随笔》集里的各篇，也从不同角度描写都市和农村的衰落凋敝景象。茅盾这一时期的散文现实主义色彩浓郁。此外，《冬天》、《雷雨前》、《黄昏》、《沙滩上的脚迹》则在 30 年代的政治白色恐怖中，象征性地表达了对时局的批判性认识和对革命前景的期望，悲观颓丧的色彩消失了，代之以坚韧的乐观。40 年代，他的散文在向抒情、叙事、议论三方面发展时，也形成了个人抒情散文创作的高潮。作为代表性作品的《白杨礼赞》、《风景谈》，展现了一幅幅激越向上的根据地军民抗争的画面，表现了解放区军民的精神追求，彰显了自己的社会理想。

茅盾记叙、抒情散文的代表作品，一方面秉承了现代散文的抒情性特征，讲究艺术性，另一方面又迥然有别于现代散文作为个人文学之尖端的总体特征，与他的小说和杂文血脉相通，有着强烈的现实感、社会责任感，也有着广阔的社会背景作为写作前提。这是现代散文史上的独特风景，有着特殊的认识价值。阿英指出：“在中国的小品文活动中，为了社会的巨大目标的作家，在努力探索着这条路的，除茅盾、鲁迅而外，似乎还没有第三个人。”①

在茅盾看来：“我们以为应该提倡小品文，积极批评小品文，使得小品文发展到光明灿烂的大路。我们应该创作新的小品文，使得小品文摆脱名士气味，成为新时代的工具。”②不过，在这个散文观念之下，茅盾散文并没有忽视散文的艺术特性，相反，由于他重视散文的艺术性，因此，综合

---

① 阿英：《无花的蔷薇——现代十六家小品》，河北人民出版社，1991 年版，第 181 页。

② 茅盾：《关于小品文》，见《中国现代散文理论》，广西人民出版社，1983 年版，第 83 页。

他散文的独特内涵，他的散文作品成了现代散文的重镇之一；一些作品成为现代散文的出色篇章。

在艺术上，茅盾的散文讲究“大题小做”。如他所言：“从来有‘小题大做’之一说。现在我们也常常看见近乎‘小题大做’的文章。不过我以为随笔之类光景是倒过来‘大题小做’的。”他指出“大题不好大做，就只好小做做了”，因为“特殊的时代常常会产生特殊的文体”。① 强烈的社会使命感、政治历史意识，使他常常用短小精悍的篇幅写出日常生活的一角，借以显示重大的社会内容、政治意义，即以小见大。他善于借用自然物、生活琐事、某个物境、场景等等，以微观写宏观，取精用宏，摄取大时代下的小插曲来表现重大时代主题。由于选材的精微和日常生活化，他的叙事、抒情散文不流于空泛的说理亦或因远离自我成为简单的时代传声筒，而更多的是通过我的视角、我的情绪、我的见闻或透视或折射时代的精神面貌。这其中包含着自我鲜明的体认与态度，只是这种态度中有较多社会批判、政治主张因素。《五月卅日下午》摄取的只是五卅运动当天发生的帝国主义在上海南京路上枪杀示威群众暴行半小时之后个人的街市即见即闻，重点揭露嘲讽了卸下假面具的狠毒丑恶的“先进的文明人”以及自私阴暗的“市民绅士们体面商人们”。采用诗与政论结合，叙述、抒情与议论相结合来反映重大的政治主题，具有鲁迅批判“国民劣根性”的深刻意识。从《子夜》到“农村三部曲”、《林家铺子》，茅盾的小说善于以冷静分析的文字，对社会生活进行素描写生，对生活体察细致入微，在其中灌注了对于30年代中国社会城乡经济问题的思考。他的一部分散文同样采用速写的方法记下了丰富的富于时代特征的社会生活场景，精当准确。这也许正是他的小说素材的来源。他的许多散文速写，不论篇幅短长，几乎都可看成广阔的时代社会生活背景映衬下的具有代表性的细微画面，像《故乡杂记》、《乡村杂景》、《香市》、《交易所速写》、《归途杂拾》、《兰州杂碎》、《人造丝》、《看模型》、《老乡绅》等等，都是这样的篇什，从不同的生活侧面反映时代社会与人生诸相，触摸把握时代的脉搏，挖掘根源。写于

① 茅盾：《〈速写与随笔〉前记》，见《中国现代散文理论》，广西人民出版社，1983年版，第86页。

1933 年的散文《香市》有着浓郁的民族色彩与乡土气息,字里行间透着淡淡的乡情。作者选取了“庙会”和“香市”这个场所,从农民农作间隙的文化享受这一侧面剖析农民与农村在 30 年代的遭际与命运。从辛亥革命前的农村香市的盛况到“‘革命’以后”的被禁,作者一语带过,急转直下地转入写 30 年代香市的现状。作者写今日的香市“居然有锣鼓的声音”,但是人太少;今日的香市不再是“江湖班”,来了上海艺坛的“南洋武术班”,看客却也很少,连空气都很“阴惨”。作品最后指出:“往常‘香市’的主角——农民,今天差不多看不见。”又说道:“后来我知道,镇上的小商人是重兴着‘香市’的主动者;他们想借此吸引游客‘振兴’市面,可是他们也失望了。”

作品从农村生活的“香市”一角揭示出广大农村农民的日趋破产,乡镇经济也繁华不再的内在关联。作为与《林家铺子》、“农村三部曲”的同期作品,《香市》最早收入散文集《话匣子》中。这部散文集还收入了《大减价》、《田家乐》、《乡村杂景》、《陌生人》等文。30 年代,茅盾写了大量的叙事散文作品,与他同期的小说作品,有着异曲同工之妙,共有着一个题旨,都旨在通过解剖一个“麻雀”,精严地分析中国社会之病,在现代文学史上,有着独特的意义和认识价值。《香市》结尾处的空白,引导启示人们探求思考 30 年代初期中国社会日渐贫困、破产的政治、经济原因。当思考引向深入的时候,人们就会发现其中有国内的也有国际的原因,最根本的是西方列强将经济危机转嫁到殖民地半殖民地的中国。这样的一个大话题,像他的其他作品一样,只是选取了自己熟悉的农村生活之一角、之一事来着力表现。

在反映社会与时代的本质的宏愿下,茅盾面临着现实的复杂、政治的险恶与此间个人思想的曲折发展,往往难以直抒胸臆。为此,在借鉴欧美文学的基础上,茅盾的抒情散文普遍表现出象征主义的倾向,即他常常选取具体、个别的形象、影像概括更丰富、更普遍、更复杂、更抽象的社会生活内容,将主观意象与客观物象、思想与艺术结合起来,也将情与理恰当地结合起来。象征手法的运用无疑有利于帮助他实现以微小的题材反映广阔的时空背景的的意图,扩大思想容量。20 年代最后两年,大革命失败后,在革命的低潮期,茅盾陷入思想的苦闷幻灭期,他的抒情散文代表作《严霜下的梦》、《卖豆腐的哨子》、《雾》、《虹》、《叩门》等篇与他同期的小说《蚀》三部曲一样,写得忧郁、惆怅、悲观、消沉,兼以焦灼、不安,象征意味浓郁,以自我的苦闷讲述时代的苦闷,大多写得朦胧、迷乱,没有方向感,情感基调较为阴郁。茅盾后来在回忆时指出,自己在1928年初写过《严霜下的梦》,用象征的手法,表述了革命的遭际与自己的心情,对盲动主义表示了"迷乱"、"不明白"和不赞成,并发出了"什么时候天才亮呀"的询问。① 这篇散文运用西欧神话、中国小说寓言等材料,以三个"梦境"的象征意象与意识流的手法反映刚刚逝去的血与火的动乱年代,现实与幻觉交织,传达着自己关于革命的内心创痛。《卖豆腐的哨子》既有诗的凝练精巧,也有诗的含蓄内敛,是作者这一时期的散文佳作。它多角度地捕捉了日本小贩卖豆腐时吹的哨子的复杂声音:"它那低叹暗泣似的声调";"那类乎军笳然而已颇小规模的悲壮的颤音";它那"呜呜"的声音,"像是闷在瓮中,像是透过了重压而挣扎出来的地下的声音"。"这哨子声引起了我不少的怅惘",声音中透露着悲切、悲壮、悲愤的"心的哀诉",折射着特定时代的回声。作品取材极小,寓情于景,写得自然真挚而且含蓄隽永,有更为本质的散文之美。作品在"哨子声"与个人、时代的"苦闷"中找到了象征的关联点。如果说《卖豆腐的哨子》侧重的是对主观感受的捕捉,那么姐妹篇《雾》则侧重对客观物境的描摹(山峰与雾),着力创造意境,也通过对自然现象的象征性描写(政治时局的写照),寓意自己的倾向,诅咒着"吞噬"与"包围"一切的"雾",引起读者的共鸣。他笔下的"雾"肆意地遮蔽一切,寓意鲜明:"雾遮没了正对着后窗的一带山峰","晨雾把什么都遮没了,就是稍远的电线杆也躲得毫无影踪","渐渐地太阳光从浓雾中钻出来了。那也是可怜的太阳呢!光是那样的淡弱,随后它也躲开,让白茫茫的浓雾吞噬了一切,包围了大地。"

进入30年代,"左联"时期的茅盾走出了苦闷,思想渐趋成熟稳定,他对于形势的认识乐观明确,政治理想坚定。这一时期的抒情散文代表作

① 茅盾:《我走过的道路》,人民文学出版社,1981年版,第8页。

如《冬天》、《雷雨前》、《黄昏》、《沙滩上的脚印》等等，也都以小见大，寓意深远，在革命将由低潮转向高潮的拐点上，表现出充分的必胜的信心，以自然现象、事物的变动、迹象暗示社会前景。比如，在《雷雨前》中，他将乌云比作天空里张着的灰色的幔，呼唤："轰隆隆，轰隆隆，再急些，再响亮些吧！让大雨冲洗出个清凉干净的世界。"在《冬天》中，他针对当时的政治气候，写道："冬天的寒冷愈甚，就是冬的命运快要告终，'春'已在叩门。"总体来说，茅盾散文的象征意象与象征意义之间大多指向明确，并且较为单一，易于把握。茅盾曾指出："我愿推荐《雷雨前》和《沙滩上的脚迹》；这两篇，也是象征意义的散文，但所象征者，和《白杨礼赞》与《风景谈》之所象征，时代不同，背景也不同，方法也不同。可以说，《白杨礼赞》等两篇只是把真人真地用象征手法来描写，而《雷雨前》等两篇是用象征的手法描写了 30 年代整个中国的政治与社会矛盾。"①

1940 年 5 月 26 日茅盾由新疆抵达延安，同年 10 月离开延安。这 5 个月让茅盾有机会亲眼看到国统区之外的新的社会、新的人，以及崭新的精神面貌，于是有了分别发表于 1941 年 1 月、3 月份的抒情散文《风景谈》、《白杨礼赞》。这两篇作品是茅盾抒情散文写作上新的里程碑。不同于二三十年代具有批判意味的抒情散文，这两篇作品是乐观的歌颂性主题，饱含着对于共产党领导下的抗日军民的革命理想主义的赞誉，并且洋溢着阳刚的气息。《风景谈》借鉴了电影蒙太奇的手法，又加以画龙点睛的议论、抒情组接，通过谈风景这一"小题"歌颂延安边区的新人、新生活、新精神、新制度。作品组接了六个镜头，截取的是根据地人民的六个生活片段，由景而人，以景衬人，六个镜头环环相扣，寓意深远：高原驼队比拟象征了延安边区军民任重道远、坚忍不拔的革命精神；生产归来、鲁艺风光讴歌了劳动的愉快与崇高，揭示出"充满了崇高精神的人类的活动，乃是伟大中之尤其伟大者"；男女新貌、茶社剪影、战士英姿三个镜头，写的都是具有"高贵精神"的人的风貌，从健康清新的男女关系、精神充实的求知者到警觉尽职的哨兵，他们是茅盾心中理想的象征。在画面"北国晨

① 茅盾：《茅盾散文速写集》，人民文学出版社，1980 年版，第 2 页。

号”一景中，作者描写披着霞光的小号兵，“犹如雕塑一般”的“荷枪的战士”，在霞光中严肃而刚毅，从他们身上，作者“仿佛看见了民族的精神化身而为他们两个”。圣地延安的高尚的人类活动，昭示了茅盾心中的理想社会的气象，这些风景“是伟大中之最伟大者”。作为《风景谈》的姐妹篇，《白杨礼赞》更被视为茅盾散文的最佳代表作品。由于是在国统区歌颂中国共产党及其领导的解放区抗日军民，同样使用曲笔铺写，通篇采用象征手法。作品一开始即开宗明义破题：“白杨树实在是不平凡的，我赞美白杨树。”同样的表达、相似的句式在文中以复沓的形式出现，强化着主题。作者笔下的白杨树，“傲然地耸立，象哨兵似的”，它们有着“伟岸、正直、朴实、严肃，也不缺乏温和”的品质，“是树中的伟丈夫”。它们象征着“我们民族解放斗争所不可缺的质朴，坚强，以及力争上进的精神”。写在抗日战争的转折点上，力求上进的白杨树成为民族精神与意志的象征体，这使这篇抒情散文蕴含着巨大的抒情能量，情感激荡澎湃，颇具感染力。此外，这两篇作品在构思上又像小说一样精细严整而不失舒放自然，选材典型，含蓄隽永，用语亦饱满而典雅。《白杨礼赞》更是采用了象征、联想、递进、排比、复沓等多种表现手法。两篇作品都是成熟期茅盾散文的经典作品。

在作者笔下，也有一些作品乃是较具个人生活意味的，这些作品所占比重并不多，但另有一番特色。《红叶》作为记游散文，写与同事去看红叶，但是落笔处不仅仅是写红叶，而是写自己的游览路途感触，“到山顶吃饭喝酒，掷白泥的小圆起，然后回去：这便叫做看红叶。谁曾在都市的大街上看见人造红叶的盛况的，总不会料到看红叶原来只是如此这般一回事！”相类似的作品还有《樱花》。这两篇作品都表达了一些失望与落寞的情绪。不管是在散文的立意上，还是关于红叶、樱花的描写上，都充分显示出茅盾冷静、理智的个性，语言上同样显示了茅盾的语言特色，即平实的叙述和对生活场景的质朴的素描，着墨不多，却十分精准。

茅盾的记叙、抒情散文风格较为多样化，有像小说一样结构严整精致的，也有自然写意随心的；有渲染情绪氛围的，也有情理结合，强调思想性的；有抒情强烈的，也有象征鲜明的；有叙事朴实、直白的，也有感情秾丽、语言典雅的。不过，成熟期的茅盾散文，立意高远，视域开阔，精心构思结构，外刚内柔，语言成熟典范，颇具大家之风。但是，也由于他的散文承载了较多的社会内容，个性自我展示不足，有些作品个性化色彩淡薄，个人抒情话语的空间相对狭小，这似乎又有违于郁达夫在总结现代散文成就时指出的“现代的散文之最大特征，是每一个作家的每一篇散文里所表现的个性，比从前的任何散文都来得强”，“现代的散文，却更是带有自叙传的色彩了”。①

新中国成立后，茅盾鲜有记叙、抒情散文佳作，只创作了少量的游记、忆悼散文，主要以通讯与报告文学创作为主。

① 郁达夫：《〈中国新文学大系·散文二集〉导言》，见《中国新文学大系·散文二集》，上海良友图书出版公司，1935 年版，第 5 页。

第四节　阿英等作家的速写

1934年,陈望道主编的《太白》倡导"速写",得到包括茅盾在内的许多著名作家的大力支持。茅盾、阿英等人明确提倡写作与现实生活斗争联系紧密的散文小品,并把这种有别于消遣休闲的旧式小品文的文体定名为"新的小品文",要"小品文摆脱名士气味,成为新时代的工具",强调以内容充实的艺术成果来战胜闲适小品,把小品文从"高人雅士"手里的"小玩意儿"变成"志士"手里的"标枪"和"匕首"。[①] 这种"速写"轻便简捷,截取生活场景中某些片断,比较广泛地反映了在民族矛盾日益尖锐、阶级矛盾日益复杂的情况下广大劳动人民的苦难生活。围绕在《太白》周围的一批作家相继运用了速写随笔这种灵活多变的文体,将一系列社会问题纳入自己的考察视域,从国计民生、时代风云,到社会动态、民俗民情,乃至作家的自我感念、心理情绪,无不囊括。作家们以敏捷的思路,豪放的笔触,深沉的感情,或揭露抨击,或议论纵谈。"观察的周到,分析的清楚",成为针对社会经济的锋利的解剖刀,在中国现代文学史上独树一帜。除了茅盾,最有代表性的当数阿英、许杰、叶紫、夏征农等人。

阿英(1900—1977),安徽芜湖人,原名钱德富,现代作家、文学史家,在小说、散文、戏剧创作和文学史料汇集诸方面都颇有建树。他出身于小手工业者家庭,1926年参加中国共产党,次年与蒋光慈等发起组织太阳社,宣传无产阶级革命文学,20年代末在上海参加革命文艺运动,1927年被捕。这段革命经历,在其《流离》(1928)和《灰色之家》(1933)这两本日记体、自叙传体散文创作中得到充分体现。1930年参与"左联"的筹备和领导工作,"左联"成立后担任执委会常委。10年中,有《麦穗集》(1928)、《夜航集》(1935)、《海市集》(1936)等文集出版。

《流离》以日记的形式,记叙了作家在大革命失败后离开芜湖的流亡生活,充分展现了大革命失败后白色恐怖的严峻局势和革命者百折不挠

① 蕙(茅盾):《关于小品文》,载《文学》1934年第3卷第1号。

的坚强斗志。正如作家在《〈流离〉自序》中所说的:“我所感到的是,从这一部纪录里,能以看出离乱时代的一部分人民的流离颠沛的生活状况,以及过往的一年的社会的暗影,以及在可能的范围内所发泄的悲愤的心情。我刊出这一部纪录的意义在此。”作家正是从这种强烈的社会责任感和使命感出发,为人们留下了感人实录:

> 汉口今天被逮捕的人比昨天更多。每天早晨都要“出人”,时间在五点左右。控告的案子渐渐扩大范围。当局也不调查,只要有人控告就来逮捕。“出人”总是整“五”的数,毙一二人的日子很少。到处恐怖,人人自危。(一九二七年八月六日)
>
> 几番的漂泊,到今天又算结束一次了。根据最近两天的决定,明天早晨我就要离开此地了。究竟到哪儿休止呢?这件事我不知,总之,我要继续我这漂泊去。东西南北处处在我都是栖息的地方,处处都是我埋骨的处所,哪儿能比较适宜于我,我暂时就在哪儿留着。至于什么时候再回到此地,我是不能再预定了,故乡虽也有流连的可能,然而事实是不能完全任人类的意志单纯的来支配的。(十月十九日)

这些实录固然较少文学色彩,更偏向史料意义。但从中,我们可以体会作家虽长途跋涉,几经磨难,却仍然保有昂扬的战斗热情和坦荡胸怀。字里行间流露出的革命者的坚强决心和宽阔的胸襟令人动容,肃然起敬。

《夜航集》里的《盐乡杂信》是另一组书简体通讯,作品以作家深入海盐县属澉浦镇盐区调查所得的材料为基础,系统梳理,介绍了盐区独特的地理人文环境、盐田和精盐制作的过程、盐价和盐的税率,从而写出了盐区人民艰难的生活状况。他们为着生存而奋斗,不仅要与“大自然斗争”,向自然环境争取更多的收成,还要“与豪绅肉搏”,承受盐警的盘剥,苛捐杂税不断,盐价却始终低廉。这些详尽的描述,全景式地展示了破落、萧条的盐乡图景,给人以深刻的印象。

许杰(1901—1993),浙江天台人,文学研究会成员。1928 年,到南洋吉隆坡任华侨报纸《益群日报》总主笔，回国后参加“左联”。先后有《困厄集》、《冬至集文》出版。他写的“南洋漫记”结集为《椰子与榴莲》(现代书局，1930)出版，当时就“想试着用新的眼光去衡量”[①]南洋社会，揭露殖民地社会“充满了资本家的铜臭，帝国主义的羊腥臭，洋奴走狗们的马屁臭，以及那些目不识丁，却到处自充名士的马屙臭”。30 年代为《太白》、《自由谈》、《文学》撰写杂文速记，发展了批判的写实手法，反映了在资本主义侵略下乡村经济日益破产的社会景象。

许杰在文学创作上始终坚持文艺“必须是‘为人生’，而且要改良这人生”的现实主义文学主张，强调“表现人生的真”，写出人生的“实感”。但它“须有社会与人生去充实它的内容，他方才有精神，有生命，有永久不朽之价值”(《作文与做人》)。许杰的纪实性散文从真情实感出发，以记叙为主，议论为辅，伴之以审美理趣，题材广泛，内容丰富，上涉国家命运，下及小民生计，提供了许多视角窥见社会现实的风云变幻；同时，表现手法多种多样，或抒情析理，或诙谐庄重，或富有乡土气息，或洋溢南洋风情，既有《两个青年》、《枉生女士》之类的人物记，又有《榴莲》、《山径》、《种西瓜玩儿》、《看木头戏记》之类的风俗记，还有《热天的路上》、《跳蚤的故事》之类的日常生活见闻琐记。人物、风俗与生活情状交相辉映，编织成多彩的生活组图，文笔疏朗，质朴无华。他笔下妙语、比喻或警句总是掩藏在朴实无华的文字之中，尽量将这些文字涂上古朴而通俗的色彩，在朴素中含有深情，浑厚中显出丰腴，活泼自然，清纯俊秀。可以说，许杰对 20 年代的乡土文学，以及 30 年代前后现代文学都有所贡献。

叶紫(1912—1939)原名俞鹤林，湖南益阳人。大革命前后有段流浪生活，对社会底层和旧军队内幕比较熟悉，这些成为他日后小说和散文创作的重要题材。其代表作《行军掉队记》、《古渡头》、《长江轮上》均被收入《叶紫创作集》(人民文学出版社，1955)。叶紫以亲身经历直击灾难深重的旧中国，表现出对旧社会强烈的愤懑和对劳动人民的深切同情。因为创作生涯比较短暂，留存于世的散文并不多，但都直指中国社会的阴暗

① 许杰:《〈椰子与榴莲〉自序》，河北教育出版社，1994 年版，第 1 页。

面，这与他的文学观是分不开的。他曾明确地指出："我们不需要颓废的无病呻吟，更不需要才子佳人的风花雪月。不需要守在象牙之塔里的艺术家，也不想做一个文坛上的英雄豪杰。"他要开创的文学新世界"完全是大众的，大众的内容，大众的情绪，一直到大众的技术"，而小品文要能"兴奋我们的精神，能加强我们对于黑暗的现实的认识，……它是'匕首'、是'投枪'，它是文学作家们短兵相接时的唯一的武器"。①

与这种文学观相适应，反映黑暗社会加诸底层百姓的种种苦难，反映人们的艰辛与抗争成为叶紫散文最重要的表现内容。特别是国民党军队中的种种腐败、丑恶现象令作家深恶痛绝。他以冷静的笔触描写国民党军队和百姓之间的深刻矛盾，表现了深受灾难的民众强烈的反抗意识，文章充满强烈真挚的感情。《行军散记》中当兵的抢夺了百姓视作命根子一样的石榴，当官的一边咒骂，一边居然将石榴装进自己的马裤。"秋毫不犯"的许诺原来不过是他们强取豪夺的幌子。百姓生活的苦难和心灵所遭受的创伤都被作家细致地描摹出来。"在那个细微的一线星光底下，那里面有两个被吓作一团的孩子，看见我们哇的一声哭了出来。"（《行军掉队记》）而《长江轮上》的孕妇因为无钱买船票而遭到无情的毒打，除了母亲一人心中不忍奔走呼号之外，周围的人或害怕、或无助、或事不关己，只是麻木、冷漠地观望着；人情冷暖，世态炎凉无不浸透在字里行间。

叶紫的散文同小说有着一脉相承的关系，他注重人物形象的塑造和场景细节的渲染，结构较为严密，情节因素突出，带有小说化的倾向。如《长江轮上》有着慈悲心肠的母亲，《古渡头》中悲凉孤独的老舟子，都因为其鲜明的性格特点成为立体可感的形象。另外，叶紫年轻热情，情感充沛，他心中蕴藏的全部爱憎，往往不自觉地从笔端倾泻出来。他的散文带有雄壮的美感，是以澎湃的热情来写作的，感情粗放、浓烈，不讲究文辞华美，一切都处于原生状态，完全是发自内心的。

夏征农（1904—2008），原名夏征和，江西新建人。1927 年加入中国

① 叶紫：《从这庞杂的文坛说到我们这刊物》，见叶雪芬编《叶紫研究资料》，湖南人民出版社，1985 年版，第 41 页。

共产党，大革命失败后逃亡上海，通过陈望道入复旦大学就读，从事地下革命工作，不久被捕。1930年出狱后，参加“左联”，1935年协助陈望道编辑《太白》半月刊，并在《太白》杂志上的“速写”专栏发表过《阿九和他的牛》、《家信》、《都市风光》等作品，鲜明地展现了农村在帝国主义经济侵略、封建主义的盘剥压榨、自然灾害肆虐侵害的多重磨难中日趋破败的惨象，以及都市平民在为生计辛苦奔波苦苦挣扎的图景。这些速写作品以阶级分析的观点分析社会现实，表现被压迫被侮辱的平凡百姓的生活惨状，促使人们认清阶级压迫的本质；手法上记叙、抒情、议论诸法熔于一炉，针砭时弊，深入浅出，语言素朴生动而又微言大义，达到了雅俗共赏的效果。大革命失败后，许多革命者被拘捕，身陷囹圄，夏征农也以自己的创作表现了革命先驱们的凛然正气和乐观的胸襟。他有一篇《从上海到苏州——一篇别有趣味的游记》，写政治犯由上海解往苏州沿途看到的情景，充分显示革命先驱英勇无畏的斗争精神，哪怕是对方的士兵也被他们的浩然正气和对理想的执著所感动。面对眼下暂时作阶下囚的困境，他们仍然充满乐观精神和昂扬的斗志，发出了“终有一天，我们的血，要把这黑暗的牢狱刷洗”的豪迈宣言。

上述4位作家，都力图以自己的创作反映出被压迫在社会最底层的普通百姓的生活景象，鼓舞人们以阶级分析的观点看待社会现实，揭示生活的某些本质，他们的作品都产生了积极的社会影响。手法上取法小说，叙事性强，夹叙夹议，平白朴实，对于开拓散文题材、发展散文记叙艺术起了推动作用。对于《太白》创立“速写”专栏，当时曾有人化名“戌卯”在《申报·自由谈》上发表《读太白创刊号》予以充分肯定：“速写，本来是小品文的原形，在别的国家，速写已经成为一种最流行的形式，一方面它是以一种高度发展的新文学形式而出现，另一方面它又以训练文学青年写作技能的最好方法而被提倡着。它的长处，能以最简明的文字表现最新鲜的时刻变动着的各种社会相。目前中国，正是多数人要求文学迫切的时候，速写之被提倡，无疑的已经是最迫切最需要的了。”这样对速写的看法和评价是基本正确的，但也应看到速写在当时发挥了很大社会效用的同时，也多少存在艺术水平不高，相对粗糙简单的缺点。

第五节　李健吾、郑振铎的散文

李健吾(1906—1982),曾用笔名刘西渭,山西运城人。1930 年毕业于清华大学西洋文学系。李健吾在文学领域建树颇多,堪称多面手。鲁迅曾称赞其小说《终条山的传说》文采"绚烂"。其喜剧代表作《这不过是春天》戏剧结构精巧别致,人物性格个性丰满,完全可以名列现代文学史一流的剧作之中。同时,他还是富于敏感的艺术悟性的文学批评家。他的充满敏锐艺术感觉的直观印象式批评,在现代文学理论批评领域独树一帜,曾以《咀华集》(文化生活社,1936)、《咀华二集》(文化生活社,1942)、《咀华记余》(1946)享誉文坛。李健吾散文创作以游记闻名。他1931 年曾留学法国,游历过意大利,著有《意大利游简》。回国后继续创作小说和剧本,是中国现代戏剧史上鲜见的多产作家。李健吾战时蛰居上海,曾被日本宪兵队短期拘捕过,是当时受辱遭难的文化人之一。那一时期的记叙抒情散文作品,多收于《希伯先生》(文化生活社,1939)和《切梦刀》(文化生活社,1946)中。

李健吾的散文充满学者的才思和感悟,历史体悟和哲理思辨深刻地嵌入自然洒脱的行文中。《希伯先生》收录的多为回忆性散文,作家撷取了往昔岁月中最触动心弦的片段,再经由岁月的涤荡之后沉淀为深厚的人生体悟。在《童年》中,作家邂逅了一个可爱的孩童,仿佛见到很多年前的自己,"同样圆圆的小脸,同样柔和的线条,同样天真的神情,活泼的仪态,而且同样不属于现实的世界。"恍如隔世的感觉萦绕笔端,简单的文字将一个被世事磨砺粗糙的心灵,缅怀过往岁月时的复杂心态,抒写得丝丝入扣,文章弥漫着怀旧却不胜感伤的情调,耐人回味。在《时间》中,作家回顾了儿时结识的一些辛亥革命志士的命运变迁,在肯定了他们当年推翻帝制,追求民族解放的英雄业绩的同时,又感慨这些志士功成名就后却日益沉沦的命运轨迹,作者不禁感叹:

我儿时结识的一群辛亥革命志士,不出十五年,前前后后,仿佛一片一片的残英,大半散出我的神龛,随风揉在泥淖。当年为了颠覆满清的统治,他们踏着一双草鞋,带上几串麻钱,便无所顾忌,出生入死,分头接纳草莽之间的同志。仗着一片赤心,他们奔往那唯一宏高的鹄的。民国成立了,他们有了安逸。物质文明摇动了那样溢在胸头的热情,他们和时间妥协了。他们发现自私是道义的另一个解释。然而时间骗了他们,也骗了我!我的神话,等我长大了,在我现实的镜头之下十九变了质。

作家在经历时间的洗礼,人生的历练之后才能坦然地面对现实,甚至否定童年时的偶像。偶像崩溃的幻灭感,对丧失理想而沉沦的历史现实的沉痛思考,以及对于世事变迁的深刻理解,共同构成作品厚重的底蕴;历史和现实相交织,从不同的纬度增添了打动人心的力量,充分展示出人性的复杂和现实的残酷。

《切梦刀》写于抗战胜利前后,对现实人生的直接感受取代了对往昔岁月的回顾,作家转而关注沦陷区人们的现实生活,笔触深入到人们凡俗生活中不曾被仔细打量的灵魂角落,现实意味更加浓烈。祖国需要强壮的身体与灵魂去行动,我们更不能把儿女缚扎成"弯枝梅"似的不健全的人,愧对祖国的使命(《弯枝梅花和疯子》)。养育了父老乡亲的乡土应该是停留在我们灵魂中最厚重的回忆,可它却是那么容易被遗忘,听到合唱乡歌总令人泪流满面(《乡土》)。在《拿破仑第二》中,作家以细腻的笔调回顾了儿时对英雄的向往,随着光阴的流逝,渐渐体会到"一个具有无数万人民的国家,为了几个人想作'一世之雄',便牺牲了无数万人民的幸福与和平,不等正式开战,便把死亡的暗影投在他们的心上、身上,其为痴为愚也就可想而知了"。英雄的神话只是成全少数人的梦想,而穷兵黩武给人民造成的灾难则是难以磨灭的。作家在文末发出了振聋发聩的呐喊:"救救你们的孩子,日本军阀。"在更深的层面对侵略与反抗的关系作出了人性方面的揭示,耐人深思。《建筑是一个伤心的说明》则从建筑角度来看待照搬西洋文化的弊病,那么多"中西合璧"的建筑却显示出与环境"一种景色的参差,一种强烈不协的情调",既刺眼又不美观。作者以学者的广博与犀利，从中窥探到我们的社会和文化在学习西方的同时应该立足自身，要有一种“综合的智慧”，削足适履地照搬外国并将之视为一种时髦，必然适得其反。历史的广阔背景和哲理性的思考融为一体，体现了学者和哲人的深邃思索和老练的笔触，语言泼俏，饶有情趣。

郑振铎(1898—1958)，原籍福建长乐县，文学研究会的发起人之一，组织过民众戏剧社。早年就职于商务印书馆，编辑有《文学周报》、《小说月报》、《儿童世界》等刊物，为五四新文学运动做出不少贡献。郑振铎是著名的学者、文史家和艺术史家。他的学术活动自外国文学开始，后又转向中国古代文学史和艺术史，并逐渐扩展到民俗学、美术史等领域；在历史与考古方面也颇有建树。也许是他在学术领域的卓著成就太突出了，这使人们无意间忽略了他在文学创作，特别是散文方面的才能。其实，早在 30 年代，郁达夫在评述他的散文时就说：“郑振铎本来是一个最好的杂志编辑者，转入考古，就成了中国古文学鉴定剔别的人。按理而论，学者是该不太写文章的，但他的散文，却也富有着细腻的风光。”他很有见地地预言：“大约此后，他在这一方面总还有惊人的长进，因为他的素养，他的经验，都已经积到了百分之百的缘故。”①深厚的中西文化造诣，渊博的知识积累，开拓的学术视野使他超越了一般散文作家所能掌控的领域，并成为一名兼具才学、情操的学者型散文家。如传统文人般坚持家国天下、舍生取义的高尚情操，更使他的作品显现出睿智高超的思想境界和深厚丰富的文化内蕴。他的散文按照文体来划分，大致可以分为三类：记叙生活意趣的叙事抒情文，如早年结集出版过《山中杂记》(1927)、《蛰居散记》(1951)；记录欧陆之行及踏访考古的简体游记，如《海燕》(1932)、《欧行日记》(1934)和《西行书简》(1937)等；以及记述各类典籍和有关旧闻故事的书话，如《民族文话》(上海国际文化，1946)。他逝世后，由出版社继续为他出版了散文集《蕴华集》(海峡文艺出版社，1985)和《西谛书话》上下册(生活·读书·新知三联书店，1987)。

① 郁达夫：《〈中国新文学大系·散文二集〉导言》，见《中国新文学大系》，上海文艺出版社，2003 年版，第 18 页。

郑振铎的散文坚持文艺"为人生"的创作主张和"写实主义"的创作方法。作为一个爱国文人，郑振铎秉承了中华传统文化中那种对国家强烈的责任感和忧患意识，表现出追求正义的不懈努力和对社会现实的强烈关注。五卅运动之后，他连续发表了《街血洗去后》、《迂缓与麻木》、《六月一日》等散文作品，表达了对惨案发生的强烈愤慨和深刻思索。《街血洗去后》用质朴的语言描述了大屠杀之后作家在南京路上的所见所闻，字里行间充满对那场屠杀的控诉。在篇末，笔锋一转，写到他再次来到南京路，却见到了灯火通明，笙歌依旧，游客往来的情景，逝者为理想献身，而生者却依然麻木。作家将对这一残酷现实的愤懑诉诸笔端，但又能够压抑住激昂澎湃的感情，行文质朴，极为克制，在表面的平静下暗涌着汹涌的感情，留给人们无尽的思考。《六月一日》实写"六一"的罢市和第二次屠杀的情况，虚写市民们目睹帝国主义对同胞的屠杀却依然无动于衷的精神状态，感情更加激越和深沉。他这样写道："红红的被屠杀者的血，是永远洗涤不去的。红色的帘，似永远的挂着。"他以鲜明的形象来表达强烈的感情，具有强大的震撼力。接下来发表的《迂缓与麻木》、《止水的下层》等系列散文，同样将沉痛的心情凝注于朴实无华的文字中，为抗议帝国主义的暴行发出呐喊，在当时的读者中产生了相当广泛的影响。收录于《海燕》中的几篇抒情散文，记述了作家在大革命失败后被迫离国时在船上的复杂心情与所见所闻，依然表达了对国家人民深切的爱。抗战胜利后结集出版的《蛰居散记》，比较完整地记述了上海成为"孤岛"直至完全沦陷后的社会面貌，以及沦陷区人民的英勇抗争和坚贞气节。作家清醒地看到"这战争打醒了之前意识没觉醒的'民族意识'；也使民族败类毕现其原形"，希望"能有一部详细的记载，作为千秋'龟鉴'实胜于徒然的歌颂胜利的欢呼"。正是出于为后世留下一点警醒的历史的强烈责任感，作者将耳闻目睹记录下来，其中既揭露了野蛮无耻的日寇汉奸对中国人民的残酷暴行，又热情讴歌爱国义士们同仇敌忾、舍己为人的凛然大义，张扬了中华儿女强烈的社会使命感和献身精神。《鹈鹕与鱼》是其中的名篇，作家巧妙地以渔人、鹈鹕、鱼三者比喻沦陷区中的敌寇、汉奸、人民的关系，取譬生动，寓意深刻，充分显示出作家分明的爱憎和坚定的民族精神。他还肯定了爱国志士舍生取义，宠辱不惊的人格精神。在《蛰居散记》中回忆了刘湛恩、刘似旭、韬奋、王伍本、吴中修、许广平、夏丏尊、章雪村、赵景深、柯灵、冯宾符等先生的被刺、被捕或逝世的情况，赞扬了中国知识分子的高尚节操。

郑振铎学识渊博，博古通今，他的涉猎范围自外国文学到中国文学，并逐渐由文学扩展到史学、考古学、民俗学、美术史等领域。如此丰厚的知识积累使郑振铎的散文除了发挥“匕首”和“投枪”的现实效用外，还兼具学识修养，成为负载丰富文化意蕴的美文。在他的散文中，天文地理、风土民情、诗词佳句、文物古籍，林林总总，不一而足，既怡人性情，又启人心智。例如，《蝴蝶的文学》中的笔触自由涉猎古典文学中有关“蝴蝶”的诗文典故，充分显示了其作为学者的渊博，令人大开眼界。从梁朝刘孝绰《咏素蝶》，谢逸的蝶诗，到李商隐、郑谷、苏轼、陆游的咏碟名句，还引用了日本文人的蝴蝶俳句；从庄周梦蝶的故事，到梁祝化蝶的传说；从《六朝录》里蝶化女子与人相恋的传奇，到日本《飞的蝶簪》，博古通今，琳琅满目，不仅有知识的采撷安排，还颇具才情的精心调度，读起来不仅令人兴趣盎然，还得到知识的陶冶和美的享受。《月夜之话》则信手拈来几首福州一带的民谣，配合着月朗星稀的美景，和几位好友吟咏品味，不仅场面具有诗情画意，令人陶醉，还兼有民俗学的价值。另外，像《插图之话》、《苦鸦子》、《长安行》等有关求学访书的散文，内容都十分丰富多彩，使人仿佛置身于知识的海洋，领略到作家丰富的才情。

郑振铎的散文感情真挚，率真不粉饰。他的创作门类十分齐全，取材广泛，形式多样，不拘一格，既有日记体的《欧行日记》，又有书信体的《西行书简》，还有序跋体的《西谛书话》，杂感评论体的《蝴蝶的文学》，以及序跋、游记、书话、传记、悼文等等。尽管艺术形式多样，艺术风格却是相当统一的。郑振铎在《雪朝》的序中，曾发表过自己的文学主张：“我们要求‘真率’，有什么话便说什么话，不隐匿，也不虚冒。我们要求‘质朴’，只是把我们心里所感到的坦白无饰地表现出来，雕琢与粉饰不过是虚伪的遁逃所，与‘真率’的残害者。”[①]郑振铎的散文毫无“娇柔妆束”之感，蕴藉而不直露，质朴中透露出挚情，具有一种清新俊逸的诗意美。《离别》就是很有代表性的一篇，全篇充满真挚浓烈的情感。作家以质朴的语言，细致刻画了离别前与亲人难舍难分的矛盾心情，意蕴深长但又未沉溺于儿女情长，而是以更高层次的爱国之情自我激励。他那深情的呼唤“中国，我爱的中国，我们再见了！……我虽然离了你，我的全心都萦在你那里，决不会一刻忘记的，我虽离开你，仍将为你而努力”，洋溢着一股奋发昂扬的斗志，充分显示出作家对家国深沉的热爱，体现了大革命失败后爱国知识分子不屈不挠的精神风貌。而《海燕》一文，则巧妙地通过刻画美丽轻盈的海燕形象，抒发作家思乡念国的深沉情怀。作者运用丰富的联想和比拟的手法，以轻松细腻的笔调，细致地描摹了万物复苏的阳春三月，伶俐可爱的小燕子恣情地飞翔在隽妙无比的春景图中，时而浮憩在海面，时而斜略横飞，倦了还可以回到一年前的旧巢栖身。作家在对小燕子的羡慕中不由地引起“一缕两缕的乡愁”，借此抒发漂泊异乡的游子对故乡和祖国魂牵梦绕的思念之情。作家并不停留于联想海燕的优美身姿和抒发怀乡情愫，而是进一步延展海燕形象的内涵，继续刻画海燕与万顷波浪搏击的英勇形象，以其一往无前的无畏精神鞭策自己开创一番事业为苦难的祖国奋斗，满腔思乡爱国的感情得以通过生动传神的形象得到抒发，景、物也因为主观感情的加入，变得具体可感，融情于物、情景交融，营造出充满诗情画意的境界。无论是《蛰居散记》中写人叙事之作，还是《民族文话》的借古讽今的内容，都在妥贴质朴中蕴含着深沉的精神内涵。

---

① 《雪朝》由文学研究会编辑，1922年商务印书馆出版，共收朱自清、周作人、俞平伯、徐玉诺、郭绍虞、叶绍钧、刘延陵和郑振铎等人的新诗187首。除冰心之外，文学研究会重要诗人的作品均已收录，因此可以看作是文学研究会初期的诗选。

第六节　海岑、陈敬容、黄裳等作家的散文

20 世纪 30 年代，马克思主义文艺思想广泛传播，无产阶级革命文学发展，新文学统一战线重新分化组合，各种思想倾向和艺术流派对立分明，表现在散文领域便是以“左联”、《太白》和《新语林》作家群为代表的“新的小品文”派和以《论语》、《人间世》、《宇宙风》同人为代表的幽默闲适派展开激烈的斗争。超然于两派之外还有影响较大抒情散文创新派。40 年代，又由于李广田坚持提倡散文的艺术价值，使当时抒情散文创作带有诗化倾向，对现代诗化散文或者散文诗艺术的发展，对抒情散文艺术性的提高都作出了新的贡献。这一派散文创作者显示出较为一致的思想倾向和艺术追求，带有为个人、为艺术而艺术的倾向，在生活孤独、精神寂寞状态中结识文艺，含蓄表现内心的种种情思。为了追求形式的精致完美，他们吸取现代唯美派、象征派、表现派、新感觉派诸种艺术手段进行散文创作，专注于叙事抒情散文的创作，刻意追求艺术创新，力图提高文艺散文的艺术地位，在当时形成了一个注重散文艺术性的创作风气。它的影响也是广泛深远的，40 年代大后方不少青年散文作者直接继承这一派散文的艺术传统，如莫洛引用过李广田散文的象征性意象，刘北汜直接受过李广田的教导，方敬和陈敬容在北大时就参与了这一派的创作活动。

散文诗在 40 年代作家手中也是一种独特的艺术武器，对“孤岛”上海作家和国统区作家尤其有利。他们身处险恶的政治环境，不得不运用曲笔反击黑暗，呼唤光明，迎接解放，鼓舞读者。于是，寓意象征的散文诗大量产生。刘北汜的《曙前》，田一文的《跫音》，莫洛的《生命树》，陈敬容的《星雨集》汇成了“曙前”散文诗的大合唱。他们从生活实感出发，抒写“曙前”的现实和感怀，诅咒黑暗，翘望天亮，迎接春天到来，显示了比较一致的思想倾向。40 年代社会新旧对立、光明和黑暗搏斗到了决战关头。国统区处于黎明前最黑暗时期，但人民已经觉醒，曙光即将来临。这一历史特点决定了这一时期散文诗创作的时代特色，既正视现实，反抗黑暗，又追求理想，向往光明，表现出现实主义的战斗精神和理想主义的革命激情

相结合的发展趋势。下面就具体创作情况作简要介绍。

海岑(? —1981),原名陆清源,浙江青浦人,主要从事外国文学译介工作。上海沦为"孤岛"后,他避居东南内地,战后返回上海,同期出版了散文集《秋叶集》(1949)。他认为:"每部书无非是一种延迟了的期望。我们不能向生活索取的,便向梦要求补偿。重尝往昔的水的渴望是这般的强烈,一切甘泉在我房边失去了凉润。我虚啜着焦渴的嘴唇,它使我这般的萦怀于往昔,以致它本身就成为一种陶醉。我确是愈来愈爱焦渴,以及那往昔的回忆。"

海岑的散文构思完整精巧,意象新颖别致,善于工笔刻画,文字精雕细琢,由于对现实的不满,激发他对过往的追怀,对理想的企求,从生活中得不到的,他便向梦幻世界探索;他把自己的情绪和期望外化在精致的文字画里面,这与何其芳刻意画梦倾向十分接近,类似何其芳早期文风。《古城》、《燃烧的梦》、《倦旅》、《窗前》诸篇可作代表。他吸收欧美现代文学技巧,比喻奇特,以意象抒情,象征意味颇耐咀嚼,大多写得含蓄朦胧。

《秋叶集》以歌咏自然、友爱、幸福一类美好事物的追求为主题。他从大都市来到汀江畔荒废的古城,安于火药圈外的平静生活,朝夕与山水草木亲近,大自然时时赐予他诗意的领悟和联想,使他感到全身心的解脱和沉醉,"我在林子里散步,舒畅得如同旷野,尽情地沉醉于忘我,并忘了外面那个被隔断的世界"(《古城》)。然而,现实不是那么容易忘却的,"在这时代中我们的苦痛,我们的牺牲,我们的努力,我们的贡献,是渺小得不可以计算的。让时代的风暴把我们如鸿毛般的卷起来也好,让我们抱着破碎的幻想跌碎在现实的岩石上也好,我们总觉得把我们的血汗,把我们的努力渗入这时代的潮流里去,好歹为未来尽一番心力"(《眼泪》)。这是理智肯定未来、感情系念过往的柔弱书生的内心独白,是新旧交替时期知识分子的一种心态。"我前行,只为的免得停脚下来询问自己到哪儿去和为了什么。也许我只是滔滔的洪流中的一叶浮萍,随着它播荡,打旋,自己却不能主宰在哪儿停留。"(《倦旅》)

陈敬容(1917—1989),四川乐山人,九叶诗派女诗人。所作散文诗收入《星雨集》,作者称之为"多半是从闭关生活所发生的压抑而窒闷的声音”。另有《我的馈礼》一组作品发表在《人世间》等刊物上，她肯定这些作品是“来自比较开阔的生活比较自由和爽朗的歌唱”(《〈星雨集〉题记》)。

40年代中期，陈敬容的散文形成了自己的独特风格。她的散文多半是将自己的内在情思外化定型，通过个人的主观感受把握现实生活脉动，想象跳跃，意象奇诡，象征意味浓厚。她的散文诗，想象奇突，意象迭出，色彩变幻多姿，行文跳跃突兀，往往不容易捉摸追寻，且又充满象征暗示，富于哲理意味，知性成分较浓，需再三品读方能领悟一二。这也根源于她内心激荡不安、充满“渴意”的内在生活，“一切全令我感到急切的渴意，不论是大自然中的风、云、水和果汁，或艺术品的美、力和热，以及灵魂的纯真、温情与善”(《渴意》)。这种执著的追求和强烈的渴望贯穿她的内在精神中，她自称“我是一个带着战栗以寻找生命的人”(《动荡的夜》)，“我生命的内在景象绮丽充实”，“有着各种复杂的色调，各种跳动的音波”(《山村小住》)。如《昏眩交响乐》交融着声音和颜色，微笑与轻叹，痛苦和欢乐，从这派交响乐中忽然升起“希望”的强音，给人强烈的震动。她的创作带有现代派文学的影响。

由于她自身遭遇磨难，对旧中国妇女所受的封建压迫和“狭隘家庭生活之折磨人”有着切肤之痛，尤其痛恨封建传统及种种不合理现象，因此她迫切期望真理、正义、光明。她把切身感受和内在要求借助象征性的意象表现出来，间接地抒情写意，显得含蓄内在、不易捉摸。

陈敬容运用主观创造的艺术世界象征现实世界。如在《希望的花环》中想象出用痛苦编织希望的花环这一意象，把战时人们的生活实感提炼成哲理警句，概括地体现了时代的精神。《我的馈礼》用鲜明的形象，明快的节奏，抒发热烈的激情和闪光的思想，明快的文风中蕴藉着沉思。歌咏的主题比较抽象，更具有哲理意味。她推崇烧毁自己、再造生命的高贵，歌颂替人受难的普罗米修斯的自我献身精神。她的散文较多吸收了外国现代诗文的表现技巧，同时倾注了自己的诗艺，使诗化散文的艺术传统得到了发展。

黄裳(1919—2012)，原名容鼎昌，原籍山东益都，生于河北井陉，早年在天津南开中学读书。1939年发表处女作散文《北风》，1940年考入上海交通大学电机系，1944 年被征调往昆明、桂林、贵阳，以及印度任美军译员。1946 年出版第一本散文集《锦帆集》，学识丰富，文笔朴素平实而富有真情。抗战胜利后，任《文汇报》驻渝和驻南京特派员，后调回上海编辑部。1949 年任复刊后《文汇报》主笔。1950 年调北京，先后在军委总政越剧团、中央电影局上海剧本创作所工作，1956 年重回《文汇报》。黄裳接触了许多文化名人，与胡适、周作人、郭沫若、朱自清、许寿裳、茅盾、巴金、冰心、曹禺、废名等，均有来往，有的过从甚密。他编的《文汇报》副刊，很大气，很美，一时成国内名栏目。从他现在手中保存的诸多信函、题辞的影印件中，可看出他当年辉煌的业绩。

黄裳的散文，具有一种学者的本色美。学者散文在我国文学史上有着悠久的传统。明代唐顺之说："秦汉以前，儒家有儒家本色，至如老、庄家有老庄本色，纵横家有纵横家本色，墨家、阴阳家皆有本色，虽其为术也驳，而莫不有一段千古不磨之见"，"各自其本色而鸣之为言。其所言者，其本色"。所谓"本色"，就是学者自己的真知灼见和人格色彩。先有独创性的思想，而后才有独创性的文章。黄裳的散文带给人们多方面的知识。这种知识经作者的思索得来，表现了作者对事物独到的理解和深刻的眼光，呈现一种智慧的色彩。他善于把沉静、坚韧的精神和科学的思想化为优雅明澈的艺术创作，参透了人情物理，把知识变成了智慧，表现了对生活独立观察思索后的真知灼见。作者对现实的观察、思索、探寻、研究，深入到社会现象的深层，同他既有的丰富的历史、文化知识互相阐发印证，达到知人论世的深度，既使所读的书活起来，又解读了人世这部活书。这种深厚的知识修养与敏锐犀利的透察力的结合，形成了黄裳散文的深厚的内蕴，浓郁的理趣美。

情韵美构成了黄裳散文创作的内部结构的另一维度。纵观黄裳的全部创作，很容易发现始终贯穿着作者自觉的审美追求。无论是笔触轻倩、格调美丽、注满诗情的《锦帆集》，还是《旧戏新谈》中对京剧的美妙意境的准确描摹，无论是将历史与地方志揉合在一起，以自己的情致、感触使无情者化为有情，从中寻找并表达出美丽的情调的旅游记，还是信手勾画在书衣之上，记写纸墨情趣的序跋文，抑或是刻意经营，摹写人物风貌，笔墨苍健、意境肤润的说书评史文，都鲜明地显示出这种清通和雅、情韵悠长的审美倾向。这种审美倾向是构成黄裳的“才人”一面的基础。

黄裳散文的审美意境，较多地受到了我国古典诗词的审美意境和京剧艺术的审美意境的影响。《锦帆集》和《锦帆集外》中都大量地引用了古典诗词的佳句，通过作者主体的切身感受、化用，再现了古典诗、词、戏中的优美意境。如在《锦帆集外》一书中，引用了这样的诗句：“春水船如天上坐”；“蜀江水碧蜀山青”；“帘外芭蕉三两颗，夜长人奈何”；“何处合成愁，离人心上秋。纵芭蕉不雨也飕飗”；“雨到深秋易作霖，萧萧难会，此时心”；“红楼隔雨相望冷，珠箔飘灯独自归”等。这样的诗境融入作者对生活的敏锐细腻的感触中，用清新优美的笔调表达出来，自然形成了散文的情韵美。在以后创作的大量游记中，黄裳始终保持着长于表现情韵的特色，或化用诗词意境，或调动名胜、文物中蕴藏的情愫，使其游记散文保持着才气纵横、诗意葱笼的特色。

黄药眠(1903—1987)，广东梅县人，早年写过诗歌，并对美学、文艺学问题的思考带有独创性，著有《矛盾论与文艺学》、《论食利者的美学》等论文。作为文学理论家和美学家的他的贡献在于提出了“美是评价”的理论观点。太平洋战争爆发后，他从香港退回故乡，开始写作散文。初写新闻报告《美丽的黑海》，回忆 1929 至 1933 年他在莫斯科共产国际工作期间的见闻往事，真实地再现 30 年代苏联的社会主义建设业绩和苏联人民的新生活，属于素朴的纪实文字。稍后写作的《抒情小品》(1948)侧重于抒情述感，艺术创作的意味显然增强了。

《抒情小品》写于抗战胜利后。作者在后记里写道：“放下个人的牧笛，吹起群众给予我的号角，应该是这个时候罢。”但大后方社会黑暗的投影，人民生活的艰辛和个人精神的创痛，还是给作品留下“知识人的忧郁的调子”。作者忠实于自己的情感，真实地表现自己的爱憎喜怒，让“个人的牧笛”吹出时代的忧郁和人民的痛苦，作者所抒之情，结合了对上层社会腐烂气息的揭露和批判，对政治高压的谴责和反抗，对人民苦难命运的同情和思考，对理想未来的憧憬和坚信，具有超出个人感受的思想含量。《沉思》表现了一位革命者的大无畏精神。《母亲》是黄药眠先生的抒情诗篇，体现了爱的主题的升华。“我要以她爱我的心肠爱着绝大多数的人。愚忠地，固执地，永远无穷地爱着他们，不管有什么委曲和苦难”，这是作者内心的真实告白，生活的最高准则。《抒情小品》每篇都有完整的艺术构思，文字精炼，含蕴较深，“散文的味道较浓郁”（《〈药眠散文选〉自序》）。其中多有抒情的篇章，像《沉思》、《乱离》、《海的怀念》等抒情性都很强。特别是《尼庵》、《母亲》对童年往事的回忆，对母亲的记写和怀念，则是不可多得的抒情文字。

他的散文创作很有个人风格。对自已的散文，他在《〈药眠散文选〉自序》中归纳了五个特点；并说自己感到这些特点“也是自己写作时的原则”。黄药眠以创作新诗走入文坛，虽然后来成为著名的文艺理论家，但写散文总是充满了诗意，其散文具有很强的的抒情性。《我乘火车穿过乌克兰的原野》里，他写道：“南方的风从窗口吹入，太阳和空气都显得那么轻松，余霞已散，淡青色的天笼罩着这浓绿的大地，这是大地底海啊！一眼望过去，真是无穷无尽，一堆一堆的干草，就像是海里的波浪。在这波浪的缝隙里，偶然看得见一些远树，它背着阳光，好像是凸浮出来的绿鹅绒，而那些黄的红的村舍则被嵌在这些鹅绒的中央，像是一丛丛的花朵。”如画的美景，抒发了作者的诗情。“海，睡在天底下，永远是那么快乐和自由，而且永远是那么缥缈。”已是秋天，“到处都弥漫着花和果实的香气”，但是，“这使我想到黄浦江、吴淞口一带的美丽的秋天。我感到寂寞”。想到当时祖国黑暗的现实，“是的，这里的风景是非常瑰丽的，然而我究竟不能不留恋那从小就滋养着我钟馏着我的灵魂的祖国的山川”（《黑海，美丽的黑海》）。回首往事，散文中饱含了爱国热情。

黄药眠的散文善于经营结构布局，围绕一个中心剪裁生活片断，进行巧妙的布局，以达到表现思想和抒发情感的效果。他还善于处理散文的详略，主张详略要以表达的需要为原则，认为写散文“写景状物，有些只略提纲要，有些则精雕细刻”，“只求恰当，避免过繁琐，以致‘繁花损枝’”。

黄秋耘（1918—　），原籍广东顺德，生于香港，战前在清华大学国文系就学时，积极参加“一二·九”抗日救亡工作。芦沟桥事变后南下从军，开始写作散文，以“秋云”为笔名出版过散文集《浮沉》(1948)。

黄秋耘的散文追求“情文并茂”的艺术境界。《浮沉》以抒情说理为主，偏重于解剖知识分子在动荡时代的思想感情状态。由于他们的“浮沉”既受时代变动的制约，又根源于自身的内在矛盾，于是，坚持在改造社会的同时改造自己就成为《浮沉》经常思考的突出主题。“很明白，展开在中国知识分子的面前，有着两条道路：一条是周作人、林语堂之流的道路，那就是离开人民，离开战斗生活，爬回到自己底闲适的老巢，甚至爬上帮闲清客的地位的道路；另一条是罗兰、鲁迅、闻一多的道路，那就是走向人民，走向战斗生活，正视着现实的苦难而热爱着世界的道路。”（《两条道路》）作者以充沛的革命激情和严肃的理性思考，总结历史经验教训，揭示知识分子的正确出路。他清醒地意识到自我改造的艰难曲折，真实地表现内心斗争的病苦激烈，坚持“在战胜外来的敌人之前，必先战胜内在的敌人”的严正立场。“所谓内在的敌人，就是怯懦自私、沉沦堕落的病态生活倾向。当然，这种顽敌不是一朝一夕可以完全克服的，也不是单凭理智的力量可以完全战胜的，必须经过不断的搏斗、挫折、自拔、更新，必须从人民大众实际生活中吸取教训和勇气，直到旧的一套生活态度、生活方式完全被抛弃，新的一套生活态度、生活方式在我们身上占着主导的地位为止，才算真正完成了自我改造的历程。”（《论日常生活》）作者从独特的角度突出了知识分子自我更新的主题，表现了处于新旧过渡时期的知识分子的思想要求，在新的历史条件下丰富和发展了知识分子寻求出路的思想主题。黄秋耘受罗曼·罗兰影响很大，经常引用他的名言警句来生发自己的思想见解，说理饱含激情，通过个人体验和深思熟虑使思想感情化，感情哲理化，达到了情理相生的境界。

黄秋耘的散文讲究文采，情文并茂，语言功底深。《一年祭》悼念亡友，悲愤之情出以精炼流利的文学语言更见深切动人。“‘死别已吞声，生别常恻恻’，南瞻北望，漫天烽火，不知又吞噬了多少生灵？本来人生总有一死，为生而死，虽死何憾？只可惜应该死的人死得太少，不应该死的人却死得万多，每念及此，我的悲哀就不禁变为愤怒。”深沉凝炼，无一赘语。

上述两家的抒情散文，有个共同的特点，即“民族意识、民主要求和人道主义思想相通，反映出一批资深作家和革命知识分子的生活态度和人生理想。他们对民主、自由和光明的渴望十分强烈,对个人的生存发展要求十分关注,对社会问题和社会出路的探索极为重视。这是他们面临的国统区社会现实所决定的,和陷于'孤岛'的作家所抒写的子夜待旦的心情略有差别"。①

在40年代国统区,莫洛、田一文、刘北汜是写作倾向接近的散文诗作家。

莫洛(1916—2011),原名马骅,浙江温州人。抗战爆发后他在东南地区的文艺运动据点从事新文学创作,是战时东南地区文坛出现的文学新人,有散文集《生命树》(1948)、《大爱者的祝福》(1983)等。

莫洛散文的显著特点是通过歌咏人物来抒发感情,以外化的抒情形象悟出人生的哲理,使散文在情理调和中达到柔美之歌的境界。他将主体感情具象化、客体化,又造成情感交流一体化的直接效果,同时他将诗歌想象和幻想的自由、诗歌的节奏融入散文创作,倾注自己的诗情和诗意,加强了抒情的强度,使散文走进了情景交融、物我无间、艺术完整的境界,为散文的抒情艺术增添了新的元素。莫洛在借鉴民族抒情传统的同时,吸取意象派、象征派的表现手法,使作品有寓意象征特色。如在咏物抒怀之作《生命树》中,作者通过写生命树上的甜果与苦果的"生命的真实"表现作者的真情实感。在黑暗的社会现实中,在窒闷的空气里,他因为个人的矛盾与脆弱而忧伤痛苦,同时也体味着人性中美好的事物,诸如爱、生命与理想,在经受现实痛苦的磨炼中追寻着自己的理想。

田一文(1919—1989),湖北黄陂人。他的创作文风前后期有很大的差别。他以散文速写投入抗战文艺活动,是战地烽火中成长起来的青年作者,以战时散文为抗日民族革命战争呐喊助威。前期以抒写战斗情绪为主,文风乐观。他的战地抒情文《向天野》取材于战斗生活与救亡斗争,通过塑造保卫祖国的抒情主人公形象来抒写为祖国而战争的战斗情怀,鼓动抗战热情,控诉日寇暴行,坚定必胜信念,融报告、杂文、抒情文于一体,境界开阔、格调激昂,慷慨悲歌,展示了抗战时期抒情散文的新的精神

① 俞元桂:《中国现代散文史》,山东文艺出版社,1997年版,第567页。

风貌，有强烈的政治鼓动性。

从前线回到大后方后，他的散文创作从取材角度、抒情基调和表现方法上都有了很大的转变，文风一改风格显赫而转为基调深沉，表达委婉含蓄。《怀土集》抒发个人的爱憎，以个人抒情折射社会阴影，抒发对乡土的怀念、对友爱的感怀、对新生活的向往与渴求。他的散文切实地展示了国统区现实生活的黑暗和人们的不满，概括了当时国统区人民的普遍情思，也概括了40年代国统区抒情散文创作的基本特征。

田一文等战地作家的贡献在于推进了现代抒情文的进展，他们从战斗生活中崛起，突破自我表现的格局，用诗的语言歌唱战斗生活，行文富有节奏，充满了强烈的战斗和爱国激情，又有着浓厚的抒情气息，给抒情文学带来战斗气息与刚健的文风，走上个人为时代歌唱的新路，为当时的抒情散文开拓了新天地。

刘北汜(1917—1995)，吉林省延吉人，“九一八”事变后流亡入关，先后在昆明、上海等地进行创作。其散文多是抒情性作品，结集出版的有《前曙》、《人的道路》。

他从自己在昆明城郊和复员到上海的生活体验出发，即兴抒怀，有感而发，写得朴实真切，含而不露。他用“曙光”象征40年代国统区的社会现实，经常描绘的场景是天亮之前最黑暗的时刻，寒夜凄凉的风雨，荒芜的秋野和严酷的冬景，凋敝的乡村和阴暗的院落，曲折地反映了当地城乡社会的现实面貌。在这种境遇里，他切实感受到黑夜的漫长、沉重的窒息，免不了烦忧、苦闷和惆怅(《不眠夜》)，但总是“望着一点点闪亮的星子”，“禁不住地祈求着天亮”，期待着“阳光会透过黑暗，照出一片光辉，罩住整天整年在黑黯中的生命”(《曙前》)。他内心的不满和向往由此曲曲传出。他从人民生活的严肃中感受到他们没有麻木，没有绝望，没有屈服，“每个人的眼里都闪着一种光，越过荒芜的田野，向远方凝视着，苦痛而坚决”(《荒》)，认识到“对于人，唯一有用的，应该是从那沉默的人群爆发出来的伟大行动了”(《人的道路》)。这种对下层人民的理解和期待，反映了人们潜在的革命力量和对美好的追求，在慢慢暗夜中透漏了些微曙色。

他的散文以描绘具体场景抒发内心感触取胜，给形象画面赋予感情，因日常景物而触发感兴，使感情外化为可观可感的形象画面，创造出单纯凝炼、具有象征意味的抒情境界，使他的作品呈现出朴素自然的文风。他写的真情实感，由日常生活、习见景物触发感兴，较少求助于幻想或冥思，显得朴素自然，这在 40 年代新进作者中较为突出。他的抒情文因含蕴着清新的诗意和歌咏的情调而使作品具有散文诗的品格。

第七节　杨朔、孙犁等作家的散文

抗战前后，大批优秀的作家进入解放区，以实际的创作支持根据地军民的战斗和劳动生活。这一时期的记叙抒情散文也相应地呈现出新的趋向。在表现内容方面，作家们一改从前对现实生活中黑暗面和矛盾问题的关注，转而开始对新社会、新制度赞美和歌颂。普通工农兵成为书写的对象，翻身解放的新人成为表现的重点，甚至有些作品直接取材于各项政策运动，现实性、政治性很强。作家们以乐观昂扬的创作基调奏响时代的主旋律，自觉肩负起鼓舞群众、激励群众、团结群众的历史使命，真诚地融入到群众中去，全身心地服务于时代主题，追求通俗、质朴的风格，充满激情与开朗的情绪。在外在的艺术形式上注重对民族化、大众化的自觉探索，以叙事性强的生活片段展现人物形象，吸纳了丰富的地方语言与口语，形成了朴素、通俗、清新的文学风格。其中，最为杰出的代表是孙犁和杨朔。

提起孙犁，人们的脑海中总会浮现出一幅优美的图景：碧波荡漾的白洋淀，在漫无边际的苇塘荷花丛中，穿梭着抗日游击小分队的船儿，闪现着冀中百姓矫健的身姿……纯美质朴的诗意景象长久地停留人们的印象中。孙犁早期反映冀中一带百姓在中国共产党领导下进行土地改革、劳动生产、互助合作以及移风易俗的作品虽然如象牙微雕般小巧，却善于勾勒乡土民风，营造一种诗情画意的纯美境界，使人能从中领略到那个时代的人们特有的精神风貌。

孙犁(1913—2002)，原名孙树勋，出生于河北省安平县，是在解放区成长起来的先进作家的突出代表。1937 年冬他投入抗战洪流，此后长期在晋察冀边区工作，在当地报刊杂志发表小说、散文、诗歌、评论等作品，初露文学才华。1944 年春至 1945 年秋在延安鲁迅艺术学院学习和工作，先后发表《荷花淀》、《芦花荡》等成名作品。他的散文创作和小说同步，与生活保持了极密切的联系，充分体现了解放区文学反映“新的人物，新的世界”的主题。散文作品先后编入《荷花淀》(香港海洋书店，1947)，

《芦花荡》(群益出版社,1949)、《农村速写》(天津读者书店,1950),还有的散见于《解放日报》、《晋察冀日报》、《冀中导报》、《天津日报》等报刊上。

孙犁坚持"创作的命脉,在于真实"。他的散文始终呈现出与时代历史同步前进的风貌。围绕着现实"写真"的主旨,他许多有关散文创作的理论论述,也都强调了这种"信史实录"的品格。孙犁曾经这样回顾自己的创作历程:"我的创作,从抗日战争开始,是我个人对这一伟大时代、神圣战争所作的真实记录。其中也反映了我的思想,我的感情,我的前进脚步,我的悲欢离合。反映这一时代人民精神风貌的作品,在我的作品中,占绝大部分。"①作为在冀中解放区成长起来的新作家,对新的时代和生活现实的切身感受使他由衷地感叹解放区蓬勃的生活气息,因而责无旁贷地将"写出新生活的内容和外观"作为自己的创作任务;反映解放区"新的人物,新的世界"成为他最为关注的写作内容。孙犁的散文能从平凡、零散的生活现象中捕捉反映时代社会氛围、人们精神面貌的闪光点加以精心刻画,既保持生活的鲜润色彩,逼真的人物形象,又完整、鲜活地传达出那段历史奋进的动向,以新题材、新主题、新形式的创作特色为现代散文发展做出了新贡献。

孙犁的散文着重描写冀中人民的日常生活和革命斗争,通过一个个鲜活的生活画面展现冀中人民的斗争意识、生产热情和新的思想境界。表现敌后根据地军民抗日斗争是孙犁散文的重要内容之一。以《游击区生活一星期》为代表的一组散文讲述了冀中军民对敌作战和日常劳作的故事,七个部分环环相扣,波澜起伏,首尾呼应,细致、真实地展现了游击斗争的不同侧面,写得绘声绘色,使人如临其境,从中触摸到"平原游击区人民生活的一次脉搏的跳动"。《白洋淀边一次小斗争》表现了冀中百姓团结一致打击敌寇的斗争。《采蒲台的苇》则将苇和人相互映照,以"苇的海"譬喻"人的海",以苇的用途象征人民战线的作用,人和物融为一体,你中有我,我中有你。虽然描写的是抗战斗争,却未见硝烟,字里行间依然洋溢着英雄主义气概和战斗热情。

① 孙犁:《〈孙犁文集〉自序》,百花文艺出版社,1981年版,第2页。

解放区人民的生产劳动,不断涌现的新人新事是作家着力表现的另一方面。作家取材往往是“所见者大,而取材者微”,通过具体而细微的事物,从某一局部或侧面反映重大主题。《投宿》描写房东一家追求上进,抗战爱国的热情,不仅表现他们摆脱贫困的生活,逐步富裕起来,而且刻画了他们翻身和胜利后昂扬的精神状态。《识字班》是孙犁早期的代表作,生动地描写了抗日根据地军民的鱼水亲情和蓬勃向上的精神风貌。全文集中笔墨写了三个情趣盎然的场面:孩子们放羊时高唱抗日歌曲、妇女儿童在识字班听部队“先生”讲课,以及一个家庭里的学习讨论会。作品小巧精致,行文缜密,少见旁枝闲笔,长短句错落有致,节奏韵律自然和谐,既朴实亲切,又避免了杂芜冗蔓之感,还增添了朗朗上口的韵律美;文章没有刻意渲染,却画面宛然,令人如临其境,兴味盎然;字里行间洋溢着对新生活的向往和赞颂之情,营造出一种诗情画意的纯美境界。结尾有一处神来之笔:当家庭讨论会结束,全家上炕睡觉时,“躺在妈妈怀里的小孩子,不知什么时候撒了一大泡尿,已经湿透妈妈的棉裤。”一个生动的细节将人们专注于学习的状态栩栩如生地表现出来,一股家庭的温情扑面而来。

孙犁特别擅长表现妇女解放后的新面貌。“我以为女人比男人更乐观,而人生的悲欢离合,总是与她们有关,所以常常以崇拜的心情写到她们。”①他笔下的女性美丽勤劳,爱穿红布褂,是热情和欢乐的象征。不仅洋溢着劳动者的热情与骄傲,还透露着白洋淀水乡所孕育出的空灵气质。《织席记》就将妇女们劳作的场面当做美丽的画幅加以描绘,洋溢着质朴的诗意。她们劳动的时候,“晒太阳,编着歌儿唱着”,“那些女孩子们,相貌端庄地坐在门前,从事劳作”,在天然素朴中,透出明丽隽永。《张秋阁》则刻画了一个新时期少女的感人形象。她从小失去父母,哥哥参战牺牲,她伤心但不消沉,坚持工作劳动,不领恤金粮。“哥哥是自己报名参军的,他流血是为了咱们革命,不是为了换小米粮食,我能够生产”,朴实无华的话充分显示了新女性的崇高觉悟。女性正在逐步摆脱小农意识的束缚,

① 孙犁:《〈孙犁文集〉自序》,百花文艺出版社,1982年版,第4页。

思想境界已经发生了深刻的变化，这一切都是通过人物自身表现出来，不刻意拔高，因而更显得真实感人。

孙犁散文大多带有速写的特征，点面结合，共同构成丰富多面的生活画卷。在叙述事件、刻画人物时时常采用白描、素描的手法，通过剪影、片断的方式，以简单的笔墨勾勒出个性活脱的形象，笔调简洁生动，情感内敛深刻，特别是采用对话及典型生活细节来刻画人物形象，出乎于化境。如《采蒲台的苇》中一段，写一个严酷的寒冬，敌人把一群干部和全村群众包围在大苇塘里，而群众为掩护干部进行了英勇的斗争：

> 这时，一个四十多岁的人，从苇塘打苇回来，被敌人捉住。敌人问他："你是八路？""不是。""你村里有干部？""没有！"敌人砍断他半边脖子，又问："你是八路？"他歪着头，血流在胸膛上说："不是！""你村的八路大大的！""没有！"
>
> 妇女们忍不住，她们一起沙着嗓子喊："没有！没有！"
>
> 敌人杀死他，他倒在冰上，血冻结了，血是坚定的，死是刚强。

"不是！""没有！"几句干脆的回答，寥寥数笔，将抗日军民不屑与敌人多费口舌的自尊和大无畏的英雄气概淋漓尽致地表现出来，平静中蕴藏着巨大的力量，潜伏着汹涌的感情激流。

以真情实感去感受去拥抱现实生活，熔铸成以情感作底蕴的现实写真是孙犁现实主义作品的基本特征。孙犁用舒缓宁静的笔触进行叙说、解剖，没有半点隐讳、虚饰，同时也将作家丰富的自我情感熔铸于质朴的描述中，产生了寓风华于朴素，寄丰腴于平淡的艺术效果。他始终认为："没有真实的激动了的感情，就写不成好文章。""真情"与"真象"的完美结合是他一向追求的艺术境界。但孙犁所追求的情感并非大气磅礴或激情外露，而是以含蓄内敛为特征。他坚决主张"质胜于文"，反对过分雕琢形式，强调在生活、情感、思想的积淀与蕴含等方面加以修炼，写进散文中的都应该是经过情感筛选过滤后的情感和生活，这样才能显得纯粹而蕴藉。由此，他提出了感发和含蓄之说："所谓感发，即作者心中有所郁结，无可告语,遇有景物,触而发之,形成文字。所谓含蓄,使之人有所欲言,然碍于环境,多不能畅所欲言;或能畅所欲言,作者愿所谈有哲理,能启发。故历来散文,多尚含蓄,不能一语道破,一揭到底。”(《散文的感发与含蓄》)这一点突出表现在作家语言上的锤炼,精心推敲,力求简洁通俗,朴素优美,“不要一泻无遗,不要节外生枝,不要累赘琐碎”。① 他的散文所显示出的冲淡平和中见淳厚,平实自然中见哲理,质朴无华中见诗意的风格,很大程度上来自于他对情感沉淀和艺术节制的追求。孙犁的创作实践和理论主张至今对人们全面认识和进行现实主义文学创作还具有启发意义。

解放区另一位重要的散文作家是杨朔。杨朔(1913—1968),原名杨毓瑨,山东蓬莱人,自从抗战爆发之后,就奔波于华北前线与后方之间。1937年冬第一次到延安,参加了丁玲领导的西北战地服务团,第二年春回到广州。广州沦陷后,他又到桂林从事抗日宣传工作。1939年参加“文协”组织的“作家访问团”,在华北期间随八路军转战于晋东南、冀南、冀中、晋察冀边区和西北各抗日根据地,1942年又从敌后返回延安。这期间除了小说创作外,他还写了《昨日的临汾》、《征尘》、《西线散记》、《潼关之夜》、《木棉花》等通讯和散文。除《潼关之夜》(烽火社,1941)收入早期的作品外,大部分都散见于报刊,并未结集。

杨朔是一位“以诗为文”的优秀散文家,他的散文艺术正是以浓郁的诗意而著称于世的。他曾这样表述:“我向来爱诗,特别是那些久经岁月磨炼的古典诗章。这些诗差不多每篇都有自己新鲜的意境、思想、情感,耐人寻味,而结构的严密,选词用字的精炼,也不容忽视。我就想:写小说散文不能也这样么?于是就往这方面学,常常在寻求诗的意境。”②这种对诗意的主动追求,其实在杨朔早期的创作中就已经表现出来。青年时代的杨朔经常用诗来表达自己忧国忧民之心。卢沟桥事变后,他积极投入抗日救亡工作中。当他发现书写旧体诗歌很难与如火如荼的战斗生活相适应时,就决心暂不写旧体诗,专心写作抗日救亡、呼吁民众觉醒抗争

① 孙犁:《进修二题》,见《孙犁文集》第6卷,百花文艺出版社,1982年版,第81页。

② 杨朔:《杨朔散文选》,人民文学出版社,1978年版,第196页。

的文章。抗战期间,杨朔随部队出入战场,辗转在华北各地,创作了许多报告文学和散文作品。虽然停止了旧体诗创作,但自1937年就"决心用笔来战斗"的他总是以诗人的眼光去观察生活,以诗人的情怀去感知生活,并积极投身于火热的生活,密切关注着普通百姓的历史命运。《潼关之夜》、《轻骑兵》、《征尘》、《一个平常的人》、《英雄爱马》等都是杨朔战时的急就之作。这些篇章以饱满的热情、明朗的基调、鲜明的时代色彩,描绘了抗日战争和民主革命的壮丽画面,刻画和表现了在斗争中不断涌现的新人、新事物和新的思想境界。

虽然这些作品比起他后期的成熟之作来,在艺术上显得有些粗糙和幼稚,但强烈的抒情性质使诗意化特征初露端倪,已经具有诗的素质,表现出意境美的倾向。他的诗意饱含着强烈的时代气息,善于从平凡的生活、习见的事物中寻觅诗意。一人一事、一景一物,任何有意义的生活片断,经过一番情感的孕育或哲思的加工,都能成为折射生活本质或者社会面貌的闪光点,而作家将自己火热的生活激情注入作品,形成浓烈的思想情感、鲜明个性的生活图景以及和谐统一的优美意境。杨朔抗战时期的散文创作多反映投身革命的青年、英勇无畏的战士,还有善良质朴的农民,通过对这些典型人物的刻画,来展现生机勃勃的战地生活。作家特别善于选择生活中最具典型意义的场面加以表现,以此窥得生活的全貌。如《潼关之夜》,写他在劳顿旅途中,偶遇一个全副戎装的年轻军人,二人毫无拘束地在黄河边散步交谈时,他才意外地得知对方居然是一位女性,并听她诉说和丈夫共同参加革命的经历。通过这样一个"富有传奇意味"的新时期花木兰的故事,读者可以看出在抗日救亡运动风起云涌之时,青年们前赴后继的战斗激情,也反映出那个时代的侧影。特别是这样的现代传奇发生在雄伟、古老的潼关城下,奔腾咆哮的黄河岸边,更平添了一丝浪漫的气息,具有扣人心扉的艺术魅力。《铁骑兵》更富传奇色彩,描写了八路军某部一个班的骑兵,在雁门关附近冲过敌人的封锁线时,跟大队人马失去联系。他们单独行军,设法归队,辗转来到一座闪烁着灯光的大城市边,向城里放了一排马枪,使得日寇误以为八路军要捣毁他们的老巢,手忙脚乱,竟用大炮还击,并急忙停止了扫荡。后来,这群八路军战士打听之后,才知道事情的原委,不禁惊讶这种奇异的遭遇和无意中取得的战果。故事结尾,他们最终回归部队,继续着平凡而又伟大的战斗生活。这个余音袅袅的结尾,给人无尽的遐想,质朴中充满诗意。《征尘》则对比描绘了贪婪卑劣的商人和勤劳正直的拉车农民,前者国难临头时只想着自己的财产,而后者却心系抗日救亡的事业。一个生活小场面的展现充分体现出民族危亡关头不同人的选择,两相比较,高下自现。抗战时期的杨朔虽然作品数量不多,但取材别致,刻画细腻,注重散文意境的营造,可以看成是杨朔的创作走向抒情诗化散文的一个前奏。

除此之外,解放区还涌现出一批热情书写新生活,反映新时代的散文作家,如陈学昭、草明、卞之琳、萧也牧等。他们自觉担负起鼓舞民众的责任,投身于民族救亡、解放的时代洪流中,从不同角度反映着解放区社会的新面貌,弘扬着新时代的主旋律。

陈学昭(1906—1991),浙江海宁县人。幼年父亲早逝,在家庭困难的情况下读完上海私立爱国女校。1922 年赴法国留学。这期间,在《时事新报》、《妇女杂志》、《语丝》、《京报》副刊、《晨报》副刊等报刊上发表散文。1925 至 1929 年间,她出版了 5 部散文集:《倦旅》(上海梁溪书店,1925),《寸草心》(新月书店,1927),《烟霞伴侣》(北新书局,1927),《如梦》(春明书店,1927),《忆巴黎》(北新书局,1929)。后来奔赴延安,第一次到延安写了《延安访问记》(香港北极书店,1940),1940 年秋再到延安,并留居下来,参加过《解放日报》文艺副刊的编辑工作,著有《漫走解放区》(上海出版公司,1949)。

早期的陈学昭作为浅草社的成员,“玄发朱颜,却唱着饱经忧患的不欲明言的断肠之曲”①。作品的选材范围十分狭窄,主要从女性的角度反映家庭、婚姻和爱情等个人生活问题,较少关注广阔的社会现实。但到延安之后,她很快意识到抗战现实不再需要作家沉溺在风花雪月、缠绵悱恻的生活中,转而关注现实生活,从而其作品反映生活面较之前有了较大的

① 鲁迅:《〈中国新文学大系·小说二集〉序》(影印本),上海良友图书印刷公司,1935 年版,第 6 页。

拓展。《延安访问记》和《漫走解放区》两部散文集是这一时期的代表作，着重介绍了延安的日常生活情形和社会面貌。如《访马杏儿》、《“熬劲儿大”——记抗属英雄折碧莲》等通讯散文主要取材于劳模事迹，《漫走解放区》则生动地记述了解放区人民的斗争生活。特别值得一提的是，作品中还留存了陈学昭记忆中中国共产党人的群体形象，尤其对当时解放区的一些领导人的描摹，真实可感，许多细节可以当做史料来理解。例如，她写毛泽东主席送客人时，“高高的个子，与其说是迟缓的，毋宁说是持重的脚步……那些大仁大智的人，他们的外表举动总是好像很持重的。”从主席的“脚步”这一典型细节，透视到人物作为领导人的性格特点，笔触细腻生动，善于捕捉个性特点，通过细节刻画展现人物的神形风貌。再如，她对林彪的描绘，同样只用三言两语就将林彪沉默寡言、机敏谨慎的个性淋漓尽致地表现出来。行文从容，文字一扫青年时代的绮丽和缠绵，变得素朴自然。虽然文笔渐趋质朴简约，但字里行间依然充满作家的感情，比如她进入山西的新解放区，看到人民受尽敌人蹂躏的苦难，就这样议论道：“他们绝不容忍谁来专制独裁，统治他们，支配他们，奴役他们。”(《进入新老解放区》)而她登上重重山岭，思索着人们艰苦的生活，不禁觉得“情感是变得现实些，变得接近大众些”(《生活的体验》)。延安的新生活赋予陈学昭作品开朗明亮的色调，促使她从前期忧郁悲哀的情调中走出来。作品处处寄予着作家对平民疾苦的深切体恤，以及对党的领导、对新制度下充满希望的新生活由衷的赞美之情。语言弱化了前期清丽简洁、富丽多姿的风格，趋于朴素、自然，并善于汲取群众日常用语，注重口语、俗语的运用，作品充满着生活气息。

草明是唯一一位从 20 世纪 30 年代到 90 年代始终不渝地以中国工人的生产生活面貌为创作对象的女作家。

草明(1913—2002)，原名吴绚文，广东顺德人。1927 年考入广东省女子师范学校，接受了五四时期进步文艺的影响。1931 年，她参加抗日救国运动，并开始写作。1932 年参加了“中国左翼作家联盟广东分盟”。次年在上海转入“中国左翼作家联盟”。1941 年来到延安，参加延安文艺座谈会后，去往山西和东北解放区农村和工厂深入生活，著有《解放区散记》(东北书店,1949)。她是中国文学工业题材的拓荒者,40 年代创作了中国第一部反映工业生产的长篇小说《原动力》。

抗战胜利后的 1945 年,草明以《晋察冀日报》特派记者的身份,前往宣化龙烟炼铁厂从事工会工作,其间,先后创作了《拜年》、《从奴隶到主人》、《解放了的"虎列拉"》等一系列反映解放了的工人阶级新生活、新面貌的作品。特别是纪实散文《龙烟的三月》,全文不到 3000 字的篇幅,选取的只是龙烟铁矿公司生产建设的一个场面,却以小见大地折射出工人当家做主后的欣喜心情,以及由此形成的生产生活蓬勃向上的景象。它第一次热情讴歌了翻身做主的中国产业工人的阶级觉悟,突出了要把自己的工厂"建成新民主主义政权下的新的企业"的鲜明主题,是中国现代文学中真正意义上的反映解放了的中国工人阶级生活面貌的第一篇优秀作品。《沙漠之夜》描写了"我们行军中最困难的一天",由于迷路,只能夜宿在沙漠中,同志们互相照顾、鼓舞,共同克服困难,因而这"也就是我们最奇妙、美丽和受感动的一天"。草明凭着女性特有的细微观察和丰富的内心感受,捕捉生活中的闪光点,用质朴而细腻的语言记录下来,充分展现了当代工人阶级的精神风貌。

卞之琳是我国著名诗人、翻译家、文学研究者。卞之琳(1910—2000),江苏海门县人,著名诗人,曾与何其芳、李广田合著诗集《汉园集》(1936)。1933 年大学毕业后,到保定、济南等地教书。1938 年到 1939 年,曾往延安和太行山区访问,并在延安鲁艺任教。1940 年后在西南联大任教,抗战胜利后,就职于天津南开大学。《沧桑集》(江苏人民出版社,1982)收录了他在 1936 年至 1946 年 10 年间的散文作品,包括随笔、报道、小故事、短篇小说、杂感和文学评论,自称为杂类散文。其中第二、第三、第四辑,记录了他在解放区的生活和见闻,反映出作家在进入延安之后,生活和思想上翻天覆地的变化。散文风格上也从之前典雅清淡,联想丰瞻,意象纷呈的绚丽姿态,转变为清新朴素,明朗雄壮的战斗风格。

《沧桑集》的第一辑,延续了卞之琳前期的散文风格,书写他在异国他乡的游子情怀,充满对祖国的热爱思念和对平民的悲悯情怀,善于营造深沉的意境,洋溢着盎然的诗意。另外的许多篇章具有深邃的哲理性,往往从具体而微的事物出发，结合人生哲学和生活体验，并引用中外文史资料，见微知著，蕴含深厚，富于玄思，与他一贯的诗性散文风格相接近。第二辑至第四辑，内容和风格上出现了本质不同。第二辑转向叙写解放区人民的抗日救亡运动和高涨的生产热情。如《村公所夜话》、《垣曲风光》、《煤窑探胜》等文章，描述了解放区人民或是踊跃参军，保家卫国，或在大后方开展救国会运动、生产自救的光辉事迹，体现了边区人民昂扬的战斗热情和不畏艰险的革命斗志。第三辑着重讲述了革命战士与敌人斗智斗勇，巧妙制胜的战斗小故事，如《进城，出城》讲述了游击队战士进城得到群众的拥护，用牙刷换机枪的故事；《钢盔的新内容》则写了群众用缴获来的钢盔烧饭的有趣故事，体现了人民的才智和无畏乐观的精神，令人精神为之一振。第四辑是以一个个短小的故事反映人民抗日的英勇无畏，机智巧妙。如《石门阵》、《红裤子》、《一元银币》等，都有明显的情节线索、完整的故事模式、活灵活现的人物形象，以及细致入微的心理刻画，行文构思都近乎短篇小说。《沧桑集》作品形式多样，第五到第七辑多为论说文和译文序，充分展现了著者多方面的才华。

卞之琳反映解放区生活的散文作品，虽然还处处洋溢着作家诗人般的气质和艺术特征，为明朗热情的抗战、建设内容平添了一丝独特的忧郁气质，但总体风格与以往已经截然不同。正如作家在《〈沧桑集〉题记》里说到，10 年间中国内外发生了大的变化，各人也经历了不小的沧桑，而他的"变化"是可以被称为"深化"的过程。这一感受充分体现出进入解放区的进步知识分子展现崭新世界，赞美新生活的强烈愿望和由衷热情。

萧也牧(1918－1970)是 20 世纪 40 年代又一位出现在晋察冀解放区的新进作家。他所创作的《掀帘战》、《拿炮楼》、《张老汉跳崖》、《"我是区长"》、《地道里的一夜》等作品，以及在"山村纪事"题目下发表的十几篇散文速写，充分反映出游击区军民团结抗日的生活面貌。这些作品多以解放区翻身农民为描写对象，叙写他们在与地主阶级的不懈斗争中提高觉悟，揭穿了地主狡诈虚伪又做贼心虚的面目，表现了成长中的农民阶级质朴善良又富有斗争意识的新面貌。行文中，作家既不刻意拔高农民意识，也不将地主形象脸谱化，而是通过细致生动的生活细节和真实自然的人物关系将生活的本来面貌加以表现。如《退租》中，在旧社会备受欺凌的石牛牛原先性格懦弱，不敢反抗，后来在群众运动的鼓舞下觉悟起来，敢于同压迫者较量。《追契》中的张禄倒是智勇双全，一门心思要追回地契，面对地主的欺骗，沉着应对，最终取得胜利。作家在解放区真实地生活着、战斗着，和人民群众打成一片，耳濡目染的都是平凡百姓的喜怒哀乐，深知人民的甘苦喜恶，故而下笔准确，能抓住农民的特点加以刻画，往往通过一两个看似简单寻常却极富个性特征的细节，细致入微地塑造出人物形象。《黄昏》中的房东老汉清算地主领回自己的驴，喜悦之情溢于言表，作品中细致地描述他和驴打闹时的亲热劲，致使一个善良憨厚的农民形象立刻跃然纸上。作者笔下各种性格气质的农民形象都神形俱肖，人物的举动、心理、神情毫不做作，包括农民的语言也是充满地方特色的通俗用语。如果说孙犁写农村妇女是现代散文史上独树一帜的典范的话，那么，萧也牧所描绘的农民同样给现代散文人物画廊增添了成功的艺术形象。

第四章　散文诗

第一节　许地山、郭沫若等作家的散文诗

在中国现代文学史上，许地山是以其既充溢着浓郁宗教情绪和氛围，但又不乏坚实的现实主义人生态度的文学创作著称的。许地山对佛教、道教、基督教等多种宗教文化均有涉猎并深受影响。因此，他的创作一方面表现了对现实人生问题的扎扎实实的探讨，另一方面，又显示出较为浓厚的宗教文化色彩。他的创作并不丰硕，但却在文坛上独树一帜。

许地山(1893—1941)，名赞堃，号地山，笔名落花生，现代小说家、散文家、教授。原籍福建龙溪，生于台湾。1910 年毕业于广东随宦学堂。1911 年任漳州福建省立第二师范学院教员。1913 年赴缅甸仰光中华学校教书。1915 年回国，翌年任教于漳州华英中学。1917 年暑假后考入燕京大学文学院学习，1919 年与郑振铎、瞿秋白、耿济之等共同编辑《新社会》旬刊并投身于五四运动。1920 年毕业于燕京大学文学院，获文学学士学位。后入该校神学院学习，研究宗教。1921 年参与发起成立文学研究会，同年在改革后的《小说月报》第一期上发表第一篇小说。1922 年神学院毕业，获神学学士学位，留校任助教。1923—1926 年在美国哥伦比亚大学研究院和英国牛津大学研究宗教史、哲学、民俗学等。回国途中短期逗留印度，研究梵文及佛学。1927 年起任燕京大学教授、《燕京学报》编委，并在北京大学、清华大学兼课。1935 年任香港大学中国文学教授，抗日战争爆发后，任中华全国文艺界抗敌协会香港分会常务理事，为抗日

救国事业奔走呼号，开展各项组织和教育工作。1941 年因劳累过度而病逝。

许地山于 1921 年发表第一篇小说《命命鸟》，接着又发表了前期代表作小说《缀网劳蛛》和具有朴实淳厚风格的散文名篇《落花生》。他的早期小说取材独特，情节奇特，想象丰富，充满浪漫气息，呈现出浓郁的南国风味和异域情调。其作品虽在执著地探索人生的意义，却又表现出玄想成分和宗教色彩。20 年代末以后所写的小说，保持着清新的格调，但已转向对群众切实的描写和对黑暗现实的批判，写得苍劲而坚实。《春桃》和《铁鱼底鳃》便是这一倾向的代表作。许地山的主要作品有短篇小说集《缀网劳蛛》、《危巢坠简》、《解放者》、《春桃》，散文集《空山灵雨》以及《杂感集》等。另有专著《印度文学》、《中国道教史》(上)等。

1925 年 6 月由商务印书馆出版的《空山灵雨》风格独特，是许地山唯一的散文集，也是中国现代文学史上最早问世的散文诗集之一；总的思想倾向是对社会人生问题进行深入思索。他受佛教思想的影响，对人生的基本看法是“生本不乐”。在《〈空山灵雨〉弁言》中，他说：“生本不乐，能够使人觉得稍微安适的，只有躺在床上那几小时，但要在那短促的时间中希冀极乐，也是不可能的事。自入世以来，屡遭变难，四方流离，未尝宽怀就枕。在睡不着时，将心中似忆似想的事，随感随记……积时累日，成此小册。以其杂沓纷纭，毫无线索，故名《空山灵雨》。”显而易见，“空”、“灵”二字似乎已经定下了这部作品的思想基调和艺术旨趣。对人生哲理的玄思，是《空山灵雨》的基本内容，“生本不乐”的佛教多苦观浸润在《心有事》、《蝉》、《海》、《债》、《头发》等许多篇章中。《债》诉说的是一个身处优裕环境却精神极度苦恼的人，突然升起了一股强烈的“还债”意念，只觉得自己“欠底债太多”。欠债的缘由如他所说：“我看见许多贫乏人、愁苦人，就如该了他们无量数的债一般。我有好的衣食，总想先偿还他们。世间若有一个人吃不饱足，穿不暖和，住不舒服，我也不敢公然独享这具足的生活。”这实在是佛教文化超凡脱俗大慈大悲的一副热肠，就连其岳母听起来也觉得“太玄了！”岳母毕竟是非常现实的，所以在肯定了他的“先天下之忧而忧”的精神之后，竟认真地问他，所欠之债“你要什么时候才还得清呢？你有还清底计划没有？”他没有想当然也不能答。于是，岳母讲出另一番人生的道理：“这样的债，自来就没有人能还得清，你何必自寻苦恼？……说到具足生活，也是没有涯岸的：我们今日所谓具足，焉知不是明日底缺陷？……生命即是缺乏底苗圃，是烦恼底秧田；若要补修缺陷，拔除烦恼，除弃绝生命外，没有别条道路。……还是顺着境遇做人去罢。”可岳母这一问一劝，使“他底耳鼓就如受了极猛烈的椎击”，“越发觉得我所负底债更重”，终于义无反顾、一去不返地还他的人生之债去了。尽管这篇文章带有明显的说教色彩，但它却浓缩了许地山围绕现实人生的价值所展开的多重关于宗教文化的思考。此外，平民主义的礼赞构成了《空山灵雨》中最为积极的因素。《落花生》集中表现了作者的这一倾向。散文以质朴无华的语言引发出为人的道理：“人要做有用的人，不要做伟大的、体面的人”，寓意深长，令人回味。夫妻情感的抒写是《空山灵雨》中又一个饶有情趣的组成部分，《香》、《愿》等篇透露出性爱与信仰、人性与佛性的冲突，以及二者由共处到对抗的路径，而以人本主义对禁欲主义的胜利表明了作者弃佛入世的心路历程。散文集中的一些散文带有相当浓厚的宿命论色彩，但集子的主流还是积极的。可以说，积极进取的精神与放弃生活的思想的错综交织，是许地山思考人生问题的主要特点。

在艺术风格上，“空”与“灵”的韵味境界，是《空山灵雨》在艺术上的独特造诣，感伤的情调，忧郁的情绪，迷离的构思，精美的语言，使《空山灵雨》颇具晶莹神秘之美。《空山灵雨》中有许多奇妙的意象和生动的比喻，大都化用佛学语言和典故，即使不懂佛学的人也能领略其中韵味。如《香》、《七宝池上的相思》等，借用佛学意象，使他的散文光怪陆离，充满神秘感和异域情调；化用佛学思想，大大加强了许地山散文的哲理成分，显得丰富深邃。《空山灵雨》中的不少作品都带着若隐若现、迷离怅惘的朦胧，洒脱超逸的语言，蕴含着颇耐咀嚼的玄理思辨，巧妙的比喻、隐喻，丰富的想象，奇特的构思和某种小说化倾向，别有一番艺术魅力。同时，寓言体式无疑增强了《空山灵雨》的宗教文化色彩和思想启发力。一部分作品类似佛经文学“设喻式”加“对话体”的形式，比较玄妙空朦，往往暗含哲理，启人顿悟。如《暗途》，在简洁的对话中制造了一个喻体：黑暗中行路，与其提着灯把自己亮在明处，不如不要灯，把自己隐在暗处。作品以此巧妙地传达出一种以暗为明、以退为进、以守为攻的人生哲理和姿态，既浅切明了又令人深思。另一部分作品又颇似耶稣基督的那些传教格言，在轻盈飘逸的叙述中给人一种心灵的震撼，如《落花生》，在平静朴实的叙述中发出意味深长的忠告，在亲切关爱的氛围里使人深受感动和启迪。因此可以说，无论从思想性还是艺术性上看，《空山灵雨》都不愧为一部融合多重宗教玄想的人生寓言。

《海》是《空山灵雨》中最富有象征意味的篇章之一。茫茫空海漫无边际，人随时都有可能被吞没，然而我们能做的还有"划船"，只有这样，才有可能在迷茫中把握自己，在"无为自然"的境地里达到现实与精神的双重超脱。基督教文化的博爱、执著、使命感，佛教文化的空寂、宽容以及道教文化的顺其自然、无为而治，在这里浑然合一，形成了一种多义性文化的人生境地，升腾为一种特有的许地山式的人生哲理。文章很短，摘引如下：

> 我底朋友说："人底自由和希望，一到海面就完全失掉了！因为我们太不上算，在这无涯浪中无从显出我们有限的能力和意志。"
>
> 我说："我们浮在这上面，眼前虽不能十分如意，但后来要遇着底，或者超乎我们底能力和意志之外。所以在一个风狂浪骇底海面上，不能准说我们要到什么地方就可以达到什么地方；我们只能把性命先保持住，随着波涛颠来播去便了。"
>
> 我们坐在一支不如意底救生船里，眼看着载我们到半海就毁坏底大船渐渐沉下去。
>
> 我底朋友说："你看，那要载我们到目的地底船快要歇息去了！现在在这茫茫的空海中，我们可没有主意啦。"
>
> 幸而同船底人，心忧得很，没有注意听他底话。我把他底手摇了一下说："朋友，这是你纵谈底时候么？你不帮着划桨么？"
>
> "划桨么？这是容易的事。但要划到哪里去呢？"
>
> 我说："在一切的海里，遇着这样的光景，谁也没有带着主意下

来，谁也脱不了在上面泛来泛去。我们尽管划罢。”

总之，许地山的散文，开拓了现代散文的描写领域，丰富了现代散文的创作方法，不仅在文学研究会的作家中显得特立不群，而且在五四时期乃至整个新文学发展史上都占有特殊的位置。

《小品六章》创作于1924年郭沫若留学日本期间，其中的6篇散文都陆续发表在1924—1925年的《晨报》副刊上，它们的产生都是在《女神》的情感爆发期之后，风格大都俊逸蕴藉，表现出郭沫若此时较为平和的心境。在《小品六章》中，郭沫若交待了这部散文集的由来：“我在日本的生活虽是赤贫，但是有牧歌情绪袭来，慰我孤寂的心地。我这几章小品便是随时随处把这样的情绪记录下来的东西。”

这组散文诗用清新优美、洗炼流畅的文笔，抒发了他对青春的执著和欢悦，作者希望放飞自己的情感在如诗的景色中翱翔，但又终究不能忘怀贫困生活的煎熬，这使得他在讴歌田园风光时，将淡淡的哀愁和喜悦的憧憬交织在一起，因而行文中带上了一些凄伤与孤寂的情绪。与《女神》时期直抒胸臆、热烈奔放不同的是，《路畔的蔷薇》等小品，是以片段短章的方式来写景状物，情绪深沉哀婉，含蓄节制，表现出诗人郭沫若的另一番别样的审美情怀。

首先在状物写景方面，作家并不着力于精雕细刻，而是用寥寥数笔的“白描”，营造出氛围和意境。《夕暮》一章写“我携着三个孩子在午后草场中嬉戏时”的所见所闻：夕阳燃烧着海洋的天碧，新月隐匿在鲜红的云彩中，晚归的黄牛悠长鸣叫，门前的母鸡、鸡雏啁啾不停……作家由远及近，由大到小，调度了富有特点的色彩和音响，把乡居生活的日常景象描摹得错落有致、饶有生趣，勾画出一派恬静悠远的田园牧歌风光。结尾一句“欢愉的音波，在金色的暮霭中游泳”，是点睛之笔，将人与物、情与景和谐地融合在一起，使得整幅画面升腾到诗的意境中，造成虚实相生的艺术效果。《水墨画》一章中，郭沫若主要运用了对比的手法，对暴风雨来临前夕的大地万物的动静变化进行了描画：以“天空一片灰暗，没有丝毫的日光”来渲染雨前郁闷的气氛；以“舐岸的微波吐出群鱼的喋喻的声韵”来衬托天空的寂静和压抑;以“我把饭匣打开又闭上”的烦躁不安来凸显“静凝着”的岛屿。这样一组意象的对比,更加映衬了大自然欲静还动、静中有动的氛围。文尾的“一座孤寂的火葬场”、“红砖砌成的高耸的烟囱”,以及“一笔灰白色的飘忽的轻烟”,则恰到好处地烘托出作家“一种淡白无味的凄凉的”心情。

其次,六章小品读来情景胶合,自然流畅,抒情寓理,更是含蓄蕴藉。《路畔的蔷薇》借一束被遗弃在林荫路旁的蔷薇来暗示作家自己孤寂流离的心境;《白发》虽未写景,但一根白发,勾起的是他对于流逝的青春和爱情的追恋和期盼,既有甜蜜的回忆,也有不堪的怅惘,更有对未来的希冀。文尾的慨叹尤能撩人情思:“啊,你年青的,年青的,原隔河山的姑娘哟,飘泊者自从那回离开你后又飘泊了三年,但是你的慧心替我把青春留住了。”《墓》与其说是对既往生活的怀念,不如看成是作家对人生意义和价值的追问和思考。他在松林中徘徊良久,为自己堆砌了做沙丘的坟墓,次日再来凭吊时,坟墓已然不知去向,空留下哭墓的“自己的灵魂”。情节看似荒诞不经,引出的命题却发人深省:我的坟墓到哪里去了,我最终的归宿又在何方?

在写景状物的同时,郭沫若还特别注重色彩的调配和运用。《水墨画》中的浓妆淡抹,相得益彰;《山茶花》中更是多种色彩交相辉映:“鲜红的楂子”,“嫩黄的茨实”,“浓碧的山茶叶”,还有和苔衣深厚的岩骨一样的“黑色的铁壶”,更有铁壶中绽放的“白色的鲜花”,缤纷绚烂,烘托出全文的浓烈气氛。

关于如何做散文诗,郭沫若曾在做完《小品六章》多年之后这样表述过:“散文诗这种新的形式总是以玲珑、清新、简洁为原则,当尽力使用暗示,以节省语言。”《小品六章》无疑是他这种文艺主张最早的,并且也是不失成熟的艺术实践。

第二节　鲁迅的散文诗

鲁迅唯一的散文诗集《野草》收入作品23篇，包括《秋夜》、《影的告别》、《求乞者》、《我的失恋》、《复仇》、《雪》、《过客》、《狗的驳诘》、《墓碣文》等。这些散文诗最初都发表在《语丝》杂志上，但值得注意的是，从第一篇开始发表时，它们就有一个总题——“野草”，并且每篇作品都按照时间的顺序编有序号。如第一篇《秋夜》在《语丝》周刊第3期上发表的时候，就冠有总题“野草”，所编的序号为“一”，依此类推，最后一篇《一觉》的编号为“二十三”。《野草》另外有《题辞》一篇。《题辞》是鲁迅在23篇散文诗完成之后，整理出版的过程中，写作的一篇序言性的东西。这些“序列式”地发表的作品，连同《题辞》，1927年7月以《野草》为题由北新书局出版单行本，收入未名社编辑的“乌合丛书”。《野草》是鲁迅非常钟爱的作品，在书前的《题辞》中，鲁迅就说“我自爱我的野草”，出版这样的作品，“我坦然，欣然。我将大笑，我将歌唱”，因为如果没有《野草》，“我先就未曾生存，这实在比死亡与腐朽更其不幸”。

《野草》是中国现代文学史上的第一本散文诗集，同时也被认为是鲁迅的最难读懂的一部作品。在《野草》问世后的大半个世纪中，其价值是逐渐被认识和发现的。在鲁迅生前，也许是因为《野草》太难懂了，也许还有其他更复杂的原因，对《野草》的研究并不多，《野草》也从未成为研究的热点；甚至在鲁迅去世以后的相当长一段时间里，仍然很少有人关注《野草》。直到20世纪70年代末和80年代，《野草》才终于成为鲁迅研究中的一个热点，国内外的学者相继发表了大量的研究论文和专著，探讨《野草》的哲学蕴含、思想情绪、艺术手法等多方面的价值，《野草》在鲁迅全部创作中的价值和意义、《野草》的文学史地位才逐渐地被发现和揭示出来。到了90年代，学术界还出现了将《野草》与《呐喊》、《彷徨》并称的呼声，认为这三部作品共同构成了鲁迅最伟大的不朽之作。但有意味的是，《野草》研究界一直是众声喧哗，各说各话，学者们对《野草》的解读，几乎是一位学者一种解释，有的认为是鲁迅的政治批评和文化批评，有的认为体现了鲁迅全部的生命哲学，有的认为是鲁迅进行的心理探索，还有的认为就是鲁迅与许广平的爱情见证……每一位学者都试着从自己的角度诠释《野草》，从自己的途径走进《野草》丰富的艺术世界。也正是这样的情况，给《野草》增添了不少神秘的色彩。

鲁迅在《〈野草〉英译本序》中说："《野草》大抵仅仅是随时的小感想。因为那时难于直说，所以有时措辞就很含糊了。"①措辞的含糊导致了作品的隐晦和扑朔迷离，因此，要深入地体悟《野草》的蕴涵，就不能不涉及和了解鲁迅创作时的处境和心情。《野草》第一篇《秋夜》写于 1924 年 9 月 15 日，最后一篇《一觉》写于 1926 年 4 月 10 日，前后经历了一年七个月左右的时间。此后的一年，鲁迅离开北京经厦门到广州，整理这组作品，准备出版，1927 年 4 月 26 日深夜，写就了《题辞》。从 1924 年至 1927 年的这一段时间，北洋政府更加反动，封建势力卷土重来，社会的黑暗和压制加剧，鲁迅的精神上和心理上正处在又一个孤独苦闷、阴暗虚无，同时又进行悲壮性的反抗与探索的时期，用鲁迅自己的话说，是交上了华盖运，"六面碰壁，外加钉子"。那么，到底有哪些事直接影响了鲁迅的情绪和生活呢？

一是五四新文化阵营的分化。"后来《新青年》的团体散掉了，有的高升，有的退隐，有的前进，我又经验了一回同一战阵中的伙伴还是会这么变化，并且落得一个'作家'的头衔，依然在沙漠中走来走去，不过已经逃不出在散漫的刊物上做文字，叫作随便谈谈。有了小感触，就写些短文，夸大点说，就是散文诗，以后印成一本，谓之《野草》。得到较整齐的材料，则还是做短篇小说，只因为成了游勇，布不成阵了，所以技术虽然比先前好一些，思路也似乎较无拘束，而战斗的意气却冷得不少。……路漫漫其修远兮，吾将上下而求索。"②《彷徨》与《野草》的写作时间有所重合，鲁迅的这段话，说明了它们共同的写作背景。而鲁迅为《彷徨》出版的题诗"寂寞新文苑，平安旧战场，两间余一卒，荷戟独彷徨"也印证了他当时的寂

① 鲁迅：《鲁迅全集》第 4 卷，人民文学出版社，1981 年版，第 356 页。

② 鲁迅：《〈自选集〉自序》，见《鲁迅全集》第 4 卷，人民文学出版社，1981 年版，第 456 页。

寞、孤独的心境。这种心境来源于当时令人窒息的社会现实,也来源于鲁迅作为一代先驱者的敏感和生命体验,在轰轰烈烈的新文化运动平息之后,置身于荒漠一般的生存环境中,那颗追梦的心灵很难将岩浆般喷发着的热情迅速冷却,“地火在地下运行,奔突;熔岩一旦喷出,将烧尽一切野草,以及乔木,于是并且无可腐朽”(《〈野草〉题辞》)。无论敌人如何强大,鲁迅都要继续孤军奋战,决不屈服。

二是他与二弟周作人的失和事件。周氏兄弟一直是五四新文化阵营的“双子星座”,他们生长在同一个家庭,共同留学日本,共同翻译《域外小说集》,携手走过一段路,但后来两人所走的道路却完全不同。他们的决裂不仅是广大读者关心的话题,也一直是鲁迅研究者的研究课题。研究的焦点集中在事件的原因上。多年来,由于双方当事人对此事都讳莫如深,闭口不谈,虽然外界有种种猜测,但都没有得到证实,以致这一课题已经成为鲁迅研究中的一大谜团。进入21世纪,有学者评述鲁迅研究现状时,概括出了“五大未解之谜”——鲁迅与许广平定情之谜、鲁迅与周作人失和之谜、鲁迅死因之谜、鲁迅丧葬费用之谜、“鲁迅活着会如何”之谜。①这些谜团中有些是新近披露的,但像“鲁迅与周作人失和之谜”则是鲁迅研究中既长期争论不休又十分重要的问题。我们暂且抛开兄弟失和的原因不去探究,着重看看这一事件的过程及其给鲁迅带来的影响。据周海婴《鲁迅与我七十年》②介绍,这一天,1922年7月19日,周作人突然手持一函,外书“鲁迅先生”,信里边咬牙切齿地写着:“以后请不要到后边院子里来!”鲁迅感到诧异,想问个明白,“后邀欲问之,不至”。就这样,鲁迅不得已,于1923年8月2日带了朱安搬出八道湾,搬到砖塔胡同61号,暂时赁屋居住。后来,鲁迅的母亲也搬出八道湾来与鲁迅同住。经过多次奔走,鲁迅在朋友的帮助下,同年10月30日终于买下阜成门内西三条胡同的房子,经翻修后,于1924年5月25移住新居。这次买屋用了800元,约值八道湾房价的四分之一。由于手头拮据,鲁迅只得向许寿裳、齐

① 葛涛:《鲁迅的五大未解之谜》,东方出版社,2003年版,第1页。

② 周海婴:《鲁迅与我七十年》,南海出版公司,2001年版,第72页。

宗颐各借 400 元，一直到厦门任教时才还清。

这一时期，鲁迅除在教育部任职以外，还兼教好几个学校的课。由于痛苦、气愤和劳累，1923 年秋天，鲁迅肺病复发，发烧，泻痢，大病一场，直到 1924 年 3 月才全愈。1923 年 10 月的鲁迅日记不断记载“往山本医院诊”。痛苦、气愤、劳累再加上大病缠身，鲁迅的情绪坏透了，无论从精神到肉体，都处于一个极其困窘、糟糕的时期。

1923 年秋天，鲁迅到女子高等师范学校兼课。10 月 13 日，许广平第一次见到鲁迅，她这样回忆鲁迅留给她的第一印象：

> 当鲁迅先生来上课的瞬间，人们震于他的名声，每个学生都怀着研究这新先生的一种好奇心。在钟声还没有收住余音，同学照往常积习还没就案坐定之际，突然，一个黑影投进教室来了。首先惹人注意的便是他那大约有两寸长的头发，粗而且硬，笔直地竖立着，真当得“怒发冲冠”的一个“冲”字。一向以为这句话有点夸大，看到了这，也就恍然大悟了。褪色的暗绿夹袍，褪色的黑马褂，差不多打成一片，手弯上，衣身上的许多补钉，则炫着异样的新鲜色彩，好似特制的花纹。皮鞋的四周也满是补钉。人又鹘落，常从讲坛跳上跳下，因此两膝盖的大补钉，也掩盖不住了。……有似出丧时那乞丐的头儿。

由此也可以看出鲁迅当时境遇的落魄与生活的狼狈。

三是围绕女师大学潮、“三・一八”惨案，与章士钊、“现代评论”派的“正人君子”以及北洋军阀政府间的矛盾冲突。1924 年，女师大（北京国立女子师范大学）学生由于不满校方的黑暗统治，发生了反对校长杨荫榆的斗争。学生自治会召开会议，在大多数学生的赞同下，讨论通过不再承认杨荫榆为校长，发起了一场“驱杨运动”。鲁迅“先是该校的一个讲师，于黑暗残虐情形，多曾目睹”，后是进步师生组成的校务维持会的委员，对教育当局“百般迫压的苦痛，也大抵亲历的”①。在事件的整个过程中，他

① 鲁迅：《“公理”的把戏》，见《鲁迅全集》第 3 卷，人民文学出版社，1982 年版，第 164 页。

始终站在进步学生方面，不仅进行了一系列实际的斗争，同时也写了《忽然想到(七)》和《"碰壁"之后》等文章把杨荫榆阴谋迫害学生、筹划开会的事情公之于众。而支持杨荫榆的，有北洋军阀政府当时的司法总长兼教育总长章士钊以及"现代评论"派的陈西滢等人。在鲁迅的文章发表几天以后，1925 年 5 月 29 日，陈西滢就在《现代评论》上发表了一篇题为《闲话》的文章，偏袒杨荫榆一方，批评、指责学生的所谓越轨行动。文章污蔑女师大"好像一个臭茅厕"，"人人都有扫除的义务"，并说女师大学潮"是北京教育界占最大势力的某籍某系的人在暗中鼓动"，"挑剔风潮"，将矛头直接指向了鲁迅，还要求"教育当局""应当切实的调查"，"万不可再敷衍姑息下去"。鲁迅于 5 月 30 日写了《并非闲话》一文，发表在 6 月 1 日的《京报》副刊上，6 月 2 日，又写了《我的"籍"和"系"》，发表在《莽原》周刊第 7 期上，明确指出："'流言'总不能吓哑我的嘴"，"我常常要'挑剔'文字是确的，至于'挑剔风潮'这一种连字面都不通的阴谋，我至今还不知道是怎样的做法。何以一有流言，我就得沉默……"鲁迅没有沉默，开始了与章士钊、陈西滢等人长达两年多的针锋相对的斗争。

女师大学潮虽然以学生的胜利而告终，但没过多久，1926 年 3 月，就发生了段祺瑞执政府残暴杀害徒手请愿的爱国学生的"三·一八"惨案。伤亡的学生中就有鲁迅熟悉的刘和珍等人。面对反动派的凶狠毒辣，鲁迅愤怒到了极点。"好几天饭也不吃，话也不说，"李霁野回忆当时的情景说，"我从未见到先生那样悲痛，那样愤激过。他再三提到刘和珍死难时的惨状，并且说非有彻底巨大的变革，中华民族是没有出路的。"①惨案发生的当天下午，段祺瑞执政府下达了对 5 名所谓"暴徒领袖、共产党领导人"的通缉令，之后没几天，《京报》又传出了通缉包括鲁迅在内的 48 人(一说 50 人)名单。惨案发生半个月后，4 月 26 日，进入北京的奉系军阀，以宣传"赤化"的罪名，封闭《京报》，逮捕并枪毙了《京报》总经理兼总编辑邵飘萍。北京进步文化界笼罩在白色恐怖之中。鲁迅被迫开始了他在北京甚至是一生中最难忘的避难生活。这段避难生活自 1926 年 3 月

① 李霁野：《三·一八惨案前后》，见《回忆鲁迅先生》，新文艺出版社，1956 年版，第 30 页。

末开始，断断续续，一直到 5 月初才结束。许寿裳先生回忆说："为的三·一八惨案以后，有要通缉五十人的传说，我和鲁迅均列名在内。等到张作霖入京，先头部队已抵高桥了，经老友齐寿山的怂恿，我和鲁迅及其他相识者十余人，便避入德医院的一间堆积房，夜间在水门汀地上睡觉，白天用面包和罐头食品充饥。鲁迅在这样境遇中，还是写作不辍。"①鲁迅这一时期写作的《纪念刘和珍君》、《"死地"》、《可惨与可笑》、《如此"讨赤"》等杂文，揭露了敌人的残暴与血腥、文人政客的流言的卑劣，深情地表达了对英勇的死者的由衷的赞美与哀痛；而同一时期所作《野草》中的《淡淡的血痕中》、《一觉》两篇散文诗，则抛开杂文那种对于敌人凶狠残暴的谴责，"由现实生活层面的愤怒情感进入带有普遍性的人类的创造者(造物主)孱弱本质和他所造成的人类生存矛盾处境的直观"②，其中虽然暗含着对段祺瑞反动政府现实罪行的批判，但是已经充分被诗化了，已经上升为对现实生活的理性思辨。在这样的生命面临着死亡威胁的时候，鲁迅心绪不得宁静，由于随时都有遭遇不幸的可能，鲁迅不久便决意离开北京南下。

以上事件可以说都直接影响了鲁迅写作《野草》时的心境和情绪。尽管他感到的尽是浓重的黑暗与虚无，但仍要做"绝望的抗战"，"肩住黑暗的闸门"，放青年"到宽阔光明的地方去"。这就决定了《野草》中的作品虽然流露出彷徨、苦闷、寂寞的情绪，但仍潜藏着在黑暗重压下的战斗精神、不懈的追求精神和英勇的牺牲精神，具有复杂深邃的思想蕴涵和鲜明独特的文化品格。

《秋夜》是《野草》的第一篇，它通过对秋夜室内外景物的描写，用象征的手法，寄寓了作者在现实斗争中强烈的爱憎感情。在创作它时，鲁迅正在北京与北洋军阀的黑暗统治及封建势力进行韧性的战斗。他的内心是矛盾、痛苦而又压抑的，但是他决不向黑暗势力低头。作品里的天空、星星、繁霜、月亮，以及夜游的恶鸟，都是丑恶而狡猾的反动势力的象征。对

① 许寿裳：《鲁迅的避难生活》，载《时与文》1947 年 10 月 17 日第 2 卷第 6 期。

② 孙玉石：《现实的与哲学的——鲁迅〈野草〉重释》，上海书店出版社，2001 年版，第 274 页。

于摧残野花草的邪恶势力，作品给予强烈的鞭挞和抨击，表现了无比憎恶之情。《秋夜》也流露出对被压迫被摧残的弱小者的同情，对热忱追求光明的幼小者的赞美。文中特别刻画了枣树的形象，它虽然在寒风中落尽了叶子，但仍然“默默地铁似的直刺着奇怪而高的天空”，它知道“秋后要有春”，也知道“春后还是秋”，然而它坚信春天必然到来；它始终坚守自己的战斗岗位，决不被各式各样的“蛊惑的眼睛”所迷惑。枣树的形象是作者对现实生活中那些顽强、坚毅的战斗者的热情颂歌，也是鲁迅自己的人格、精神和战斗豪情的诗意写照。作品也对那些为追求光明而牺牲的小青虫表示了敬意，对那冻得红惨惨的小粉花寄予了同情，同时又不满于它的多空想、少行动。

《过客》是《野草》中的又一名篇，其思想内涵的深刻性在于，它通过“过客”这一特立独行的形象，表达了鲁迅明知前路是“坟”而偏要继续前行，反抗绝望、坚持求索的迫切心情。某一日的黄昏，老翁和女孩在家门外的枯树旁遇到了状态困顿的“过客”。“过客”拒绝了老翁特别是女孩的好意、同情和布施。他说：“我没法感激。”他常常陷入“沉思”、“默想”，然后又“忽然惊醒”，一再向老翁表达前行的决心：“有声音常常在前面催促我，叫唤我，使我息不下”，“我只得走”。这种不受牵连、束缚，以便高飞远走、超然独往的精神，成为“过客”这一形象突出的性格特征。《过客》在艺术上的独特之处是用话剧的形式来写散文诗。除了一些简要的介绍，文中的主要篇幅是围绕着过客、老翁、女孩三者之间的对话展开的，对话的节奏紧张而起伏多变，不同人物的话语之间的对照体现出人物之间的性格差异和迥异的人生境界。《过客》迷人的魅力还在于它的深邃哲理，即所传达出来的生命哲学思想。这篇散文诗对布施、感激等道德情感问题的独特议论，以及“过客”对来路冷酷世界的叛离、对现路温情世界的告别、对去路绝望世界的无畏等，都体现了鲁迅对个体生命意义如何获得、如何超越等哲学命题的追问与思考。

《风筝》记录了鲁迅精神的自我解剖。它写的是做哥哥的少年时厌恶风筝，因而粗暴地毁坏了小弟弟亲手制作的风筝，后来悔之不及的一段情感故事。“我的小兄弟，他那时大概十岁内外罢，多病，瘦得不堪，然而最喜欢风筝，自己买不起，我又不许放，他只得张着小嘴，呆看着空中出神，有时至于小半日。”有一次，当他躲在一间堆积着杂物的小屋里做风筝时，“我”出来横加干涉，怒气冲冲地折断了蝴蝶风筝的翅骨，踏扁了作眼睛的风轮，自以为是对“没出息”的小兄弟的惩罚。当 20 年后读到一本外国的讲论儿童的书时，“我”才知道这恰是对儿童“精神的虐杀”，应该受惩罚的倒是自己。在这里，鲁迅提出了一个十分重要的问题：父母、兄姊如何正确对待自己幼小的子女、弟妹的游戏行为，如何消除成人与儿童的隔膜，真正尊重并了解儿童的心态？从中，我们可以看出鲁迅对儿童和儿童教育问题的关注。

《颓败线的颤动》写的是一个忘恩负义的故事。年轻守寡的母亲，迫于饥饿，不得不在自己的破屋里，忍受羞辱，强作欢颜，靠出卖肉体抚养两岁的女儿。若干年后，女儿长大成人，招了女婿，生儿育女，屋的内外也已整齐，然而却出现了令人发指的一幕：这一对青年夫妻以及一群小孩子，一起怨恨、鄙夷地冷骂和毒笑这位老母亲。老妇人愤然离家出走，在深夜中，一直走到无边的荒野，赤身露体，屹立如石像。几十年的经历涌上心头，她付出了眷念、爱抚、养育和祝福，而收到的却是决绝、复仇、剪除和诅咒，“她于是举两手尽量向天，口唇间漏出人与兽的，非人间所有，所以无词的言语”。小说抒发的这样一个母亲的无言的痛苦，同时也是鲁迅内心的痛苦。鲁迅是在极为艰苦的条件下反叛旧的文化传统的，因为这种反叛为社会所不容，他首先要承担旧传统的攻击和羞辱。他为后代人肩住了黑暗的闸门，使后来人能够呼吸到更多的自由和平等的空气，但是，后代人会不会因为有这样一位前辈而感到耻辱呢？这是鲁迅向自己和社会提出的一个尖锐的问题。应当指出，鲁迅的这种苦闷不是没有缘由的，其中不但有他与周作人关系破裂后真实的内心苦闷，同时也包含着他对人生矛盾的更普遍、更深刻的思考。世界存在着两种人：爱人者和爱己者。爱人者因对人的感情而甘愿牺牲自己，使别人幸福，并把自己的幸福寄托在别人的幸福之中；爱己者则永远以自己的需要而接受爱人者为自己做出的牺牲。当爱人者已牺牲掉自己而再也无可牺牲时，便会成为爱己者所不齿的人，这时，爱人者不但成为孤独者，而且也会因为无所爱而陷入极大的苦闷中。《颓败线的颤动》表现的便是爱人者的悲剧。

《雪》是一篇寓情于景的散文。在鲁迅的笔下,雪有两种,一是江南的雪,一是朔方的雪。作者先以“暖国的雨”的单调衬托了江南的雪花的娇艳明媚,又用画家的彩笔绘制了一幅瑰丽多彩的江南雪景图:那“血红的宝株山茶”、“白中隐青的单瓣梅花”、“深黄的磬口的腊梅”以及“冷绿的杂草”点缀着被白雪覆盖的江南原野,一眼望去,真是五彩缤纷、光耀夺目。“冬花开在雪野中,有许多蜜蜂们忙碌地飞着,也听得它们嗡嗡地闹着。”从这绘声绘色、动静交织的描写中,读者可以强烈地感到,江南的雪野上是洋溢着春天的气息的。为了更真实地突出江南雪景的生机勃勃,在勾画了自然景物后,作者又特地选取了孩子们塑雪罗汉的游戏加以渲染。孩子们天真的举动、欢乐的情绪,以及雪罗汉可爱的神情,把江南雪野烘托得更富情趣。在第四自然段的开头,作者用“但是”这个转折词巧妙地转到对朔方飞雪的描写,并表明朔方的飞雪和滋润美艳的江南柔雪是截然不同的,没有花作点缀,也做不成阿罗汉,纷飞之后,“永远如粉,如沙”,“在晴天之下,旋风忽来,便蓬勃地奋飞,在日光中灿灿地生光,如包藏火焰的大雾,旋转而且升腾,弥漫太空,使太空旋转而且升腾地闪烁”。在鲁迅的心目中,也许这才是真正的雪。“孤独的雪”的个性、风采,也正代表着“孤独的战士”的个性与风采。在这里,作者以炽烈的感情、豪放的语言、刚劲的笔力,描写了朔方飞雪磅礴的气势,抒发了对朔方飞雪追求自由精神的赞美,同时也对它不幸的遭遇寄寓了深切的同情。全文虽然流露出一种孤寂的情绪,却掩盖不住其中闪现着的理想光芒以及作者对生活的热爱。

此外,《这样的战士》、《墓碣文》、《影的告别》、《死火》等篇也都以抒发作者心灵深处的感受为主,交织着严肃的自剖与不倦的探索,真实地记录了一个前进中矛盾、彷徨和苦闷的战士的坚定步伐。

《野草》的艺术表现,鲁迅也是非常满意的。鲁迅晚年在给萧军的信中说:“我的那一本《野草》,技术上并不算坏。”①鲁迅很少表现出对自己

① 鲁迅:《鲁迅全集》第12卷,人民文学出版社,1981年版,第532页。

作品艺术上的得意，对《野草》作出这样的评价，实属罕见。1932 年，鲁迅为自己编选《鲁迅自选集》，共选择了 22 篇小说、散文和散文诗，《野草》就有 7 篇，包括《影的告别》、《好的故事》、《过客》、《失掉的好地狱》、《这样的战士》、《聪明人和傻子和奴才》和《淡淡的血痕中》，占到近三分之一篇幅，比重之大，也可证明鲁迅对《野草》的心仪与喜爱。

《野草》的出现，是独树一帜的，它独特的艺术表现，在中国新文学史上开散文诗之先河，产生了深远的影响。《野草》要表达的更多的是当时鲁迅的内心矛盾和斗争，对孤独、寂寞、惶惑、苦闷、死亡、焦虑、不安、绝望、反抗等情绪的体验，其中有些是不足也不愿为外人道的。鲁迅采用了西方的象征主义、现代主义等写作方法，使本来明白的东西变得有些朦胧，指引读者进入深层次思考。《野草》构思新颖奇特，多写梦境和幻觉，把个人的思绪和情感外化为象征性意象，从而异彩纷呈地创造出许多蕴涵丰富的象征性画面和意境，其中包含着的暗示、隐喻、烘托、通感等多种艺术手法，同时营造出了一种"神秘幽深"的艺术氛围。此外，梦幻与现实的自然衔接，又把情、景、理有机地融合在一起，达到了一种弦外之音、境外之意的美学境界和艺术效果。

《野草》中的篇章短小精炼，意象浓缩，语言富有诗一样的跳跃性和音乐感，给读者留下无尽的思考和回味空间。因此我们在《野草》中不但看到了鲁迅对屈原及《离骚》的继承和发展，也看到了鲁迅对西方散文诗大家尼采、波德莱尔和屠格涅夫等人的借鉴和融会贯通，写实和象征在《野草》里得到了很好的融合。

《野草》精巧的结构，蕴藏着无限而隽永的人生体验和哲理思考。

第三节 何其芳的散文诗

何其芳(1912—1977),现代散文家、诗人。代表作有散文集《画梦录》、《还乡杂记》,诗集《预言》、《夜歌》等。何其芳生于四川万县一个老式乡村绅士家庭,在乡下刻板寂寞的生活中度过了忧郁的少年时代,由此养成沉默、爱思索的性格。1936 年与卞之琳、李广田共同出版的诗合集《汉园集》,使他成为“汉园三诗人”之一。早期诗作结集为《预言》出版。1933 年开始写散文,后结集为《画梦录》出版。这个时期的其他作品包括历史故事、独幕剧、诗歌结集为《刻意集》出版。1935 年秋起,他先后到天津和山东莱阳教书,目睹了社会的不义,从此思想发生了很大的转变。这在散文集《还乡杂记》和诗集《预言》卷三中表现得十分鲜明。七七芦沟桥事变后,返四川编《川东日报》副刊《川东文艺》,又与方敬等合编刊物《工作》,为文抨击种种有碍抗战的言行。1938 年 8 月,与沙汀、卞之琳等奔向延安,在鲁迅艺术学院任教,开拓了新的时期。延安时期的创作收于诗集《夜歌》、散文杂文集《星火集》、《星火集续编》中。新中国成立后长期在中国科学院文学研究所工作,精力集中于文学研究及文艺批评方面,创作基本中断,少量新、旧体短诗后由上海文艺出版社编为《何其芳诗稿》出版,一些散文和一部未完成的长篇小说则收于 1983 年人民文学出版社出版的《何其芳文集》。

最能体现何其芳才情和艺术创造力的是散文集《画梦录》,上海文化生活出版社 1936 年 7 月初版,收入作者 1933 年至 1936 年的早期散文 16 篇。《画梦录》是对一个有朦胧理想、渴望温暖的青年人在人生旅途中种种寂寞的记录。其中有对于衰微的昔日的感喟(《墓》、《楼》、《黄昏》等),有对于悲苦的闺阁少女的系念(《哀歌》、《秋海棠》等),有对于“山之国”的故土的眷恋(《岩》、《雨前》等),是一个“社会囚徒”发出的凄恻的变徵之音,从中可见出作者所体味的时代的沉重与僵硬。作者以诗的笔调创作散文,意境美丽迷蒙,近于独白式的喃喃自语;情感细腻委婉,风格纤巧精致,词句典雅,是中国现代散文史上最具有代表性的美文之一。《画梦录》

曾于1937年与曹禺的剧作《日出》、师陀的短篇小说集《谷》同时获得天津《大公报》文艺奖，在当时影响相当广泛。

《画梦录》中的散文名篇《雨前》创作于东北沦陷后日本帝国主义加紧进攻华北的民族生死存亡的危难时期。作为一位正直的爱国的知识分子，作者沉浸在无限的忧愁与痛苦之中。在这民族危机深重的时刻，国民党不仅不抵抗，反而对外妥协投降，对内镇压人民的抗日救亡运动，这更使作者为民族的命运而担忧。《雨前》正是作者通过对雨前的各种自然景物的描写，将复杂沉郁的感情融入景致之中，以密云不雨的天气映射现实社会，表达了作者自己的同时也是民族的、人民的种种复杂感情。在如此压抑的环境下，作者深深地怀念着南方家乡的雨景，想逃脱这压得人喘不过气的现实。这里流露出知识分子在尚未走上革命道路时困惑于黑暗社会中的矛盾心态。这是一篇如诗如画的小品散文，景致优美、恬静，情思缠绵，但在美景之中使人体味到一丝苦涩，一种难言的忧伤；用词准确洗炼，生动传神；写景状物细腻精确，栩栩如生。

《画梦录》中的另一篇散文《梦后》，更能显示出何其芳这一时期散文创作的审美追求。他以缥缈的思绪和缠绵的文字创造出一种浓郁而幻美的诗的境界。《梦后》写的是一个画梦人梦醒后对梦境的描绘。作者首先在梦幻与现实的结合点上选定了情感抒发的位置，梦中的哀愁，现实的迷惘；梦里的超然，醒来的流连；梦里的一片荒林，醒来的一城暮色；梦中想梦，醒时似梦，却比梦更像梦……这些交织着清醒与朦胧的反复的意象，倾诉了一种剪不断、理还乱的情感纠葛。但作者并没有完全沉醉于梦中的幻美，也没有丢弃对梦的追求，而是把内心孤寂、悲苦和倔强、抗争的矛盾状态，借梦与醒的冲突展现出来，以浓厚得难以化开的感觉色彩，把梦与现实融为一体，以自己心灵的撞击来震荡读者的心弦。与这种抒情方式相适应，作者在行文上刻意追求一种独具感染力的语境——心灵的独语。散文通篇都是作者的喃喃自语，娓娓低吟，时而又自问自答，还不断穿插一些戏剧式的独白，把读者拉向"我"的心灵深处。一种亲切、真挚、坦诚的氛围融融而生。尤其是这种语境介于明晰与模糊之间，它的蕴藉含蓄和富于联想使人若有所悟、思之再三。这种独特的语境是《梦后》，也是何其芳整个散文创作的一个重要特色。此外,散文还运用了“移情”和“通感”的艺术手法,采取了大幅度跳跃的结构方式,这些也都是何其芳散文的魅力所在。但是,《梦后》中过于浓重的色彩、繁复的语言和复杂的意象,又表现出某种生涩、堆砌等不足。

《画梦录》不但有其独特的审美价值,而且有其独特的宗教意蕴。何其芳是从怀疑自身生存意义到个人逐渐醒悟以致转变人生价值观念的。由于他的思想倾向、审美追求及创作道路前后发生了明显变化,因此人们曾用“心灵良知”的尺度来衡量他的价值并评判他发生转变的意义,也有人指出何其芳早期信念主要是道家的、出世的,后期信念则是儒家的、入世的。笔者认为这种区分并不是最重要的,或者说只是表层的,更重要的问题是,促使何其芳思想和艺术倾向发生变化的主要因素究竟是什么呢?这尽管是一个十分复杂的问题,但至少有一个重要因素是很突出的,这就是在何其芳思想倾向和艺术追求的前后变化过程中,表现出了一种近乎基督教教徒式的自我忏悔和良心自责,甚至,这种个人深深的自我忏悔在何其芳最初的一些创作中就留下了深深的印迹。

《画梦录》虽然只是一本 4 万余字的小册子,但字里行间凝重地透露出作者不满黑暗现实而又无力反抗、追求人生理想而又找不到理想出路的苦闷心理,尤其表现了作者在梦境和幻象之中既寻求心灵自慰并又为这种寻求而深感自责与忏悔的矛盾情态。何其芳在《画梦录》的代序《扇上的烟云》里一边表示“我这些日子来喜欢一半句古人之言。世事于我如浮云。我喜欢它是我一句文章的好注脚:不知何时起世上的事都使我厌倦”,一边却又“长久不能忘记一位匈牙利作者,他的一篇文章里有了两个优美的比喻:在黄昏里,在酒店的窗子下,他说,许多劳苦人低垂着头像一些折了帆折了桅杆的船,停泊在静寂的港口;后来他描写一位少女,就只轻轻一句,说她的眼睛亮着像金钥匙”,因为“它们可以开启乐园或者地狱的门”。厌倦和希望、寻找与失落构成了《画梦录》的基调。所以何其芳用青团扇子为他精心描画的美梦作证,但又深恐“只怕你找着时那扇子上的影子早已十分朦胧了”。这篇代序对理解何其芳《画梦录》的思想内涵是十分重要的。以往我们太多地注意到《画梦录》中对“梦”的依恋以及表现这些梦的独特方式，笔者认为作品中那种对梦的惊恐和反省也是不可忽视的。作者对那些“梦”是否“真有这样一个所在”是有所怀疑的，“我能很美丽的想着‘死’，反而不能美丽的想着‘生’吗?”(《独语》)何其芳对命运的思考从一开始就带有某种悲观的情绪，“有一天，我们在开始衰老了，偶尔想起了那些辽远的温暖的记忆，我们更加忧郁了，却还是说并不追悔，把一切都交给命运吧。但什么是命运呢：在老人或者盲人的手指间颤动着的弦”。而那“弦上发出的声音”是深不可测的。(《弦》)《梦后》重叠着梦中的哀愁、现实的迷惘、梦里的超然、醒来的沉重这些繁复的矛盾意象，传达出一种剪不断理还乱的情绪。但作者并没有完全沉醉于梦中的幻景，也没有丢弃对梦境的追求，而是把内心的孤寂悲苦和抗争意识，借助梦与醒的冲突展现出来。作品真正给人以感动的并不只是作者对自己梦境的剖析，而是更有一种对理想的反思：

> 也许寂寞使我变坏了。但它教会我如何思索。我尝窥觑，揣测许多热爱世界的人：他们心里也有时感到极端的寒冷吗？历史伸向无穷，像根线，其间我们占有的是几乎无的一点；这看法是悲观的，但也许从之出发然后觉世上有可为的事吧。因为以我的解释，他们都是理想主义者。

准确地讲，从《画梦录》开始，何其芳就思索着从理想主义向理性主义的转变了。这种对自己理想的严肃审视与反省，以及对死的梦魇和对自身生存意义的怀疑，构成了《画梦录》主题深沉凝重的方面。而这个主题形成的过程中，包含着一种宗教式的忏悔与思考。对自身性格、命运、生存价值的深刻忏悔，是何其芳艺术创作及至人生道路转变的一个内在动因。

第四节　唐弢、郭风等作家的散文诗

20 世纪 40 年代散文诗成为“孤岛”上海作家和国统区作家手中一种独特的“战斗武器”。他们身处险恶的政治环境之中，往往不得不运用曲笔来反击黑暗，呼唤光明，迎接解放，鼓舞读者。于是，他们创作了大量充满寓意象征的散文诗。其中唐弢在上海的散文诗创作具有鲜明的代表性。40 年代的社会现实则表现为仍然存在新旧对立，但是人民已经普遍觉醒，新生活的曙光即将来临。这一历史特点决定了该时期散文诗创作的时代特色，既正视现实，反抗黑暗；又追求理想，向往光明，表现出现实主义的战斗精神和理想主义的革命激情相结合的发展趋势。在艺术手法上，40 年代散文诗进一步从中外散文诗创作传统和诗与散文的文体形式中汲取营养，直接从现实生活和自然景物中发现诗意，触发感兴，提取意象，创造情境，显示出清新活泼的时代生活气息。作者抒发的情感往往与人民的生活现实息息相通，即使写得含蓄曲折，也能够引起读者的广泛共鸣。这一时期散文诗的活跃创作不仅逐渐为它赢得了更为广泛的读者群，更激发了一批有才华的年轻人投入到中国散文诗的创作队伍之中。他们人才济济，创作欲强烈，勇于创新，艺术起点和水准都比较高。但是由于受到生活经验、思想和艺术修养还不够丰富的限制，他们的散文诗创作并没有臻于成熟。当然，也有如郭风在日后的几十年里不懈努力终以散文诗知名于世，而大多却因种种原因未能坚持下来，这无疑是散文诗发展中的一个遗憾。

唐弢除却创作了大量的杂文之外，也尝试着进行散文诗的写作，其主要的散文诗作品收入《落帆集》。他的散文诗深受鲁迅《野草》创作风格的影响，同时也借鉴了外国散文诗大家波德莱尔、纪伯伦、哈代诸家的艺术手法。在战时“孤岛”上海和战后国统区的特定环境中，他巧妙地运用曲笔，借助想象、象征以至梦幻的情景，熔铸寓言故事和历史传说，曲折地抒写了自己不满黑暗、寻求出路、向往光明的心境，传达出人民群众反对压迫、争取自由、期待解放的愿望。

唐弢的散文诗中存在着一个突出的意象——“梦”，他的很多散文诗甚至就以此为名，如《梦》、《拾得的梦》、《寻梦人》、《梦里的“江湖”》等。作者选择充满虚幻想象、光怪陆离的“梦”作为散文诗的典型意象，并且以清晰细致的笔触描写了他所经历的一个个梦境。在《梦》里“我”在黑夜攀爬一座凶险陡峭的山峰，沿途不仅有荆棘、鳞苔、蔓藤的纠缠刺扎，甚至还有毒蛇“油滑阴冷”的攻击，“我”的手和脚都被刺破，鲜血淋漓：黑暗的梦境里处处潜伏着危机。《拾得的梦》则是一个远至“空漠、阴森、死寂，连空气也结成冰柱”的冰岛梦境，这里同样弥漫着恐怖与黑暗：形态丑陋的骷髅在跳舞和狞笑，“我嗅到了腐臭的气息，是死狗皮。我见到了臃肿的形体，是烂猪肉”。① 腐烂与丑恶的物象群魔乱舞似的朝人挤压过来，“我”只能“聊延残喘”。《 寻梦人》里的主人公居住在一个阴沉发霉的深宅大院，终日不见阳光，只能与蜥蜴、猫头鹰为伴。总之，唐弢散文诗的梦境沉浸在黑暗压抑之中，充斥着丑恶阴毒的物象。作者借助对于这样的恶“梦”的描写来间接地描述他所看到的、听到的、感受到的现实的死寂严酷。现实世界中的丑陋与腐朽都化身为“梦”中的怪物，来自现实的压迫与伤害转为梦境中“我”所遭受的袭击。整个梦境其实就是作者对现实世界的隐喻。迫于反动势力的高压和他们的文化专制政策，当时的进步作家大都采用曲笔、隐喻、寓言等一系列较为隐晦、曲折的方式来反映现实，所以唐弢的散文诗选择了精神意识里最自由最真实的“梦”来暗示他所憎恶的失去了自由与生机的现实。

现实的黑暗与压抑虽然令人窒息，但是却并不能侵蚀斗争者的意志，相反却增强了他们与之搏斗到底的勇气和力量。所以，唐弢的散文诗里黑暗的梦境终究都不能持续，新生与光明的力量不断与之抗争，充满了昂扬的生命热情与坚定的理想信念，反抗、斗争的色彩十分浓厚。《梦》里尽管“我”伤痕累累，却仍然相信“无数的后来者的血，一定会栽培出鲜艳的花朵来”。②《拾得的梦》则是用“我”与宇宙的大笑来融解冰冷的寒意，于

---

① 唐弢：《拾得的梦》，见《唐弢文集》第 3 卷，社会科学文献出版社，1995 年版，第 323 页。

② 唐弢：《梦》，见《唐弢文集》第 3 卷，社会科学文献出版社，1995 年版，第 320 页。

是绿遍全岛的小草带来了和煦的春风，奔腾的海浪迎来了白热的朝阳，“冰岛在溶解，动荡，崩裂……我的脚又踏到了实地”。[①] 光明终会驱走黑暗，即使是冰岛也有冰消雪融，阳光灿烂的日子。《寻梦人》里大半生昏迷在床的青年终于抬头看到了屋檐罅隙漏下的一线天空的蓝色，感受到了自然的召唤、原野的呼号，体验到生命的美好。同样是在梦境的隐喻里作者暗示出对于光明与理想的执著追求，坚信光明必然冲破黑暗的美好未来。这种奋斗与抗争的意志始终贯穿在唐弢的散文诗创作之中。作者甚至直接以直抒胸臆的方式来抒发这样的情感：“有必死之心，正因为有必胜的信念，这是生活最坚实的基础。”[②]“黑暗势力不能使我屈服，像那个杰出的思想家一样，我愿把希望寄到将来。我不能彷徨，我还要往前走去——因为前面有的是路。”[③]散文诗恰似作者手中对敌斗争的武器，一面鞭笞着黑暗的现实，一面抒发着战斗者豪迈的理想意志。

唐弢的散文诗内容大都反映着现实的压迫和反抗压迫的积极斗争，因此内蕴深厚，色彩浓重；创作手法上多用曲笔、隐喻、寓言等方式，善于在创造新奇意象的过程中揭示斗争主题。比如散文诗《心的故事》创造了一颗“心”的意象：离开了肉体身躯的束缚，心像自由的小鸟一样飞翔。作者用诗行的句式、典型的三段式结构来排列心的飘荡旅程，在反复的咏叹中表现心所经历的重重人世沧桑。尽管超脱了肉身的挂碍，但是灵魂仍然充满了关怀现实的热情和对于人间的爱恋，“却又执着，炽热；有恋念，也有憎恶。它不忘人间的爱”[④]。作者把自己所追求执守的精神信念都凝聚在“心”的意象之中，用“心”的游荡历程来概括人的现实境遇，强调灵魂所富有的生命力量。

郭风(1917—2010)原名郭嘉桂，回族，祖籍福建莆田。20 世纪 30 年代末开始发表散文作品，至今已出版散文集《山溪和海岛》、《曙》、《唱吧，山溪》、《英雄和花朵》、《开窗的人》、《晴窗小札》、《郭风散文选》，散文诗集

---

① 唐弢：《拾得的梦》，见《唐弢文集》第 3 卷，社会科学文献出版社，1995 年版，第 324 页。
② 唐弢：《火花》，见《唐弢文集》第 3 卷，社会科学文献出版社，1995 年版，第 317 页。
③ 唐弢：《清夜》，见《唐弢文集》第 3 卷，社会科学文献出版社，1995 年版，第 319 页。
④ 唐弢：《心的故事》，见《唐弢文集》第 3 卷，社会科学文献出版社，1995 年版，第 326 页。

《叶笛集》、《鲜花的早晨》、《灯火集》、《笙歌》、《小小的履印》等。而郭风突出的文学成就表现在散文诗的创作方面。他不仅较早开始散文诗的创作，并且一直坚持使用这种文体形式进行写作，并且有意识地拓展散文诗的表现内容。因此，郭风对于中国散文诗的文体建设有着较为突出的贡献。

郭风的散文诗创作依据新中国成立前后分为两个不同的阶段：前一阶段即40年代的散文诗创作仍然延续了当时的时代特色，揭露黑暗，表现斗争。但是郭风散文诗的“战斗”风格不同于唐弢，感情色彩不是那么强烈激昂，相对蕴藉；他所选择的象征意象也不是那么充满幻想、光怪陆离，更多是生活中一些细小的实物，而由作者来赋于它一定的象征意义。例如，作者寄寓对于未来美好生活希望的《报春花》：“一朵笑着的火焰一般的小红花”就足以“无视北方之暴戾”，它的出现就暗示着“春天从土地的深层一下觉醒了，呼唤着温暖和阳光，跑步而来了……”①作者善于抓住事物的典型特征，即报春花“迎春而放”的特点，从微小事物中发现其不平凡的特质，仅仅以一朵小花就承载起了整个未来生活的理想。郭风散文诗中的小物象大都被赋予了特殊的意义。“乐天派哲学家”②喜鹊，“心中有不能消失的热望和信念”③的落叶树，“投向光明与自由”④的蜜蜂，小事物蕴含着作者对于生活的感受以及发自内心的情感愿望。笔调虽然简单平淡，但却意义深远。

新中国成立后，郭风的散文诗创作进入了另一个阶段：描写了大量表现闽南乡间风光和具有乡土特色的生活情景，以富有声光色彩和哲理意蕴的图画，抒发着作者对乡土的厚爱和对祖国的挚情，“具有浓重的乡土气息，具有民间的、乡亲的情绪”。⑤ 两篇以乡间特有的音乐艺术为题的《叶笛》、《麦笛》就是作者田园散文诗创作风格的代表。《叶笛》鲜明地描

① 郭风：《报春花》，见《郭风散文选》，四川人民出版社，1983年版，第203页。

② 郭风：《喜鹊》，见《郭风散文选》，四川人民出版社，1983年版，第305页。

③ 郭风：《落叶树》，见《郭风散文选》，四川人民出版社，1983年版，第240页。

④ 郭风：《蜜蜂》，见《郭风散文选》，四川人民出版社，1983年版，第248页。

⑤ 郭风：《我与散文诗》，见《郭风散文选》，四川人民出版社，1983年版，第443页。

绘出了一幅闽南乡间的民俗图：乡民用两片自然界的绿叶放在嘴边，吹奏出心底的歌——对生活、自然、劳动和光明的礼赞。诗篇对生活、自然的情感抒发采用直接抒情的形式，而对祖国和人民的歌赞则运用象征、隐喻的手法；既似一曲田园牧歌，又如一首新生活的颂歌。如果说《叶笛》是“无声的音乐”，那么《麦笛》则是“白描的绘画”。作者用感情饱满的笔，调动其丰沛的想象，欢快地描摹着故乡四月的风景：它的天空、果园、麦田，以及吹奏麦笛的故乡歌手，在美丽的丰收图中贮满了劳动的喜悦和收获的甘美。作者心中满溢的乡土情感使他熟练地运用散文诗的形式来吟咏他所熟悉和眷爱的一切乡间景物，从自然界的木棉树、榕树、果园到四月的天空、骤雨、江河，再到劳动工具风力水车、水磨、犁，这些无不寄托着他对于故乡的深情厚爱。在这些以乡村自然、田间劳作为内容的散文诗里，作者一面秉承了乡土社会和民间艺术的审美方式，以简洁朴直的笔触勾勒乡村风景；同时又注意从象征派、意象派中借鉴艺术技巧，逐渐形成其散文诗与绘画美、音乐美熔于一炉，“寓丽于清，寓刚于柔，寓浓于淡，寓动于静”的风格。《叶笛》采用诗歌创作中常用的复沓形式，造成回环往复、情思悠长的艺术效果，用诗歌的语言吹奏出音乐的旋律节奏；《麦笛》则运用通感的手法，使神奇的麦笛声不仅给人以听觉，而且还给人以视觉和触觉，汇集声光、色彩、形象等多种感受形式，给人以丰沛的艺术美感。总之，郭风的乡村散文诗创作讲究审美价值，注重艺术联想，通过多种艺术手法的综合和变化来构筑自己独特的散文诗意境。

值得一提的是郭风散文诗的创作中还包括了一部分儿童散文诗，新中国成立后以《搭船的鸟》为名结集出版。在这些儿童散文诗中，他大都模仿儿童的语气，以他们的感觉方式来看待事物，通过新奇的想象来表达儿童的感受，其丰沛天真的想象犹如“童话”。如《灯和星星》里油灯和星星天真的交谈，《伞店》里蘑菇小朋友们热情的讨论，作者以更加真挚和细腻的情感来抒写儿童天真纯洁的心灵世界。他的作品先后两次荣获全国儿童文学作品奖，并译成俄文在前苏联出版。

一批年轻人在 20 世纪 40 年代也以散文诗的形式抒写光明到来前的社会黑暗，呼唤着自由和抗争的革命精神。新中国成立后，郭风、刘北汜编辑，由花城出版社在1984年6月出版了一套“曙前散文诗”丛书，收录了40年代8位年轻诗人的散文诗集：叶金《阳光的踪迹》、羊翚《晨星集》、田一文《囊萤集》、刘北汜《荒原雨》、陈敬容《远帆集》、郭风《圣歌》、莫洛《梦的摇篮》、彭燕郊《高原行脚》。这套丛书以“曙前”命名，不仅表明他们的散文诗创作有着相同的历史背景——处于新中国成立前40年代国统区的黑暗压抑之中，生活在“一座幽邃而庞大的森林里”——同时也显示他们的散文诗共同的内容：一面揭露现实的冷酷，带有灰暗苦闷的色彩；一面抱着光明必然驱散黑暗的信念，欢呼着胜利曙光的到来。

叶金(1922—2005)，原名徐柏荣，江西吉水人，所作散文诗主要发表于东南、西南和上海、南京一带的报刊，于1984年结集出版了《阳光的踪迹》，为“曙前散文诗”丛书之一。叶金的散文诗想象丰富活泼，时而伴随着哲理沉思，时而渗透着真情抒发，敏锐地捕捉到自然和生活中的诗意。散文诗节奏明快、从容流畅，把散文的灵活结构与诗歌美妙的韵律较好地结合在了一起。《小河》以春、夏、秋、冬四部乐章式的结构描绘了小河奔流不息、曲折前行的生命历程，礼赞“小河是酷爱自由的，小河是争取自由的战斗者呵”。① 作者赋予小河深刻的哲理内涵，象征战斗者不息不懈的前行。作者丰富精彩的想象铺展开小河在不同季节条件下的不同形态变幻，拟人、重复、排比、顶真等修辞手法的使用令文章活泼轻快、生气勃勃。《含鄱口》捕捉了大自然给予的刹那间的美感幻觉，以充沛多样的感受形式显示着自然界变化莫测的奇幻之美。《春天》以“城市中的树”为叙述主体，以它的视角看待复杂的城市：一面是“虚伪的颜色和虚伪的爱情在这里装模作样地闪烁着”②，鄙夷城市的腐朽；而另一面“我看到最美丽真实的花朵，在最污浊的泥淖也可以生长”③，坚信变革的力量。平实的意象与生活的哲理相结合，叶金的散文诗在悄悄地寻找着“阳光的踪迹”。

羊翚(1924—)，原名覃锡之，四川广汉人，20世纪40年代在成都燕京大学读书，参加“平原诗社”，开始写作诗歌和散文，作品大都发表在

---

① 叶金：《小河》，见俞元桂主编《中国现代散文诗选》，四川文艺出版社，1986年版，第324页。

②③ 叶金：《春天》，见俞元桂主编《中国现代散文诗选》，四川文艺出版社，1986年版，第329页。

成都、重庆、桂林、上海等地的报刊上。所作散文诗于 1984 年结集为《晨星集》。代表作有《告别乡土之歌》、《炉火之歌》等。《告别乡土之歌》虽然也抒写深厚的故土情感,但有别于郭风的乡村田园散文诗风格。羊翚的乡土情感更加粗犷、坚实,对于落后闭塞的山乡充满了复杂的情绪:既怜惜它的衰老与贫穷,又喜爱它的粗犷与勇武;一面要远离故乡崇山峻岭的封锁,一面又留恋着家园溪水磨坊的温情。四川山村与闽南乡村完全不同的自然风貌也决定了羊翚与郭风在散文诗抒写时不同的文字色彩,前者灰暗深沉,后者轻快明丽。二人对于乡土的情感倾向也不同:前者尽管留恋,为了追求新的生活仍然与自己生长的山乡挥手告别并踏上寻找新路的历程;后者却魂牵梦萦系故土,把家乡山水作为自己最终的心灵归宿。因此,羊翚描写故土的散文诗自成一格。而另一首在冰天雪地唱起的《炉火之歌》以抒情主人公直接呼唤的方式,在最寒冷的冬夜看到不同地方炉火的熊熊燃烧,从而预感到春天的即将来临,概括了新中国成立前夕人们内心火热、信心满怀的思想状态。散文诗中充溢着年轻人的激情和自信,富于歌咏情调,诗味浓厚。

除却"曙前散文诗"丛书的作者之外,另一位 20 世纪 40 年代的散文诗作者及其创作也同样值得关注。丽砂(1916—2010),原名周平野,1941 年以笔名"丽砂"在《国民公报·文群》上发表作品。当年的散文诗大多发表在《文群》、《人世间》、《文艺春秋》、《文潮》等报刊上,后来结集为《冬的故事》出版。他的作品意象生动、热情活泼、节奏明快,焕发出一股强烈的青春气息,其突出的特点是情感张扬,富于政治鼓动性。《春天散曲》、《生活的花朵》、《冬的故事》、《大地的歌》、《阳光》几组代表作品写于内战爆发前后,他投身于"反饥饿、反内战、反迫害"的学生运动之时。作者唱着"走向战斗"、"穿过夜的国度"[①]的战歌,用"千万双千万双为渴望烧枯了的眼睛","千万只千万只为劳动咬破了的手掌","千万颗千万颗为生活抽伤了的心灵"来迎接"我们的春天"[②],激发和鼓动着时代青年与大众的战斗热

① 丽砂:《战斗》,见俞元桂主编《中国现代散文诗选》,四川文艺出版社,1986 年版,第 273 页。

② 丽砂:《春天》,见俞元桂主编《中国现代散文诗选》,四川文艺出版社,1986 年版,第 272 页。

情。他感应时代的脉动和春天的信息,以热情敏感见长;散文诗形式短小,多以系列组诗的结构出现,充分发挥了"散文诗"的文艺战斗性。

第五章　游　记

第一节　冰心、徐志摩等作家的游记

冰心的《寄小读者》是1923年她在旅美和留美期间写给《晨报·儿童世界》的通讯结集，1926年5月由北新书局出版。初版时收录通讯27篇和《山中杂记》10则，1927年8月第4版增收通讯二十八、二十九和四版自序，成为通行定本。这本散文集发表后，深受小读者欢迎，至1941年共再版36次。这本通讯体散文集大多表现的是作者离开祖国后沿途及在美国的旅行记和游记：离开祖国旅途当中在火车上的所见所闻，从日本神户到美国路途中的海上见闻，到达美国后见到的美国风光及假期中在美国的旅游等等，其间也穿插着她的童年回忆，题材广泛，大部分散文以表现母爱、童真和自然为主。《寄小读者》中，有3封是全文与小读者谈母亲的，还有3封是冰心写给母亲的信。《通讯十》写作者在病中的回忆：

> 有一次，幼小的我，忽然走到母亲面前，仰着脸问说："妈妈，你到底为什么爱我？"母亲放下针线，用她的面颊，抵住我的前额。温柔地，不迟疑地说："不为什么，——只因你是我的女儿！"

作者慨叹，母亲爱自己是"不附带任何条件的"，不由得发出对母爱的礼赞："她的爱，是摒除一切，拂拭一切，层层的麾开我前后左右所蒙罩的，使我成为‘今我’的原素，而直接的来爱我的自身！”回想以前的往事令作者心绪沸腾。这时窗外正下着紧一阵慢一阵的秋雨，更使作者联想到“玫瑰花的香气，也正无声地赞美她们的‘自然母亲’的爱！”《寄小读者》是写给小朋友们看的，作品中作者的童心无处不在。正如作者在《通讯一》中所说：“我若不是童心来复的一刹那顷拿起笔来，我决不敢以成人烦杂之心，来写这通讯。”接着，作者在《通讯七》中写她离开祖国后的海上生活，用细腻精致的笔调，进行了极具童心又深蕴诗意的抒写：

> 海上的头三日，我竟完全回到小孩子的境地中去了，套圈子、抛沙袋，乐此不疲，过后又绝然不玩了。后来自己回想很奇怪，无他，海唤起了我童年的回忆，海波声中，童心和游伴都跳跃到我脑中来。

《寄小读者》更多的是对大自然美景的描写。《通讯四》写经过苏州时的见闻：“窗外风景，浸入我倦乏的心中，使我悠然如醉。江水伸入田垄，远远几架水车，一簇一簇的茅亭农舍，树围水绕，自成一村。水漾轻波，树枝低亚。当几个农妇挑着担儿，荷着锄儿，从那边走过之时，真不知是诗是画！”好美的一幅江南水乡画，读来诗意盎然。“有时远见大江，江帆点点，在晓日之下，清极秀极，我素喜北方风物，至此也不得不倾倒于江南之雅澹温柔。”江南的风物，在作者笔下是如此的妩媚秀丽。

冰心爱好自然的习性与她童年生活在靠近大海的山东烟台有关，所以笔下多是对湖景、海景的描摹，给读者以真切的亲身感受。《通讯七》是描写海的名篇。作者虽生活在海滨，却没有见过海平如镜：“凉风习习，舟如在冰上行。到过了高丽界，海水竟似湖光。蓝极绿极，凝成一片。斜阳的金光，长蛇般自天边直接到阑旁人立处。上自穹苍，下至船前的水，自浅红致深翠，幻成几十色，一层层，一片片的漾开了来。”海是如此的美，以至于作者“恨我不能画，文字竟是世界上最无用的东西，写不出这空灵的妙景！”作者如此喜爱海，她一到威尔斯利校园，看到眼前的 Lake Waban 湖，便亲切地唤它为“慰冰湖”，称湖为“海的女儿”，与它亲近起来。冰心对钟情于自然，经常以女儿感受母爱的体验来描写自己投入大自然的怀抱，总是怀着虔诚的心境面对大自然，细心捕捉各种景观的神韵，以至于时常“抛弃一切，完全来与‘自然’相对。以读书、凝想、赏明月、看朝霞为日课”（《通讯十一》）。笔下的一切景物都有灵性，使人感受到人与自然的和谐统一。冰心在描写大自然的诗情画意的同时，还善于发现自然的哲理情趣，如《通讯十七》从雏菊和蒲公英中“悟到万物相衬托的理”，进而明白了“世上一物有一物的长处，一人有一人的价值”。对大自然诗意的描绘并时有哲理的交融，是《寄小读者》受欢迎的原因之一。

冰心的游记在其对大自然的真切描绘中，常常流露出隐隐的乡愁和对祖国的怀念。她在看到国外的优美风景时，往往想到祖国的相关事物。《通讯二十》在写完国外优美的风景后，笔锋一转：“故乡没有这明媚的湖光，故乡没有汪洋的大海，故乡没有葱绿的树林，故乡没有连阡的芳草。北京只是尘土飞扬的街道，泥泞的小胡同，灰色的城墙，流汗的人力车夫的奔走。我的故乡，我的北京，是一无所有……但北京纵是一无所有，然已有了我的爱。有了我的爱，便是有了一切！”思乡之情溢于言表，内心充满对祖国深深的爱。

冰心的《寄小读者》用她充满童心的笔触来描写海外的风景，完全是其内心情感真实而自然的流露。她以女性温厚的爱意、真切新鲜的体会、淡淡的乡愁、清新婉约的文笔，尽情抒发对大自然的礼赞，在当时文坛上产生了很大的影响。

作为“平绥铁路沿线旅行读物”4 册书之一的《平绥沿线旅行纪》，1935 年由平绥铁路管理局出版。1934 年 7 月冰心应平绥铁路局局长之约，一行 8 人沿着从北平清华园到包头的平绥线进行了一次人文考察，以日记体的形式记载了平绥沿线的风景，古迹、建筑、风俗、宗教以及经济状况，多以地点作为日记的题目。文风清新秀丽，书中附有摄影照片 24 幅，从中可以领略塞外风沙绵密之中的历史苍茫。

徐志摩（1897—1931），浙江海宁人，著名的新月派诗人。1915 年毕业于杭州一中，先后就读于上海沪江大学、天津北洋大学和北京大学。1921 年赴英国留学，入伦敦剑桥大学研究政治经济学。1923 年回国，参与发起成立新月社。1924 年任北京大学教授，与胡适、陈西滢等创办《现代评论》周刊。1926 年在北京主编《晨报》副刊《诗镌》,与闻一多、朱湘等人开展新诗格律化运动,对新诗艺术的发展影响较大。同年移居上海,任光华大学、大夏大学和南京中央大学教授。1927 年参加创办新月书店,次年《新月》月刊创刊后,任主编。1931 年初,与陈梦家、方玮德创办《诗刊》季刊,同年 11 月 19 日,由南京乘飞机到北平,因遇雾在济南附近触山,机坠身亡。

徐志摩是著名的诗人,同时也是一位散文家。20 世纪 20—30 年代,他的散文还曾成为一种流派的代表。陈西滢评价说:"他的诗及散文,都已经有一种中国文学里从来不曾有过的风格。"①《中国新文学大系·散文一集》曾把他的部分散文作为一家选进去。徐志摩的散文生前结集的有《落叶》(1926)、《巴黎的鳞爪》(散文、翻译小说合集 1927)、《自剖》(1928)和《轮盘》(小说散文合集 1930),去世后散文结集有《秋》(1931)、《爱眉小札》(1936)和《志摩日记》等(1947)。

徐志摩 1925 年去欧洲后,应《晨报》之约,在其副刊上发表《欧游漫录》。后来又经西伯利亚到达莫斯科,写有《莫斯科游记》。他到过欧美各地,认为与大自然接触,可以恢复人生的美丽,使自己保持活泼的心灵境地,从而也能改变黑暗的社会现实。所以,他的游记散文,充满对大自然的虔诚敬意,是发自内心的由衷礼赞。《翡冷翠山居闲话》、《我所知道的康桥》和《巴黎的鳞爪》是其游记的代表之作。

徐志摩追求生活的舒适,对大自然的描写侧重人与自然的和谐,人与自然融为一体。《翡冷翠山居闲话》记述了徐志摩在意大利文化名城翡冷翠山居时的心情。在这里他完全融入到大自然中,在山中他可以不修边幅,随之自然。文章细致地阐释了他回归自然的主张:

> 所以只有你单身奔赴大自然的怀抱时,像一个裸体的小孩扑入他母亲的怀抱时,你才知道灵魂的愉快是怎样的,单是活着的快乐是怎样的,单就呼吸单就走道单就张眼看耸耳听的幸福是怎样的。因

① 陈西滢:《闲话》,载《现代评论》1926 年 2 月 20 日。

此你得严格的为己，极端的自私，只许你，体魄与性灵，与自然同在一个脉搏里跳动，同在一个音波里起伏，同在一个神奇的宇宙里自得。我们浑朴的天真是像含羞草似的娇柔，一经同伴的抵触，他就卷了起来，但在澄静的日光中，和风中，他的姿态是自然的，他的生活是无阻碍的。

这时连最喜欢的书也可以不带，因为大自然就是“伟大的一本书”。徐志摩不注重景物描写的诗情画意，而是重在描写中抒发自己的思想情感，在对景物的欣赏中表达自己的所思，抓住刹那间的灵感，展开浮想，让感情之流自由流淌。这在写景散文中是独具特色的。如《我所知道的康桥》，既不是从康桥景物中选出值得介绍的若干点来组织全文结构，也不是以时间线索介绍康桥的历史，而是将他对康桥的种种感受、思恋、回忆，一一在行文中向读者展示，以自己的情感变化作为行文线索。作者意念的发展、流动是极其活泼自然的。先从康河谈起，回忆起康河上游和下游的游玩场所，尤其是上下游分界处，由水声、晚钟声、倦牛刍草声等融合而成的一种优美、宁静而和谐的画面，给读者以身临其境之感。然后种种令人神往的建筑、文化、艺术等一齐拥向笔端，在这里：“带一卷书，走十里路，选一块清静地，看天，听鸟，读书，倦了时，和身在草绵绵处寻梦去。”多么令人神往的世外桃源！

徐志摩的散文富有诗意，这不仅表现在作者喜爱用诗引出散文，以诗作结尾，或把诗句穿插在散文中，更重要的还在于作者热衷于用炽热的情感渲染、营造浓郁的诗的氛围。如《巴黎的鳞爪》一开篇，作者就用其特有的富于激情的笔调表达在巴黎的感受：“整个的巴黎就像是一床野鸭绒的垫褥，衬得你通体舒泰，硬骨头都给熏酥了。”接着是对景物的描写：“香草在你的脚下，春风在你的脸上，微笑在你的周遭。……它搂着你，可不缚住你：是一条温存的臂膀，不是根绳子……”这极富诗意的语言，让读者不经意间已受到作者情绪的感染，和作者一起神游巴黎。

徐志摩的有些散文表现对社会政治的看法，他所向往的是英国式的政治。然而，当理想在无情现实面前被撞得粉碎时，他会在散文中通过幻想去寻找美好的境界，寻求灵魂的安慰。《想飞》就属于这样的散文。作者从眼前飞翔的云雀，联想到庄子《逍遥游》里的大鹏飞翔的雄姿，又回忆起镇上东关厢外山上夕阳夕照时的几只“饿老鹰”，没挂恋似的在空中飞翔。而孩提时代的作者一听到“饿老鹰”寻食的叫声，就仿佛自己背上长出了“一铿铿铁刷似的羽毛，摇起来呼呼响的，只一摆就冲出了书房门，钻入了玳瑁镶边的白云里玩儿去，谁耐烦站在先生书桌前晃着身子背早上的多难背的书”。这种飞，不像麻雀那样低飞，而是要像大鹏那样满天飞，风挡不住，云遮不住，“一翅膀就跳过一座山头，影子下来遮得阴二十亩稻田的飞”。这是贯通古今的想象，一层进一层的浮想联翩，抒发了作者力图逃避现实而“想飞”的强烈愿望。

徐志摩的散文韵律和谐，节奏感强，具有一种“音乐美”。大量的铺陈排比、比喻及拟人，让文章不仅更加鲜活奇巧，玲珑可人，而且如同瀑布一样流泻而出，造成一种酣畅淋漓的气势。其散文词藻华美，重叠的句式与口语自然结合，给读者以美的感受和体验。他善用欧化语言，善于在白话基础上加入方言口语或英语词汇，这也是他散文语言的一大特色。

孙福熙(1898—1962)，字春苔，浙江绍兴人，1912 年考入浙江省立第五师范学校，毕业后在家乡小学任教。1919 年与其兄孙伏园一起到北京，经鲁迅介绍到北大图书馆工作。次年赴法国勤工俭学，考入法国国立美术专科学校。1925 年回国后出版第一本散文集《山野掇拾》，1926 年至 1927 年任北新书局编辑，出版散文集《归航》、《北京乎》、《春城》等。1930 年再度赴法国，在巴黎大学选修文学和艺术理论。1931 年回国继续在杭州艺术专科学校任教，同时编辑《艺风》和《文艺茶话》杂志。1937 年到武汉，加入中华全国文艺界抗敌协会。1948 年任浙江大学文学院教授。新中国成立后任上海中学校长、上海市教育研究会主席。1951 年调入人民教育出版社任高级编辑。散文著作:《山野掇拾》(1925)、《大西洋之滨》(1925)、《归航》(1926)、《北京乎》(1927)、《三湖游记》(与曾仲鸣、孙伏园合著，1927)、《春城》(1927)、《早看西北》(1956)等。

1922 年 10 月到 1924 年 7 月，孙福熙在《晨报》副刊上连载《山野掇拾》，记录在法国离开里昂下乡旅行，到 Loisoeux 村小住写生的情景。游记共 82 节，大多数篇幅都是描写法国乡下美丽的田园风光，同时写出了作者在与 P 君夫妇、R 夫人等交往的过程中，感受到的乡下人的纯朴、勤劳、善良、乐天的性格。在美丽的田园风光中，作者于日常细微处写出人性的纯朴，表达了作者对这种生活的无限热爱。对法国乡下富有诗意的描写，显示出作者敏锐的观察力，同时配以作者的画，更给人以清新自然之感，让读者真切感受到法兰西美丽的风土人情。在现代文学史上，孙福熙的散文集是最早有插图的，且自写自画，很有特色。

孙福熙的散文有平淡、轻灵的特点，不重社会认识价值，而是着眼于美妙的山水景物描写，对大自然怀有崇敬赞美之情，一草一木都会涂上作者的主观情调。《野花香醉后》里孙福熙这样描绘自然："这时云雾捣成碎片，如流水上的落花与浮萍，落花被流水所爱，牵了手去了，浮萍打着回旋等候流水们送来的知己；山峰最喜欢儿嬉，忽高忽低，忽左忽右，与白云追赶或者逃避，有时躲在很远的地方，然而不久又回到我眼前了。"《送别》写道："天空青绿，橘红而微微带紫的云片，缓缓地在这天底下移过，不绝的过去，然而也不绝的继他们飞来。"可见，美好的大自然被作者渲染得更加迷人。有时，孙福熙纪游散文也有对自然之"道"的发现。《海港一角》说："以食物给人，原不是有礼的；然而分自己所爱的东西为馈赠，显出伟大的同情。我沉醉在这互爱与和平的地上天国中了。"孙福熙是油画家，他往往注重浓烈、错综、多层次的画面，语言色彩更为绚丽，文章结构更为随便、散漫，多用故事串连全篇，多用画家彩笔随意点染，更增添了些浪漫、主观和自由的气质。

《归航》是孙福熙 1925 年由法国归来后在船上的所见所闻，写景富于诗情画意，真切自然，继承了《山野掇拾》的风格，然而笔下的景物更多加入了一些现实生活的情景，不再是早期所描写的世外桃园了。他在船上亲眼见到法国兵的蛮横无理、安南人的苦难，使他的散文远不及前期写得唯美，现实的一切只能使他更加逃往自己艺术的小天地。

上海中华书局 1924 年出版的《南洋旅行漫记》，为梁绍文所撰。1920 年春天，梁绍文为了考察华侨教育及实业的状况，调查华工生活的苦情，接触商学两界的人物，由汉口启程，到上海后直到南洋。这本旅行记即详细地记述了他在新加坡、马来半岛、槟榔屿、苏门答腊、怡保、吉隆坡、马六甲、爪哇、万隆等地的见闻，将南洋的历史、地理、侨胞的生活状况及各国殖民政府对待侨胞的态度细细叙来，其中穿插南洋的奇风异俗、古迹、神话等等，真实地展现了华侨在南洋的现实生活情景。本书所记，多为第一手材料，具有宝贵的史料价值。《中国新文学大系·史料索引》(1917—1927)在介绍散文集的按语中说："此书在游记文学中，当时算是最好、最有社会性的一部。"

梁绍文的《南洋旅行漫记》共 133 篇，并非主要描写南洋热带的迷人风光，对风景的描写只占很少的篇幅。作者主要记述英国和荷兰殖民者对华侨的奴役和压迫，对华侨教育的摧残，同时歌颂华侨的创业精神和爱国热情，真实展现了华侨在南洋的生活。书中所配图片也不仅仅是景色，更多展示的是南洋的风俗，如南洋华侨结婚的图片、工人割橡胶的图片等。这样便使得《南洋旅行漫记》的行文以叙述为基调，在叙述中描写，夹以概括性的议论，使读者真实感受到华侨在南洋生活所受的压迫。

孙伏园(1898—1966)，浙江绍兴人，孙福熙的兄长。《伏园游记》(1926)共收入 4 篇文章：《南行杂记》(1920)、《从北京到北京》(1922)、《长安道上》(1924)和《朝山记琐》(1925)，分别发在《晨报》副刊和《京报》副刊上。《伏园游记》不重于对自然景物的描写，而重于描述社会风俗习惯。作者以随意的散文笔调，以带有新闻纪事的性质，描写中国社会的一些不良风俗，表现了散文的另一种倾向。

俞平伯(1900—1990)，浙江德清人。他的散文结集有《剑鞘》(与叶绍钧合集，1924)、《杂拌儿》(1928)、《燕知草》(1928)、《杂拌儿之二》(1933)、《古槐梦遇》(1936)和《燕郊集》(1936)等。《桨声灯影里的秦淮河》、《陶然亭的雪》、《西湖的六月十八夜》等都是俞平伯游记散文的代表作。《桨声灯影里的秦淮河》是俞平伯和朱自清同题的齐名之作，被称为"早期白话美文的双璧"。在这篇散文中，作者以细腻的笔调描绘了秦淮河的朦胧夜色，追怀着秦淮旧迹，在细腻的景物描写中，含蓄委婉地表达内心情怀，取得特殊的抒情效果。

徐蔚南、王世颖的《龙山梦痕》和徐祖正的《山中杂记》也是这时期游记的佳作。徐蔚南和王世颖合写的《龙山梦痕》(1926)曾连载于 1924 年 4—6 月的《国民日报·觉悟》,结集出版时刘大杰、陈望道、柳亚子作序或题词。两人各写 10 篇。《山阴道上》中,对流水、青山、白云和夕阳的描写,颇有诗意。此外,徐祖正的《山中杂记》也是早期游记散文中较出名的。徐祖正与周作人关系密切,是周作人一派散文在游记方面的一个代表。1926 年,他在《语丝》上连载 10 则《山中杂记》,其中有 5 则被周作人选入《中国新文学大系·散文一集》。

第二节　郁达夫的游记

在中国现代文学史上，郁达夫先在小说界取得了极大的名声。评论家一般多从小说角度对他进行批评，普通的学习者也是多关注他的小说创作，而对于他所创作的散文、诗歌关注的力度不够。但是他的诗歌、散文创作被一些评论家认为更出色。① 从他的散文创作情况来看，数量极多，种类也非常庞杂：有抨击社会现象的杂文，有述说内心情绪的抒情性散文，有写给同人的书信，还有日记等等。在众多的散文作品中，游记是其中的一个主要类别，充分显示了郁达夫卓越的写作才能。可以说，无论从数量还是质量上看，郁达夫均堪称中国现代纪游散文成熟期的代表作家。而对他的游记进行研究，也可以使我们从总体上把握郁达夫这位著名文学家的风采。

郁达夫的一生是漂泊无定、浪迹四海的一生。早年远渡日本，回国后为了生存依然居留不定，在生命的后期又远离故土，最终客死异乡。漂泊的一生让他感受到生活的艰难和痛苦。心灵的无处安放，也在某种程度上成就了他游记创作的辉煌。他最早的一篇游记是 1921 年在日本用日语写的《盐原十日记》，之后的作品有《苏州烟雨记》、《感伤的行旅》等。其他的游记基本收在《忏余集》(1933)、《屐痕处处》(1934)中；1934 年 8 月，他离开青岛去济南、北平、北戴河和天津等地周游，写了《故都的秋》等多篇游记；10 月，游览了天台山、雁荡山等名胜，写了《雁荡山的秋月》等游记；1936 年 2 月，散文《闽游滴沥》在《宇宙风》上连载；3 月，《达夫游记》由上海文学创造社出版；4 月，《达夫散文集》由上海北新书局出版；5 月，散文集《闲书》由上海良友图书印刷公司出版。

郁达夫从小受过良好的旧式教育，很早就开始诗歌创作。诗歌的写作锻炼了他遣词造句的能力，而从小生长于其中的美丽的家乡又带给他

① 郭沫若：《〈郁达夫诗词抄〉序》，见陈子善、王自立编《郁达夫研究资料》(上)，花城出版社，1985 年版，第 163 页。

大自然的熏陶，培养了他对自然的亲近和敏锐的艺术感受力。郭沫若这样评论过郁达夫："他的故乡富阳是风光明媚的地方，我虽然没有去过，但我们读过梁代吴均《与朱元思书》的人都是欣羡那个地方的。信里面有这样的几句：'自富阳至桐庐一百许里，奇山异水，天下独绝。水皆缥碧，千丈见底，游鱼细石，直视无碍。急湍甚箭，猛浪若奔，夹岸高山，皆生寒树。'达夫是生在这样地方的人，我相信他的诗文清丽是受了这种客观环境的影响。"①郁达夫自己也对故乡进行过描绘："家在严陵滩上住，秦时风物晋山川。碧桃三月花如锦，来往春江有钓船。"环境的熏陶使得作家对自然非常重视和敏感。他曾多次在文论中表达过自然在作品中的重要性："小说背景的中间，最容易使读者得到实在的感觉，又最容易使小说美化的，是自然风景和天候的描写。"②他还赞赏卢梭的《新爱洛依丝》，认为"在这本小说里的山光湖水，天色溪流，是随主人公的情感而俱来，使读者几乎不能辨出这美丽的大自然是不是多情多感的主人公的身体的一部分来。"③这样的认识，鲜明地体现在郁达夫自己的创作中，可以说，无论是他的小说，还是散文都充满着大量的对自然环境的描写。

同时，在各类文体的创作中，郁达夫一直强调作家和作品的关系。他认为"文学作品无不是作家的自叙传"④，"文学家的作品，多少总带有自叙传的色彩的"。他还多次强调："至于我的对于创作的态度，说出来，或者人家要笑我，我觉得'文学作品，都是作家的自叙传'这一句话，是千真万真的。客观的态度，客观的描写，无论你客观到怎么样一个地步，若真的纯客观的态度，纯客观的描写是可能的话，那艺术家的才气可以不要，艺术家存在的理由，也就消灭了。"这种认为在文学创作中应该完全体现作家个体存在的观点，表现在郁达夫的小说中，让读者看到一个"哭穷"、"哭色"的"达夫"影像。表现在游记中，我们看到作家笔下的自然，是他作

① 郭沫若：《〈郁达夫诗词抄〉序》，见陈子善、王自立编《郁达夫研究资料》(上)，花城出版社，1985年版，第162页。

②③ 郁达夫：《小说论》，见《郁达夫全集》第10卷，浙江大学出版社，2007年版，第163页。

④ 郁达夫：《五六年来创作生活的回顾》，见《郁达夫全集》第11卷，浙江大学出版社，2007年版，第312页。

为一个独立主体眼中的自然，是他自身情感萦绕的自然，自然也成为他一浇心中块垒的发泄处。郁达夫曾说过："散记清淡易为，并且包含很广，人间天上，草木虫鱼，无不可谈，平生最爱读这一类书，而自己试来一写，觉得总要把热情渗入，不能达到忘情忘我的境地。"①

正是这种不能忘情忘我的创作态度，在他的笔下，不管是描写纯粹的大自然美景，还是介绍历史古迹，或是记述旅途的甘苦，我们都能够清晰地看到作家自己的身影。可以说，他在写客观的自然景物时，而"我"总在景中，这景成为"多情多感的主人公的身体的一部分"。② 有论者将古代纪游文学分为文化型、心态型和再现型三类。郁达夫作为一个深受古文影响的知识分子，他的游记不止于简单的模山范水，更多的作品在对游踪的叙述中巧妙自然地插入山川景物的描写，将景物描写和抒情、议论水乳交融地结合起来，做到了"以景述情，缘情叙景"。在作品中，常常有他个人身处乱世、心情不平的自我嘲讽，也用各种手法抨击了在如诗如画的环境中出现的不和谐音符——战争、面目可憎的军人等。作为一介文人，郁达夫的创作心态是轻松的，他对文章不是刻意经营，而是自然而然地调动其学识和情感，把文字当做应手之物，来排遣心中的各种情绪。于是在这些游记作品中，他不断地调动艺术之笔，以讽刺、反语、幽默的笔调将自己的所思所想倾诉出来。在《临平登山记》中，他怀疑所谓"唐梅"的真实性，并由梅进行深发，既对所谓民族国宝进行了讽刺，也指责了战争的残酷："这唐梅若果是真，那它可真是不怕水火，不怕刀兵的活宝贝了，我们中国还要造什么飞机高射炮呢？同外国人打起仗来，岂不只教擎着这一棵梅树出去就对？"在《还乡记》中他由自然的美景、自然界的劳动人民想到自己这个现代知识分子的生存窘况："我以车窗作了镜框，把这些天然的图画看得迷醉了，直等火车到松江停住的时候止，我的眼睛竟瞬息也没有移动。唉，良辰美景奈何天，我在这样的大自然里怕已没有生存的资格了吧，因为我的腕力，我的精神，都被现代的文明撒下了毒药，恶化成零，我

① 郁达夫：《〈达夫自选集〉序》，见《郁达夫全集》第 11 卷，浙江大学出版社，2007 年版，第 33 页。

② 郁达夫：《小说论》，见《郁达夫全集》第 10 卷，浙江大学出版社，2007 年版，第 163 页。

哪里还有执了锄耜，去和农夫劳作耕种的能力呢！”这种沉重的慨叹常见于笔端，自然美景和所谓的现代文明被郁达夫对立起来。对于自然和自然中的劳动人民，他总是充满情感地欣赏、赞美，而对于现代文明给民族带来的灾难，给自己带来的异化则进行了反思与抨击。可以说，在貌似简单的游记中，郁达夫抒发着对历史、人民、家国、文明的看法，游记不再是简单的游程与景色的展示，而是包孕着丰厚、深邃的历史与文化内涵。

郁达夫用生花妙笔进行游记创作，其作品体现出独特的艺术特色。

首先，在描写自然风景时，郁达夫会根据自己所看到的、所感受到的、所体味到的而采用写意或细描的手法来表现。林非先生在《现代六十家散文札记》中写到：“在五四以来的散文中，朱自清的散文是最擅长描写山光水色的，然而郁达夫的这些小品，也并不比它们显得逊色，而且有着自己的特点。他不像朱自清那样，反复细致地去比喻和描写，他只是抓住对山光水色最深切的印象，用清新秀美的文字，写得那样富有气势和神韵。”①如《西溪的晴雨》：“你若坐在汽车里，引颈而向西向北一望，直到湖州，只见一派空明，遥盖在淡绿成阴的斜平海上；这中间不见水，不见山，当然也不见人，只是渺渺茫茫，青青绿绿，远无岸，近亦无田园村落的一个大斜坡，过秦亭山后，一直到留下为止的那一条沿山大道上的景色，好处就在这里，尤其是当微雨朦胧，江南草长的春或秋的半中间。”这样的风景描写似乎是得了中国传统水墨画的真髓，自然行文，娓娓道来，用自然中本真的颜色真实地记录下所见所闻，体现出作家的一派真性情。

在质朴的景物描写中，他似乎又在中国传统的山水画中加入了西洋油画的点染手法。颜色的强烈对比，使景物以立体、逼肖的方式清晰地呈现出来，制造出“诗中有画”的境界，给读者一种淋漓尽致的如景在眼前的感觉。如《感伤的行旅》中：“车窗外的秋色，已经到了烂熟将残的时候了。而将这秋色秋风的颓废末级，最明显地表现出来的，要算浅水滩头的芦花丛薮，和沿流在摇映着的柳色的鹅黄。当然杞树、枫树、柏树的红叶，也一律的在透露残秋的消息，可是绿叶层中的红霞一抹，即在春天的二月，只

① 林非：《现代六十家散文札记》，百花文艺出版社，1980年版，第32页。

教你向树林里去栽几株一丈红花，也就可以酿成此景的。”

由这两段景色描写可以看出郁达夫对景物的描写并没有一个预设的套路，他是随景下笔，细密、清新、真切地记录下眼中之景，同时把个人的感情寄托在山水的张弛中，让读者深刻感觉到作家富于个性色彩的描写。最具神韵和意境描写的是《小春天气》中的一段文字：“从芦花铺满的野路上走去，将走进G君背后的时候，我忽而气也吐不出来，向西的瞪目呆住了。这样伟大的，迷人的落日的远景，我却从来还没有看见过。太阳离山，大约不过盈尺的光景，点点的遥山，淡得比春初的嫩草，还要虚无缥缈。监狱里的一架高亭，突出在许多有谐调的树林的枝干高头。芦根的浅水，满浮着芦花的绒穗，也不像积绒，也不像银河。芦萍开处，忽映出一道细狭而金赤的阳光，高冲斗头。同是在这反光里飞堕的几簇芦绒，半边是红，半边是白。我向西呆看了几分钟，又回头向东北三面环眺了几分钟，忽而把什么都忘掉了，连我自家的身体也忘掉了。”在这段文字中，作家运用写意与细描相结合的手法描绘了一幅日落的图景，其环境的勾画，景物的选取，色彩、形状的描摹，完全在读者面前展示了一幅生动的日落图景，的确是用“清新秀美的文字”，表现出了“富有气势和神韵”的美景。

郁达夫非常擅长写旧体诗词，14岁就开始发表作品。在日本留学时，还因诗词的创作结识了当时一些有名的文学家。有学者还专门考察过，认为他的诗词来自宋诗的成分比较多。在游记中，郁达夫常常会在现代文章的创作中加入旧体诗词。这个特色既体现了他对中国传统游记的一种继承，也显示了他深厚的文学功底和翩翩的学者风度。萧乾评论道：“因为游踪的广远，旧诗词的熏陶，作者于写风景在文艺先辈中允称名手。他善于把捉并使用旧文学中的词句，描出萧散简远的轮廓。”[①]在《出昱岭关记》中他吟道：“盘旋曲径几多弯，历尽千山与万山。外此更无三宿恋，西来又过一重关。地传洙泗溪争出，俗近江淮语略蛮。只恨征车留不得，让他桃李领春闲。”这首诗不仅概括了昱岭关的艰险，而且也略带谈了本地的风俗，还表达了不能尽情赏景的遗憾，可以说是作家此行的一个精彩

① 陈子善、王自立：《郁达夫研究资料》(上)，花城出版社，1985年版，第80页。

总结。在《杭州小历纪程》中他写道："落日半江红欲紫，几星灯火点西兴。"简单的两句诗就呈现出晚秋傍晚的钱塘江江面美丽的景色。在《扬州旧梦寄语堂》中，他唱出了"三百年来土一丘，史公遗爱满扬州；二分明月千行泪，并作梅花岭下秋。"游景不仅悦目，更让作者思古，思古而又讽今，以曲笔发泄了对当局的愤恨之情。诗文的运用使山川景物的风神韵致得到了凝练，作者的情思得到了升华，并给语言增添了洗练和隽永的意味，这体现了郁达夫独具的作品特色。

郁达夫的散文体例是多变的，或者说传达的内容是丰富的。综观他的散文，可以发现他常常把与山川景物和名胜古迹有关的方志和资料引用到游记中，讲述与景物名胜相关的古典诗词及神话传说，有时还会和外国建筑进行比较，在行文中常引入英文、德文等。如《游白岳齐云之记》中，引入《休宁县志》解释了白岳齐云原为两处，厘清了人们的一般看法。他详细地介绍了玉皇山的名称来历，写扬州的历史与现状的不同："你既不敢游杭，我劝你也不必游扬，还是在上海梦里想象欧阳公的平山堂，王阮亭的红桥，《桃花扇》里的史阁部，《红楼梦》里的林如海，以及盐商的别墅，乡宦的妖姬，到来得好些。枕上的卢生，若长不醒，岂非快事。一遇现实，哪里还有 Dichtung 呢！"(《扬州旧梦寄语堂》)这段抒怀之作上溯历史，铺排出与扬州有关的文学、思想人物，文学著作，这一切显示出的扬州旧日繁华，不过是一场旧梦，而现实是没有诗歌，没有美梦的。历史与现实的疏离在这些历史资料、故事、传奇的映衬下更显得巨大，更传达出现实的黑暗、残酷是不言而喻的。在《浙东景物纪略》中，郁达夫对方岩的"静"、烂柯的"梦"、仙霞的"险"和冰川的"秀"，或介绍了与之相关的野史，或讲述了引人入胜的神话故事，或征引了地方志，或考察了地理状况，展示出自然与历史文化的沿革。这样的创作特色使游记的内容得到了极大的丰富，增加了自然的人文内涵，同时也显示了历史进程的沉重，再次体现了郁达夫个人知识的广博。这种将自然与人文历史结合起来的写法也许正是当代所谓"文人散文"的肇始。

在现代文学史上，郁达夫的小说以不讲究结构著称。这种创作特色也体现在他的游记中。读者常会觉得其文章缺乏新奇的布局，缺乏严谨的构思。同时,读者又会感觉到他的游记是自成系统的,会被他的游记深深吸引。的确,郁达夫的创作是基于内心的情感信笔写来,从没有形式的刻意追求,但又有内在的发展推演。他最为人称道的游记《钓台的春昼》,就鲜明地体现了这个特色。这篇游记完成于 1932 年 8 月的上海,记述的却是 1931 年 3 月的事。当时“左联”5 位青年作家被捕,郁达夫的处境非常危险,他离开上海去杭州、富阳等地避难。在“一种乡居的倦怠”中决定上钓台访古。表面上这篇文章写在桐庐和严陵的游玩,重点描绘了桐君山的暮景。而在文章的深处,支配作家情绪的是无奈、无聊的精神状态,充满了对现实、历史的一种思考和揶揄。

郁达夫的游记很好地体现着“以景述情,缘情叙景”的特色,舒徐的节奏、散淡的韵味、清新的境界是他追求的目标。他的游记是创作的有机组成部分,郁达夫为自己占住了现代文学史上游记创作的一把交椅,而他所取得的成就也值得在现代文学史上大书一笔。对他的游记做进一步的研究,也可以使我们更加全面地认识作家、理解作家,感受他身上体现出的现代知识分子与传统士大夫精神相结合的人格魅力。

第三节 朱自清、郑振铎、王统照等作家的游记

在中国散文的发展中,山水游记是一个重要的组成部分。许多作家对游记体裁都颇有喜好和有所专工。朱自清就曾经说过:“我最爱读游记”;“那时柳子厚的山水诸记,也常常引我入胜。后来得见《洛阳伽蓝记》,记诸寺的繁华壮丽,令我神往;又得见《水经注》,所记奇山异水,或令我惊心动魄,或让我游目骋怀。”①在不乏珠玑锦绣篇章的朱自清的散文创作实践当中,其写作于20世纪30年代的游记——《欧游杂记》和《伦敦杂记》,就如一支清新的笛子,给现代散文发展吹入了一股清朗之音,将读者带入清淡自然、平易近人境界的同时,依然呈现一种“逼人的风采”(唐湜语)。

《欧游杂记》,记录了朱自清在1932年5—6月这两个月里走了欧洲5国12个地方的游踪,共收录了《威尼斯》、《佛罗伦司》、《罗马》等11篇游记,其中所收的“附录”《西行通讯》,是朱自清在出国之初写给叶圣陶的两封记述哈尔滨与西伯利亚情形的信件。在《欧游杂记》里,依然可见朱自清一贯重视小品散文的“画境”与“诗意”的艺术追求。他在谈及游记和评论孙福熙散文集《山野掇拾》时,就曾将自己这一艺术追求表露无遗。他在谈及孙福熙一篇游记时不由赞叹:“他的文几乎全是画,他的作文便是以文字作画!他叙事,抒情,写景,固然是画;就是说理,也还是画。人家说‘诗中有画’,孙先生是文中有画;不但文中有画,画中还有诗,诗中还有哲学。”②这种对“画境”与“诗意”的艺术追求,同样可见于《欧游杂记》对异国他乡之景的描绘当中:

瑞士的湖水一例是淡蓝的,真正平得像镜子一样。太阳照着的时候,那水在微风里摇晃着,宛然是西方小姑娘的眼。若遇着阴天或

①② 朱自清:《山野掇拾》,见《朱自清全集》第1卷,江苏教育出版社,1988年版,第213、216、217页。

者下小雨，湖上迷迷蒙蒙的，水天混在一块儿，人如在睡里梦里。也有风大的时候；那时水上便皱起粼粼的细纹，有点像颦眉的西子。①

这异国风景，宛若画家笔墨点染下的中国的水墨山水，清爽简约而不浅俗直白。只不过，一向以工于绘景著称的朱自清在这些游记里描景绘境的方式和手法已经有所转变，较之先前散文格调的绮丽纤秾、细腻繁复，更多了一些淡入淡出、娓娓道来和平淡质朴的韵致。在这里，朱自清调适自己一度将"身边琐事"作为散文主要表现对象的散文观念，试图尝试纯客观的描写。就如作者自己在序言中所坦言，"书中各篇以记述景物为主，极少说到自己的地方"、"'身边琐事'说来到底无谓"②。这种主观的刻意，一直延续到《伦敦杂记》的叙写。"写这些篇杂记时，我还是抱着写《欧游杂记》的态度，就是避免'我'的出现。'身边琐事'还是没有，浪漫的异域感也还是没有。"③"极少说到自己"，避免"我"的出现，并不意味着朱自清已经认为散文不需要抒发感情了，只是他把感情隐匿得更加深入含蓄，将易于宣泄、浓郁炽热的感情内蕴为一种普遍的兴味。题材的择取和行文的态度本身就含蕴了他的感情意绪。正因为如此，他的游记不仅没有被写成纯客观的说明文，反而将异国风情十分精妙传神地传达给了读者。在作者朴素平易的文字叙述当中，早已蕴含了作者悠远不尽的审美趣味和情感寄托：

十字堂附近，许多做嵌石的铺子。黑地嵌石的图案或带图案味的花卉人物等都好；好在颜色与光泽彼此衬托，恰到佳处。有几块小丑像，趣极了。但临摹风景或图画的却没有什么好。无论怎么逼真，总还隔着一层；嵌石决不能如作画那么灵便的。再说就使做得和画

① 朱自清：《欧游杂记·瑞士》，见《朱自清散文集》，万卷出版公司，2008年版，第79页。
② 朱自清：《〈欧游杂记〉序》，见《朱自清全集》第1卷，江苏教育出版社，1988年版，第290页。
③ 朱自清：《〈欧游杂记〉序》，见《朱自清全集》第1卷，江苏教育出版社，1988年版，第378、379页。

一般，也只是因难见巧，没有一点新东西在内。[①]

淡淡的天色，寂寂的田野，火车走着，象没人理会一般。天尽头处偶尔看见一架半架风车，动也不动的，象向天揸开的铁手。[②]

在作者笔下，看似不经点染，嵌石的"形"、"神"俨然已经呈现在了读者面前，而作者的审美情趣也已不言自明。朱自清的游记，既实现了他尽量客观自然地记述景物的主观意愿，又确实表现出了他作为出色散文家对世界所怀有的那种异乎寻常的感受力。篇篇游记，无不透射出作家鹰隼一样的非凡"眼力"，展现出作者细致入微的观察力和洞达一切的感受力，表现出作家体察、表现事物的细致深刻和周密谨严，将欧洲的风物景致准确传神地传达给了读者，自然深切而又别具一格。

在游记的撰写当中，朱自清在语言表达上的反复锤炼和自觉追求令人称道。崇尚自然质朴和追求口语化是两本游记在语言运用上的一个显著特色。虽然采用的是平易朴素的口语化语言，朱自清仍然非常重视遣词炼句，重视语言的调度。在《〈欧游杂记〉序》中，他特地举出"是"字句、"有"字句和"在"字句在记述景物时安排运用之难："显示景物间的关系，短不了这三样句法；可是老用这一套，谁耐烦！再说这三种句子都显示静态，也够沉闷的。"[③]于是，他便想方设法省略这三个字，比如"楼上正中一间大会议厅"，可以说是"楼上正中是——"、"楼上有——"或"——在楼的正中"，但他会选择第一句，以盼望给读者整个的印象或者说更具体的印象。而且，他还不从景物自身而从游人角度来述景，比如"天尽头处偶尔看见一架半架风车"；或者将静态的变为动态的，比如在讲述毛利丘司画作《夜巡》中人物时，是"他的左胳膊底下钻出一个孩子"。这种种字词的推敲、角度的变换、句式的灵活多变，真可谓是细致入微而用心良苦。可

① 朱自清：《欧游杂记·佛罗伦司》，见《朱自清全集》第1卷，江苏教育出版社，1988年版，第301页。

② 朱自清：《欧游杂记·荷兰》，见《朱自清全集》第1卷，江苏教育出版社，1988年版，第321页。

③ 朱自清：《〈欧游杂记〉序》，见《朱自清全集》第1卷，江苏教育出版社，1988年版，第290页。

以说，在新文学语言从“文言”向“白话”转变过渡这一重大的实践过程中，朱自清为民族文学语言的建立费尽心血，其体现出的使命感、责任感和语言艺术追求的自觉，可以使他当之无愧地被称为“语言大师”。

《伦敦杂记》是朱自清专门叙写自己在伦敦生活和见闻的一本游记，由于抗战的缘故，延迟至20世纪40年代才得以结集刊行，共收录了《三家书店》、《文人宅》、《乞丐》、《房东太太》等9篇文章，其体式和语言与《欧游杂记》有着异曲同工之妙。尽量客观自然地记述景物，敏锐的观察力与深刻的判断力，体物的周密深切，情感的内蕴悠远，都是作者自然呈现给读者的。所不同的是，相较《欧游杂记》，《伦敦杂记》中添了一些以人物为叙写对象的篇章，譬如《乞丐》、《圣诞节》、《房东太太》，连作者都自言“也许人情要比《欧游杂记》里多些罢”，并且还约略意识到“游记也许还是让‘我’出现，随便些的好”。①

朱自清的游记，朴素中见风华，细密妥帖而又风采逼人。无论在表达方式还是语言风格方面，作者都颇费心力。口语化、平淡质朴当中，不乏融会了古诗意境和山水画境的景物描绘。描景绘境，客观叙写中内蕴情意，表情达意委婉有致，语言风格自然质朴，笔之所至，无不信手拈来，景物摹画中活用古语而不留痕迹，现代口语巧加调度而恰到好处，文字晓畅练达而绝无赘语，处处展现出作者不同寻常的深厚的语言功力和内在修养。

在文学研究会创建过程中立下汗马功劳的郑振铎，以“血和泪的文学”主张的力倡，成为现实主义文学主潮中的劲旅。而在不同体裁的文学创作实践当中，郑振铎散文创作方面的成就无疑是最高的。郑振铎对不同的散文体式皆有涉猎，有着较为鲜明的散文文体自觉意识，“举凡随感录、博物记、散文诗、回忆录、悼亡文、文艺短评、历史散文、轶事散文、白话散文、考古游记、风土小志、史钞、寓言、日记、书信、传记、游记、书话、序跋等等体式，应有尽有”。② 而在这其中，郑振铎在游记写作方面又尤有佳

① 朱自清：《〈伦敦杂记〉序》，见《朱自清全集》第1卷，江苏教育出版社，1988年版，第379页。

② 萧成：《论郑振铎对散文文体的贡献》，见《郑振铎研究论文集》，海峡文艺出版社，1998年版，第176页。

绩，其游记主要结集为《山中杂记》、《海燕》、《欧行日记》、《西行书简》4 本散文集。与朱自清在写作游记时一度尽量避免“我”的出现有着很大不同，郑振铎的游记往往围绕“我”来结构成文，所写基本上是“我”之所见，所思，所想，题材择取上常常是将“我”的游踪所至与“我”的日常生活紧密相连，不时对某些社会侧面和现实人生进行关照，行文具有真挚、平直而又不乏稚拙之气的风格特征。

《山中杂记》1927 年由上海开明书店出版，收有散文 10 篇。作者通过对莫干山避暑生活片段的叙写，映照出社会生活的某些侧面。由目击比当地警察局还显得更有威势的外籍人士掌控的组织——“避暑会”，而不禁愤怒于列强越俎代庖之侵略，并反思国人的不觉不悟与不肯实干（《避暑会》）；写山中老翁和到山中来疗养的另外两个人的“死”（《三死》）；由乌鸦引出几个下层劳动妇女的凄惨命运和悲苦生活（《苦鸦子》）。而对山中之景的摹写则呈现“美文”的情调韵味，写观瀑的美景与情致（《山中的历日》），写听蝉声而不禁起乡思、愁情和人生之悲感（《蝉与纺织娘》），真情流露甚至写到与爱妻的意外得聚（《不速之客》）。写景叙事当中又自由抒发自己的感怀，像在《前记》篇中，由从上海到莫干山一路通行的顺畅，而想到“洋贵族”的有福气有势力，是缘于他们的肯参与、肯创造、肯改良，反思到“我们”国人对个人与公共的安全与幸福的忽略。一大段自由的抒怀后，作者才收回笔触并意识到“在《山中通信》这么清雅的题目之下，却一开头便写上这么一大段的议论，也许要引起一般雅士的厌弃，好在我的通信也不预备给那些雅士看的”。[①] 这正是郑振铎游记的风格特征，其运笔遣文和情感流露，可谓信笔由缰、大胆率直、自然坦诚而又毫无避忌之处。

《海燕》和《欧行日记》，主要描写赴法途中和在法国一段旅居生活的见闻和想念祖国、思及亲友的心情。《海燕》1932 年由上海新中国书局出版，1963 年编入人民文学出版社出版的《郑振铎文集》第 2 卷时，仅收入

① 郑振铎：《〈山中杂记〉前记》，见《郑振铎全集》第 2 卷，花山文艺出版社，1998 年版，第 214 页。

散文 9 篇，其他杂论、杂文和论著另行编入杂文及相应各卷内。在 9 篇游记当中，作者托身于“浮宅”海船上，见到以隽逸从容的姿态斜掠过海面的海燕，勾起自己如轻烟似的的乡愁(《海燕》)；异国他乡，要去访问久已闻名的大佛寺，却误入了一个新的佛寺(《大佛寺》)；亲眼目睹之后，惊异于阿拉伯人的今古异趣(《阿剌伯人》)；在宴会的无趣当中，探讨别样的宴之趣(《宴之趣》)；由身处国外都市的孤零寂寞之感，而将笔墨密密匝匝地落在苏州城繁华中心的观前街，虽使文章与其他篇章风格颇异，却寄托了作者萦念祖国的深挚情怀(《黄昏的观前街》)。

《欧行日记》1934 年 10 月由上海良友图书印刷公司出版，是以日记形式写的游记。借助日记的体式，在描写旅行途中和异域生活见闻的时候，作者更加自由无虞地表达着自己率真的性情，而整本游记最为打动人的地方，也正在于其中所包孕的真挚馥郁的情感。“这里面，有许多私生活的记载，有许多私话，却都来不及将它们删去了。但因此，也许这部旅行日记，便不完全是记行程，记游历的干枯之作，其中也许还夹杂着些具有真挚的情感的话。”①这些游记与《海燕》中所收录之作一样，都写得清新隽永而情真意切，已经初显文化散文的端倪。

《西行书简》是以书信形式写的游记，1937 年由上海商务印书馆出版。“题记”和“跋”之外，收有游记 14 篇。这些游记，都是作者在平绥路上旅行时寄给妻子君箴的私信，在“随笔挥写，不加剪裁”②当中，通过对宣化、张家口、大同等地风光见闻的记述，以期使大家对西北的社会情形有所了解，较之前面几册游记，自然少了许多诗情画意的描摹，多了些忠于客观的描写，力求以短小精当的文字，将沿途的地理风光悉数收入笔端，通篇都流露出作者关心民间疾苦的深挚情怀，作者一行人甚至亲自下到矿井当中，体会矿工的艰辛劳动(《口泉镇》)。

郑振铎的所有游记，无不显现出作者在文章体式、语言等方面皆能勇于实践的自觉意识。其在中国散文现代化进程中的贡献是显而易见的。

---

① 郑振铎：《〈欧行日记〉自记》，见《中国现代小品经典》，河北教育出版社，1994 年版，第 2 页。

② 郑振铎：《〈西行书简〉题记》，见《郑振铎全集》第 2 卷，花山文艺出版社，1998 年版，第 299 页。

郁达夫曾在《〈中国新文学大系·散文二集〉导言》中说："现代散文最大的特征，是每一个作家的每一篇散文里所表现的个性，比以前的任何散文都来得强。"反观郑振铎的散文尤其是游记的写作，真正是风格鲜明、个性突出，"真率"、"质朴"而又满蕴个人感怀，也许就是其作品最为打动人的"个性"所在吧。

同样是文学研究会发起人之一的王统照，在 20 世纪 30 年代先后出版了《北国之春》、《游痕》、《欧游散记》3 本游记。《北国之春》1933 年 3 月由上海神州国光社初版，共收入《被检查的"小学教员"》、《老人》、《沙城》、《洮儿河畔》等，共计游记 20 篇，是王统照于 1931 年 3 月到 5 月，参观沈阳、长春、哈尔滨东北三大名城，从洮南到兴安岭屯垦区做深入社会调查的真实记录。其中，气候风物与中原大地迥然相异的东北大地，既有砂石裹挟的黄风，又有泛着一江粼粼春水、清丽古雅的松花江。而在所有的苍茫荒凉和浩荡雄奇里面，最为王统照所关心的是这一方奇异水土上的民俗社会风貌，并为日本帝国主义的飞扬跋扈和恣意横行而深感忧虑。同郑振铎的《西行书简》相类似，由于他的旅行是走马观花式的参观访问，难以深入，这令人耳目一新的风光民俗的撷取，往往是一帧当地风情的速写和印象录。

1934 年 3 月 14 日，王统照登上直发威尼斯的意大利邮轮，开始了他一年左右的欧洲行旅，所见所闻，写成《欧游散记》。其中还有几篇，与写在叶圣陶陪同下闲游苏州的散文，合成《游痕》一本集子。《欧游散记》由上海开明书店 1939 年 5 月初版，以作者的游踪为线索，或写赴欧途中海上生活见闻，或写欧洲各国的自然风光，风俗民情。作为纪游之作，作者既流连于名胜古迹、艺术圣地的文化景观，又不乏对现实人生和国家民族命运的深情关注。同船的三位异国他乡的传教士，引起王统照对人与社会、人与宗教的关系作出体悟思考；将教育作为旅途中的重点考察对象，字里行间怦然跃动着一颗念及祖国前途命运的爱国之心；通过对欧洲社会的考察，以客观写实的笔触，触及西方资本主义国家下层人民的苦难生活。《游痕》中除了欧州旅行之作，还有总题为"姑苏游痕"的《古刹》和《清话》，于 1939 年 2 月由上海文化生活出版社出版。姑苏的庙宇茶馆、太湖的浩渺烟波，都给读者留下了深刻印象。

在王统照笔下，荒寒辽远的北国之域，情调各异的欧陆风情，闲适淡韵的南国名城，因景设色，以情运笔，作者用不同的笔墨，调染出不同的情调韵致。选景定物，裁剪画面，渗透在特色的笔墨情趣后面的，是作者深厚的文化修养。具有文化的敏感、生活的关切，注重情调笔意，还有跃动于字里行间的那颗中国心，无不是王统照游记的动人之处。

李健吾的《意大利游简》，由上海开明书店 1936 年 4 月出版，收有《威尼市》、《福辣辣与辣外那》、《翡冷翠》、《罗马》、《拿波里》5 篇游记。在每篇总的题目下面，作者都采取了日记的体式，以“我”的游踪为线索，目之所及，悉收笔下。李健吾的游记，写得平实亲切而又灵异飞动，潇洒自然而又行云流水，文章里满眼都是新颖的感受，别致的语句。这种真诚亲切、飞动灵异的文体风格，与他那满是敏锐的艺术触觉的直观印象式批评有着一脉相通之处。像“说到街，没有一条是直的，窄窄的，有时仅容一个人，更显得房屋稠密，人多如蚁。黄昏，我坐在圣马可教堂前面石阶上，只见红男绿女，从各巷口，和泻下的江水一样，倾入这一尘不染的空场”①，这样的字句，俯拾皆是。

国际问题专家刘思慕，除了写作笔锋犀利而见解深刻独到的国际评论文章，还在游记创作方面成就斐然，有游记《欧游漫忆》和《樱花和梅雨》。前者 1935 年 3 月由上海生活书店出版，后者 1940 年 5 月由香港大时代出版社出版。两本游记，谈欧洲写日本，文中不乏景物风光的速写勾勒，但最为引人之处，还是作者写出了时代风云笼罩下的社会风貌。无论是政治事件的一鳞半爪，还是街头巷尾见闻花絮，都联系着国际形势变幻，极富时代感和现实感。而政治事件，也都是借作者自己的经历感受写出，尽管是速写式轮廓勾勒，却给人以非常生动具体的观感。作者富于诗人气质，描景绘物都能寓情于景，擅于融入中国古典诗词的意境。

《忆巴黎》，是中国现代著名女作家陈学昭的海外游记散文集，是其 1928 年秋短期归国在上海写成的回忆巴黎生活的文字，上海北新书局

① 李健吾：《威尼市》，见《中国现代小品经典》，河北教育出版社，1994 年版，第 6 页。

1929年12月初版,1930年1月再版。其文字清丽简洁、平易晓畅,写景抒情浑然交织,往往几笔就能活现景物和衬托心情意绪。

《欧游随笔》,是刘海粟先生1929年到1931年间旅欧时所作的札记。章衣萍读后,评价道:"觉得他的对于欧洲艺术界的锐利的观察,伟大作品的批评与解释,近代与古代的艺术家的访问与凭吊,叙述精详,是不可多得的考察艺术的创作。"①

中国现代美学奠基者之一的邓以蛰(1892—1973),将1933年至1934年间自己游历欧洲的笔记,汇成一册《西班牙游记》,1936年12月由上海良友图书印刷公司出版。这里面,既有各地见闻的记述,又有各个博物馆中重要艺术品的介绍,浸润其中的是美学家的鉴赏眼光和独到判断。譬如《斗牛》篇,对西班牙"国术"斗牛的描摹,可谓穷形尽相,入木三分,语言干净利落而清切直白,又不时穿插美学家的独到评点。

① 章衣萍:《〈欧游随笔〉序》,见《欧游随笔》,湖南人民出版社,1983年版,第3页。

第四节　钟敬文、方令孺、袁昌英的游记

钟敬文(1903—2002),广东海丰县人。他既是我国著名的民俗学、民间文学研究专家,同时又是一位在20世纪20年代初即以“清朗绝俗”(郁达夫语,《〈中国新文学大系·散文二集〉导言》)的小品文而在文坛崭露头角的散文作家。他的散文集《荔枝小品》(1927)、《西湖漫拾》(1929)、《湖上散记》(1930)等问世以后,引起了广泛关注。1934年,阿英所编《无花的蔷薇——现代十六家小品》,对文章的挑选极为严格,其中收入了钟敬文的“一家之作”。在书前的“编例”中,阿英说:“本书是近20年来小品文的总结算,属于过去的小品文的精华,搜罗可谓靡遗。……现代小品文作家,当不止此16人,不过在编者看来,此十六人,其影响较大而已。”这十六人依次为周作人、俞平伯、朱自清、钟敬文、谢冰心、苏绿漪、叶绍钧、茅盾、落花生、王统照、郭沫若、郁达夫、徐志摩、鲁迅、陈西滢和林语堂。钟敬文小品文的成就由此可见一斑。上海良友图书印刷公司1935年出版的《中国新文学大系·散文二集》中,郁达夫也将钟敬文的散文作品如《西湖的雪景》、《花的故事》、《黄叶小谈》等作为五四新文学第一个十年的重要收获,辑入其中。

钟敬文将自己新中国成立前的散文创作以1930年为界分为前后两个时期。前期主要是1923年至1929年前后,作者在故乡海丰、广州和杭州教书时创作的以山水、草木等自然景物为对象,风格幽静、清淡的小品文;后期则是作者在搁笔十多年后,重新开始于40年代的战地报告文学和文艺评论写作。这些文章,一改20年代小品文中的隐逸之思和田园诗人般的浅酌低吟、徘徊咏叹,而是紧扣时代脉搏,显示出一个进步知识分子在经历了日本侵华战争这样的民族大劫难以后,世界观、文艺观的转变。

钟敬文早年写下了不少以西湖为背景的优美散文。1928年8月,由于一桩“学术罪案”,钟敬文被迫离开广州中山大学,到远离家乡的杭州去教书。社会环境的紧迫和内心的苦闷带来了作家纷乱的心绪,近在咫尺

的西子湖以其柔美和平静强烈地吸引着他。据钟敬文回忆，从 1928 年秋到 1930 年左右，客居杭州的他除了应付教学和学术活动外，就把西湖的自然景观和人文古迹，作为“精神的寄托所和避难所”①，海边观潮，山中赏雪，对英雄、隐士的遗迹徘徊凭吊，写了许多咏物抒情的记游散文并留下了不少韵语诗句。《西湖漫拾》、《湖上散记》就是这一时期钟敬文游记类散文的代表。

阿英在《无花的蔷薇——现代十六家小品》中所作的《钟敬文小品序》是当时对钟敬文散文评论最具权威性和影响力的一篇。在这篇文章里，阿英指出了钟敬文小品所受到的 20 年代流行的周作人散文风格的影响，并将钟敬文归入“周作人一流派”。阿英认为，钟敬文的散文在思想趣味和艺术表现上，都与周作人有着“合致的所在”。他的不少好的小品，如《花的故事》、《黄叶小谈》、《怀林和靖》、《太湖游记》等等，都可以说是新文艺小品中的优秀之作。这些优秀之作，是“事实地帮助了周作人一流派的小品文运动的发展的”。

钟敬文的小品文在风格上与周作人的笔致有很多相似之处，都有着田园诗人的思想和情怀，憧憬着“消极的独善的野居的梦想”，“超逸的生活与心境”(《怀林和靖》)；都喜欢谈说风景，论断书籍，因物抒情；又都追求冲淡平和、清隽平远的笔墨；崇尚晚明小品雍容、节制、典雅的风度；欣赏英国随笔即兴而谈、文中有我、自由自在的随意，等等。但形成这种相似的原因，除同时代人或师友之间的相互观摩和影响外，还有着更深层的因素。正如有的学者指出的那样，“即使没有周作人型的散文在前，钟先生型的散文还是会照样产生出来”，因为他和周作人是在同一文化“母源”的影响下。② 作为周作人体系里面的一个支流，在“平和冲淡”总体风格的一致性下，钟敬文的散文显示出了很多独异之处。这些特点将他的散文与周作人散文区分开来，获得了特有的艺术魅力。

首先，从散文的抒情方式来看，钟敬文的散文坦率、天真，喜怒哀乐溢

---

① 钟敬文：《〈履迹心痕〉自序》，中国旅游出版社，2000 年版，第 4 页。

② 郭志刚：《钟敬文先生的散文》，载《北京师范大学学报(社会科学版)》1977 年第 5 期。

于言表，感情表达较为直露、奔放和强烈，毫无矫饰的痕迹。如《钱塘江的夜潮》中，作者记录了一次夜间观看钱塘江潮的经过，不仅写出了观看前对钱塘江夜潮这一“天下奇观”的仰慕之情，同时也将观看后的失望情绪毫不掩饰地宣泄出来。散文一开头，作者便写到：“人类真是富于夸大性的动物。有时一件很平庸的事情或物体，一经过他们的夸大的渲染，往往就变成了不得的伟大、奇诡、神秘，而具有深深的吸引人的魅力。村夫农妇传说中的神仙英雄，骚人才子诗文中的名山胜迹，都是千百倍显微镜下的东西，和所谓实体的模样儿，大都相差得很遥远的。”在这里，我们可以看到一个年轻人纯粹可爱的内心。钟敬文的散文中还有不少篇什或回首往事、追慕当年，或缅怀故人、忆昔抚今，其中交织流荡着的感伤、凄迷和惆怅的情愫就更加明显了。《谈雨》将笔触伸向“粉红色的儿童时代”，透过眼前的雨帘，回想起童年时代雨天里的校园、运动场，以及小伙伴们用门板自制的小舟，在积水的运动场里泛舟嬉戏的快乐时光，其中蕴涵的是作者对童年，对故乡的无限留恋以及客居他乡的孤寂和哀愁。《海滨》写作者在晨昏之际，西子湖畔，对往日朝夕相对的南海及海滨生活的怀想。“海潮高涨，月色如霜，晚风凄紧地吹拂着，榕树的枝叶，齐发出沙沙的音浪，与海上的涛响，如在按拍合奏。”在优美静穆的景色描写中，流露出作者彷徨、失落的心绪。

其次，从散文的议论方式来看，钟敬文较少有单纯的“文艺性论文”，他的散文中的议论常常是与抒情相结合的，在抒情中直接表露自己或赞扬或愤慨，或鼓励或谴责的态度，体现出议论与抒情融为一体的抒写风格。《悼西薇君》对故乡文友西薇君的去世寄予了深沉的哀思。西薇君是作者在广州教书时的同事，他们同住一间宿舍，因诗而结下了深厚的友谊，但包办婚姻和肺病的双重打击却使这位“感情纯挚、深沉”的青年在一年左右的时间里匆匆死去。对此，作者既震惊、伤痛，又怒不可遏，“记西薇的病，从去年暑假证实到现在不过年余。这年余中，大约都是很经心调护的，而竟死得这样快，真令人难过了！至于他致死之由，平日太过用功，自然是一个不可移易的原因；然据我的观察揣度，婚姻问题的失意，尤其是诸原因中最重要的一个。……他屡次为我述说他被家庭胁迫，含泪赞同他们意见时的凄凉景况，我此刻思之，犹觉头发耸竖！为人家长的，但知道自己的主张为合理，不管儿辈们意志的自由。强迫的结果，只演成这样千古痛心的惨剧。揆之初衷，该怎样的痛自贬责呵！”对中国封建宗法家长制、包办婚姻剥夺年轻人“意志的自由”，最终导致杀人的惨剧，作家进行了愤慨的声讨。在语气上作家常常采用比较强烈的反问和感叹语气，使散文在平远中蕴藏清朗、激越的韵味。

第三，旁征博引是学者式散文的一个共同特色。钟敬文散文中对旧体诗词的引入，很好地发挥了状物抒情的作用。这形成了钟敬文散文在文体上一个不容忽视的特点。钟敬文散文中的引文，虽然也有不少传说故事、歌谣谜语、文献史实、同时代人的知名著译、学友之间的通信论文，但用得最多的，还是诗词，特别是旧体诗词。钟敬文对旧体诗词非常热爱，他的一生有十数本旧体诗词集刊行，如《偶然草》(1928)、《东南草》(1939)、《旅滇杂诗》(1980)、《天风海涛室诗词钞》(1982)、《齐鲁行诗稿》(1990)等，大大超过了他新诗创作的数量。钟敬文不但自己写作旧体诗词，对古代的诗词歌赋更是娴熟于心。提到太湖景致，他能背出一大串古代文人墨客对它的吟咏，“秋老空山悲客心，山楼静坐散幽襟。一川红树迎霜老，数曲清罄远寺深”“瑶峨明镜澹磨空，龙女烟绡熨贴工。倒卷银潢东注海，广寒宫对水晶宫”“如此烟波如此夜，居然著我一扁舟”“不知偷载西施去，可有今宵月子无”(《太湖游记》)。说起黄叶，他又能一口气写下不少咏叹黄叶的佳句，“晚趁寒潮渡江去，满林黄叶雁声多”“青山初日上，黄叶半江飞”“数听清罄不知处，山鸟晚鸣黄叶中”“扁舟一棹归何处，家在江南黄叶村”“丹枫江冷人初去，黄叶声多酒不辞”(《黄叶小谈》)……只要文章需要，他常常能顺口拈出几句旧诗，用以状物抒情。钟敬文的散文中，不仅大量引用古人诗句，而且还夹入了相当多的自己创作的新旧体诗词，将某种特定的感受通过诗的语言和意境，既含蓄又饶有风致地表达出来，大大增强了散文的抒情性。《重阳节游灵隐》、《水仙花》、《未完的信》、《怀林和靖》、《悼西薇君》等篇，都是引诗抒情、诗与文圆融一体的典范之作。

在《〈西湖漫拾〉自叙》中，钟敬文引用厨川白村《出了象牙之塔》中的文字，表达了自己对小品(essay)的看法。其中有一句这样说："有一个学者，所以，评这文体，说是将诗歌中的抒情诗，行以散文的东西。倘没有作者这人的神情浮动着，就无聊。"显然，钟敬文是非常重视散文的抒情性的，他认同诗与散文在情感内核上的一致性，认同"以诗为文"的美学原则，而他的散文也正是将抒情诗用散文化的语言表达出来的文字，形式上是散文实质仍是诗。钟敬文的散文深受晚明小品的熏染，他在作于1988年的《我与散文》和1992年《荔枝小品·西湖漫拾》的两部散文集重印题记中都谈到了前期散文品格的形成问题。除了"当时一些文坛前辈作品的影响"，在《我与散文》中，钟敬文也指出："在我前期散文中有一个特点，就是从内容到风格上都呈现着受过古典文学(特别是宋、明才子派的散文小品)熏陶的痕迹。这种痕迹，在《荔枝小品》中已经出现，到杭州时期的作品就更为显露了。"钟敬文小品的"以诗为文"主要表现在对于意境的营造和对于诗歌的大量引用上。他的小品大多洋溢着诗情画意，注重通过清远萧散的意境营造，在空灵隽永的审美氛围中抒发生活情趣、人生理想。前文提及的《海滨》、《重阳节游灵隐》、《残荷》等篇都是意境幽深、诗意融融的佳作。此外，散文中对诗歌的大量引用，更强化了钟敬文散文的诗化倾向。可以说，诗歌不仅成为钟敬文散文的血肉，更成为他散文的脉搏，将他对诗的热衷以及他的诗人气质在散文写作中尽情展露。

语言美是构成散文美的一个重要因素，在现代散文园地里，不同作家的语言风格往往有着很大的差异，正所谓"文如其人"。钟敬文散文对白话文口语的运用，经历了一个逐步发展、日臻娴熟的过程。他最初的一些白话小品在语言上还有着文白杂糅的痕迹，"的了吗呢"虽然代替了"之乎者也"，但格调腔拍还未能完全摆脱文言的束缚。稍后，他注意在白话文中有机地融入古语和外来语，既采纳文言中的某些辞藻、句式，承继古典文学简练含蓄、音韵和谐的特点，又吸收西洋文字的句式、语法、修辞，融会贯通，从而大大增强了白话口语的规范性和表现力。钟敬文20年代后期的散文作品，特别是辑入《西湖漫拾》、《湖上散记》集中的《西湖的雪景》、《残荷》、《怀林和靖》、《幽怨》、《黄叶小谈》、《太湖游记》等名篇，可谓以现代人的语言表达现代人的思想感受的佳作。郁达夫称赞钟敬文的散文“清朗绝俗，可以继周作人冰心的后武”。

30年代以后，钟敬文写作小品文的热情呈现出退潮趋势。这一方面是由于作者将“学艺的方向”转向民俗学和民间文艺的研究，另一方面，更重要的，是作者的文艺观发生了相当的转变。他开始对自己过去所写的小品文一类的东西表示出不满了。1929年冬天，在《湖上散记》的后记里，钟敬文引用卢那卡尔斯基的话，指出了艺术家的社会使命问题，并说：“我们的时代，是觉醒与争斗的时代了！即使真的有那与世不相涉的桃源，容你去逃秦，你也许不易把心情宁静下来吧。何况这种境地本来是属于假想的呢？……艺术的制作，粗看是属于个人的；但只要平心地追记一下，它的社会性就明显地摆在我们当前了。……以艺术为一己的哀乐得失作吹号，而酣醉地满足于这吹号之中，良心实不能教我这样愚笨的人安然!”钟敬文意识到，社会的动荡使知识分子再也找不到精神的世外桃源，必须从个人的小我走向社会的大我。

纵观钟敬文的散文创作发展轨迹，20世纪20年代，他是从“自己的园地”走出并登上文坛的，对周作人的散文极为倾心并多有借鉴，但并没有追随周作人由20年代的“语丝体”走向30年代的“论语派”。大革命失败后，钟敬文却毅然停止了正处于高峰期的散文写作，暂时退入学术的象牙塔，梳理矛盾而驳杂的思想，并最终融入人民战争的洪流。抗战爆发后，钟敬文走出书斋，于1938年8月辞去教职，到广州四战区参加抗战宣传工作。1940年夏天，为了鼓舞军民的抗战情绪，反映振奋人心的“粤北大捷”，钟敬文与杨晦、黄药眠等作家沿清远、从化一带前线慰问军民，搜集有关战争、人物的资料，写下了《银盏坳》、《牛脊背》、《残破的东洞》、《抗日老英雄肖阿彬》、《指挥刀与诗笔》、《战地巡礼忆记》等大量报告文学作品。这些作品侧重描写客观的社会事物，艺术上更加洗练、整饬，但仍然有着较为强烈的抒情性，文中流动着作者一贯的清新的文风。

五四运动以来，中国女性的视野越来越开阔，山水成为其重要的精神家园，她们以独特的心灵世界观照山水，其审美意识与艺术表现为中国游记文学开辟出一块新天地。

方令孺(1896—1976)是新月派后期与林徽因并称的一位女才子。她出身安徽桐城名门望族，是桐城派领袖方苞之后。1923 年，她与丈夫飘洋过海到美国求学，先入华盛顿州立大学，后转入威斯康辛大学专修外国文学，6 年后回国，定居南京。此时，闻一多、徐志摩等新月派诗人也在南京中央大学任教，他们常在一起举办“沙龙”、对诗吟唱，谈论诗文。方令孺既是享有盛名的新月派诗人，同时又是著名的散文家、中国现代文学教授。方令孺姊妹 9 人，她排行最末，加上她知书达礼、温文尔雅，无论是相熟的作家、教授、亲友或是长辈或晚辈，都称其为“九姑”。新中国成立后，从 1958 年起，方令孺任浙江省文联主席。

方令孺的一生写过相当数量的游记，她的作品以女性特有的轻灵心性、纤敏感悟和细腻笔触描摹自然景观，在独特的审美视角上把女性特质融入山水风物，展示对人性理想的追求与期待、激动与感伤，体现出至真至纯的美学境界。

她的《琅琊山游记》全篇万余字，读来却无冗长之感，犹如一幅赏心悦目的山水画卷。博爱心肠和美丽人情是这篇游记富有感染力的内在原因。《去看日本的红叶》则有感于《梦游天姥吟留别》，以“海客谈瀛洲，烟涛微茫信难求”一句展开浮想遐思，体悟古人的生命况味。方令孺的散文常常参悟西方人文思潮，从哲学层面对传统女性采撷山水风物的心灵作出深刻的审美描摹，达到了景、情、理的和谐统一。方令孺的散文追求和谐美、韵律美，以柔婉淡雅为其风格；语言上端庄秀美、玲珑轻盈，具有鲜明的女性特质。

袁昌英(1894—1973)，湖南醴陵人。她是中国现代文学史上另一位学贯中西的教授、女作家，著有戏剧集《孔雀东南飞》、剧本《饮马长城窟》，散文集《山居散墨》、《行年四十》等。

袁昌英早年留学法国，获得了鲜明的新女性思想。她以灵性的目光扫视社会，带着批判的人生态度纵情山水，以积极的姿态超越女性的传统处境，体现出对理想精神与诗意生活的呼唤。在她的散文中，社会意识、人类意识更加深化，形成了一种广博深邃、浑厚凝重的风格，表现出更为深广厚重的感受和领悟人生与世界的能力。

袁昌英最具代表性的游记作品是《游新都后的感想》和《再游新都的

感想》。前者记述了1928年作家刚刚从法国留学归来游览南京名胜的感怀。作家对于枯索衰败的秦淮河一带旧名胜凭吊感伤，对于以中山陵为代表的新名胜激赏赞叹，而对于南京的浮躁氛围和庸俗气息则忍无可忍——“肩章灿烂的兵将，西服或长衫的先生，旗袍或短装的妇女，……他们的全副精神都集中在龙井的清香，花雕的芳馥，言语的热烘，野草的青嫩，桃李的芳艳，功名事业的陶醉”，作家将对社稷与人生的忧患、对社会的不满大胆地表达了出来。6年后，袁昌英故地重游，倍增新慨，写下了更为脍炙人口的名篇《再游新都的感想》。弹指六载，时光如白驹过隙，而古迹亦凄然，不禁使作家平添了几缕哀思，但作家更为悲伤的，却是一个令人痛心疾首的现实：1931年九一八事变后，故国丢掉了半壁河山，满目生灵涂炭，昔日大国的威严，已被堆积如山的尸骨所掩埋。在描述新旧名胜的过程中，作家环环紧扣、步步深入，将文章引向高妙深邃的立意，揭示出“植物易治，动物难驯”的道理，表达出对艰难时世、窘迫国运的担忧。把作者从山重水复的困境引向柳暗花明境界的，是中山陵所代表的“我们尚未经验到的那种有活力、生气蓬勃而方兴未艾的未来中华民族”。作者借中山陵来弘扬中山精神，抒发出对枯木逢春、老树开花的生命力的渴望。接着，作者又把笔触转向现实，借英国诗人的诗句倾吐对中华民族困顿窘迫的忧虑，以“没有灵魂的城池”象征奉行不抵抗政策的国民政府，以“空虚的躯壳”象征其外强中干的统治，枚举事实，排比发问，义愤填膺，在警劝与期待中结束了这次南京之行。全文哀中有怨、怨中有怒，怒中有恨，作者把千古兴亡的历史感、国破政衰的现实感与重振中华的未来感融为一体，震撼人心，令人回味无穷。

20世纪30年代以后，随着女作家艺术探索精神的自觉与强化，女性游记日趋成熟并逐渐繁荣，源远流长的中国游记文学史也因其加入而更具审美价值。

第五节　艾芜、吴组缃等作家的旅行记

20 世纪 20—30 年代，一些作家以旅行记的形式，通过描写自己的所见所闻来展现当时的社会风貌。艾芜、吴组缃、蹇先艾和沈起予的旅行记，分别从不同的角度和不同的地域出发，或描写边陲地区的风土人情，或叙写自己所游历的山川景色，并与当时的社会形势结合，广泛地反映出当时的社会生活图景，开阔了散文的内容和形式。20 世纪 30 年代后期，日本入侵中国，时局动荡，这些作家在逃亡过程中的行旅散文，也大大加强了散文这一文体与现实生活的密切联系。

艾芜(1904—1992)，原名汤道耕，艾芜是他的笔名，另有笔名刘明、吴岩、荷裳等。1904 年出生于四川新繁县(今新都县)清流场一个乡村教师家庭，6 岁开始读书，1919 年考入新繁县立高等小学，1921 年考入成都省立第一师范学校。1925 年因不满守旧的学校教育和反抗旧式包办婚姻而出走，漂泊于中国云南、缅甸和马来西亚等地，期间当过小学教师、杂役和报纸编辑，过着贫困的流浪生活。1928 年秋，加入马来西亚共产党缅甸分支，1931 年被英国殖民当局驱逐回上海。1932 年加入中国左翼作家联盟，开始发表小说。抗日战争爆发后，艾芜任中华全国文艺界抗敌协会桂林分会理事，辗转于汉口、桂林、重庆等地，从事创作，也教过书。中华人民共和国成立后，艾芜任重庆市文化局局长、中国作家协会理事等职。1965 年全家迁回成都，"文革"中被迫搁笔。1976 年后，艾芜又以极大的热情投入创作，写出《春天的雾》等多部小说，并写了大量的回忆性文章和散文。1992 年 12 月，因患肺炎而去逝。

据艾芜自传，他小时候并没有想从事文学。① 虽然在读小学的时候，他就有看课外书的习惯，但在四川成都省立第一师范学校时，艾芜比较喜欢的课程却是数学课和植物课。艾芜有一个远房叔父，家里藏有许多小说。艾芜在他那里读了许多旧小说如《七侠五义》、《七剑十三侠》、《包公

① 艾芜:《〈艾芜文集〉序》，见《艾芜文集》第 1 卷，四川人民出版社，1981 年版，第 3 页。

案》、《三国演义》、《说唐演义》等。到了高级小学，他从图书馆借阅到《新青年》、《新潮》、《少年中国》这类杂志，阅读了许多新小说、新诗歌和新话剧。后来在省城师范学校，他除了读创造社的《创造》季刊、语丝社的《语丝》、文学研究会的《小说月报》外，还阅读林琴南用古文译的欧美小说。这些阅读为艾芜后来从事文学创作打下了深厚的基础。

艾芜在漂泊期间，所想从事的仍不是文学，而是侧重于哲学、经济学和社会学，后来到缅甸时，为生活所迫，开始进行文学创作。这期间他所写的散文后来结集出版，即 1935 年 4 月由上海生活书店出版的《漂泊杂记》。这是他的第一本散文集，内收 40 篇文章，内容多是记述在云南和缅甸时的所见所闻，主要为游记和杂感，后又出版了两本散文集：《杂草集》(1940)和《缅甸小景》(1943)。

艾芜的旅行记多为速写，兼有笔记、随笔和抒情小品各体。作家自己也曾说，他的从文经历是“墨水瓶挂在脖子上写作的”。艾芜每到一处，都要写下自己的所见所感，这成为他以后写作不可缺少的素材。在流浪生活中，饥饿、无业、流浪和受人歧视的体验在艾芜心中留下了难以磨灭的印象：“一九二五年，我从四川打着光脚板走到云南，昆明是用饥饿和鄙视来迎接我的……”①这种困窘的流浪生活反映在作品中比比皆是。《川行回忆》中“我”和同行的黄君想去叙府，在快到目的地时，便决定把身上所有的钱都花光，以饱餐一顿，因为在叙府有朋友。谁知因币制混乱，身上的钱反而连饭钱也不够，在把所有的钱都交出之后，坐船去叙府却没有钱了，只好耍赖。那尴尬的场面，清晰地展现于读者面前。《在茅草地》是艾芜谋生艰难的真实写照。“我”漂泊到缅甸北部的八募时，找不到做工的机会，这时有一位好心肠的苦力推荐到茅草地的店家去教几个小孩，当“我”赶到后，店家却并不需要。住了两天后，店家又推荐“我”去不远的洋学堂教汉文。“我”满怀希望连夜写了封英文自荐书，带着这封不知给谁的信去后仍是失望。回到店里，第二天店家可怜“我”，让给他帮忙，后来又让“我”兼职教他的孩子，才有了工作。谋生是如此的艰难，生活是如此

① 艾芜：《〈南行记续篇〉序言》，见《艾芜文集》第 1 卷，四川人民出版社，1981 年版，第 435 页。

的艰辛，但艾芜认为："就是这个社会不容我立脚的时候，我也要钢铁一般顽强地生存！"[1]这种坚定的意志反映在他的旅行记中，形成了作品刚毅、乐观向上的艺术个性。虽然作者经常挨饿，自己也意识到"我是这么一个乏力生存的弱者，禁不住过分难受"，但是"无论什么辛酸，什么苦痛，素来是一并吞在肚里，向人示弱可不能"（《在茅草地》）。西南边疆，人迹罕至，加之战乱，土匪出没，处处充满危机，艰辛的旅途与困苦的人生何其相似！然而，"挂着斜阳光辉的绿荫山道，杂响着欢快的前进的步伐，生气洋溢的旅途啊，引诱着我这双迈进的走足"（《蝎子寨山道中》）。作者进取的精神跃然纸上。虽然旅途中经常遇到挫折和困难，但"一个追求希望的人，尽管敏感着那希望很渺茫，然而，他心里总洋溢着满有生气的欢喜，虽也虑着成功还在不可知之列，但至少不会有绝望和灰心那样境地的黯然自伤。因此，这山里的峰峦，溪涧，林里漏出的蓝色天光，叶上颤动着的金色朝阳，自然就在我的心上组织成怡悦的诗意了"（《在茅草地》）。这种乐观的精神，鼓舞着读者，给人以思想上的启迪，这也是他的旅行记能打动读者的重要原因之一。

在艾芜的漂泊生活中，西南边陲的山川风景、风土人情，东南亚地区的异国情调，都被他以清新流利的文笔展现出来，为现代旅行记的内容增添了一道靓丽的风景线。我国西南边疆怪异的山，凄清的水，毒蛇和瘴气，土匪和盗马贼的出没，深山里的傣族风情，茅草地的鸡毛小店，都被作者以自然亲切的语言娓娓道来，好像就发生在读者的身边。在描写克钦人时：

> 但后来低头钻进去，发现主人是那么样儿的时候，心便禁不住跳动起来，仿佛走进了卖人肉包子的黑店一般。因为主人的腰上悬着一把齐头的长刀（佩刀是克钦人的风俗，每个成年男子都必须带的。他们即使在当兵的时候，于荷枪之外，都不离这把祖传的长刀），脸儿又天然带着不驯之气。两片嘴唇，由于常嚼槟榔的原故，露出仿佛刚

---

① 艾芜：《人生哲学的第一课》，见《艾芜文集》第1卷，四川人民出版社，1981年版，第30页。

第三编　第五章　游　记

才生唉过人血的光景。头上缠着黑布帕子,余剩一节,笔直地竖在发上,活画出绿林好汉那样的风度。(《古尔卡》)

这样的装束,读者读时心中便会寒意自生。《夏天的旅行》写在海边时,“藤桌旁边的泥地上,螃蟹悄悄地爬着,我们不去捉它,也不作声惊动,只是带笑地看着,让它自由自在的”,充满浓浓的生活气息。作者在领略西南边疆的风土人情的同时,也对那里的社会问题予以密切的关注。当时中国正逢战乱,军阀混战,西南地区官匪横行,许多农民被迫为匪。《滇东旅迹》中的农民在被土匪抢了之后,“强壮的汉子忍耐不下了,便向深山入伙去,或是单独装成割草的在路边等候孤单的过客”,便是当时社会生活的真实写照。同时作者对西南地区的迷信盛行、官府欺压百姓等一类丑恶现象也进行了无情的揭露和批判,如实写出了作者所经过地区的民众愚昧、闭关自守以及生产落后的社会现实,使我们看到了一个真实的西南地区。《罂粟花》中作者在旅途中遇见的小伙子,年纪不大但“面容苍老”,带有“明显的憔悴”。当我看供奉神位上的书《玉匣记》时,他“连忙抓过去”,说“这要洗了手才看得哪”。精神上也被上了枷锁。动乱时代的民众对生存的挣扎,加之作者艰难的漂泊历程,使读者更多感受到的是生之艰难。

艾芜的旅行记以记叙为主,抒情和议论较少。作者大多是在描写旅行的所见所闻。《旅仰散记》中曾描写如此美好的旅行:

> 如此的旅行,在月夜固然是很好:睁着倦怠的眼睛,凭窗望去,田野,茅屋,椰林……都酣睡在月光下面,徐徐地移向尾后,一种宁静的氛围,便和掠过车窗的凉风,泥土青草的气息,一同地袭人胸怀。然而,即使当着黑夜,也仍旧不错,象车路旁边远远近近的人家,一瞥地现出灯火,就仿佛一些媚美的眼珠,在浓黑的发间,暗自窥人一样,总之,这一来,整天在事务上弄呆板了的心情,变得突然为之松爽活泼了。

该段描写清新自然,极富感染力。他用词精炼准确。如描写云南的山:“象病了的水牛,一条条躺在荒漠的天野里——这就是云南东部的山呵，可怕的山呵。”（《滇东旅迹》）《舍资之夜》写自己的感伤：“天涯的旅愁，人间的冷酷，象两条蛇似的，偷偷逶进我的心头”，形象传神。在描写下层人物时，几笔就把人物的性格特征写得活灵活现。《江底之夜》中的“我”投宿临江的马店，被兼做店老板和小伙计的一位三十来岁的粗女人偷偷搜包，想找值钱的东西，被“我”发觉后通过训斥孩子来掩饰，作者通过她的口吻和举动，其泼辣粗野的性格如在眼前。在流浪过程中，艾芜也对一些现象作出了自己的思考。《旅途杂话》中由人在荒山旷野中行走不可太敏感，否则会更痛苦些的体会，得出“在人生的旅程上，坦然前进，也要少受些苦痛的”感慨。《杀人致用》由卡瓦人杀死外乡人以祭洒谷地获取丰收，联想到所谓文明人比他们更残酷更野蛮，文明人建立国基、扩充势力所用的头颅和热血更多。作者认为所谓文明人者，仅在善于窃用好名词以自掩饰而已。

20 世纪 30 年代后期，日本入侵中国，国土沦丧，艾芜从上海逃亡至桂林。这时的旅行记体现更多的是对动荡时局的关注。其实早在艾芜被驱逐回上海途经香港时，爱国情感已体现于他的旅行散文中。《香港之一夜》中作者以前对香港是抱有“美的幻影”的，然而在香港的肮脏的拘留所呆了一夜后，作者对香港的印象是：凶恶的帝国主义，肮脏的臭马桶！对英帝国主义的愤怒和对香港早日归来的期盼，永远烙在作者的记忆之中。《别上海》、《沪杭路上》、《湘桂路上》、《桂林遭炸记》、《赴柳州途中》简直就是一部逃难史，穿插其间的是对日本的仇恨。这时期所写的散文多与社会形势联系密切。

艾芜早年的漂泊生活，使他备尝人世艰辛，深知生之艰难，也使他洞悉底层社会的种种不幸和苦难。这对他的文学创作，影响颇深。他的旅行记独具一格，描写旅行见闻时，多以下层人物和普通劳动者为主，从日常生活的不同侧面，挖掘出他们内在的性格美和精神美。对西南地区独特风情的描写和作者独特的人生感悟谐调统一，这是它在 30 年代的旅行散文中占有重要的一席之地的主要原因。

吴组缃（1908—1994），原名吴祖襄，字仲华，笔名吴组缃、芜帝等，安徽泾县茂林人，1908 年 4 月出生于一个知识分子家庭，1920 年起先后在宣城安徽省立八中、芜湖省立五中和南京、上海求学。在芜湖省立五中念书时，曾编辑学生会创办的文艺周刊《赭山》，并开始在《皖江日报》等报刊上发表诗歌、小说和散文。1927 年结婚后，回茂林当小学教员。1929 年秋进入清华大学经济系，一年后转入中文系。1933 年毕业后直升清华大学研究院深造。在清华读书时期，是吴组缃文学创作的高峰阶段，与季羡林、林庚和李长之并称为“清华四剑客”。1932 年创作小说《官官的补品》，获得成功。其作品结集为《西柳集》、《饭余集》。1935 年中断学习，应聘担任了冯玉祥的家庭教师及秘书。1938 年发起并参加中华全国文艺界抗敌协会，担任协会理事。1946 年至 1947 年间随冯玉祥访美，回国后先后就任金陵女子文理学院教授、清华大学教授、中国散文学会会长、《红楼梦》研究会会长等职务，潜心于古典文学尤其是明清小说的研究。

吴组缃在清华大学中文系读书时，就在《清华周刊》上发表散文《歌蕾梦娜者——枫叶之三》、《黄梅时节》等。后来在《文学》月刊和《太白》半月刊上发表《黄昏》、《村居记事二则》、《泰山风光》和《柴》等散文，后来收入散文集《饭余集》。其中《黄昏》写“我”回到家乡，家庆膏子和绵绣堂三太太的家庭都已衰落，家乡偷盗横行，展现于读者面前的是衰败的皖南农村环境。《扬州杂记》写“我”刚从镇江下火车，就有一个“黝黄多皱的瘦脸扮成一个非常亲热非常凄凉的苦笑”的旅馆茶役来叫着“少爷”迎接，为“我”照看行李、叫马车等，只是为了几个赏钱。见到同学白眼兄后，游了瘦西湖。作者的叙述如行云流水：

> 那是一个初秋的上午。太阳藏在晶莹明彻的厚云里，空气略略有点闷。走出城外，遇到一阵疏雨。那只是“云里雨”，洒在我们身上，添了不少清凉可喜之感。穿过几处茅舍，远远一片翠绿的树林，一望无涯。不数步就到绿杨村。一湾清澈的碧水，静静地躺在城垣下。浓绿的草木簇拥着两岸。城垣上颤动着繁密的藤萝薜荔，如一堵玲珑的篱藩。岸级下几只小舫停在那里，上面都张着白布蓬，蓬下摆着三两张藤椅。我们随便拣了一只坐上去。那撑船的是个乡下人，蓬头披发，穿一件敝旧的褂子，赤着一双大脚。她替我们买来几

包瓜子之类的小食，沏来一壶茶，立即开船。

该段行文流利，语言精炼洒脱。《村居记事二则》写秦嫂子和三驼子两个底层人物不幸的一生，成为旧社会农村经济凋敝的真实写照。《泰山风光》作者专门写香客"朝山进香"沿路的遭遇，香客进香途中遭遇乞讨者，必须要给钱的，否则会给扭住不让走，作者在这里所写的不再是风景画，而是一幅世俗画。就连作者也曾说《泰山风光》"像是游记，但所分析刻画的还是社会形态，而自然景物倒被我忽略了"。① 这与作者描写现实生活中经济衰落时鲜明的写实主义风格是相一致的。他的散文处处显示出现实主义小说的特点。正如举岱所说，"前人游记，多归入'杂记类'"，所以它"原是记叙文中描写自然环境的一种作品"，而现代人的旅行，"人的活动常淹没了自然，于是'社会相'又代替了自然风景成为游记最好的题材"。②

蹇先艾(1906—1994)，1906 年生于贵州遵义。学生时期即开始写作，1926 年参加文学研究会，与李健吾等组织曦社，出版《爝火》杂志。1931 年至 1937 年任北平松坡图书馆编纂主任。此时著有短篇小说集《朝雾》、《一位英雄》、《乡间的悲剧》等。抗战时期，在贵州与谢六逸等组织每周文艺社，出版《每周文艺》，还主编《贵州日报》副刊《新垒》。1937 年至 1951 年，先后任遵义师范学校校长，贵州大学等学校教授。1951 年至 1965 年相继担任贵州省文联主席、贵州省文化局局长等职。新中国成立后作品有短篇小说集《山城》和散文集《新芽》等。

蹇先艾新中国成立前的散文集有《城下集》(1936)和《离散集》(1941)。他的旅行记主要叙述自己的旅途见闻，通过对人事的描写，折射出新中国成立前旧中国社会的侧影。蹇先艾去山东时写了一组"鲁游随笔"，其中的《车窗外》主要写尽力兜揽生意的山东商贩，"景物在我的眼中是一瞥就过去了，我所注意的是沿途车站上的人类"，关注的是"忠厚老实

① 吴组缃：《吴组缃小说散文集》，人民文学出版社，1954 年版，第 2 页。
② 举岱：《游记选》，桂林文化供应社，1942 年版，第 5 页。

的小贩”身上“最可钦佩的人格”。作品写道：

> (他们)算准了火车开到的时候麇集，有如庙会，火车一离站，便又匆匆静无一语地散去。有的做了很好的生意，归去便挟着成功的欢欣，有的没有卖到钱，却满怀失望，垂头丧气，象斗败的雄鸡。他们具有各式各样不同的心情。

作者写山东商贩爽直的性格在叫卖声上可以体现出来，他们不像北平的小贩“卖东西要故意形容，如‘冰积凌，凉的败火’”，而是直说“买鸡！买鸡！买鸡！”就连乞丐也直接喊毫不客气的句子“要钱！要钱！要钱！”叫卖语句简单而纯挚，读来让人忍俊不禁。《茅店塾师》是在山东曲阜的见闻，刻画了一个被时代所淘汰，但仍“敬圣崇经”、个性倔强的老人形象。《塘沽的三天》写作者离开北平至塘沽，乘船离开时在塘沽看到的情景。日寇的入侵使大量难民外逃，“国破家亡了，哪里还有笑容”。《城下》回忆了1933年华北危机时，北平紧张不安的气氛和动荡的时局。《半年的长进》叙述作者住在远离贵阳的小城龙场驿，过着回归自然的生活，最大的长进是个人的生活走上了严肃的道路了，是对人生态度的一种反思。这时期他的旅行记主要记述他颠沛的流亡生活，揭露日寇的暴行、汉奸的无耻和国民党当局的腐败。

沈起予(1903—1970)，四川巴县人，早年留学日本，参加过创造社和“左联”，曾任中华全国文艺界抗敌协会理事，主要从事小说创作和翻译工作，主编《光明》半月刊。1935年出版了反映淞沪战争和难民生活的散文报告集《火线内》，此外还著有长篇小说《飞露》、《残碎》，译有《艺术科学论》等。

沈起予的旅行记主要是在《太白》杂志上发表的《桂行杂图》，写的是作者去广西时的旅途见闻。《柳州道上》写乘车去桂林一路上所见景色及行人。《山居琐记》中作者经常听见轰隆的爆炸声，原来是农人在“农闲”时烧石灰，记录了当时农村凋敝的情景。《桂行杂图》取材广泛，勾画简洁，注重描写当时的社会现实，是《太白》“速写”栏的重要成果之一。

第四编　纪实散文

概　述

纪实散文也是现代散文文体中逐渐发展的一个种类，而且愈到后来，发展也愈成规模，作者队伍愈庞大。与其他种类的散文不同，纪实散文虽也具备散文的文学品格，但更注重所取素材的真实性和原生态，更注重所写对象与时代、社会和个体生命的紧密对应关系，也就是说，更贴近社会现实和人物事件本身。大体说来，纪实散文包括传记文学、通讯报道和报告文学等种类，以下分而述之。

一、传记文学

在现代文学史上，传记文学的写法是由胡适较早提倡的。胡适在研究中西方文学特色时曾特别指出东西方在传记文学这一文类写作上的差异。他认为中国的传记文学以记录传主的人格为主，因此往往择其生平事略，然后加以一二小节来表现人物性格；而西方传记文学则在人格之外，还强调写出人格进化的历史，即写出传主的成长过程。因此传主的家什、教育、朋友、著作业绩、传主所处时代的背景及其一生的变迁及生活琐事等等都是写作的材料，强调性格的成长史，不能把传记停留在个人品性的证明上。[①] 所以，无论是个人自传，还是为他人或古人立传，作品文本的真实性和文学性、传主人格的历史性和主体性，都是考察一部（篇）传记作品是否成功或优秀的重要标准。

① 胡适：《传记文学》，见姜义华《胡适学术文集・中国文学史（上）》，中华书局，1998 年版，第 594～607 页。

在这一方面，郭沫若、郁达夫、沈从文、巴金等人所写的自传，朱东润、闻一多、顾一樵、骆宾基等人所写的传记，比较鲜明地体现了这些特点。

郭沫若的自传以时间为序，详尽地记录了自己的成长过程，并在生活的实录中再现中国近现代史上的风云变幻。这些文字后来结集为《沫若自传》出版，包括《少年时代》、《学生时代》、《革命春秋》和《洪波曲》4 卷。这不仅仅是郭沫若独特的个体人格和心理发展历程的记录，也是一幅极为广阔壮观的中国近现代史的历史画卷。郭沫若的自传的艺术风格和作者的个性气质是统一的，表现出和《女神》内在精神一致的自我张扬的性格特质。传主所具有的强烈自信、自尊，以及气吞日月山河的"天狗"般的气质，在自传中都表现得很充分。"通过自己看出一个时代"①也是《沫若自传》的另一个鲜明特色。《沫若自传》实际上也可以说是以郭沫若为代表的一代知识分子的成长传记。它以史诗性的建构记录了一代知识分子在历史激荡中的经历。"通过自己看出一个时代"还体现在《沫若自传》对历史、时代的忠实记录上。辛亥革命、五四运动、大革命、抗日战争，中国近现代史上的伟大变革都在《沫若自传》中记了下来。这样，宏大叙事与私人叙事的统一，纪实与虚构的统一，郭沫若个人的人格心理的发展历程就与中国近现代史的风云际会的大背景相伴相生。

和郭沫若的自传一样，郁达夫的自传也是既真实地写出了一个破落的中产阶级之家的子弟痛苦曲折的成长经历，也折射出时代的印记。郁达夫曾经在《什么是传记文学》一文中指出："新的传记，是在记述一个活泼泼的人的一生，记述他的思想与言行，记述他与时代的关系，他的美点，自然应当写出，但他的缺点与特点，因为要传述一个活泼泼而且整个的人，尤其不可不书。"②郁达夫在传记文学的写作中，也把自己写作小品文的心得带了进来：行文自由舒展，语言清丽飘逸，性情率真天成，善于营造抒情氛围，写人状物富于表现力，有特殊的郁达夫散文的气息。

沈从文的《从文自传》讲述了作家一生中的重要经历，体现了他对人

① 郭沫若：《〈少年时代〉序》，人民文学出版社，1979 年版，第 1 页。

② 郁达夫：《什么是传记文学》，见《郁达夫全集》第 11 卷，浙江大学出版社，2007 年版，第 202 页。

生的认识，对社会各种生命形式的体察，展示了湘西人民的人性美，湘西风景风俗的美丽和浓郁的地方气息。《从文自传》是现代文学自传系列中的一部优秀作品。《从文自传》的笔法和沈从文描写湘西小说的笔法是一脉相承的。他总是采取娓娓道来的语调，用自然、不做作的文字通过个人的经历见闻为读者展现湘西社会背景、地理风貌和人情物态。

谢冰莹在《女兵自传》中，完全采用现实主义的创作手法，没有任何隐讳，没有任何修饰，用质朴、直白的语言真实地讲述了从童年一直到参加抗战服务团的故事。在这个曲折引人的历程中，一个具有不懈的反抗精神，一个寻求自由、自我独立，一个不依赖别人、没有丝毫的虚荣心，一个不畏生活艰难、勇往直前的女性形象鲜明地展现在读者面前。在具体的讲述过程中，作家常常会用细腻的笔触、流畅的文字进行细致的内心抒写。这些真情的自然流露，能够给读者以强烈的激励和感染。

巴金最早的自传为 1934 年出版的《巴金自传》，1936 年又改版增订为《忆》，由文化生活出版社出版。此外，1936 年，巴金又写了《我的幼年》、《我的几个先生》等回忆性的散文。在这些带有个人回忆的文字里，巴金真实地讲述了自己的幼年生活、少年生活和青年生活。他多次讲到自己生活中情感的转变，最初是母亲教导的“爱”，年龄稍大一点以后，他与“下人”的交往密切起来，在了解了下人的悲伤、凄苦后，开始了“恨”。这种恨让他接触外面的世界，开始了社会活动。从巴金对自己早年生活片段的回忆中，可以看到他采用一种审视的笔法，回忆展示自己所走过的路，思考自己精神动力的来源，在回忆思考的过程中，又不断总结，不断进行理性分析、解剖。这种反思、理性分析的特点在巴金晚年的《随想录》中也可以体会到。

朱东润是我国现代传记文学的开拓者之一，一直以传记文学的研究和写作为主要工作，代表作品有以古代名人为传主的《张居正大传》、《陆游传》、《梅尧臣传》、《杜甫叙论》、《陈子龙及其年代》和《元好问传》等，也有以自己妻子为传主而创作的《李方舟传》。朱东润的传记文学观，受西方传记文学理论和创作的熏染较多，对中国古代传记也进行过深入切实的研究。他的传记文学创作，受史传文学的理论和观念的影响也较深。

《张居正大传》是朱东润传记作品中的“得意”之作，写得波澜壮阔、气魄宏大，思想精辟、议论纵恣，集中体现了朱东润的传记文学观念。朱东润认为从事人物传记文学的创作首先要尊重历史的真实性。因此，在创作《张居正大传》时，作者收集了尽可能全的历史资料，主要抓住传记主人公的政治活动的正史材料，力避野史稗论的干扰，并对史料进行了仔细的分析鉴别、去伪存真的考察工作。朱东润在传记的序言中说：“我担保没有一句凭空想象的话。”①这部史传的历史真实性和学术研究的科学性、准确性由此可见一斑。其次，朱东润认为传记文学有别于历史记载的重要特点之一就是对于人物的塑造，即揭示人物性格丰富性和发展的内在逻辑。这使传记作品增加了更多的文学性，避免了历史材料堆积所造成的人物僵化死板，使传主的人物形象塑造更为丰满生动，更为真实可感。《张居正大传》中对于张居正的性格塑造即是这样。作者不仅考察由社会历史状况所造成的人物性格变化，演绎了一个少年志气的书生成长为通晓权变之术的一国重臣的经历，同时也细致而清晰地塑造了一个特殊历史境遇下性格复杂多样，充满传奇色彩的张居正，没有简单的善或者恶的评价，只是通过人物自身的经历行动来还原一个真实的张居正。

朱东润认为传记散文是介于历史和文学之间的跨门类文体，同时兼有“史”与“文”的特点。所以，朱东润的《张居正大传》等一系列人物传记都兼顾到“史”的真实与“文”的生动，形成了自己独特的传记散文创作风格。

顾一樵的传记散文创作主要以自己熟悉的身边人物为传主，通过为故去的亲人朋友作传来抒写人物独特的个性和传达作者对于故人的深切怀念与无尽哀思，代表作品有《我的父亲》、《祖母的死》、《三老太的一生》。尽管其作品不多不长，但往往能抓住人物的主要特征来展开记叙，通过细致入微的描摹而使人物更加传神，充分发挥了散文文体自然真切的抒情特点。顾一樵也常常使用必要的历史材料作为参照，以加强传记散文的真实性。如《我的父亲》中用了几乎四分之一的篇幅来考证家世谱系，父亲的主要经历及当时的心绪情感都有他本人的日记作证。

---

① 朱东润：《〈张居正大传〉一九四三年序》，湖北人民出版社，1981年版，第11页。

闻一多在《唐诗杂论》一书中为唐代著名诗人作传，其中以传记散文《杜甫》最具代表性。这篇传记怀抱景仰为“诗圣”杜甫描绘了一帧形神毕肖的写照。作者在进行了综合研究的基础之上，抓住影响诗人创作的关键事件，以边叙述边吟咏的方式塑造了作者“个人想象中的诗圣形象”。[①]从杜甫深厚的家学渊源到影响其诗歌创作内容、铸炼其风格的两次少年壮游经历，再到与“诗仙”李白的相遇，作者善于从一系列的典型事件中抓住人物性格特点，聚焦人物的关键性特征，活化出诗人的灵魂。遗憾的是这是一篇并没有终篇的传记。

骆宾基怀念故人的传记散文《萧红小传》是其人物传记散文的代表作品。与传主之间的深厚感情决定了这篇小传始终充溢着浓郁的抒情色彩。传记主要关注于萧红的人生经历，文笔之间流露出对这样一位才华洋溢而命运多舛的传奇女性的钦佩和赞誉，所以行文之中作者的评论或者抒情文字几乎俯拾皆是。作者在记叙萧红人生经历的过程中始终紧紧抓住人物的典型特征：不做任何人的附庸，倔强而坚强地与命运抗争。但是由于作者的个人感情倾注太多，致使传记在某些事件的记叙与评论带上了较重的主观色彩。

二、通讯报道

这里的通讯报道，是指运用第一人称，借助散文的笔法和形式写作的通讯，它记录作者的所见所闻所感。因此，这种散文体通讯，形式不拘一格，写法灵活自由。它可以通过描写、记叙人物的若干活动和事迹来表现人物的精神境界，可以较为详细而全面地反映一些与现实时世有关的重大事件，也可以截取事件发展过程中的一个片段、细节或画面，绘声绘色，给人以特写镜头般的印象；可以生动地记录和扫描某一地域的风土人情，可以用富有情趣的故事的形式反映新人新事，也可以是众所关心、可读性强的访问记。无论是何种形式和写法，都离不开真实的材料、生动的细节和相关的时代背景，都需要及时反映社会所关注、读者所关心的现实问题

---

① 闻一多：《闻一多全集》第3卷，生活·读书·新知三联书店，1982年版，第144页。

和重要事件。

在现代文学史上，早期较有社会意义的通讯作品，应推瞿秋白的《饿乡纪程》和《赤都心史》。这两部作品突破了传统游记文学的窠臼，真正开始了融记事、抒情、议论为一体的新式通讯文体的写作，大大拓宽了现代散文的表现领域。瞿秋白的散文又被称为“社会的画稿”。他以恢宏的视角着重刻画了十月革命胜利后苏联的时代风云和社会变迁，多侧面展现了新政权中人民的面貌。在两部散文集中，瞿秋白坦率诚挚地表达了他在整个赴苏联过程中对各种自然、社会现象的体会和感触。文章中所摄取的都是作者所见、所闻且感触强烈的事件和片断，却又不拘泥于纯粹的报章式写作，胸有块垒则一吐为快，遇有悲悯则驻足议论，将自己对事件、人物和问题的感触思考直抒胸臆地表达出来。例如，作者不惜笔墨，用了整整一节描述了与革命导师列宁会面的过程，先是简要介绍了列宁的学识，然后重点刻画了列宁在演说时的风采。这种剪影式的刻画和大量的侧面描写将列宁强大的吸引力和感召力生动地表现出来。充满激情的描写融入了作者热烈的情绪。

此后，随着时代风云和社会形势的急剧变化，以及大众传媒的发展，通讯报道式的散文逐渐受到关注，有了更多的用武之地。特别是大革命失败以后，为夺取政权和革命力量的生存大计考虑，左翼政党对舆论宣传非常重视；为号召民众进行抗战，进步文坛对通讯报道格外青睐。在共产党领导的区域，为适应形势要求。在革命的每一个阶段对报刊传媒都有明确的宣传方面的具体要求。体现这种要求的就是各种报刊对副刊的重视。30 年代，在中华苏维埃共和国地区，重要的有中央革命根据地的红色中华通讯社、《红色中华》报、《红星》报等；在国统区，地下办报和宣传活动从未间断。如 1927 年在上海秘密创刊的中共中央理论性机关刊物《布尔塞维克》，左翼文坛创办的《文化批判》月刊和《太阳》月刊以及中国左翼作家联盟等。抗战时期，抗日民族统一战线建立后，中共在抗日民主根据地和国统区创办起一大批以团结、抗战、民主为宗旨的报刊。如，将《红色中华》改名为《新中华报》，继日改出大型的《解放日报》，又成立了新华社。在国统区，则有中共代表团直接领导下出版的《群众》周刊和《新华日报》。

抗战胜利后，内战爆发，又有《晋绥日报》、《人民日报》以及各种文艺报刊。

这样，不仅时常出现群众性的写作通讯报道的热潮，一些专业的文化工作者也投入了创作，影响较大者，如曹聚仁、邹韬奋、范长江等。

抗战爆发后，曹聚仁作为战地记者奔赴战争前线，行程数万里，写下数百万的文字。1940 年上饶战地图书出版社出版的战地通讯集《大江南线》，比较有代表性。曹聚仁的通讯报道有一种独特的新闻视角，那就是在“新闻性”和“艺术性”之间巧妙平衡的“趣味性”，以及在趣味性之外的一份对人民以及时代的关照。曹聚仁曾有“乌鸦文人”、“乌鸦教授”、“乌鸦记者”等称号。这种“乌鸦精神”体现了曹聚仁坚持真理的理性精神。这种理性精神使得曹聚仁的通讯表现出强烈的学术性，从题材的选择到下笔成文，都浸透了曹聚仁自己的思考。如果说曹聚仁是在战争的背景下对国内众生百相进行观察的话，那么邹韬奋则是在国际视野中进行民族的思考。邹韬奋 1933 年 7 月到 1935 年 8 月在欧洲游历，他把自己观察到的各国的政治、经济和社会状况，特别是各国新闻事业的实际状况，以及自己对世界大势和民族出路的思考都详细记录下来，留下了一个学人对世界、时代、民族的深切思考。这些通讯后来结集为《萍踪寄语》和《萍踪忆语》。这些通讯不仅内容充实，材料真确，爱憎鲜明，而且文笔隽永，明快有力，议论风生，既热情洋溢，又轻松幽默，同时不乏时代性、社会性和批判性。1936 年，范长江将自己在西北的所见所闻结集成《中国的西北角》一书出版，之后又出版了《塞上行》，深入持续报道中国的大西北。范长江的通讯报道具有很强的时效性。他以新闻人的职业道德和敏感，用自己的亲历见闻写出了共产党对于国共合作、帮助建立抗日民族统一战线的诚意。范长江能够站在比一般通讯记者更高的政治、哲学高度来知人论世，也能够掌握采访时的主动权，很好地驾驭、使用材料。因此他的通讯的一个突出特色就是熔知识、思想、趣味于一炉，真实而且生动。

无论是曹聚仁、邹韬奋还是范长江，他们的通讯都有一个共同的特色，就是对国家的担忧，对民族前途的思考。这也是一个时代的文学家对所处时代作出的集体有意识的回应。

三、报告文学

报告文学是随着报纸登陆中国才逐渐兴起的散文与新闻相结合的文体形式。五四运动为中国的思想、文化带来深刻的变革，也为报告文学在题材和思想内容上的突破提供了必要的条件。冰心、瞿秋白、梁启超、鲁迅、柔石、谢冰莹和文学研究会的诸作家们，开始以亲身经历的事件为素材，从事报告文学类作品的写作，这使得这种文学形式的抒情性大为增强。其中，瞿秋白的《饿乡纪程》（亦名《新俄国游记》）和《赤都心史》这两部作品，以严肃的思索和热情的记叙相结合，以新闻真实性和艺术形象性相结合，成为中国现代报告文学的最初萌芽，为报告文学在30年代的进一步发展奠定了坚实的基础。

但是，当时的作者尚没有文体的自觉性，"报告文学"这一名词要到1930年才会正式出现。1932年阿英选编的《上海事变与报告文学》是第一部以"报告文学"命名的作品集。这是1932年上海人民反抗侵略战争的实录，它的出现对"报告文学"这一新兴体式的发展起到了积极的推动作用。

30年代初报告文学创作的主题是宣传革命与抗日。在"左联"的推动下，反映工农苦难生活的作品日益增多。此外，作家们的视野进一步扩大到社会其他各行业中。题材得以广泛拓展的同时，报告文学在思想、技巧、文体等方面也日趋成熟。30年代中后期，报告文学创作迎来了丰收的成熟时期。这主要表现在一批风格各异、形式多样，在艺术性、思想性上都非常成熟的作品的集中问世。它们是夏衍的《包身工》、萧乾的《流民图》、宋之的的《1936年春在太原》、胡愈之的《莫斯科印象记》、林克多的《苏联见闻录》、邹韬奋的《萍踪寄语》和《萍踪忆语》、范长江的《中国的西北角》等。这一时期，即"一·二八"事变以后到抗日战争正式爆发以前这段时间，民族矛盾和阶级矛盾达到空前尖锐的地步。1936年由茅盾主编的大型报告文学集《中国的一日》，就是这一时期中国社会生活的真实反映。这部作品集除少数作家外，大多数作者是非文学工作者，体现了报告文学群众性的特点。

从抗战爆发到1949年,连续不断的战争和生活的剧变为报告文学提供了异常丰富的素材,使报告文学成为当时文学的主流。

范长江的《芦沟桥畔》系列战地报告文学。丘东平的作品,大部分反映国民党军队的作战情况,如丘东平的报告文学作品《第七连》、《一个连长的战斗遭遇》、《我认识了这样的敌人》等描写了正面战场。另外,丘东平还满腔热情地写下了歌颂中国共产党,歌颂新四军和表现敌后抗日根据地人民力量成长的作品。他的未完成的《茅山下》生动感人。丘东平的作品注意人物描写和情节安排,取材于真人真事,很少有虚构的成分,是当时报告文学的佳作。碧野的《北方的原野》、姚雪垠的《战地书简》等再现了人民自发的抗日热潮;萧乾的《血肉筑成的滇缅路》披露了鲜为人知的国际援助的滇缅路的修造情况;黄钢的《开麦拉前的汪精卫》运用镜头语言,刻画了大汉奸的内心世界;《上海一日》是沦陷后的上海奉献的一部珍贵的报告文学集。同时,解放区的报告文学创作在这一时期也取得了很大的成就。记录革命历史,反映劳动人民中的先进人物、民族英雄,是解放区报告文学的一大特点。这些作品虽风格不同,但都充满感情,描写真切,其中丁玲、周而复、华山、刘白羽等人的作品成就显著。

报告文学在抗日战争爆发后之所以能取得显著成绩,是因为在上海、北平等大城市相继沦陷后,绝大部分作家纷纷走上前线或深入内地,他们在生活视野空前扩展和物质条件十分困难的条件下,为了有效地服务抗战,大都采取短小快捷的文艺形式进行写作。这样,报告文学就成为文艺战线上号召全民抗战的既快捷又有力的号角。他们以自身的遭遇和感受,写出了大量以抗战为中心的作品,推动了报告文学的发展。

第一章　传记文学

第一节　郭沫若、郁达夫的自传

郭沫若1907年进入嘉定中学堂之后第一次接触到维新思想和章太炎关于革命的言论。由于不满学校的腐败行政，他带头参加学潮，之后被学校斥退。1913年他得到兄长的支持赴日本留学，1916年升入九州帝国大学学习医科。在日本留学期间，他开始接触到泰戈尔、海涅、歌德、易卜生、惠特曼等人的作品，此时的阅读也影响到他以后的写作风格。五四运动爆发后他回到祖国，出版《女神》诗集惊动了中国的诗坛。大革命失败后，1928年郭沫若不得不离开祖国，流亡日本。在流亡期间，他除了继续自己的学术著述之外，另一项重要的工作就是开始自己的自传写作：从自己出生开始的生活经历和思想变迁，以现代新的传记文学的形式记录下来。郭沫若的自传写作后来一直都在继续，最后一部《洪波曲》写于作者1948年寓居香港的时候，当时夏衍在《华商报》主持副刊《茶亭》，在编辑的邀约下传主把自己在国统区的见闻记录了下来，一直到1948年11月淮海战役打响传主离开香港去到解放区，写作才中断。这期间的写作后来都收在《洪波曲》一书中。① 虽然作者“写的期间不同，笔调上多少不大一致，有时也有些重复的地方，但在内容上是蝉联着的”。② 以时间为序，

① 郭沫若：《〈洪波曲〉前记》，人民文学出版社，1979年版，第2页。
② 郭沫若：《〈少年时代〉序》，人民文学出版社，1979年版，第1页。

作者详尽地记录了自己的成长过程，并在生活的实录中再现中国近现代史上的风云变幻。这些文字后来结集为《沫若自传》出版，包括《少年时代》、《学生时代》、《革命春秋》和《洪波曲》4卷。这不仅仅是郭沫若独特的个体发展历程的记录，同时也是一幅极为广阔壮观的中国近现代史的历史画卷。

《沫若自传》的第一个特色就是写出了一个真实的爱国知识分子的成长经历。和中国传统传记文学不同，《沫若自传》不仅仅是截取生活中的片段以表现自己的人格，而是竭力写出个人的成长变化。这种传记文学的写法在现代文学史上由胡适较早提倡。胡适在研究中西方文学特色时曾特别指出东西方在传记文学这一文类写作上的差异：他认为中国的传记文学以记录传主的人格为主，因此往往择其生平事略，然后加以一二小节传其人格；而西方传记文学则在人格之外，还强调写出人格进化的历史，即写出传主的成长过程。因此传主的家什、教育、朋友、著作业绩、传主所处时代的背景及其一生的变迁及生活琐事等等都是写作的材料，强调性格的成长史，不能把传记停留在个人品性的证明上。①

郭沫若的自传正是对中国传统传记文学的一个反证。它首先是郭沫若这个人，而不是其他任何人的传记。“听说我生的时候是脚先下地。这大约是我的一生成了反叛者的第一步。”②《我的童年》从5岁不堪忍受“顶水”、“板凳”、“挨笋子炒肉”等“教刑”的私塾生活写起，到学大人的样抽烟、喝酒、和教书先生作对，这些看似琐碎的童年记忆也是传主性格的一部分。记忆是有选择性的，人到中年的作者对自己的童年生活进行选择的同时，也是对材料进行艺术剪裁的过程。作者把那些爱挑剔、爱发议论、放荡不羁的生活习性等材料都统一到性格的成长过程中，成为自己写作的起点。这些琐碎的生活记录也是作者写作中很重要的一部分。

《沫若自传》的艺术风格和作者的个性气质也是统一的。五四时期郭沫若以一本《女神》震惊中国文坛，自传的写作也表现出和《女神》精神一

---

① 胡适：《传记文学》，见姜义华《胡适学术文集：中国文学史（上）》，中华书局，1998年版，第594页。

② 郭沫若：《我的童年》，载《少年时代》，人民文学出版社，1979年版，第1页。

致的自我张扬的性格特质。传主所具有的强烈自信、自尊,以及气吞日月山河的“天狗”般的气质,在自传中都表现得很充分。他写到自己从小就渴望成为全面发展的天才型人物,信奉英雄主义和理想主义,不愿平庸地度过一生。这种自我张扬的性格和作者一贯的写作风格确实是一致的。

个人与时代在传主的写作中处于同样重要的位置,正如作者在《〈我的童年〉前言》中所宣称的:“我写的只是这样的社会生出了这样的一个人,或者也可以说有过这样的人生在这样的时代。”“通过自己看出一个时代”①是《沫若自传》的另一个鲜明特色。从年少无惧参加学潮到青年时代在政治变幻中的摸索、受挫,《沫若自传》实际上也可以说是以郭沫若为代表的一代知识分子的成长传记。1926 年 7 月,郭沫若参加北伐战争,之后大革命失败,义愤填膺的他发表檄文《请看今日之蒋介石》、《脱离蒋介石以后》和《在轰炸中来去》等一系列文章,叙述历史的真相。和蒋介石决裂之后郭沫若赶赴南昌参加武装起义,并在起义的关键时刻加入了中国共产党。这是当时一代知识分子的选择。《沫若自传》以史诗性的建构记录了一代知识分子在历史中的激荡经历。

“通过自己看出一个时代”还体现在《沫若自传》对历史、时代的忠实记录上。辛亥革命、五四运动、大革命、抗日战争,中国近现代史上的伟大变革都在《沫若自传》中记了下来:文化界的群英与群丑、人民群众的苦痛、保路的同志军、抢劫的棒客、喊着号子的船夫、械斗的村民、献金的码头工人、擦皮鞋的小孩……时代风云变幻中的小人物的痛苦和悲哀尽在《沫若自传》中。巍巍的峨眉山,咆哮的大渡河,热闹的秧歌,通都大邑的风俗人情,山村水乡的婚丧礼法,苍凉之中有愤懑,有绝望,也有一种压抑不住的生机。《北伐途次》记录的是作者在北伐军攻克武昌之后所见到的真实情景,在北伐军攻无不克的战场神话以及老百姓夹道欢迎的胜利喜悦中,作者见到的却是另一幅场景:

收了尸的火材匣子有好多还堆积在城濠边上,没有收敛的尸也

① 郭沫若:《〈少年时代〉序》,人民文学出版社,1979 年版,第 2 页。

还东一个西一个的腐化得不成形状。空气中弥漫着浓烈的奇臭。

走到通湘门，城门是闭着的。城门外也还横着好些尸首，有些是我们自己的人。我冒着那浓烈的尸臭，在一些死尸间向那城门走去，在那城门洞下也横陈着好几个尸首，都是穿着革命军的军服的。尸首大都偃伏着，其中最把我打动了的，是靠着城门洞的左壁坐在地上的一个，两手叉着，头部是折叠在胸上的。

虽然我们说《沫若自传》写出了一个时代，但是这样的文字和历史书上所记载的武昌起义显然不同，这是个人眼中的历史，但也是真实发生的历史。二者的不同正是《沫若自传》特有的艺术风格，那就是宏大叙事与私人叙事的统一，纪实与虚构的统一。

郭沫若擅长在个体的叙事中管窥社会、时代，时代中的个人与个人所处的时代在《沫若自传》中得到相得益彰的表现。如果说有关国家、民族、时代的宏大叙事主要体现在对若干历史事实的忠实记录上，那么个人叙事则主要体现在丰富、生动的传记事实上，加大了对细节的描写，对相关材料必要的艺术化处理。在记录历史、时代大事时作者的态度往往是客观的、严谨的，而在有关自身成长事件的叙述中作者的态度则不免犹疑。作者自己也意识到自己记忆的模糊性可能对写作价值产生的威胁："我现在只能够根据着我所参加过的一部分写出，而且是根据着我的日渐稀薄下去的记忆。因此我这篇文章只能够采取回想录的形式，即已比较明确的地方写得自然会详，即已比较淡薄的地方写得自然会简略。"①作者的处理是出于对事实的尊重，不过在详略的处理中反而见出艺术的真实。作家叙事态度的不确定，详略的处理，叙事中的犹豫、幻觉、错觉等，这些都传达出人物内心流动多变的心理。"故事"真实与虚构的双重属性，恰恰是传记文学力量的显示。

和郭沫若史诗般的气魄比起来，郁达夫的自传则更强调自传文学的私密性以及艺术性。虽然同为创造社同人，不过郁达夫的自传从文体风

① 郭沫若：《〈革命春秋〉小引》，见《革命春秋》，人民文学出版社，1979年版，第2页。

格到题材选择，都表现出和郭沫若相异的情趣。1934 年至 1935 年间，郁达夫在《人间世》连续发表披露自己从出世到留学日本之后的生活、情感经历的作品，这些文章以独立的标题分章写作，可独立成篇，但是又前后连贯，拾取人生的片断结构成篇，风格清新、飘逸，带有郁达夫散文的一贯特色。1936 年在《宇宙风》半月刊上发表讲述自己留学日本生活经历的文章《雪夜——自传之一章》。这 9 篇被传主称之为自传的文章分别是：《悲剧的出生》、《我的梦，我的青春》、《书塾与学堂》、《水样的春愁》、《远一程，再远一程》、《孤独者》、《大风圈外》、《海上》、《雪夜》。

和郭沫若的自传一样，郁达夫的自传也真实地写出了一个破落的中产阶级之家的子弟痛苦曲折的成长经历。《我的梦，我的青春》回忆了童年时代他和他的朋友阿千一起去山上砍柴的经历。《书塾与学堂》回忆了母亲为了给他买皮鞋而赊账因此受尽冷落。这件事在他的记忆中印象深刻，甚至和他以后自尊自强又自卑的性格也不无关系。《水样的春愁》是作者初恋的记忆，《远一程，再远一程》细腻地记录了传主首次在《全浙公报》发表五言古诗时的欣喜若狂，《雪夜》“写大和民族对我的鄙视，写青年的性的苦闷”①……这些都是作者亲历的事实，既为我们以后研究传主其人其事提供了资料，又是优美的文学的收获。

写作传记的人都无法绕开自己和时代的关系，在郁达夫对于自己生活经历的摹写中，当然也会有时代的投射。这也和郁达夫对于传记文学的看法是一致的。郁达夫认为中国传统的传记文学缺乏生活的气息。在《什么是传记文学》一文中，郁达夫指出：“新的传记，是在记述一个活泼泼的人的一生，记述他的思想与言行，记述他与时代的关系，他的美点，自然应当写出，但他的缺点与特点，因为要传述一个活泼泼而且整个的人，尤其不可不书。”②郁达夫在这段话中也谈到传记写作中的个人与时代的关系。和郭沫若不同的是，《沫若自传》对于时代的反应是浓墨重彩的史诗性建构，注重对时代的整体把握，包括个人对时局的判断、对政治的理解

① 郁达夫：《〈雪夜〉编辑后记》，载《宇宙风》1936 年 2 月，总第 11 期。

② 郁达夫：《什么是传记文学》，见《文学百题》，生活书店，1935 年版，第 192 页。

都在其中，时代在《沫若自传》中是前景，而郁达夫的自传采取的做法却是把时代背景化。《悲剧的出生》叙述的是郁达夫对于出生之年的一些记忆。他出生之时正值甲午中日战争后第三年(1896年)：

> 光绪二十二年(公元1896年)丙申，是中国正和日本战败后的第三年；朝廷日日在那里下罪己诏，办官书局，修铁路，讲时务，和各国缔定条约。东方的睡狮，受了这当头的一棒，似乎要醒转来了；可是在酣梦的中间，消化不良的内脏，早经发生了腐溃，任你是如何的国手，也有点儿不容易下药的征兆，却久已流布在上下各地的施设之中。败战后的国民——尤其是初出生的小过敏，当然是畸形的，是有恐怖狂，是神经质的。①

作者从国家、民族的处境开笔，但是看下去读者就会明白这是一出"孤儿寡母的正剧"，国家、民族的记忆只是故事的背景而已。《大风圈外》写的是郁达夫求学时的一段经历：他因为参与学校风潮而被除名，之后被美国人办的浸礼会的中学吸纳，但是因为不满这所教会学校的"呜呼"浊气，对教育感到绝望，最后终于又回到了老家刻苦自学。教育界的腐败不是传主的用力所在。正是在反反复复的求学路上，传主看到自己人生的理想和现实之间的差异：

> 平时老喜欢读悲歌慷慨的文章，自己捏起笔来，也老是痛哭淋漓，呜呼满纸的我这一个热血青年，在书斋里只想去冲锋陷阵，参加战斗。为众舍身，为国效力的我这一个革命志士，际遇着了这样的机会，却也终于没有一点作为，只呆立在大风圈外，捏紧了空拳头，滴了几滴悲壮的旁观者的哑泪而已。②

---

① 郁达夫：《悲剧的出生——自传之一》，见《郁达夫全集》第4卷，浙江文艺出版社，1992年版，第319页。

② 郁达夫：《大风圈外——自传之七》，见《郁达夫全集》第4卷，浙江文艺出版社，1992年版，第362页。

在报国无门的黯然伤悲之中，传主柔弱的个性也一览无余。即便是回忆自己成长期的矛盾、徘徊，郁达夫的笔致仍然保持一贯的清丽。郁达夫在传记文学的写作中，也把自己写作小品文的心得带了进来：行文自由舒展，语言抑扬顿挫，富于表现力，写人状物都下笔有情，有特殊的郁达夫散文的气息：

> 我一个人立在半山的大石上，近看看有一层阳炎在颤动着的绿野桑田，远看看天和水以及淡淡的青山，渐听得阿千的唱戏声音幽下去远下去了，心里就莫名其妙地起了一种渴望与愁思。我要到什么时候才能大起来呢？我要到什么时候才可以到这像在天边似的远处去呢？到了天边，那么我的家呢？我的家里的人呢？同时感到了对远处的遥念与对乡井的离愁，眼里便自然而然地涌出了热泪。到后来，脑子也昏乱了，眼睛也模糊了，我只呆呆地立在那块大石上的太阳里做幻梦。我梦见有一只揩擦得很洁净的船，船上面张着了一面很大很饱满的白帆，我和祖母、母亲、翠花、阿千等都在船上，吃着东西，唱着戏，顺流下去，到了一处不相识的地方。我又梦见城里的茶店酒馆，都搬上山来了，我和阿千便在这山上的酒馆里大喝大嚷，旁边的许多大人，都在那里惊奇仰视。①

这样的笔致让人想起鲁迅的《朝花夕拾》。虽然都是对充满了童稚乐趣少年生活的回忆，鲁迅多了人到中年之后的沉静气息，语言更凝重，杂以幽默之笔，而郁达夫的自传则长于抒情氛围的营造，记叙与抒情笔法的转换与融合，语言清丽、飘逸，另有一种童真在其中。

① 郁达夫：《我的梦，我的青春》，见《郁达夫全集》第4卷，浙江文艺出版社，1992年版，第328页。

第二节 沈从文、谢冰莹、巴金的自传

沈从文的《从文自传》1934年7月由上海第一出版社初版，1941年经作家改校后，1943年12月由开明书店出版了改订本。《从文自传》写于1932年秋天，当时作家30岁。自传涵盖的是作家从1902年出生到1923年到达北京这20年的时间。按照一般规律，人在20岁前，正是人生观、世界观的形成时期。而沈从文最初20年的岁月在他的生命中占有非常重要的位置，是他从混沌、愚昧走向自我、成熟的阶段。在自传中，沈从文通过展示“一个材质平凡的乡下青年，在社会剧烈大动荡下，如何在一个小小天地中度过了二十年噩梦般恐怖黑暗的生活”①，来写出他在故乡“这地面上二十年所过的日子，所见的人物，所听的声音，所嗅的气味”，也就是说他“真真实实所受的人生教育”。②这既是作家创作的目的，也是自传中所表现的内容。

在自传中，作家回顾了自己生长的那块地方的地理、物产、民俗，写了他在湖南凤凰县所受的学校教育和社会教育，也写了他15岁离家之后所经历的行伍生活。在沈从文看来，学校教育只是一本小书，而社会人生才是一本大书。他更关注在大自然中、在社会中所得到的教育：“学校环境使我们在校外所学的实在比校内课堂上多十倍。”③他一直放不下社会这本大书。读这本大书，在这本大书中历练，成了自传的表达中心。年少的沈从文常常在各条街道上游荡，用眼睛去捕捉他认为是新鲜、新奇的东西，去了解他所不知道的各种社会常识。他认为在自然中，在社会中玩一次，“就只一次，也似乎比读半年书还有益处。若把一本好书同这种好地方尽我拣选一种，直到如今我还觉得不必看这本用文字写成的小书，却应当去读那本用人事写成的大书”。④因此，在自传中，沈从文不是要塑造自

①②③④ 沈从文：《从文自传》，见《沈从文全集》第13卷，北岳文艺出版社，2002年版，第367、243、274页。

我的形象，而是把更多的笔墨用在描述他所看到的、亲自感受到的湘西的风俗和他所接触到的各种人物上。他尤其详细地写了所遇到的军队中的各类人，有普通的马弁，有学识渊博的指挥官，还有无所畏惧的土匪，每个人都那么质朴、率直。在与这些人的交往中，沈从文扩展了视野，受到了深刻的社会思想启迪，逐渐地走向了成熟。在写这些人事的时候，沈从文也让读者看到了他少年时代的浪荡、机警、聪颖、天真，青春期的悲欢得失。《从文自传》写出了一个具有丰厚社会知识、经验的“不缺少机警，却不甚懂诡诈”①的乡下人形象。在这个形象中，我们可以感受到他对农民和兵士都怀着一种不可言说的温情。作为一个血管里流着农民的血的作家，他在自传中描绘了农民生活的各个方面，尤其是写了那些在无知无识状态下被夺去生命的农民。他说：“革命印象在我记忆中不能忘却的，却只是关于杀戮那几千无辜农民的几幅颜色鲜明的图画。”②

《从文自传》的笔法和沈从文描写湘西小说的笔法是一脉相承的。他总是采取娓娓道来的语调，用自然、不做作的文字通过个人的经历见闻为读者展现湘西的社会背景、地理风貌和人情物态。尤其是自传的开头和小说《边城》的开头有异曲同工之妙。他时时用幽默的手法表现少年时代的调皮。他和同学一起偷别人的东西吃，可是却找到了很好的理由：“沿路有无数人家的桃树李树，等待我们去为它们减除一分负担！还有多少黄泥田里，红萝卜大得如小猪头，没有我们去吃它，赞美它，便始终委屈在那深土里！”③他将自己的感情融入了对湘西山山水水、普通人的描写中。“那地方既有小河，我当然也欢喜到那河边去，独自坐在河岸高崖上，看船只上滩。那些船夫背了纤绳，身体贴在河滩石头下，那点颜色，那种声音，那派神气，总使我心跳。那光景实在美丽动人，永远使人同时得到快乐和忧愁。当那些船夫把船拉上滩后，各人伏身到河边去喝一口长流水，站起来再坐到一块石头上，把手拭去肩背各处的汗水时，照例总很厉害地感动

① 沈从文：《〈从文小说习作选〉代序》，见刘洪涛编《沈从文批评文集》，珠海出版社，1998年版，第243页。

②③ 沈从文：《从文自传》，见《沈从文全集》第13卷，北岳文艺出版社，2002年版，272、243页。

我。"[①]湘西的生活、人民不仅让沈从文成熟起来,而且也给他的创作提供了无尽的题材和源泉。

可以说,《从文自传》讲述了作家一生中的重要经历,体现了他对人生的认识,对社会各种生命形式的体察,展示了湘西人民的人性美、湘西风景风俗的美丽和浓郁的地方气息。《从文自传》是现代文学自传系列中的一部优秀作品。

谢冰莹(1906—2000),原名谢鸣岗,字凤宝,又名谢彬,湖南新化人,五六岁时就跟随父亲读《唐诗三百首》、《随园女弟子诗》等,后来就读于湖南省立第一女校,没有毕业就投笔从戎,于1926年冬考入武汉中央军事政治学校。次年参加北伐,在行军打仗的间隙中写作了《从军日记》,发表于《中央日报》副刊,并被林语堂翻译成英文,之后又有法、俄、日、朝鲜等文的版本问世,于是"谢冰莹"便名扬天下了。法国大作家罗曼·罗兰曾向她致函,表示敬意和祝贺。1927年军政学校女生队解散后,先后入上海艺大、北平女师大学习。毕业后,于1931年、1935年两度赴日本,就读于早稻田大学研究院。1935年曾因"抗日反满罪"在日本被捕。抗战爆发后她积极组织湖南妇女战地服务团,赴前线参加战地工作,写下《抗战日记》。抗战后期还在重庆主编刊物。曾任北平女师大、华北文学院教授。1948年赴台湾,任台湾省立师范学院(后改为师大)教授。晚年居住在美国旧金山。

谢冰莹的一生中,创作过许多小说、散文,文字计有一千万字之多。她的《女兵自传》是应当时任上海良友图书印刷公司主编《中国文学丛书》的赵家璧先生的约请而作的,1936年出版。这部作品出版以后,在社会上引起了极大的反响。"在当时的青年男女们,真是人手一册。"后来这部作品也被译为多国文字出版。

关于这部作品的写作情况及作家本人的创作态度,在前言《关于〈女兵自传〉》中有明确的说明。谢冰莹认为,既然是传记,"百分之百的真实才有价值"。在写作过程中,她"百分之百的忠实,一句假话也不写,完全

---

① 沈从文:《从文自传》,见《沈从文全集》第13卷,北岳文艺出版社,2002年版,243页。

根据事实,不渲染,不夸张”。她说在自己的自传里,“没有故意的雕琢、粉饰,更没有丝毫的虚伪夸张,只是像卢梭的《忏悔录》一般忠实地把自己的遭遇和反映在不同时代、不同环境里的人物和事件叙述出来,任凭读者去欣赏,去批评”。[①]

在《女兵自传》中,作家完全采用现实主义的创作手法,真实地讲述了从童年一直到参加抗战服务团的故事。作家在写自己经历的时候,没有任何隐讳,没有任何修饰,用质朴、直白的语言述说多彩的童年生活,讲述为了求学以死相抗的不屈,讲述第一次当兵发生的可笑事件,讲述为了解除包办婚约而做的四次逃奔,讲述她的生存的艰难与顽强,讲述她细腻的情感生活,讲述她因为爱国而遭到日本人的监禁和毒打,讲述她为了抗战所做的工作……在这个曲折引人的历程中,一个具有不懈的反抗精神,一个寻求自由、自我独立,一个不依赖别人、没有丝毫的虚荣心,一个不畏生活艰难、勇往直前的女性形象鲜明地展现在读者面前。她不顾严厉母亲的反对,从封建家庭中冲出来,毅然决然地走向外面的世界。而在这个并非为穷人、为女性准备的社会里,她吃了无数的苦。许多读者都说她的遭遇的确是太复杂,太悲惨,甚至太可怕了,要不是她有坚强的生命力,有奋斗的勇气,恐怕早就不在人间了。

作家真实的经历,感人的奋斗历程,不息的追求自由的勇气及作品所传达出来的激动人心的感染力量,激励了无数青年抗争的信心和勇气。这正是作品艺术价值的最好体现。在具体的讲述过程中,作家也充分显示了自己的创作特色。她流畅的文字中充满了真挚的感情表露。谢冰莹自幼酷爱读书,为了读书和母亲展开了斗争,她还坚决地拒绝母亲给她裹脚。和母亲最激烈的冲突是她的拒婚。身为封建传统的良好保护者,作为谢铎山的支配人物,母亲是坚决不容许她抗婚的。由于她的抗婚,和母亲之间产生了难以弥补的隔阂。但是多年以后,当她在母亲临终前赶回家照顾母亲时,才真切地感到父母对子女的那份感情。她这样写道:“我含着泪跪在她的床上,只听到从她喉咙里发出来一个非常微弱的声音说

① 谢冰莹:《关于〈女兵自传〉》,见《女兵自传》,四川文艺出版社,1985年版,第9页。

'孩子,你回来了!'接着两颗豆大的泪珠,亮晶晶地滚下来了。"[①]看到这里,读者很难不为其中的人间至情所打动。《女兵自传》正是以这样的深情吸引、感动、牵动着读者的心。

作为女性作家,常常会用细腻的笔触进行细致的内心抒写。谢冰莹正是这样,她不仅写自己的生活经历,还写细腻复杂的感情,写在感情的各个阶段的内心活动,真实地再现了一个少女、一个成熟女性对情感的向往、思考和判断。如《初恋》一节,由两篇日记组成她对恋人的思念,心里怀春之后的既甜蜜又惊异的思想:"我不知道这是一种什么心理,爱他而绝不让他知道。我要保守着秘密,一直到永远! 不使对方知道自己在热烈地爱着他,这是多么神秘而不可思议的心理呀!"[②]

在自传中,作家还运用了其他的一些艺术手法,有倒叙、插叙,以及逼真的环境描写。尤其是作品的开篇以 6 岁的"我"被母亲毒打后,躺在祖母怀里听她讲述母亲的故事而引起之后对自己家庭的回忆。这样的写法在传记的写作中是相当新鲜的。

正像作品结尾写作家躺在医院里,从医院的窗口望出去:"是广阔无垠的蓝天,蓝天里有无数的小星星在闪烁;我忘记了肉体的创痛,只觉得精神轻飘飘的,仿佛我变成了一只小白鸽,从山城里那只小樊笼里逃出来,高唱着胜利之歌,展开双翅,径向那广漠的北方原野飞去;那是炮火连天的前方,我要为未完成的工作而继续努力。"[③]《女兵自传》也永远会激励读者为了自由,为了胜利而不懈追求。

巴金最早的自传为《巴金自传》,当时是应上海第一出版社"自传丛书"编者的约请,写了一本《片段的回忆》,但是在 1934 年出版时被编者改为《巴金自传》,1936 年巴金又改版增订为《忆》,由文化生活出版社出版。此外,在 1936 年巴金又写了《我的幼年》、《我的几个先生》等回忆性的散文。在这些"片段的回忆"里,巴金真实地讲述了自己的幼年生活、少年生活和青年生活。他多次讲到自己生活中情感的转变,最初是母亲教导的"爱"。他写道:"把我和这个社会联系起来的也正是这个爱字,这是我全

①②③ 谢冰莹:《女兵自传》,四川文艺出版社,1985 年版,第 326、55、348 页。

性格的根柢。"①稍大一点以后,他与下人的交往密切起来,在了解了下人的悲伤、凄苦后,开始了"恨"。这种恨让他接触外面的世界,开始了社会活动。从巴金对自己早年生活片段的回忆中,我们可以看到他采用一种审视的笔法,回忆展示自己所走过的路,思考自己精神动力的来源,在回忆思考的过程中,又不断总结,不断进行理性分析、解剖。这种反思、理性分析的特点在巴金晚年的《随想录》中也可以看到。当然,在巴金的这些回忆性文章里,我们也可以看到一个从旧家庭走出来的有着火热的革命热情和激情的青年,这个追求信仰、憎恶强权的青年是一代青年的代表。

① 巴金:《我的几个先生》,见《巴金全集》第13卷,人民文学出版社,1990年版,第15页。

第三节 朱东润、顾一樵、骆宾基等作家的传记

朱东润(1896—1988),原名世溱,江苏泰兴人,是我国现代传记文学的开拓者之一。朱东润早年曾经留学英国,1916 年回国后先后在武汉大学、复旦大学任教,几十年中一直以传记文学的研究和写作为主要工作。其传记文学代表作品有以古代名人为传主的《张居正大传》、《陆游传》、《梅尧臣传》、《杜甫叙论》、《陈子龙及其年代》和《元好问传》等;也有以自己妻子为传主而创作的《李方舟传》。朱东润不仅拥有丰厚的传记散文创作经历,同时也积累了系统的传记散文理论研究成果。朱东润的传记文学观,受西方传记文学理论和创作的熏染较多。作为一个资深的文学史工作者,朱东润对中国古代传记已经作过深入的研究。从 1939 年起,他又致力于探究西方尤其是英国传记文学的发展特点,从勃路泰格的《名人传》读到当代传记,从提阿梵斯特的《人格论》读到莫洛亚的《传记综论》。经过对中外传记文学的认真比较,他先后完成了《中国传叙文学底进展》、《传叙文学之前途》、《大慈恩寺三藏法师传叙论》、《传叙文学与人格》等论文和长达十余万字的专著《八代传叙文学述论》。这些研究成果,填补了我国古代传记研究的空白,其中史传文学的理论观念也切实地指导着朱东润的传记文学创作。

《张居正大传》是朱东润传记散文中的"得意"之作,写得波澜壮阔、气魄宏大,思想精辟、议论纵恣,集中体现了朱东润的传记文学观念。

朱东润认为从事人物传记文学的创作首先要尊重历史的真实性。因此,在创作《张居正大传》时,作者收集了尽可能全的历史资料,主要抓住传记主人公的政治活动的正史材料,力避野史稗论的干扰,并对史料进行了仔细的分析鉴别、去伪存真的考察工作。在详尽真实的史料收集分析基础之上,再对明代的政治、经济、社会等体制进行深入的历史研究,尤其对当时统治集团的内部矛盾、宫廷生活作了透彻的了解,为这部传记文学的创作准备了一个真实的历史情境。《张居正大传》的写作几乎是传记文笔与历史资料"同进",每一个事件、每一次举动,甚至人物当时的想法都

有相应的历史材料为证。这恰如朱东润在传记的序言中所说："我担保没有一句凭空想象的话。"[①]这部史传散文的历史真实性和学术研究的科学性、准确性由此可见一斑。传记散文的真实性不仅表现为要反映历史的真实面貌，同时也应该有强烈的历史感渗透其间。这就可以解释在抗战期间朱东润在历史的长河之中发现了张居正的原因。历史上的张居正，在明神宗即位后的最初十年里一直担任内阁首辅大学士，是当时中国的实际统治者。他根据当时国家的实际状况推行了一系列卓有成效的改革，巩固了国家政权、解除了社会危机，因而得到皇帝的恩宠，富贵至极。一般人都把他看成是"奸相"。而朱东润则从历史环境和历史发展的需要来审视张居正。张居正所处的时代恰是明朝政治腐败、内忧外患深重之时，国家和人民都需要这样一位具有魄力的改革者，没有张居正这样的精神就担负不了这样的时代重任。而作者所体会到的张居正精神则是"愿以其身的蓐荐，使人寝处其上，溲溺之，垢秽之，吾无间焉。此亦吴子所知。有欲割取吾耳闭，我亦欢喜施与，况诋毁而已乎"。这种忍辱负重的精神恰是朱东润所寄托的在抗战时期的政治理想。在与张居正所处历史情境相同的抗战背景中，朱东润把握了与之相同的历史感觉，借由过去的思考而对当下的历史有了更为深刻的认识和理解，因此这部传记有着浓郁的借古喻今的历史真实感。

其次，朱东润认为传记文学有别于历史记载的重要特点之一就是对于人物的塑造。人物传记不是史料的简单堆积罗列，它的主要目的是刻画人物变动不居而又前后连贯的性格，并揭示人物性格丰富性的内在逻辑。这使传记增加了更多的文学性，避免了历史材料堆积所造成的人物僵化死板，使传主的人物形象更为丰满生动，更为真实可感。《张居正大传》中对于张居正的性格塑造上，作者不仅考察由社会历史状况所造成的人物性格变化，演绎了一个少年志气的书生成长为通晓权变之术的一国重臣的经历，同时也注意人物性格的多面性刻画：朱东润笔下的张居正一面是始终不忘恩情的学生，另一面又是居危自保的官僚；一面是尊重人才

① 朱东润：《〈张居正大传〉一九四三年序》，湖北人民出版社，1981年版，第11页。

的领导者，另一面又是打击政敌的弄权者；一面是精明强干的国家管理人，另一面又是集权敛财的国家大蛀虫。朱东润细致而清晰地塑造了一个特殊历史境遇下性格复杂多样，充满传奇色彩的张居正，没有简单的善或者恶的评价，只是通过人物自身的经历行动来还原一个真实的张居正。

基于传记散文介于历史和文学之间的跨门类特征，朱东润认为独特的传记散文创作必须同时兼有"史"与"文"的特点。"传记文学是史，同时也是文学。因为是史，所以必须注意到史料的运用；因为是文学，所以也必须注意人物形象的塑造。"①所以，朱东润的一系列人物传记都兼顾到"史"的真实与"文"的生动。《张居正大传》不仅参考了46卷《张文忠公全集》，而且还大量使用《明史》、《明史纪事本末》、《明纪》、《明史稿》、《明会典》等史籍材料作为必要的参照。而替诗人陆游和梅尧臣作传则大量使用他们自己的诗文材料来印证其生平经历。而在文学笔墨方面，也恰当地运用各种人物描写的方法来发挥。例如《张居正大传》中使用了不少比喻来暗示人物性格。写明世宗对于政治的态度："他是洞内的虎豹，发怒的时候，会从洞内跳出来，打死些獐猫鹿兔，打得厌倦了，便仍回洞内，度那优裕懒散的生活。"②而张居正处于政治纷争中的权宜之策则是"蜗牛的触角伸出了，但是觉得空气不利，终于还是收回"。③ 这样生动形象的描写又赋予了传记可读可感的文学审美性。

综而论之，朱东润在系统的传记散文创作观念指导下的传记散文创作确实将"史"与"文"、西方的传记文学方法与中国的史学传统、历史的真实与文学虚构较好地结合在了一起，形成了自己独特的传记散文创作风格。

顾一樵(1902—2002)，原名顾毓琇，字一樵，江苏无锡人。1915—1923年就读于清华学校期间，与闻一多、梁实秋、朱湘等人共同创立清华文学社(1921)。毕业后赴美留学，先后获麻省理工学院电机工程学士、硕士、科学博士学位。学成回国后在多所大学和研究院担任重要职务。

① 朱东润：《〈陆游传〉自序》，上海古籍出版社，1979年版，第1页。
② 朱东润：《张居正大传》，湖北人民出版社，1981年版，第13页。
③ 朱东润：《张居正大传》，湖北人民出版社，1981年版，第21页。

1945 年 8 月任上海教育局局长，创办上海戏剧专科学校（现上海戏剧学院）。1945 年 9 月 9 日，在南京参加抗日战争受降典礼。1950 年由香港赴美，任麻省理工学院访问正教授，1952 年任宾夕法尼亚大学访问正教授，1954 年任终身正教授，1972 年为荣休教授。此间同时兼任美国数家电器公司的顾问。顾一樵不仅在科学研究领域成绩斐然，而且在文学创作领域也同样硕果累累。著作有《顾一樵全集》（12 册，1961）、《顾毓琇科学论文集》（1972）、《顾毓琇诗选》（1986）、《顾毓琇词选》（1988）、《顾毓琇戏剧选》（1989）。

顾一樵的传记散文创作主要以自己熟悉的身边人物为传主，通过为故去的亲人朋友作传来抒写人物独特的个性和传达作者对于故人的深切怀念与无尽哀思。代表作品有《我的父亲》、《祖母的死》、《三老太的一生》。尽管数量不多篇幅不长，但是顾一樵的传记散文确实很“精到”，细细品来别有滋味。

顾一樵的传记散文篇幅较短，但是往往能抓住人物的主要特征来展开记叙。例如《我的父亲》中虽然父亲在世的时间不长，但是却穷其一生为家庭、儿女辛劳，多次出外谋职、辗转奔波、艰难谋生，甚至就是为了照顾儿子而传染疾病身亡：一个任劳任怨、牺牲奉献的勤恳的父亲形象深深地印在作者与读者的脑海之中。《祖母的死》中那个牵挂孙儿、轻吟诗歌的老祖母，《三老太的一生》中那个多虑而倔强的三老太都由作者准确把握特征而活跃于纸上。

顾一樵的传记散文尽管篇幅短小，但是却为了表现人物特征而时时进行细节描写，通过细致入微的描摹而使人物更加传神。如《祖母的死》里祖母临死前对孙儿的依依不舍：“在这紧急的关头，母亲极声叫出了‘娘，你看看盘盘麽！’沉寂的心灵，好像微微受了激荡，祖母竟挣扎着抬了一抬眼，向里床望一望她钟爱的盘盘！”①《三老太的一生》中那个提防一切世人、怨恨着世间一切的老太太的乖张行为甚至表现为“她不要仆人走进她的房，她嫁妆里的红漆箱子，她每天自己小心擦干净，擦得一尘不染。

① 顾一樵：《祖母的死》，商务印书馆，1943 年版，第 31 页。

那些好像是她在世上唯一的安慰,因为她可以相信他们对她至少没有恶意”。①

因为是为自己最熟悉的亲人写传记散文,所以作者往往在文章中自然流露自己对于人物的感情,充分发挥了散文文体自然真切的抒情特点。《我的父亲》中作者对于父亲是因染上自己的猩红热而英年早逝而感到深深的愧疚,即使在多年之后成绩斐然的儿子也觉得难以告慰父亲的在天之灵。他无限感慨:“父亲远远的,儿女们还有什么可骄傲? 还有什么可欢欣? 可怜的父亲,可爱的父亲,你为什么一去不复返,永远的,远远的,远在东海之滨,远在泰山之顶?”②一个儿子对于父亲的深切怀念和哀悼之情溢于言表。同样,祖母的去世也让作者梦魂牵绕。“不见祖母,已经忽忽五年了。嫩绿而滑润的翡翠,净白而玲珑的灵芝,在异国的初秋的月夜里,还放出得意的晚辉。我却依然只记得‘月落乌啼霜满飞,梦魂不许相周旋’!”③在异国他乡作者睹物思人,祖母的诗作即脱口而出,物是人非的感伤几乎催人泪下。

顾一樵也注重传记散文的真实性,因此也常常使用必要的历史材料作为参照。如《我的父亲》中用了几乎四分之一的篇幅来考证家世谱系,父亲的主要经历及当时的心绪情感都有他本人的日记作证;《祖母的死》则摘录了祖母自己的诗作来传达人物在情境中的真实情感。

闻一多(1899—1946)在《唐诗杂论》一书中为唐代著名诗人作传,包括《四杰》、《孟浩然》、《贾岛》、《少陵先生年谱会笺》、《岑嘉州系年考证》、《杜甫》。其中尤以《杜甫》这篇传记散文最具代表性。

这篇传记抱着“思其高曾、愿睹其景”的景仰为“诗圣”杜甫描绘了一帧形神毕肖的小照。作者在进行了综合研究的基础之上,抓住影响诗人创作的关键事件,以边叙述边吟咏的方式塑造了作者“个人想象中的诗圣形象”。从杜甫深厚的家学渊源到影响其诗歌创作内容、铸炼其风格的两

① 顾一樵:《三老太的一生》,商务印书馆,1943年版,第36页。
② 顾一樵:《我的父亲》,商务印书馆,1943年版,第26页。
③ 顾一樵:《祖母的死》,商务印书馆,1943年版,第32~33页。

次少年壮游经历，再到与“诗仙”李白的相遇，作者善于从一系列的典型事件中抓住人物性格特点：少年杜甫的“凤凰”自喻显示了他不同凡响的文学才华和高远的创作理想；两次不同的游历拓宽了诗人的视野，更重要的是熔铸出杜甫沉郁而现实的诗歌格调；与李白的相识对饮，比较中突出杜甫“入世”的人生态度。这种以小见大、画龙点睛的传记笔法不仅文笔简约，同时聚焦于人物的关键性特征，于言谈举止之间活化出诗人的灵魂。

闻一多的《杜甫》中也化用了不少诗人的诗句来印证其当时的处境和心情，以追求真实的历史情境和人物心境的复现。另外传记中也不乏诗人闻一多的文学性描写，如写李白与杜甫的相遇：“诗中的两曜，劈面走来了，我们看去，不比那天空的异端一样的神奇，一样的有重大的意义吗？”写杜甫诗歌风格的最终形成：“机灵既经触发了，弦音也已校准了，从此轻拢慢撚，重挑急抹，信手弹去，都是绝调。”作者精心提炼史实，刻意渲染场景，深入体验诗人的内心活动，终于使“诗圣”形象复跃然纸上。遗憾的是这篇传记并没有终篇，后来也不及续写。

骆宾基(1917—1994)，原名张璞君，吉林省珲春县人。20 世纪 30 年代初期东北作家群代表作家之一。他的创作包括小说、报告文学、传记散文，晚年专注于学术研究，作《金文新考》。骆宾基的传记散文数量虽然不多，但是却自成一格。他的传记散文善于渲染气氛；善于捕捉和表现人们在日常生活中不易被察觉的内心波动；善于挖掘人物情感的心理根源，然而，这一切又往往以一种温婉、清淡的笔致出现，再加上精细、严谨的技法和一种含有诗意的静谧气氛，构成了“骆宾基式”独特的风格和艺术个性，是一个作家在此种文体创作上臻于成熟的标志。

怀念故人的《萧红小传》是骆宾基人物传记散文的代表作品。作者与传主之间的深厚感情决定了这篇小传始终充溢着浓郁的抒情色彩。作者是“为了摆脱由于她(萧红——笔者注)的巨星般的殒落而在精神上所给予的一种不胜悲怆的沉重负担”而写作，所以作者在文章中“寄托了哀思”[①]。传记主要关注萧红的人生经历，文笔之间流露出对这样一位才华横溢而命运多舛的传奇女性的钦佩和赞誉，所以行文之中作者的评论或者抒情文字几乎俯拾皆是。例如，在记叙萧红经受人生的第一次欺骗以后，作者无限感慨：

> 她是这样的空虚、孤零，而且气愤。但她已经跨过了这人生的第一道艰险的沟谷。不怕荆棘刺破了手，她要攀住这些荆棘跨过去。更不管是不是刮破了衣裳，撕裂了裤脚。她从悬崖上跳下来，跳入草莽，以为这深谷的那边就会有芳草茵上闪着阳光的草原。她年轻呀！她不会如中年人那么徘徊、踌躇，估计自己的攀登时候的体力；她就那么投身于荆棘丛中了。[②]

传记在记叙萧红人生经历的过程中始终紧紧抓住人物的典型特征：不做任何人的附庸，倔强而坚强地与命运抗争。文中描写萧红第一次离家出走到北平就发现自己受了欺骗，然而这个少女却没有消沉堕落，她“矜持而昂然”“傲然而豪气”[③]地离开了北平。回到哈尔滨的萧红继续遭受人们的轻蔑，然而她却不卑不亢，“她要冒出头来。她要向感到阳光的地面外边升发。腐木、烂叶子、牲畜粪……所有的不洁的东西，供给她精神上的养料，使她丰富而饱满。她要摈弃了这一切，升发”[④]。即使在与志同道合的萧军结合以后，当她发现恋人的背叛，自己逐渐失落时，也毅然选择了与之分离，尽管他们之间还有感情。

作者在萧红去世前与之相处了一段时间，二人之间有过数次详细的谈话，由此给这本小传增添了不少精彩的细节内容，在细小的情节描写中展现出人物内心积蓄的情感或者微妙的情绪变化。如描写萧军不忍与萧红分别，追入树木丛深的公园，然而决意离开他的萧红却藏身在树林深处，尽管恋人热情呼唤，也流着泪不肯出来，淡淡的文笔勾勒出二人之间深厚的情谊。而鲁迅关于萧红衣着的评价也在细微之处体现了一位宽厚

①②③④ 骆宾基：《萧红小传》，北方文艺出版社，1987年版，第4、24、28页。

慈爱的长者对于青年的关心爱护。

骆宾基的《萧红小传》充满了浓郁的情感色彩，在叙事中抒情议论，清晰地再现了萧红短暂而有意义的一生。但是由于传记作者的个人感情倾注太多，且与传主之间的复杂关系使传记在某些事件的记叙与评论上带有太重的主观色彩，这是这本小传的遗憾。

第二章　通讯报道

第一节　瞿秋白的通讯

瞿秋白(1899—1935)是中国普罗文学的先驱。他短短的一生兼为文学家和革命家,他是向中国人民介绍马列主义在中国最早的宣传者和介绍者。作为左翼文化运动的领航者,他在报告文学、杂文写作等方面多有成就。尤其是他的两本通讯体的散文《赤都心史》和《饿乡纪程》,是现代文学开拓期的重要作品。

瞿秋白,初名懋淼,号熊伯,小学及中学初期学名为瞿双,后来改名为瞿爽,或作瞿霜,又改号秋白。1905 年入冠英学堂读书,1909 年,瞿秋白考入了常州府中学堂预科,翌年转入本科。1917 年 9 月,进入外交部俄文专修馆。不久瞿秋白开始他的早期文学翻译活动,他积极地进行俄罗斯文学的翻译工作,先后和同学共同翻译了《俄罗斯名家短篇小说集》、《俄罗斯文学丛书》等俄国文学的重要作品。早期的俄罗斯文学翻译活动打开了瞿秋白“开眼看世界”的窗子。他在此时翻译的《俄罗斯名家短篇小说集》序言中写道:“只有因社会的变动,而后影响于思想,因思想的变化,而后影响于文学。……俄国因为政治上、经济上的变动影响于社会人生,思想就随之而变,萦回推荡,一直到现在,而有他的特殊文学。就是欧美文学从来古典主义,浪漫主义,写实主义,象征主义间的变化,又何尝不是如此。”[①]随后1920年10月至1923年初的两年时间里，瞿秋白作为北京《晨报》和上海《时事新报》的特约通讯员，远赴俄国采访。新生社会主义国家的这段生活，使瞿秋白的思想观念发生了很大变化，不再是“旧时之孝子贤孙，而是新时代的活泼稚儿”。[②] 回国后，瞿秋白立即投身到党的政治活动中，并逐渐成为共产党早期的领导人。20世纪30年代初期，他避身上海时，与鲁迅接下了深厚的友谊，同时直接参与和领导了当时的左翼文学运动。1935年2月在福建被捕，在狱中写下了为后人争议颇多的重要作品《多余的话》。同年，被秘密杀害。

瞿秋白在1920年开始了散文创作，到《赤都心史》和《饿乡纪程》达到创作高峰。这两部作品在中国现代散文史上具有独特的意义，突破了传统游记文学的窠臼，真正开始了融记事、抒情、议论为一体的新式通讯文体的写作，大大拓宽了现代散文的表现领域。

《饿乡纪程》于1920年开始起稿，当时作者正在哈尔滨等待去往俄国，散文集的名字也由此而来。《赤都心史》的大部分篇章则是作者在俄国完稿，是所谓“赤都心史”。1921年当作者还在俄国的时候，作者曾经就两个散文集子的写作补白了一段简短的文字，说自己已完成的《饿乡纪程》“以体裁而论是随感录”[③]。这种随感录的体裁是现代散文狭义概念的一种，作者在行文中可以就事随感而发，不必过于拘泥于纯客观、公正的描述和评析。在《赤都心史》的序言中，瞿秋白更是明确说道：“《赤都心史》将记我个人心理上之经过，在此赤色的莫斯科里，所见所闻所思所感。于此时期，我任北京《晨报》通信记者的职务，所以一切赤国的时事自有继续的通信，一切赤国的制度另有系统的论述，不入《赤都心史》内。只有社会实际生活，参观游谈，读书心得，冥想感会，是我心里记录的底稿。我愿意读者得着较深切的感想，我愿意作者写出较实在的情事，不敢用枯燥的

① 瞿秋白：《〈俄罗斯名家短篇小说集〉序》，见《瞿秋白文集》第2卷，人民文学出版社，1953年版，第544页。

② 瞿秋白：《赤都心史》，见《瞿秋白文集》第1卷，人民文学出版社，1985年版，第165页。

③ 瞿秋白：《〈饿乡纪程〉跋》，见《瞿秋白文集》第1卷，人民文学出版社，1985年版，第109页。

笔记游记的体裁。我愿意突出个性，印取自己的思潮。”①正是基于这样的写作基调，瞿秋白在两部散文集中，坦率诚挚地表达了他在整个赴俄过程中对各种自然、社会现象的体会和感触。如《赤都心史》第十二篇的《劳工复活》，作于 1921 年 5 月 1 日，文章着重刻画了革命后的人们在“劳动节”同时又是复活节的庆祝活动，细节描写和对话描写占了很大部分，行文流畅，运用了一种近似于随笔的笔法写成。而同样题材的《莫斯科之耶稣复活节及五一节》，写于稍后的 5 月 4 日，全文则不同于三天前写作的那篇随笔式的写法，采用了客观记述的记叙笔法，成文严谨。瞿秋白的旅俄写作，并不仅仅是走马观花或异域猎奇式的场景拼贴，并没有止步于匆匆过客的速写，而是对红色国家进行了一幅近乎全景式的扫描，同时熔铸了作者深厚的感情。“心程中的变迁起伏”渗透在大量的社会生活摹写中，炽热的抒情、躁急的议论、理性的思考夹杂着作者内省式的自我解剖中，从而为我们传达了一种具有高度历史真实性的“心弦乐谱”和“赤都画稿”。

《饿乡纪程》和《赤都心史》自觉地借鉴和使用了五四时期流行的“随感录”式的写作方式，行文流畅，舒卷自如。文章中所摄取的都是作者所见、所闻且感触强烈的事件和片断，却又不拘泥于纯粹的报章式写作，胸有块垒则一吐为快，遇有悲悯则驻足议论。文章的节奏参差错落，时而随着作者的行程顺次展开，时而插入作者的大量思考性文字，渗透进了作者严肃的思考力量。作者无意为纪事、绘景的闲逸之作，而是有意识、有目的地将目光锁定在那些隐喻和突出反映时代风云变化的自然和社会景观上，同时将自己对问题的感触和思考直抒胸臆地表达出来，融议论于记叙抒情之中。如《饿乡纪程》中写到作者在赴俄途中滞留哈尔滨时曾到松花江边赏景，文中开始直接描绘了松花江的冬景：“蔚蓝的天色，白云和锦堆一般拥着，冷悄悄江风，映着清澄的寒浪。松花江畔的景色，着实叫人留恋。”作者没有止步于此，沉湎于对广漠苍凉的冬景描写，而是笔锋一转：

---

① 瞿秋白：《〈赤都心史〉序言》，见《瞿秋白文集》第 1 卷，人民文学出版社，1985 年版，第 114 页。

“在江中远看着中东铁路的铁桥，后面还崇起几处四五层的洋房，远远衬着疏林枯树，带着积雪，映着晴日，亮晶晶光灿灿露出些‘满洲国’的珠光剑气。”接着作者进一步深入联想到中东铁路的历史，然后反观当时哈尔滨的重度殖民化，此时松花江的风景蓦的变成了“帝国主义的血浪，殖民政策的汗波，激昂震荡，挟着红胡子似的腥秽的风暴，丘八爷似的严酷的冰雪，飞吼怒号”。整段文字始于写景，继而回望历史，考察现实，最后以隐喻的方式重新写下了带有强烈社会背景色彩的景物片断，充分展现了作者思考的印记。

在《赤都心史》中瞿秋白在自然描写的基础上，逐渐加入对当时俄国社会诸多富有代表性的社会现象的剖析和思考。在真正到达了心中久已倾慕的“赤都”之后，作者的思绪更为深沉，他开始静下心来仔细观察和体会这个崭新的社会主义国家的方方面面，并且将之诉诸笔端，把它的发见和感受传达给国内的读者。他渐渐发现当时俄国的情况并不是他先前所想象的“赤都”，而是战祸连绵，旧势力还在不断制造各种恐慌，新政权面临着各种各样的挑战。瞿秋白并没有将新生的红色国家写成完美的极乐世界，也没有因为一些消极因素的存在而彻底否定了新国家和制度的合理性，而是冷静刻画，客观分析。在他写到当时俄国的经济停滞、普通人民生活的困苦和官僚主义作风的泛滥时，他没有止步于对现实景象的刻画，而是针对问题本身进行了深刻冷静的思考，从而写下了《官僚问题》一文。文章中作者写到当时比较有代表性的一个事件：一个普通的小学教师因为配给的粮食不能满足基本的生存要求，在学校宣布停课后不得不充任临时工作，而又没有报辞原来配给的口粮，因此而受到审判。而当时列席的审判官每人却至少能获得 7 份的口粮。当时俄国现实中的种种丑恶消极现象，引起了不同立场和阶层的强烈反响。作者面对不同的声音非常清醒。他在文章中发表了自己独到的见解：“俄国社会问题从十九世纪以来，除九十年代勃然兴起的劳工问题外，向来在社会思想中占极重要而不得不解决的还有三个问题：智识阶级问题，农民问题，官僚问题。封建遗毒、东方式专制政体，使官僚问题种下很深的根底。葛葛里的《巡按》是俄国官僚社会的肖象。几十年，因有社会经济的根源，只在变化而未消灭,革命的巨潮如此汹涌尚且只扫刷得一些。无产阶级新文学中已有新葛葛里出现,共产党报纸上努力地攻击官僚主义呢。"①

不同于同样去过俄国的徐志摩,瞿秋白没有将全部的眼光放在新生国家的黑暗和消极面上,而是放开眼界,以一种辩证发展的眼光看待红色社会主义国家。他以一种社会学的广角式的开阔眼界,对当时俄罗斯各个阶级的政治经济处境给予了真实的再现:帝国主义支持下的白匪叛乱;被多年战乱严重破坏了的凋敝的俄国经济;在旱灾袭击后的各种投机活动等等。同时针对各种代表性强的社会现象提出了自己的思考和见解,以夹叙夹议的方式展现了俄国十月社会主义革命后国家发生的全方位的变化,具有史诗般的表现效果。文章中有一段他写到了革命后地主被没收土地后到处申诉的情景。地主们不停坚称自己"没有犯罪,为什么没收财产",情绪处在癫狂状态,对已经发生的革命完全不了解,他们所有的行为在革命政权的领导阶级看来是可笑至极。同时作者不惜笔墨,用了整整一节描述了与革命导师列宁会面的过程,先是简要介绍了列宁的学识,然后重点刻画了列宁在演说时的风采:他没有大学教授那种刻板的态度,而是充分具有政治家的气魄,"安德莱厅每逢列宁演说,台前拥挤不堪,椅上,桌上都站着人山。电气照相灯开时,列宁伟大的头像投身在共产国际'世界无产阶级联合起来''俄罗斯社会主义联邦苏维埃共和国'等标语题词上,又衬着红绫奇画——另成一新奇的感想,特异的象征。"这种剪影式的刻画和大量的侧面描写将革命导师列宁强大的吸引力和感召力生动地表现出来,充满激情的描写融入了作者热烈的情绪。

纵观瞿秋白的散文写作,第一个突出的特点是作家的严格自我解剖精神。此前的五四时期作家在创作中就敢于袒露自己的内心,自由抒发感受。他们的散文"多是解剖自己,阐明苦闷心理的记载"②,而这种真率自然的表露往往停留在吐露忧郁感伤的情绪上。瞿秋白的"随感录"式的写作是对五四作家的自我袒露和鲁迅式的内省的有机融合。他在对自己

① 瞿秋白:《官僚问题》,见《瞿秋白文集》第1卷,人民文学出版社,1985年版,第166页。

② 郁达夫:《奇零集》,开明书店,1928年版,第113页。

的解剖和批判中，不断地否定自己身上存在的“厌世观”、“颓唐气息”，如在《赤都心史》第三十五篇《中国之多余的人》中，他把自己比喻成“多余的人”。写作此文时，作者久已病魔缠身，“病卧几天”，被移入高山疗养院，心中痛苦异常，不时盘旋“出院后某天当做某事”，而现实中却是病中不自觉地深感“忏悔、悲叹、伤感”，甚至自我感觉“我生来就是一个浪漫派，时时想超脱范围，突进猛出，有一番惊愕歌泣之奇迹”，“自己也曾以为不是寻常人，回头看一看，又有什么特异，可笑可笑”。这种对内心的省察带有严肃的知识分子的自我解剖精神，解剖中折射的高度自觉在现代文学作品中堪称代表。尤其他在向工农大众学习过程中，在不断的自我否定中夹杂的割裂自己的痛苦，在中国现代知识分子的心灵史上极具代表性。一方面，作者倾心于新的时代和新的制度，并力图献身于这场意义深远的革命，同时又时时感到自己和旧的时代意识有着千丝万缕的联系，在对旧时代和社会否定的过程中不可避免地伴随着对自我的否定，这种变革时代的自我省察较之五四新文学的展露自己有着很大的进步，达到了新的思想深度。

瞿秋白的散文又被称为“社会的画稿”。他的散文以恢宏的视角着重刻画了十月革命胜利后苏俄的时代风云和社会变迁，多侧面展现了新政权中的人民的面貌。在对社会图景的描绘中，对政治、经济、文化、民俗等的诸多变化中，瞿秋白时刻保持了敏锐的观察力和深入分析问题的能力。如在写到“军事共产主义的经济政策”停止后，暂时实行“新经济政策”时，作者有意截取了当时颇具代表性的社会场面：“街窗里红玫瑰绣球花欣欣向荣的舞他的美色，一处两处散见着新漆的商号匾额，——啊哎！热闹呢！再不像‘冬时’军事的共产主义之下，满街只有茫茫的雪色，往来步行的职员，夹着公事皮包的人影了。”①寥寥几笔，“新经济政策下繁荣的商业活动与前期的军事共产主义的萧条构成了强烈的对比，刻画精准，含义自见。

瞿秋白的散文融敏锐的观察力、哲学的思辨力和娴熟的描写表达能

① 瞿秋白：《饿乡纪程》，见《瞿秋白文集》第1卷，人民文学出版社，1985年，第155页。

力于一炉，特别需要指出的是《赤都心史》和《饿乡纪程》结构巧妙，以路程中的见闻和行进中的心程两条线索互相交织，形成了别具特色的复线结构。《赤都心史》后记中说“这篇中所写，原为著者思想之经过”；《赤都心史》序中又说“《赤都心史》将记我个人心理上之经过，在此赤色的莫斯科里，所闻所见所思所感”。路程只是外在的行程变迁，属于文章的表层外壳，“心弦的乐谱记录”才是文章的深层结构，这种明暗交织的复式结构，更加有利于融记叙、抒情、议论于一体的表达，设置精巧，独具一格。

第二节　曹聚仁、邹韬奋、范长江的通讯

抗战爆发后，曹聚仁(1900—1972)奔赴战争前线，担任《大晚报》、《申报》、《立报》、中央通讯社的战地记者，行程数万里，写下数百万的文字。1940 年上饶战地图书出版社出版了曹聚仁的战地通讯集《大江南线》，1945 年上海复兴出版社再次出版该书。抗战胜利后，曹聚仁多方收集抗战资料，写成《中国抗战画史》一书。作为百年以来中国第一次洗清国耻、取得胜利的战争，曹聚仁在此书中留下了大量珍贵的图片、文字资料。此书由联合画报社 1947 年 5 月出版。

曹聚仁的通讯报道有一种独特的新闻视角，那就是在“新闻性”和“艺术性”之间巧妙平衡的“趣味性”。他认为：“新闻文艺或称报告文学，它，并不是纯文艺，乃是史笔。它的成分，要让‘新闻’占得多；那艺术性的描写，只有加强对读者诱导的作用，并不能代替新闻的重要地位。换言之，不管用文艺手法描写得怎样高明，只要那新闻本身缺乏真实性，那篇通讯即失去了意义。”①但是曹聚仁并不主张把通讯报道写成“新闻”，曹聚仁是希望能在“真实”与“艺术”之间巧妙平衡。曹聚仁曾经有一次和军事将领谈及“新闻”与“军事新闻”的区别。他认为“军事新闻”不能太真实，因为在当时抗战的形势下这样做的话无异于给敌人送情报；但是也不能不真实，像市政府在记者招待会上说的东西之所以没人理会，就是因为太一本正经索然无味。② 所以，曹聚仁主张在“大报的对面”来寻找真正的报告文学作家：“若要打灯笼找真的报告文学作家，当于大报的对面，各小报中求之。”“大家在大报上看过那些大人先生的绅士外套，再来小报上看看那些大人先生的灵魂；在大报读过了宣言、通电、施政大纲之类，再来小报上看看他们的秋波。他们的尾巴，有点肉麻，也颇幽默，于其间可以嗅出

① 曹聚仁：《报告文学论》，见《中国新文学大系 1937－1949》第 1 卷，上海文艺出版社，1990 年版，第 471 页。

② 丁言昭：《戎马书生曹聚仁》，载《民国春秋》2000 年第 1 期。

时代的气息?”①独特的新闻眼光成就了曹聚仁独特的文学成就。和同时代其他人的通讯文学相比,曹聚仁的通讯在真实之外又多了一份趣味性,在趣味性之外,又多了一份对人民以及时代的关照。

如果说这种独特的新闻眼光,在“新闻”和“艺术”之间的巧妙平衡与曹聚仁“我自知做不成小说家”的自我评断有关②,那么曹聚仁对自己的学术眼光却是非常自信的。这种学术自信也影响到他的写作,使得他的通讯报道表现出强烈的理性气质。孙郁就认为:“现代报人中,最有学问家气质的,是曹聚仁先生。”③曹聚仁曾有“乌鸦文人”、“乌鸦教授”、“乌鸦记者”等称号。在 20 世纪 30 年代曹聚仁曾经办过以“乌鸦”为封面的刊物《涛声》。他要求《涛声》的文章:“文笔既不是黄莺式的婉转娇啼,也不是喜鹊的违心聒噪,而是乌鸦似的预报真凶。”④这种乌鸦精神,用曹聚仁自己的话说“就是一种纯理性的批判主义,就是唤醒人们的理性,用自己的眼睛去看,用自己的脑子去想”。⑤“乌鸦”精神体现了曹聚仁坚持真理的理性精神。这种理性精神使得曹聚仁的通讯表现出强烈的学术性,从题材的选择到下笔成文,都浸透了曹聚仁自己的思考。所以,出版于 1947 年的《中国抗战画史》一书,还很难得地收录了当时八路军和桂系军队的抗战资料。

在战争的背景下,作家的写作都不免带上时代的思考。曹聚仁如此,邹韬奋也是如此,不同的是,曹聚仁是对国内众生百相进行观察,而邹韬奋则是在国际视野中进行民族的思考。1933 年 7 月 14 日,邹韬奋由于参加“民盟”救亡活动,被蒋介石政府列入“黑名单”,不得已出走欧洲,到 1935 年 8 月底回国,历时整两年。此次出走,于邹韬奋是不得已,但是对于中国的读者却获得了一个意外的随着作者一起了解世界的机会。正如邹韬奋自己所言:“记者此次离国,实带着苦闷和憧憬而去。漫漫长夜,不

① 曹聚仁:《报告文学》,见《曹聚仁杂文集》,生活·读书·新知三联书店,1994 年版,第 25～26 页。

② 曹聚仁:《我与我的世界》,人民文学出版社,1983 年版,第 79 页。

③ 孙郁:《自由的书写者》,载《读书》2000 年第 5 期。

④⑤ 李伟:《曹聚仁传》,南京大学出版社,1993 年版,第 90 页。

甘同流合污的，谁都感到苦闷。但黑暗势力的劲敌是大众的意志，绝不是铲除几个个人就能高枕而卧的。最伟大的莫过于大众意志的力量，只须朝这方向努力，不会感到孤独。因为深信大众必有光明的前途，个人的得失存亡是不足道的。"1933 年 7 月 15 日《生活》杂志第 8 卷第 28 期新辟《萍踪寄语》专栏，专载邹韬奋的海外通讯，之后他在《生活》周刊、《新生》周刊和《世界知识》上连续撰发记述海外行踪的新闻通讯。他把自己观察到的各国的政治、经济和社会状况，特别是各国新闻事业的实际状况，以及自己对世界大势和民族出路的思考都详细记录下来，留下了一个学人对世界、时代、民族的深切思考。这些通讯后来都经重新修订、补写之后辑印出版，《萍踪寄语》(3 集)和《萍踪忆语》(1 集)，累计 168 篇，57 万余字。其中，《萍踪寄语》初集首叙 3 万里海程途经的中国香港、新加坡、科伦坡、孟买、苏彝士、埃及塞得港等城市，以谈英、法、意大利为主；第二集主记德国，兼及比利时、荷兰；第三集专记苏联。这 37 万字的《萍踪寄语》全部是在国外写成的。《萍踪忆语》专述在美国的采访见闻，因时间紧迫，于回国后追忆整理而成，故名《萍踪忆语》。这些通讯不仅内容充实，材料真确，爱憎鲜明，而且文笔隽永、明快有力，时而情景交融，时而议论风生，尤以热情洋溢和轻松幽默而感人心脾。

游记散文是中国古已有之的文体形式，但是"中国前此游记，多记风景之清奇，或陈宫室之华丽，无关宏旨……"①正是有感于传统游记散文"无关宏旨"的游戏性，梁启超着手从传统游记散文到"新散文"的转变。他将自己 1903 年在欧美游历近 10 个月的见闻写成《新大陆游记》在《新民丛刊》连载，着重从政治、经济、文化诸方面全面展示"新大陆"风采。继承这一写作方式，之后影响较大的又有左翼作家、文艺理论家瞿秋白的《饿乡纪程》和《赤都心史》。这些域外游记散文都和过去传统的风景记录散文有所区别，显示出强烈的"社会性"。邹韬奋的通讯在这一点上，和梁启超、瞿秋白的域外游记是一脉相承的。《萍踪寄语》和《萍踪忆语》一个显著的特色便是时代性、社会性和批判性。作者的关注点并不是名胜博

① 梁启超:《〈新大陆游记〉凡例》，见《新大陆游记》，吉林出版集团，2012 年版，第 5 页。

物、山色水景，而是现实社会。正如作者自己所言，出国考察“原是抱着学习或观察的态度，并不含有娱乐的雅兴”①，“我的意思不在描写名胜”②。游览地的风景只是作者笔下的材料，作者的重点落在和我们国家、民族生存有关的经济生活、社会组织和政府机构的考察上。因此，作者对素有“民主”传统的西欧国家英国的介绍就不在于伦敦的美丽风光，而在于繁华表面遮掩下的乞讨的人群、吹喇叭的一人和穿着破旧大袖长袍的“大学教授”……《巴立门的母亲》描写的是英国“代议制度的民主政治”下执政党和在野党议员们笑骂争辩的“绅士式的战争”，《华美窗帷的后面》描写的是在疾病和饥饿中挣扎的贫民。这是政治眼光审视下的都市，它不是审美而是政治的，但是表现出作者深切的时代关怀，表达的是作者在战争背景下对世界大势的思考。

既然是域外散文，开阔的国际视野就是一个作家必备的写作素质。《萍踪寄语》和《萍踪忆语》不仅具备开阔的国际视野，而且处处在国际形势中对比中国，使得这两个集子处处表现出国际和国内的双重视角。“记者在观察研究的时候，在持笔叙述的时候，心目中却常常涌现着两个问题：第一是世界的大势怎样？第二是中华民族的出路怎样？”③邹韬奋认为“中国是世界的一部分，我们要研究中华民族的出路怎样，不得不注意中国所在的这个世界的大势怎样。这两方面显然是有很密切的关系”。④可见作者的视域是双重的，既包含了一个中国学人对国际形势的观察和思考，也包含着中国人对自身国家的审视和要求。“在德军侵占比境时，比国当局只想到死抗暴敌，并未曾想到一面准备不抵抗，一面把这些宝藏移到别处去，这大概因为他们深知国土一块一块地被暴敌侵占去，国且不国，搬移宝藏何用！况且他们没有不平等条约的妙用，没有什么租界可供

① 邹韬奋：《〈萍踪寄语·初集〉开端》，见《中国报告文学丛书》第2辑第4分册，长江文艺出版社，1981年版，第16页。

② 邹韬奋：《萍踪忆语·南游》，见《中国报告文学丛书》第2辑第4分册，长江文艺出版社，1981年版，第603页。

③④ 邹韬奋：《〈萍踪寄语·初集〉弁言》，见《中国报告文学丛书》第2辑第4分册，长江文艺出版社，1981年版，第13页。

移藏宝物，这也是比不上我们的！”[①]熟悉这段历史的人读到此会知道作者在此笔有所指，虽然隐而未发，但是读者却能体会作者即使身处海外也未能熄灭的愤怒。

除了对国内黑暗的抨击，作者也在新生的社会主义国家找到了中华民族的希望。作者详细介绍了新生的社会主义国家苏俄各方面的情况，包括农业(《舒西努集体农庄》、《集体农庄的重要性》)、教育(《幼稚园》、《苏联的教育制度与其特点》)、新闻出版(《苏联的电影和戏剧》)等。这些文章很难说是游记，因为少有读者所期待的异域风光，而多是对政治体制的介绍，但是作者对于自己祖国未来的设计就体现在写作时的“有所为有所不为”之中。在海外，无论走到哪儿，作者都心怀国家，对祖国的牵念使得作者笔下的海外处处有中国的影子在。

《萍踪寄语》和《萍踪忆语》是一个中国人在特殊的时代以游记的方式留下的对祖国的思考。在欧美各国的游历加深了作者对祖国的认识，所以在《萍踪忆语》的结尾作者说：“中国必有光明的前途，所以侨胞也必有光明的前途，不过这光明的前途不会自己来的，必须我们共同努力，促成它的实现。”这也是一代人对于中国前途的理解。但是如何达到光明的前途，如何依靠大众的力量来促成新中国的实现，邹韬奋却并没有主张。当他在眼花缭乱的海外思考中国未来的命运时，有一个人却反向深入中国腹地，对日后领导中国走向光明前途的大众进行了深入报道，他就是被称为中国“报道红军长征第一人”[②]的范长江。

1935 年范长江(1909—1970)作为《大公报》特约通讯员从成都出发，历经 50 天长途跋涉来到中国西北重镇——兰州。到达兰州后第三天范长江写出了关于红军长征的第一篇通讯《岷山南北军事“剿匪”之现势》，刊发在同年 9 月 13 日、14 日《大公报》上。之后范长江又把自己从成都

① 邹韬奋：《〈萍踪寄语·二集〉游比杂谈之二》，见《中国报告文学丛书》第 2 辑第 4 分册，长江文艺出版社，1981 年版，第 160 页。

② 语出胡愈之 1978 年在范长江逝世追悼大会上的讲话。但是从历史来看，范长江揭示红军长征真相的《中国的西北角》一书，比陈云的《随军西行见闻录》早半年发表，比斯诺《西行漫记》最早的中译本出版早 1 年半的时间。见马永强：《范长江：报道红军长征第一人》，载《档案》2002 年第 1 期。

到兰州一路的见闻写成一组长篇通讯《成兰纪行》，于 9 月 20 日开始在《大公报》上连载。1936 年，范长江将自己在西北的所见所闻结集成《中国的西北角》一书出版，半年之内重印 4 次，一时洛阳纸贵。之后又有《塞上行》出版，深入、持续报道中国大西北。

范长江的通讯在短时间内多次重印，首先是因为范长江作为一名新闻人的职业敏感，也就是范长江通讯报道的时效性。当时很多人都关心红军的情况，但是却没有渠道了解。范长江在从成都到兰州的行途中就遇到很多向他打探红军情况的人，正是出于新闻人的职业道德和敏感范长江决定深入中国西北腹地，深入采访红军，写出了关于红军长征的第一篇通讯《岷山南北军事"剿匪"之现势》，把红军的情况首次向外界披露。1936 年西安事变发生后，陕、甘局势紧张，交通一度中断。但是新闻人范长江觉得有义务和必要向民众报道正在发生的一切。正是出于这种职业道德，范长江作为事变发生后唯一一个从陕、甘地区以外来的记者，对西安事变进行了全面、深入的报道，显示了一个新闻记者的社会良心。作者还通过采访中共高层领导人，向外界披露了共产党人的风范，采访对象包括林彪、廖承志、刘伯承、丁玲、朱德、毛泽东、徐特立等。"围炉坐着一大圈，谈话的火线，打得很紧。以后中国的政争，最好也用这种方式，大家不要动武，免得老百姓遭殃。"①范长江用自己的亲历见闻写出了共产党对于国共合作的诚意，帮助建立抗日民族统一战线。

范长江的通讯除了新闻的真实性和时效性吸引了读者，他独具一格的"通讯"写作风格也是一个重要的原因。范长江自己解释自己的通讯之所以广为传看的原因是因为"我的生活较丰富，读书较多，知识面较广，一般通讯员甚至专门的记者写的东西，都不如我"。② 范长江对自己的认知应该是准确的。有研究者指出："范长江的报告文学集《中国的西北角》，也达到了那种把知识、思想、趣味熔于一炉，让叙事、议论、抒情生动地结合在一起的功夫，令人赞叹不已。"③范长江通讯的首要特色就是熔"知

① 范长江：《塞上行》，新华出版社，1980 年版，第 195 页。

② 范长江：《我的自传》，见《范长江新闻文集》，中国新闻出版社，1989 年版，第 1103 页。

③ 赵遐秋：《中国现代报告文学史》，中国人民大学出版社，1987 年版，第 188 页。

识、思想、趣味”于一炉，真实而且生动。范长江哲学、逻辑、政治、经济、地理方面的修养都很高，而且从求学时代就有意积累着多方面的知识，所以形成了作者写作时良好的知识功底，能够站在比一般通讯记者更高的政治、哲学高度来知人论世，也能够掌握采访时的主动权，很好地驾驭、使用材料。

无论是曹聚仁、邹韬奋还是范长江，他们的通讯都有一个共同的特色，就是对国家的担忧，对民族前途的思考。这也是一个时代的文学家对所处时代作出的集体有意识的回应。

第三章　报告文学

第一节　夏衍、宋之的的报告文学

中国现代报告文学在20世纪30年代走向成熟，标志着中国现代报告文学走向成熟的代表性作品是夏衍的《包身工》和宋之的的《一九三六年春在太原》。而在中国最早真正研究、倡导并实际推进报告文学兴起和发展的人当属夏衍。这不仅因为他的报告文学创作，他在电影、戏剧、评论、翻译等多方面的文学成就，还因为他也是30年代初期报告文学的研究者和提倡者。

夏衍(1900—1995)，原名沈乃熙，字端先，祖籍河南开封，1900年10月30日生于浙江杭县(今杭州)。早在20年代初留学日本期间，他就积极参加进步工人运动和左翼文化活动，被日本当局驱逐回国后继续从事革命活动，1927年加入中国共产党，从事工人运动及翻译工作，译有高尔基的《母亲》等外国名著。1929年，他参与筹备左翼作家联盟，同时与郑伯奇、阿英等人创办在中国共产党直接领导下的第一个戏剧团体——上海艺术剧社，次年当选“左联”执行委员，成为“左联”的主要领导人之一。1933年以后，他担任中共上海文委成员、电影组组长，成为我国进步电影的开拓者、领导者。抗日战争爆发后，夏衍在上海、广州、桂林、香港主办《救亡日报》、《华商报》，后辗转到重庆，任中共南方局文化组副组长，在周恩来直接领导下主持大后方的文化运动，特别是戏剧运动，同时从事党的统一战线工作，曾任《新华日报》代总编辑。抗战胜利后，他先后在上海、南京和香港等地领导党的文化工作。新中国成立后，他在上海领导文化事业，创办电影文学研究所。1954 年被任命为文化部副部长，主管电影及外事工作，为培养电影事业的新生力量作出了贡献。“文革”中他受到迫害。1977 年后，他先后担任对外友好协会副会长、中国文联副主席、中国电影家协会主席等。1995 年 2 月 6 日在北京逝世。

在长期的革命斗争中，夏衍总是处于前锋的位置。可以说，对于一个作家来讲，夏衍始终自觉地保持着与革命政治斗争和进步文化活动的密切联系，在理论研究和创作实践中自觉追求政治色彩、时代氛围与生活气息的高度统一。这一点既奠定了他文学创作的总体风格，也是他在报告文学方面取得独特成就的重要因素。

对文学社会功能的高度自觉，使夏衍在从事文化活动之后不久，就以一种特殊的敏感关注着报告文学这种新的文学样式的特点和作用。1932 年 1 月 20 日，夏衍在“左联”机关刊物《北斗》第 2 卷第 1 期上发表了自己翻译的日本报告文学研究者川口浩所著《报告文学论》一文。这是我国最早出现的一篇系统地译介报告文学的重要论文。这篇文章不仅首次向中国广大读者介绍了有关报告文学的知识和理论，更重要的是，它准确地阐明报告文学的根本特点“是在事实的报告”，但是“这决不是和照相机摄取物象一样地，机械地将现实用文字来表现”，它“必然的具有一定的目的，和一定的倾向”。也就是说，报告文学是“事实”与“心灵”的真实统一，是客观现实生活与作家主观精神的有机糅合。这个观点的介绍和强调，对中国报告文学的兴起和发展无疑起到了导向作用。而且应该看到，在这篇译介文章的观点里也蕴含着夏衍对报告文学本质特点的理解与赞同。包括夏衍等多人讨论由袁殊执笔而成的中国最早的研究报告文学的专论《报告文学论》1932 年在《文艺新闻》第 18 期上刊发。这篇论文基本吸取了夏衍所译川口浩文章的核心观点，但它进一步突出了报告文学的“强烈的社会批判色彩”，同时还强调了报告文学应该“把心灵安置在事实的报告上”。这篇论文的形成和出现是与夏衍所译川口浩论文的影响和作用分不开的。在此前后，许多进步作家通过《文艺新闻》等刊物，积极地提倡研究和创作报告文学，使中国的报告文学在理论上得到指引。这其中，夏衍对报告文学的理论探讨和创作实践都具有特别重要的意义和作用。

夏衍在报告文学理论研究方面的主要贡献是准确阐述了报告文学的真实性与艺术性的和谐一致,作家主观的时代责任感与客观展现实际社会生活的完美统一。夏衍反复强调,报告文学既不能虚构,也不允许夸张,写报告文学应该把真实性、准确性放在首要地位。不真实就是假报告,就是“客里空”。他始终认为“报告文学的真实性原则是不能动摇的。如果说真实是艺术的生命,那么在报告文学领域中尤其如此”,“报告文学失去了真实,就不成其报告文学”。他还以自己创作的《包身工》为例,指出它“一点也没有虚构和夸张……是铁一般的事实”。他甚至强调报告文学的作者“必须亲自去采访、调查、研究”,“单凭搜集材料是不行的,非得实地视察不可”。他认为报告文学不仅要真实,同时也需要作者正确的主观倾向和情感以及相应的胆识和勇气:“报告文学一是要真实,二是要有正确的立场……要有点胆量和拼劲,坚持原则,敢于斗争,即使‘打官司’也不怕。” 然而报告文学毕竟是文学,不是单纯的报告,艺术性也是它内在的生命因子,在真实准确的前提下,“报告文学对大量素材有所取舍,进行一番剪裁和说明、解释,是必要的”,“为了细致地刻画人物,对某些细节进行艺术加工,也是必要的”。但夏衍认为报告文学的艺术技法和艺术感染力应该是自然地溶化在真实准确的素材之中,而“决不能违反真实,张冠李戴”,“决不应成为夸大、矫饰、回避,乃至无中生有”。夏衍的上述观点虽是后来发表的,但不妨认为也是他早期创作的经验谈。

夏衍的报告文学创作始于 20 世纪 30 年代初期。1931 年 10 月他在《文学导报》第 6、第 7 期合刊上用“突如”的笔名发表了自己的第一篇报告文学作品《劳勃生路》,它以“九一八”事变后全国上下群情激昂的民族义愤为背景,及时报道了在上海劳勃生路发生的民众反日集会惨遭镇压,广大工人更加团结奋起,进行反抗的真实情景。这篇作品虽然比较单薄,但作为夏衍报告文学的开篇之作,已经突出体现了作者强烈的历史使命感和敏锐的政治嗅觉。作品不仅写出了“群情”,写出了广大民众的觉醒,还生动地刻画了“个体”(如被日本兵打成重伤的工友杨阿四)的不幸遭遇。把群体与个体的命运结合起来,把人的命运与社会的命运联系起来,它显示了夏衍在报告文学创作之初即抓住了这一文体的内在特质。1932年上海“一·二八”抗战的爆发,使许多作家奔赴前线,及时写出了一批反映民族斗志的报告文学作品。夏衍的《两个不能遗忘的印象》以其新颖独到的视角和翔实准确的素材成为当时影响较大的一篇。经过充分的理论探讨和实践准备,夏衍终于迎来了自己报告文学创作的成熟。1936年2月发表于《文学》第6卷第2期上的《泡》和同年4月发表于《光明》创刊号上的《包身工》这两部报告文学,是夏衍报告文学乃至整个中国现代报告文学创作走向成熟的一个标志。抗战全面爆发后,从英勇抗敌的上海到燃烧着民族仇恨的内地,都留下了夏衍报告文学的印记:《战斗日记表的一页》、《血写的故事》、《失去了太阳的都市——上海》、《上海还在战斗》以及《广州在轰炸中》、《粤北的春天》、《长途》、《广州湾通讯》、《走险记》等等,这些喷涌着血与火的文字,不仅真实而艺术地记录了抗战期间那些体现民族精神的永不磨灭的情形与场景,而且也忠实地刻下了中国报告文学在血与火之中不断发展成长的足迹。刊登《包身工》的《光明》杂志创刊号当时就发表社论指出:“《包身工》可称在中国的报告文学上开创了新的记录。”

《包身工》的重要意义体现在两个方面:一是它本身所显示出的报告文学的本质内涵;二是它所展现的报告文学创作过程的典型特征。它通过描述一群彻底失去人身自由的奴隶的生活遭遇,暴露出“在20世纪的帝国主义经营的工厂里,原来还公然保存着奴隶制度”。夏衍通过无可辩驳的事实,揭示了在帝国主义侵略之下,包身工制度的残酷和野蛮,同时解剖了包身工制度在中国得以出现的深刻的社会根源和阶级根源,揭露了国民党反动统治的腐败无能以及与帝国主义沆瀣一气的罪恶本质。因此,作品反映的虽是黑暗现实的一个角落,但它描绘出的却是当时整个中国半封建半殖民地社会的缩影。当然,作者在结尾发出了“黎明的到来还是没法可抗拒的”呐喊,也对罪恶的制造者发出了“当心呻吟着的那些锭子上的冤魂”的警告,这使人们看到了压迫愈深反抗愈烈的正义之声和希望之光。夏衍在《从〈包身工〉引起的回忆》里反复强调:“这是一篇‘报告文学’,不是一篇小说,所以我写的时候力求真实,一点也没有虚构和夸张。”应该说强大的新闻效应是《包身工》得以成功的重要因素，但还应看到，《包身工》的成功并不仅仅在于单纯的真实性，浓厚生动的文学色彩同样是它的魅力所在。《包身工》运用的艺术技法是丰富多样的，作品以高度集中的电影特写手段，突出典型细节，烘托典型环境，把包身工这群居住在“蜂房般的格子铺里”、吃着“到锅里去刮下一些锅焦残粥，再到自来水龙头边去冲上一些清水”的“食物”、每天却“做十二小时的工”的“猪猡”的生活淋漓尽致地凸现出来。在此基础上，作品精心刻画了这群“生物”的代表—“芦柴棒”的典型形象：她的身体瘦得“骷髅一样，摸着她的骨头会做怕梦”，连工头打她时都不愿多踢一脚，“因为‘芦柴棒’‘露骨’地突出的腿骨，碰痛了他的足趾！”寒冬腊月她在病中仍被逼着做工，得到的“医疗”是迎头泼在身上的一盆冷水……对“芦柴棒”这一典型形象的刻画极大地强化了这部作品的艺术感染力。此外，整个作品在冷峻客观的叙述过程中，还自然而然地糅进作者的一些精辟论析和充满激情的思考：

> 人类的身体构造，有时候觉得确实有一点神奇。长得结实肥胖的往往会像折断一根麻梗一般的很快的死亡，而像芦柴棒一般的偏能一天天的磨难下去！每一分钟都有死的可能，可是她还有韧性地在那儿支撑。两粥一饭，十二小时骚音，尘埃和湿气中的工作，默默地可是规则地反复着，直到榨完了残留在她皮骨里的最后的一滴血汗为止。①

由“这种饲养小姑娘营利的制度”，作者“禁不住想起孩子时候看到过的船户养墨鸭捕鱼的事了”。那些墨鸭“整排的停在舷上，它们的脚，是用绳子吊住了的，下水捕鱼，起水的时候船户就在它的颈子上轻轻的一挤！吐了再捕，捕了再吐，墨鸭整天的捕鱼，卖鱼得钱的却是养墨鸭的船户。但是，从我们孩子的眼里看来，船户对墨鸭并没有怎样的虐待，而现在，将这种关系转移到人和人中间，便连这一点施与的温情也已经不存在了！”

---

① 夏衍：《包身工》，见《夏衍文集》，华夏出版社，2000年版，第358页。

这段极富感情色彩的联想和比喻，深化了全文的意境。的确，夏衍在报告文学与小说之间划清了严格的界限：没有一点虚构的真实；但更重要的是他给通讯报告打开了通向文学之门——艺术的加工和情感的升华。《包身工》的创作过程，从实地考察取证，收集研究资料，到酝酿主题，塑造人物及谋篇布局，都充分体现了夏衍对报告文学创作的深思熟虑：以新闻真实性为生命内核，以人的命运为报告主体，以多种艺术手法来增强作品的感染力。夏衍在去世前曾对友人说过，自己一生中的创作，最经得住时间考验的就是《包身工》。

与夏衍的《包身工》同被称之为"像戈矛一样刺穿了旧社会的黑暗"（刘白羽语），并同样被认为是中国报告文学成熟标志的另一部作品是宋之的的《一九三六年春在太原》。

宋之的（1914—1956）是一位中国现代文学史，特别是我国现代戏剧运动发展史上颇有影响的作家。在他二十多年的创作生涯里，留下 40 个剧本，一本小说集，两本散文、报告文学集，以及为数不少的杂文、评论作品。

宋之的，原名宋汝昭，1914 年出生于河北省丰润县宋家口头村一个贫穷农民家庭。1930 年夏，宋之的考入北平大学法学院俄文经济系读书，从此与戏剧运动结下了不解之缘。在同学于伶、陈沂的影响下，参加了进步戏剧运动。1932 年 6 月，宋之的加入北平左翼戏剧家联盟，主编"剧联"机关刊物《戏剧新闻》，批判学院派"为艺术而艺术"文艺观，主张"戏剧反映人生，戏剧为分期阶层呐喊"。

1933 年，他南下上海，参加上海左翼剧联，从此开始了职业文学活动。宋之的的文学生涯，开始于小说创作。1930 年到 1937 年，他连续在《文学杂志》、《光明》、《中流》、《人民文学》、《上海生活》等杂志上发表 18 篇小说，后来大部分编入小说集《赐儿集》，都是"反映人生""为贫苦阶层呐喊"的朴实无华之作。1935 年后，宋之的开始戏剧创作。1939 年 6 月，宋之的参加了中华全国文艺界抗敌协会组织的西北战场"作家战地访问团"，担任副团长，为抗日剧演宣传活动尽心尽力，期间写有散文、报告文学集《凯歌》，直接反映伟大的抗战，提示农民在时代精神感召下逐步觉悟的历史进程，以及精神力量转化为巨大物质力量的现实存在。这些是宋之的本时期散文、报告文学的中心主题。抗战胜利后，宋之的回到上海，协助于伶恢复“上海剧艺社”，先后任山东大学教授，主编《生活报》。新中国成立后，创办并主编《解放军文艺》，1956 年辞世。

戏剧和报告文学创作是宋之的文学创作的两翼。给他带来极大好评和声誉的当属 1936 年 5 月创作的报告文学作品《一九三六年春在太原》。

《一九三六年春在太原》于同年 9 月经茅盾推荐发表于黎烈文主编的《中流》创刊号上，随即产生了广泛的社会影响。与《包身工》相同，这篇作品的成功之处主要在于新闻真实报道与艺术加工的完美融合。作品报道的是在特定时代氛围下“春被关在城外了”的太原的严酷现实。作者以巧妙的构思把国民党反动派统治下太原城内与日俱增的令人“气闷而且窒息”的恐怖气氛与城外不断传来的“春”的气息形成强烈对比。作者在城内亲眼看到的“灰色的墙，灰色的土和穿着灰色衣裳在街头守望的兵”，与他心中想象的城外那种“很细微，很新鲜，很温暖，并且很有生气”的生命的活力构成了具体鲜明的反差。而文章中“新闻剪集”、“本报特讯”等手法的灵活穿插，不仅渲染了作品的新闻效果，而且还从一个特殊的角度揭示出反动当局自身“草木皆兵”的可笑面目。在这背后透露出的则是特定的时代政治内涵：春毕竟是关不住的。整个作品交织着辛辣的讽刺笔触和浓郁的抒情色调，处处使人感受到作者的主观情绪，却又处处潜隐在真实具体的新闻报道中。作者几度畅言“我特别怀念着春”，“我是多么的怀念春啊！”这情怀来自作者真实的经历和体验，显得格外自然朴实。还值得一提的是，《一九三六年春在太原》发表的时候，并未被编者列入“报告文学”栏，而是被归到“随笔”栏中，虽然这并没有影响这篇报告文学的性质和价值，却反映出它明显带有“随笔”的一些特点，材料的运用十分灵活，布局也很见匠心。

第二节 萧乾的采访报告

萧乾(1910—1999),我国著名的作家、文学翻译家。他 1935 年毕业于燕京大学新闻系,并于 1942—1944 年间在英国剑桥大学专攻英国心理派小说。二战期间,他采访过欧洲战场、联合国成立大会、波茨坦会议、纽伦堡战犯审判,并于 1986 年获挪威王国政府授予的国家勋章。萧乾是一个高产的作家,先后出版著译作品 43 部。其中主要作品有:短篇小说集《篱下集》,长篇小说《梦之谷》,报告文学集《人生采访》,译著《好兵帅克》,以及《八十自省》、《未带地图的旅人——萧乾回忆录》等。晚年,他与夫人文洁若耗费 5 年时间合译的现代派意识流巨著《尤利西斯》,更为世人所瞩目。

萧乾称自己为"未带地图的旅人",早在 20 世纪 30 年代便步入文坛,与沈从文同被归类为"京派"作家的代表人物。在 1939 年至 1946 年,萧乾赴英国伦敦大学任东方学院讲师,并兼任《大公报》驻英记者。当时正值第二次世界大战,萧乾以战地记者身份驰骋欧洲战场,成为二战时期中国唯一的欧洲战地记者。二战结束后,萧乾还采访了联合国成立大会、波茨坦公约会议和纽伦堡战犯审判等大事,写下《银风筝下的伦敦》、《矛盾交响曲》等著名通讯报告而名重一时。而在 1949 年新中国成立前夕,萧乾取道香港回到祖国的怀抱。

萧乾最大的成就在于他用独特的文学笔触反映了波澜壮阔的历史事件。1939 年至 1946 年任《大公报》驻英记者期间,他在欧洲战场上经历了第二次世界大战的全过程。作为在西欧唯一的中国随军记者,他完成了大量新闻特写,如《剑桥书简》、《矛盾交响曲》、《血红的九月》、《伦敦三日记》、《银风筝下的伦敦》等。虽是二战题材,但都不以对政治、军事的观察和分析见长,而是善于从比比皆是的细节描写入手,以多彩的笔墨,展现了战时英国伦敦五花八门的景象,将英国人顽强不屈的精神面貌形象地表现出来。比如,他的作品中曾描写了这样一个场面:大战正酣,炸弹和高射炮的音量震耳欲聋,而音乐家们却在市中心的国家艺术馆演奏着午餐音乐,听众没有座位,就站着一边吃汉堡包,一边听根本听不清的室内乐。其实,这“与其说是去听音乐,不如说是一种精神上的示威运动”。通过他敏锐捕捉到的那些看似微小、生活化的人物个体和细节,读者知道战争中发生了什么,战后发生了什么,以及战争中人们的命运。对萧乾的大部分新闻特写,大致可以概括为:运用场景描写、细节、人物对话、内心独白等文学手法,记录普通人在宏大历史背景下的真实活动和情感。①

萧乾的采访报告善于选择新的角度。他并没有因为需要凸显某一事件的新闻价值,表达独树一帜的观点或认识,而选择不同的立场和出发点来选取主题和思想内容,也不去暗含并预设自己对事件的态度,进而体现作为新闻工作者对事实的认识,而是把新闻事实的价值以及作品的文本价值用一个全新的角度而进行全新的体现。在《到莱茵前线去》中他写道:“那么多人过河采访军事新闻,且都是掌握电报网的通讯社,我忙的则是采访他们没注意到的‘军事政府’……我们便在莱茵流域四下驰骋,踏访化为废墟的城镇,穿过荒芜了的葡萄园。坦克如硬壳虫般在田里东倒西歪,钢盔下还躺着尸体。”之后,萧乾第三次途经德国,出现在他面前更多的是战争留下的伤痕。他设法在《南德的暮秋》中让读者跟着自己经历了一次难忘的旅行,穿梭在莱茵河边的城镇,交织着兴奋、恐慌、痛苦的情绪,目睹一个打击别人也使自己遭受毁灭性灾难的民族的战后生活。

萧乾的采访报告总是会使用亲历者和第一人称的视角来讲述。这种亲历式的采访报告使他深入到报告对象的真实生活中去,既让报道对象在他采访面前轻松自如,又便于他看见事情的开始、发展和解决的过程,来满足读者期望获得“亲临现场”感受的阅读要求。萧乾从一开始就想努力成为“人生的采访者”,得到丰富而详实的人生经验,所以他看重体验和亲历在新闻活动中的作用,总是毫不掩饰地告诉读者他遇到什么、看到或听到什么以及想到什么。《血红的九月》是萧乾在伦敦日夜遭受空袭时的作品,亲历与第一人称的讲述使他个人的命运成为国内读者关注的焦点。他写道:“这是噩梦的开始……八号那天晚上,房东太太费了好大工夫才

① 王伦娓:《在新闻与文学之间——对萧乾新闻特写的分析》,载《军事记者》2004 年第 1 期。

为我泡出半壶茶,煤气微得像个临终病人的呼吸。当晚是一个地狱般的夜晚,炸弹三次掉在附近,人几乎被震下床去。”

在萧乾的采访报告中,情感是他用以连接读者并与之产生共鸣的一条纽带,那些“关于某个人或一些人的报道”,以及“更多涉及新闻中的人的人性侧面”的作品,总是能让读者产生浓厚的兴趣。萧乾作品中的情感本色包括真诚、善良和悲天悯人。他的真诚表现在他对自己、对别人、对创作的态度上;他的善良表现在同情弱者,向往美好的、理想的境界;而悲天悯人,则是一种心灵内在的东西,体现在方方面面。所以,他关注人物个体和一些微小的事情,找寻发生在人们身边的人类美德与隐藏的潜在本质,并且让这些东西激励人们继续努力生活和抗争。比如他描写德国飞机轰炸下不忘美容的英国妇女;写大诗人艾略特去作防空的巡视员;甚至写小动物在二战中的命运。萧乾告诉读者在“轰炸时,也有许多趣闻”,“在最漆黑的日子,伦敦还能笑。破屋栋、送奶车、举重机上全悬着饱经风霜的国旗,颓壁上写着种种谐句”。真诚的情感沟通了同是战争受害者的两国人民的友谊,鼓舞着为坚持抗战与反抗压迫而奋斗着的人们。

萧乾认为:“一篇成功之作。其内容和形式必须是一个和谐的统一体。珠联璧合。相得益彰。”从他的报告文学中可以看出他对作品也非常注重构思和谋篇。写在抗战之初的《潮汕鱼米乡》中,作者以自己潮汕之行的经历和见闻,写出了潮汕人民同仇敌忾一致抗日的战斗情景。作品以登山(韩山)、过桥(湘子桥)、乘车(二轮车)、坐船(小火轮)的游历路径为线索,用富有生活情趣的画而渲染和创作主体的情感凝聚,表现出“鱼米乡”的完整艺术画面。新中国成立后的报告文学《凤凰坡上》反映社会主义建设中新人新事的动人篇章。作者从生产的发展和农村新人的成长两个方面,再现渤海边凤凰集体农庄的崭新生话。作品首先描绘了一片“绿色的海洋”——一望无际的苹果林,然后在这个大背景中以精细笔墨写了几件感人的事件。这篇报告文学的动人之处就是把生产的发展和人的变化相交织,从而揭示两者的辩证关系,在优美动人的生活画面中,寄寓深刻的生活哲理。这些都可以看出作者进行报告文学创作时剪裁构思的匠心。

自从30年代中国报告文学进入自觉的创作时期以后，在外国报告文学观念的引入和我国报告文学理论勃兴的情况下，许多记者、作家和进步文学青年的踊跃投入为之提供了许多宝贵的经验，并且使报告文学创作在当时和后来相当长的一段时间里十分话跃。在取得成就、积累经验的基础上，许多报告文学作家不断努力和创新，逐渐形成了两大创作流向：一派是以创作主体的强烈的现实关怀而见长。在事件叙述和人物描写的同时，进行理性的启迪和思想的启蒙，勾描与评点并重，政论色彩较浓烈，往往以深邃的议论、精当的见解和洋溢的激情融会成雄浑激越的风格；另一派是尽可能少发或不发议论，以报告客体的显山露水而见其长，通过栩栩如生的人物形象、画面场景、强烈吸引力的故事、生动实在的描述，投射出隽永深沉、含蓄凝练的特色。萧乾正是这后一流派的中坚人物。从一开始进行报告文学创作，萧乾就十分重视报告文学的持久性和生命力。他最关注的是如何在报告文学中增加“时间防腐剂”，因而他的许多报告文学之所以到现在没有因历史语境的变化而遭到淘汰，仍然赢得读者的青睐，具有其欣赏价值和研究价值，其主要原因就是尽量克制发议论的冲动，把报告者的主体意识隐蔽起来，把报告文学当做文学来写。[①] 正是这种写作手法和创作理念使得萧乾的采访报告不仅具有很强的现实性，同时也具有很高的艺术水准和审美价值。

萧乾还善于抓住新闻事件的瞬间来表现自己的审视视角。他曾经称自己的报告文学“大多属于场景或群像的实地‘抓拍”’。所谓“抓拍”是对现场发生的事件基本不加主观预设而进行的纪实性摄影的一种拍摄方法，它最大的特点是强烈的再现性描述。实际上，萧乾报告文学空间艺术的特殊之点就在于使用“抓瞬间”的手法，即从丰富多彩、变化无穷的生活场景中，撷取短时间内的情景，将最吸引读者的部分像照相一样截下，并通过剪辑等艺术手法加以组合，从而表现人物的精神风貌和时代社会的大主题。这样的表现手法对萧乾来说，在进行报告文学创作时的难度是不小的。因为它不仅要求用机敏的眼光抓住事件的瞬间，而且要求把那

① 顾军：《萧乾对报告文学的独特建树》，载《林区教学》2005年第1期。

些能够表现现实生活实质的现象，准确地勾勒出来。为此，萧乾首先在采访上花大气力，细致观察，把握生活场景和典型细节，其次，除了“尽量用描写代替叙述，用动词代替形容词”之外，还采用瞬间定格、瞬间放大的方法，一笔一画地对真实的事件进行描绘。

报告文学是散文被确定在时代性强这一功能定位上的产物，因此，报告文学的本质特征是它具有史实性。这种史实性，在其当时便是新闻性。然而，它的生命力又比一般的新闻报道要长得多，在其后世，这种史实性就构成了文献性。报告文学的功能在于迅速地将值得注意的社会事件、现象、事物介绍给大众。作者不能就事写事，就人写人，而应该在理解了的基础上来报告，以便让人们不仅知道一些新的人和事，而且还可以深入地理解报告者之所报告。由此，报告文学是真实性与战斗性、分析性与形象性的结合。从文体上说，它是散文的一支，散文才是平面媒体上成为“报告”所能凭借的最好的工具。报告文学是在形象性的基础上，融合了小说、杂文乃至“论文式”等多种写法的。报告文学的结构方式，取决于如何有利于清楚说明所要介绍的事件、现象、事物。报告文学常用的笔法，如果借用朱自清所说的一个词，便是“描叙”。叙述得平板，则变为介绍；叙述得生动，则演化为描写。有描有叙，夹叙夹议，亦融有适度的抒情，这种写法，正是报告文学不同于杂文、抒情散文、速写、小说、论文之处。

20 世纪 30—40 年代萧乾的报告文学创作实践，表明报告文学其写法可以是多种多样的：它既可以写得类似小说，也可以同样以叙事、写人为主，却不同于小说，还可以将叙事当做摆明问题的手段；可以写得像记叙文，也可以写得像抒情文；可以将描绘与分析结合起来，可以夹叙夹议地写，也可以将人物心理与其行事交融着写；可以写得比较平实，也可以写得相当诗性；通过镜头组接的方式、散记的形式，将比较散漫的内容巧妙地组织起来，而采用相当严整的结构来表现一个地区或一种社会的历史性变革，具有一种时间、空间上的整体性。

萧乾在他的采访报告中也非常注重再现性描述，注意对事件粗线条的勾勒。小说等纯文学作品的创作和报告文学的创作不同之处就是小说可以从从容容地构思谋划，然而采访报告由于纪实的要求，受新闻时效性的制约，不可能那么细细打磨，而要及时迅捷地反映生活。在长期繁忙而紧张的采访活动中，萧乾练就了敏锐的观察力和迅速扼要地再现客观对象的本领，表现在他作品中的虽然不乏细致描绘，但大多是粗线条的素描勾勒。他能在三言两语中使形象进而鲜明、鲜活起来。《血肉筑成的滇缅路》的开头，作者从宏观着笔，描述中国历史上这一罕见的筑路奇观，展现的是无数筑路民工“罗汉”般的群像图。《在康奈尔校园里》作者首先写了飞机上鸟瞰校园的美丽景色，突然，笔锋一转，说就是少了点红色，进而让人联想到资本主义社会的灰色。萧乾称他的这部分报告文学为旅行特写，而不冠之以“报告文学”。一方面是因为它们是旅行记者生涯的“副产品”；另一方面也在于其写景叙事的简练。但从一幅幅剪影式的描绘中，读者还是可以把握作品再现的现实轮廓。萧乾的再现性描述还在于意象群体的有机组合。他往往用散点透视投映出大的自然环境和社会画面，如《由香港到宝安》、《劫后的马来亚》等。这种透视法靠空间单元之间的互相映衬，而具有连贯性和整体性。[①] 在《潮汕鱼米乡》中，作者描绘了这样的场景：“这一幅朦胧银亮的江上月景，只有用梦的色彩方涂得出来。对岸韩山黑洞洞如一匹蹲伏着的巨兽，突露着贪婪的牙齿。深蓝色的天空虽只悬了那么一块黄玩意儿，江面上竟洒满了水银般的碎块，风用无形的手指在电杆上低低弹出神秘的复音。江水似在嬉戏一般，一吞一吐地舐着河岸。桅杆上的灯笼随之摇摆起来。镇守这大好江山的铁牛，默默踞卧在桥垛上，守着这布满观察角度的变化快速闪现，叠映出月夜江景的朦胧之美。”

萧乾的采访报告在中国报告文学发展史上具有重要的地位和影响。毋庸置疑，他是一位有独特创作个性的资深的报告文学作家和新闻工作者。在他的报告文学创作中，他始终以自己创作主体客观化、对象化为风格特征，以自己重视事件真实性、重视作品审美追求个性为创作特色。他的创作对中国报告文学独特品位的生成和文学品格的提高起到了很大的推动作用，是一位真正的“未带地图的旅人”。

① 顾军：《萧乾报告文学的艺术审美特征》，载《林区教学》2005年第3期。

第三节　丘东平、曹白、骆宾基等作家的报告文学

在关于抗战的报告文学中，丘东平(1910－1941)的报告文学成就在当时就很突出，这或许和他自身的经历有关。早在1926年，16岁的丘东平就加入了海丰农民协会和少年先锋队，参加了由彭湃领导的海陆丰农民运动。“九一八”事变后，丘东平参加十九路军进行团结抗日的工作。“一·二八”战役后国民党政府和日军签订上海停战协定，十九路军被迫转移到福建。丘东平随部队转移到福建之后不久前往香港，和同人一起合办宣传抗日救国主张的进步杂志《新亚细亚月刊》。1937年“八一三”事变发生后，他参加了新四军，并于1938年初跟随新四军到敌后建立抗日根据地。1941年鲁迅艺术学院华中分院在苏北盐城成立，丘东平任该校教导主任。同年7月，日军对盐城地区建湖等县进行“扫荡”，丘东平率领师生顽强战斗，最后不幸牺牲。丘东平一生的大部分都是在血与火的战场上度过的。1932年，他在《文学月报》上发表第一篇创作《通讯员》，此后一直坚持战场上的文学创作，直到他最后一部未完的长篇《茅山下》。丘东平的文学创作都是反映战争生活的。《第七连》、《我们在那里打了败仗》、《我认识了这样的敌人》、《一个连长的战斗遭遇》、《给予者》，在当时都是很有影响的关于战争的报道。

丘东平的报告文学很有自己的特色。抗战初期的文学创作往往存在“注重写‘事’而不注重写‘人’”①的弊端，而丘东平的报告文学却避免了当时的通病，以战场上的“人”为中心。《第七连》描写的是第七连连长丘俊的战斗经历，《我们在那里打了败仗》记述的是“江阴炮台的一员守将方叔洪上校的战斗遭遇”。作者描写了勇敢过头而忘记战术的第三排排长(《第七连》)，还有毫无畏惧攀附着敌人坦克车的蚕轮，用驳壳枪对着车上的展望孔射击的排长蒋秀(《我们在那里打了败仗》)。丘东平刻画人物，侧重从心理的角度，写出人物内心的挣扎和坚强。在展现人物命运时，注

① 茅盾:《八月的感想——抗战文艺一年的回顾》，载《文艺阵地》1938年8月16日。

意挖掘战士们在战火中的内在情感和心理活动。战争强调的是国家、集体的利益,个人牺牲不可避免。丘东平避免了从革命角度讲述战争时造成的对人、人性的忽略和抹煞。丘东平虽然记述的是战争,但是他尊重个人的生命意志和存在价值,因此他的报告文学才有如此动人心魄的力量,比如《第七连》中的丘俊。作者令人信服地写出了一个军校的学生如何经过战争的洗礼成长为战地英雄的过程。漫天的炮火曾经使丘俊恐惧、焦虑,甚至忧愁,"我仿佛记不起它,不认识它,它用那种震天动地的音响开辟了一个世界,一个神秘的,可怕的世界,使我深深地沉入了忧愁。"但是战争没有退路:在弹尽粮绝、几任班长都先后牺牲的情况下,丘俊不得不挺身而出接受团长命令最终带着全班的人突围。《第七连》不仅仅是一场战争的写真,他还让读者一起感受战场上人的软弱和恐惧,和战争一起成长。

丁玲在谈文学工作者应该如何加工、处理采访来的材料时,曾经谈到小说家和新闻工作者的区别:"假如只为做一点新闻报道工作,假如只为做一个通俗小说家,那末去跑吧,去听吧,去写吧,可是他们却是很严肃的在从事着文学,而且企图把终身都放在那上面去的","所以别像一个收荒货的四处抢着材料,又把材料拿出来说是衣服"。① 面对"听来的故事",丁玲坚持作家对材料要保持清醒,文学价值才是衡量作品好坏的标准,作家不要堕入"材料"的陷阱。丘东平的报告文学兼具真实性和文学性,它不仅仅报道战争中的人物和事件,更加入了很多印象、感触似的描写,通过对战场氛围的紧张描摹,写出战争的残酷,战争对人性的戕害。"丘东平的现实主义,充满了悲壮的真实,即对生活的阴暗与苦难的正视。"②丘东平正是秉持"现实主义"的创作原则,"说出关于抗战的各方面的真实"。③ 林青史(《一个连长的战斗遭遇》)是一个连长,他置上级的命令于不顾主动出击,经过苦战终于顶住了敌人的进攻,但是却与营部失去联

① 丁玲:《材料》,载《解放日报》1941年9月29日。

② 钱理群、温儒敏、吴福辉:《中国现代文学三十年》(修订本),北京大学出版社,1998年版,第494页。

③ 周扬:《我们的态度》,载《文艺战线》1939年2月16日,第1卷创刊号。

系。撤出阵地后,他的连队主动配合友军三十六团作战,取得了胜利。可是友军却以“你们的来历不明”为由向他们开枪,最后只有林青史一人逃脱。当他好不容易找到营部时,营长却以违反军纪的罪名把他枪决了。作者确实是写出了抗战中各方面的真实,有奋勇杀敌、生死置之脑后的大无畏的英雄,也有昏庸机械的官僚。和左翼文学以后的无产阶级文学对战争的描写不同,丘东平的报告文学表现出难得的对战争的反思。战争胜利了,可是狼藉遍地的死尸、令人作呕的血污,并没有让人产生胜利的喜悦,却有一种来自心灵深处的恐惧、压抑和失落感。作者阴冷的叙述语调和低沉的叙事心态有一种艺术的感染力,引发读者对和平的渴望。这也是当时其他的报告文学所不具备的艺术力量。

碧野(1916—2008)是当时另一位有影响的战地通讯作家。碧野因为参加学生运动被政府通缉,不得已离开学校,但是就是在自修的情况下他开始了自己的写作。1935 年 19 岁的他发表了自己的第一篇作品《窑工》。抗战爆发后碧野随着流亡的学生到达华北,接连出版《北方的原野》、《太行山边》、《在北线》3 部报告文学集,另外还有很多关于抗战的作品发表在当时的抗日杂志上。其中《北方的原野》是给碧野带来最大声誉的作品,可以看做是碧野当时经历的加工。全书约 3 万字,主要围绕 3 个人物:黑虎、女游击队员和桂儿展开故事,讲述的正是一支从北平血战突围出来的学生大队和活动在华北晋冀边区的游击队配合作战的故事。报告分为 4 篇:《一支火箭》、《血辙》、《牛车上的病号》、《午汲的高原》。这 4 篇文章相对独立,但是内容连贯,人物也相对集中。

丘东平的战地通讯注重从灵魂的深处来揭示战争的罪恶,而碧野的战地报告却是一幅壮丽的时代战场风云画卷。作者对残酷的战争进行报道的同时,还对华北平原“奇特而壮丽”的战地风光进行了如诗如画的描写,因此,表现在审美效果上也和丘东平冷郁的风格形成对照,“是悲壮凄绝,然而也不缺少激昂和欢愉的一幅一幅的图画”。① 当时著名的评论家因此评论这部来自战地的报告“是第一部的成功的著作!”②

---

①② 茅盾:《“北方的原野”》,载《文艺阵地》1938 年第 3 卷第 5 期。

白色的云片凝静地停挂在湛蓝的太行山巅，那蜿蜒的无尽长的山脚，抹过一派轻淡的青烟，在青烟的蒙罩中，隐约地现出稠密的梨木林和柿子林。

田原一级一级的往上叠拥，一直叠拥到那远处的太行山脚，形成这奇特而壮美的高原地带。麦子收割后的台田，长满了红的蓝的野花，一望都是茵茸茸的红蓝色调，在台田的下边，那暗绿色的谷野上，闪耀着武安成的墙堞，一条银白色的小河在城旁飘泻过，象一个钢盔旁边摆着一支剑。

太阳已经中天了，初秋的阳光还吐出最大的热力，逼射着这高原地带。

这段文字来自《午汲的高原》。悲壮的战争场面和美丽的山川风光，诗情画意的笔致，显示出碧野不同于同时代作家的独特之处。

骆宾基(1917—1994)也是抗战时期非常引人注目的报告文学作家。和碧野的经历类似，1936 年骆宾基因为日语教员的告密从哈尔滨流亡到上海。抗战爆发后他在茅盾主编的抗日杂志《呐喊》上发表了报告文学作品《大上海的一日》。骆宾基的报告文学作品以表现上海军民抗战的不屈精神和战争中人民的悲惨而为人瞩目。其中《救护车里的血》、《“我有右胳膊就行”》、《在夜的交通线上》、《难民船》、《拿枪去》、《大上海的一日》、《一星期零一天》7 篇于 1938 年由文化生活出版社合辑为《大上海的一日》出版；1939 年烽火出版社出版骆宾基另一部报告文学集《夏忙》。《东战场别动队》也是骆宾基此时创作的报告文学作品，不过后来被作者收入小说选。这篇报告文学以作者自身的经历为原型，讲述了战场中的世象百态，也很能体现骆宾基的报告文学特色。

骆宾基的写作以情绪见长。比如《“我有右胳膊就行”》说的就是一个左臂负伤的士兵用右胳膊给左胳膊报仇的故事。“只要留着右胳膊就行”这句话不断在文中出现。士兵最后不待伤势痊愈就吊着左臂上前线。《救护车里的血》中的小珍被不断的鲜血所激怒，发出吼叫：“我要到前线去，我要到前线去！我不愿再看这些野兽所造成的惨剧，我要到前线去讨这笔血债！……”茅盾称赞骆宾基的创作是“用血用怒火写成的作品”①，确实是指出了骆宾基报告文学的特点。

曹白的报告文学在题材方面相对较为特别，他以报道抗战时期难民的生活为人所瞩目。曹白(1909—2007)，原名刘平若，1909年出生。他的第一篇报告文学《坐牢略记》是在鲁迅的鼓励之下而写出的，而且写的就是自己狱中的生活情况。1937年曹白参加了上海难民收容所的救济工作。他把在难民收容所的所见所闻详细地记录了下来，写了报告文学《这里，生命也在呼吸……》、《受难的人们》、《杨可中》等，并先后在《七月》、《时事丛刊》、《文汇报·世纪风》等杂志上发表，1941年由海燕书店结集为《呼吸》一书出版。1938年曹白奔赴抗日游击区，写出了一系列关于抗日游击战争的报告文学作品，包括《富曼河的黄昏》、《访江南义勇军第三路》等等。

曹白的报告文学作品最鲜明的特色就是对人物的刻画。正如胡风指出的，在曹白的作品中，“在这里，我们看到了中国的小民们在怎样地身受着历史底黑暗和敌人的残暴。在怎样底觉醒和奋起，我们也看到了作者以及和他同样的战斗者们底真诚的悲喜和献身的意志。”②和丘东平对战场英雄灵魂的刻画不同，曹白笔下的都是往来于前线与后方之间的小人物：他们的苦难与斗争，他们的愤懑与无力。《受难的人们》描写的是在上司无耻争夺之下“在死神的黑影下面”的难民，《杨可中》描写了一个“报国无门”的青年的时代悲剧。《这里，生命也在呼吸……》描写的是逃难中的“围绕在我身边的四百多条生命的强烈的呼吸”。这些都是生活中渺小、懦弱的平凡人，在战争中惶惶度日。这群人可以说是曹白对于时代的贡献。

田涛(1915—2002)，原名田德裕。抗战爆发不久他就参加了冀察游击队，先后出版有报告文学集《黄河北岸》、《战地间集》、《大别山荒僻的一

---

① 茅盾：《“大上海的一日”》，载《文艺阵地》1938年第1卷第9期。

② 胡风：《〈呼吸新序〉》，湖北人民出版社，1999年版，第156页。

角》等。其中最引人注目的是由上海杂志公司1938年出版的《黄河北岸》一书。这部作品描写的是几个沦陷区的青年，从北平南下，之后参加孙殿英的游击队，做抗日方面的宣传工作，历经战乱后到达万山丛中的涉县。作者以这几个爱国青年的行程为线索，描写了他们一路所看到、所经历的抗战中存在的方方面面的问题。“好处是它画出了战区生活的主要面目，提供了不少素材和耐人寻味的问题，缺点是‘印象’多于‘观察’。”①

① 茅盾：《“黄河北岸”》，载《文艺阵地》1938年第1卷第11期。

第四节　丁玲、沙汀、周而复等作家的报告文学

抗日战争爆发后，延安成为抗日的圣地，许多作家满怀抗日的激情奔赴延安，有的投笔从戎，有的用自己手中的笔记录下了延安火热的生活，记录下了共产党高级将领的风采，也记录了真实的战争场景。其中，丁玲、沙汀、周而复、何其芳、吴伯箫、陈荒煤、黄钢创作的报告文学是当时涌现的大量抗战文学作品中的佼佼者。

丁玲（1904—1986）的主要文学成就在小说，但是在时代激烈变动的时期，她也创作了一定数量的报告文学。她较早时期被认为是报告文学作品的是《多事之秋》（发表于《北斗》1932 年第 2 卷第 1、第 3、第 4 期）。这篇作品记录了沈阳失陷后在大上海引起的社会各方面的反映，真实地描绘出当时上海社会各界的众生相。在艺术手法上，丁玲采取全场景展示的方式，人物以群体出现，这种表现方式让我们想到了她的小说《水》，作品具有很强的文学色彩。《八月生活》（发表于《今代文艺》，1936 年第 1 卷第 2 期）以“我们”作为叙事的主体，记录了印刷学徒在 8 个月中的艰难生活和他们日常的工作。作品选择的主题和《包身工》一样，都表现了社会最底层工人的苦难生活及其生存的无尊严。但是丁玲通过第一人称的叙事方式讲出来，又常带着谐谑的口吻，使读者感觉更亲切。

1936 年丁玲达到延安，在火热生活的感召下，她积极投身到革命工作中去，也开始了更多报告文学的创作。这个时期她的报告文学主要是以写人为主。同年 12 月，她写出了《彭德怀速写》。这是一篇人物速写，在短短几百字的叙述中，丁玲向我们展示了彭德怀的外貌、动作及周围人对他的感情。作为前敌副总指挥的他，“穿的是最普通的红军装束，但在灰色的布的表面上，薄薄浮着一层黄的泥灰和黑色的油，显得很旧，而且不大适宜”。他的“脸色是看不清的，因为常常有许多被寒风所摧烈的小口布满着”。在这样的外貌描写中，丁玲以她文学家的敏感捕捉到了彭德怀的眼睛和嘴巴的特色：“在这不算漂亮的脸上有两个黑的、活泼的眼珠转动，看得见有在成人脸上找不到的天真和天真的顽皮。还有一张颇大

的嘴,充分表示着顽强,这是属于革命的无产阶级的顽强的神情。”彭德怀对战士诚恳,可以和他们说笑,但是也有让人怕的时候,因为他对工作要求很严格,他的战士在战场上只要有他就不懂得害怕,“只要他下一声命令‘去死!’”,战士们“找不到一个人不高兴去迎着看不见的死而勇猛地冲上去”。对老百姓他能拥着他们的背,“揉着他们,听老百姓讲家里事”,他的“印象却永远留在那些简单的纯洁的脑子中”。丁玲以第三人称的叙事视角从正面和侧面传神地勾勒出了彭德怀这个伟大的革命者的形象,笔墨不多,但简洁流畅,给人留下的印象深刻。

1937年,丁玲创作了另外一篇著名的报告文学《一颗未出膛的枪弹》,以一个小红军战士在敌人面前毫不畏惧,勇于牺牲的故事表现了革命军人视死如归的豪情。1942年,延安文艺座谈会以后,丁玲在毛泽东《在延安文艺座谈会上的讲话》的指导下更有意识地进行报告文学创作,写出了一批歌颂新人新事的作品,结集为《陕北风光》。其中有反映解放区轰轰烈烈的大生产运动的《三日杂记》、《记砖窑湾骡马大会》,有记叙转业到生产战线上的军队干部《袁广发》,有描绘神出鬼没威震敌胆的战士的《十八个》、《二十把板斧》等作品。其中写得比较出色并受到毛泽东肯定和鼓励的作品是《田保霖》。这篇作品创作于1944年,从田保霖被选为参议员写起,采取了倒叙的手法,之后引出田保霖早年生活的记录。虽然田保霖不明白为什么会有一千人拥护他做参议员,但是经过一段时间的工作,他明白了共产党“活着不为别的,就只盘算如何把老百姓的生活搞好”。在他的运筹帷幄下,靖边的合作社办得红红火火,他还办了油坊,想办法让大家学习织布,办义仓,请医生抵制神巫。在一步步的工作中,田保霖的“眼界也就更要宽广,他一定会更坚定,更耐烦,做更多的事而为人民所拥护”。在这篇报告文学中,丁玲重点记录了田保霖成为公家人以后所做的工作和取得的成绩,在其中穿插田保霖内心的想法,为读者展示了一个朴实,不善言语而事业有成,不断进步的人物形象,并从人物的发展历程中总结出“要好名声只有一条路,替老百姓办好事”这样一条道理,使得文章具有了深刻的教育意义。

1944年,为了纪念抗战爆发7周年,丁玲创作了长篇报告文学《一二九师与晋冀鲁豫边区》,真实地记录了一二九师为开辟晋冀鲁豫边区所走过的艰苦卓绝的斗争历程。综观丁玲的报告文学创作,可以看到她追求的是真实,只有亲身经历过的,亲自感受过的写得才有文采,而且她的报告文学的文学性体现得很明显,常常运用多种手法对人物、事件进行立体的展示,显示了一个文学家的创作根基。

沙汀(1904—1992),原名杨朝熙,四川安县人。30年代初开始文学创作,并加入"左联",1938年与何其芳、卞之琳等人奔赴延安,任鲁迅艺术学院文学系代主任,同年11月随贺龙同志去晋西北和冀中一带体验生活,写出著名的《随军散记》、《奇异的旅程》。

沙汀的《随军散记——我所见之一个民族战士的素描——他在前线的生活,他的经历和他的故事》,曾以《我所见之贺龙将军》、《记贺龙》为书名多次出版单行本,一直畅销不衰。这部作品详细地记述了作家与贺龙相处一段时间的经历。沙汀通过对贺龙日常生活中言谈举止的描写,生动地表现了贺龙的高尚品质和热情豪放、阔大不羁的性格特征,成功地塑造了一个可亲、可敬、可爱的无产阶级革命家的形象。作者对贺龙的描写以真实为标准。他没有从军队高级将领的角度来描写贺龙,而更多的是从一个生活在现实生活中的普通人的角度来运用笔墨。在揭示贺龙的精神境界时,作者还善于在特定的情境中从人物的言谈举止上准确地把握和表现出人物思想感情的变化。有一次,贺龙忽然一连两天变得困顿而沉默,心不在焉,吃不下饭。原来两天前他在卫生处看到白求恩大夫为伤员动大手术,伤员们在手术中被割断脚或手的惨痛情景强烈地触动了他。他说:"脚呀,手呀,堆了一大堆。同志!这就是我们共产党的肉,共产党的血呢。"书中这类具有鲜明特色的典型事例和生动细节时时可见。正因为如此,出现在读者面前的贺龙,是一个活生生的血肉丰满的人,一个形神兼备的"这一个"。这部作品在报告文学描绘老一辈无产阶级革命家上取得的成功经验,对后来同类题材的创作具有一定的借鉴意义。

周而复(1914—2004),原名周祖武,原籍安徽旌德县,出生于南京一个小职员家庭。1933年进入上海光华大学英文系学习,开始写诗和小说。他的第一篇报告文学是《在深林一样的马路上》,收在茅盾主编的《中国的一日》中。周而复真正自觉开始大量写作报告文学是在1939年。这一年秋天，他参加了十八集团军总政治部文艺小组，到达晋察冀抗日民主根据地体验生活。边区人民和子弟兵在生死存亡的激烈斗争中表现出来的惊天动地的英雄事迹，深深地震动着他。

周而复在晋察冀度过了三年的战地生活，在1942年冬返回延安。为了纪念白求恩这位国际共产主义战士逝世5周年，他创作了著名的《诺尔曼·白求恩片断》。这部作品记录下了白求恩在中国工作直至最后奉献出生命的事迹。作品采取横截面的写法，截取了白求恩大夫的几个工作和生活片断，为读者展示了这位伟大的无产阶级战士的风采和精神。中国的晋察冀边区的医疗事业，条件恶劣甚至医护都处于缺乏的状况。白求恩一来到这里，就顾不上两个多月长途行军的劳累，马上投入工作。他认为："一个医生，一个看护，一个事务员的责任是什么呢？只有一个责任。那责任是什么？那责任就是使你的病人快乐，帮助他恢复健康，恢复力量。你必须看到他们每一个人，都是你的兄弟，你的父亲——因为就真理说，是的，他们比兄弟父亲还要亲切些，——他是你的同志。在一切的事情当中，要把他放在最前头……"为了第一时间救治伤员，他不吃不喝不睡，而伤员只要知道是白求恩大夫给他们做手术，就非常安然，就连战场上的士兵知道白求恩大夫在后方医院坐镇，也完全不怕受伤，更勇敢地和敌人拼杀。白求恩不顾虑身体虚弱给战士输血。他坚持吃素菜，并且把自己从加拿大带来的营养品都给了伤员。他的服务对象不仅是士兵，还有边区的老百姓。每一次，他都尽可能让手术室贴近战场，常常在枪炮声的轰鸣中做手术。在抢做手术时他被细菌感染，终致病情恶化。临终前他对翻译说："努力吧！向着伟大的路，开辟前面的事业！"这篇作品写得很朴素，没有白求恩的光辉语录，只是他日常生活、日常语言的忠实记录，但是在细致的描述中我们能够感受到白求恩伟大的精神，能够感受到其中震撼人心的力量。

1944年冬天，周而复去重庆担任中央机关杂志《群众》半月刊编辑，为《新华日报》等报刊写了关于晋察冀边区战斗生活的报告文学，汇编为《晋察冀行进》(1946)。这部作品从各个方面展示了解放区的崭新面貌，其中比较有代表性的是一篇记述晋察冀边区司令员聂荣臻将军的《聂荣臻将军》。这篇作品从将军的外表切入，指出聂荣臻将军给人的表面印象是“一个谨严、寡言笑、没有感情的人，甚至使人觉得不容易接近他”，但是他有自己的处事方式，有军人的干练认真的气质，使人完全可以信任他。这篇作品还记录了流传甚广的将军救两位日本孤女的故事。在抗日战争胜利以后，周而复作为新华社和《新华日报》的特派员随周恩来、马歇尔、张治中三人小组赴各地工作，写了《随马歇尔、张治中、周恩来三将军巡视华北记》、《月亮上升的时候》、《松花江上的风云》和报告文学集《东北横断面》。这些作品从深度和广度上都真实地反映了一个时代的历史面貌：揭示了国民党假谈判的真相及国民党反动派给人民带来的深重灾难；描绘了解放区的朝气蓬勃的新生活，透露了新时代的曙光；歌颂了人民军队的顽强精神。

周而复的报告文学是伴随着时代而创作并不断成熟的。他善于从片断入手表现人物，选择一些典型细节来刻画性格，运用对比和衬托的手法，把历史和现实、光明和黑暗联系起来，增强了作品的说服力和感染力，具有很强的文学性。

何其芳(1912—1977)于 1938 年到延安参加革命，在鲁迅艺术学院任教。1939 年随贺龙部队在晋西北、冀中抗日根据地生活过一段时间，7 月回延安鲁迅艺术学院任文学系主任。1942 年参加延安文艺座谈会以后思想发生了很大变化。1944 年到 1947 年间，他两次被中央派往重庆，在周恩来的直接领导下从事宣传共产党的路线、方针、政策的工作。解放战争时期，他在中央工委工作，1948 年任朱德的秘书。

《我歌唱延安》是何其芳达到延安两个月以后写出的真挚讴歌延安解放区的作品。他写了延安的开放包容、生活的紧张快乐、领袖的朴素平易和幽默客气。在这里，作家找到了自己的精神家园。“仿佛我曾常常想象一个好的社会，好的地方，而现在我就像生活在我的那种想象里了。”①在写出《我歌唱延安》的第二天，何其芳加入了中国共产党，和沙汀一起带着

① 何其芳：《我歌唱延安》，见《何其芳文集》第 2 卷，人民文学出版社，1982 年版，第 178 页。

一批鲁艺的学生,跟随贺龙的部队奔赴晋西北和冀中抗日根据地。期间他写了《日本人的悲剧》、《一个太原小学生》、《七一五团在大青山》、《老百姓和军队》等几篇报告文学,通过暴露敌人的无耻行径和歌颂解放区军民的感人事迹,真实记录了这段经历。《日本人的悲剧》通过暴露日本士兵的惨无人道与刑法严酷造成了对自我的怀疑、感伤与懦弱,从而证明严酷的刑法、屠杀与欺骗,都不能挽救日本人的悲剧。《七一五团在大青山》通过叙述七一五团不畏艰难,发动群众,建立了大青山抗日根据地,使"荒凉的山群和散漫的落后人民怎样能结合成了一个坚硬的堡垒",赞美了人民军队强大的战斗力和严明的纪律。

1942 年,《在延安文艺座谈会上的讲话》一文给何其芳带来了巨大的震动。他开始反思自己。在理论文章《报告文学纵横谈》中,他强调要写好报告文学就要"深入一种新的生活,工农兵的生活,战斗的集体的生活","全心全身到战争中去,到士兵中去,到老百姓中去",报告文学要"以内容取胜",要"中国化、大众化"。本着这样的创作原则,何其芳在 1945 年写作了《记贺龙将军》,热情赞扬了贺龙直爽豪迈、诙谐的性格和乐观精神及高尚品德,认为贺龙对文艺工作者的批评是"代表了无产阶级和它的军队来向我们文艺工作者提出要求,来对我们这些小资产阶级出身的知识分子提出抗议"。这篇作品体现了何其芳风格的转变:由《画梦录》时期的追求纤巧和精致转变为清新、自然和平易,语言也追求明白晓畅。《记王震将军》则通过记叙王震的一系列事迹赞颂了王震思想敏锐、爱憎分明、实事求是、体贴下情、热情坦诚、果断细致的好品格。《朱总司令的话》通过记录自己亲耳听到朱德在延安文艺座谈会上的简短讲话,"感到他的人格和思想的光辉","得到重要的启发","一下子打破了我自己那种可羞的,不必要的,知识分子的自尊心理,喜欢粉饰自己的心理",歌颂了朱德的政治远见和深刻思想。

从何其芳的报告文学创作经历可以看出,他的作品中的抒情成分逐渐减少,政治热情与思辨色彩不断加强;题材上从先前的侧重于表现自我的感受转到歌颂延安、讴歌革命将领、讴歌工农兵;在艺术表现上放弃了先前的精致与意境营造,而追求用朴素的形式表现光明的新世界。他的报告文学体现了何其芳抛弃旧思想和旧风格的努力。

吴伯箫(1906—1982)1938 年到延安,进入抗大学习,曾任陕甘宁边区文化协会秘书长、教育厅长,1942 年参加延安文艺座谈会,抗战胜利后任华北联合大学中文系副主任。

1938 年冬,吴伯箫参加抗战文艺工作组随军到晋东南前线过了 6 个月的战地生活。他常常是在行军时构思,在宿营时写作,作品收集在《潞安风物》(1947)中。1947 年东北书店出版了吴伯箫的代表作品《黑红点》,集中包括 11 篇作品。《黑红点》记叙了冀南敌占区人民对敌斗争的一种方式。他们用黑红点来记录汉奸伪军的行为,这种方式体现出人民战争的威力。《战斗的丰饶的南泥湾》描写八路军战士响应党中央号召,生产和战斗相结合,把荒山变成"米粮川"的奇迹。"淳朴的农家,家家呈现着一种安乐气象:妇孺老人吃得红红的面容,透露着饱暖健康的颜色;村边散放着牛羊,屋顶窑前堆满了鲜红的辣椒,金黄的包谷,硕大的南瓜。"这些都是广大军民征服大自然,改造大自然的收获。作品最后深刻地写道:南泥湾道路"是革命军队自己动手开辟的路,是走向崭新的幸福的社会的路"。

吴伯箫的报告文学篇幅不长,但是选材突出,结构紧凑,善于用抒情的笔法来记人记事,文字朴素,感情真挚。

黄钢(1917—1993),湖北武昌人。1938 年考入鲁迅艺术学院文学系。他积极接受马克思列宁主义、毛泽东思想的教育。在学习期间,深受国际著名特写记者基希报道抗战前旧中国实况的报告文学集《秘密的中国》的影响,自觉地拿起笔,开始报告文学的创作。

《开麦拉之前的汪精卫》(发表于《文艺战线》1939 年第 1 卷第 4 号)是黄钢到达延安后创作的一篇颇有影响的作品。这部作品"自然运用了一些电影的方式去表达它的内容"①。作品最突出的表现是将观照对象镜头化。作品开篇推出的便是镜头:"我决定在这时启用我的开麦拉了,

① 黄钢:《我是怎样写作报告文学的》,见《时代的脉搏在跳动》,长江文艺出版社,1980 年版,第 565 页。

便将光圈和尺度的位置拨好，拨动了发条的开闭塞。”“这第一个镜头的内容：扬子江与嘉陵江的汇流处，缓缓向重庆驶近的永绥兵舰——远景。”接着作品推出“一个中景：（人物走向镜头）汪精卫先生有优雅的步伐和优雅的、微向右倾的肩膀。曾秘书挟着汪先生的黄色公文包，和类似救命圈的橡皮物件，尾随着”。继而是一组特写镜头：“这我才知道，汪先生是一名老练的演员，为了来日在银幕上的他能够给予无数的观客以良好的印象，聪明的政治家，是不惜在一只陌生的开麦拉之前拿出他的和蔼的。”作品采用不同的镜头，将人物充分暴露在冷冰冰的摄像机面前，从而在真切展示人物外在言行神态的同时，深刻地透视出汪精卫伪善、虚弱、无耻的灵魂。

1939 年 3 月，黄钢参加了“鲁迅艺术学院战地文工团”奔赴晋东南敌后战场，亲自参加了八路军一二九师和一一五师部队的艰难的战斗生活。在将近一年的体验中，黄钢收集了大量生动具体的写作素材，创作了连续的作品《我看见了八路军》（发表于《中国文化》1940 年第 2 卷第 3、4 期）。作品包括 10 节，既写了八路军的高级领导，又写了部队中不断成长的战士和火热的战斗生活。其中，开篇的视角是独特的，场景是正在比赛的热闹的篮球场。一位“老年汉”——朱德总司令虽然对打球满怀着“希望与期待”，但由于规则的变动，他不得不被排除在运动者的队伍之外。这样的镜头，以小见大反映出八路军在生活中人人平等的官兵关系。

1942 年，黄钢调入《解放日报》开始专业记者的写作道路。这个时期他写了《挽歌唱起来吧》，作品再现了中共湘鄂西特委负责人何彬的战斗生活和威武不屈的精神。《平静早已过去了》和《皆大欢喜》等作品则表现了延安文艺座谈会以后文艺工作者走和群众相结合道路的喜人进步。到了解放战争时期，黄钢还创作了《东北战场上的一盘棋局》和《决裂》等作品，从形象的记述中揭示了历史发展的必然。

黄钢的报告文学能够紧随时代的发展，记录下时代的脉搏。他善于从小处入手反映重大的社会问题，揭示人物的内心奥秘，而且在结构组织和选取角度方面有自己的特色，很多作品都产生了深广的社会影响。

陈荒煤（1913—1996），原名陈光美，湖北襄阳人，1927 年加入中国共产主义青年团,1932 年参加武汉左翼戏剧家联盟和反帝文化总同盟,并于同年加入中国共产党。1938 年到延安,在鲁迅艺术学院文学系任教。新中国成立后,他长期在文化、电影、文学等部门和学术团体担任领导工作,为新中国文化事业的发展作出了很大贡献。

陈荒煤在抗日战争之前就创作了一些报告文学作品,其中代表性的作品有《记十二月二十四日南京路》和《十二月二十四日续记》。《记十二月二十四日南京路》发表于《海燕》1936 年第 1 期,文章以"我"的眼睛来看当天发生在南京路上的群众示威游行,显示了参与者的一种执著不息的精神。《十二月二十四日续记》接着写群众的继续游行,"我"成为游行队伍中的一员,各种各样的人加入到行列中,为了共同的目标所有人都挽着手。陈荒煤作为一个在场者,他能够把握报告文学的特质——真实,在这样一场有些混乱的游行中,有不同的势力,不同的队伍,不同的想法,在游行的过程中也起着纷争。从两篇文章来看,前一篇体现的是一种统一性,更多场面的整体描写;而后一篇则由于"我"进入了队伍,成为亲历者,所以对队伍内部的情况了解得更清楚,是真实的情景再现。由于是对大的场景的描写,所以作家的文笔有些粗糙也是在所难免的。

1938 年,陈荒煤到延安鲁迅艺术学院任教。1939 年他带领鲁迅艺术学院文工团赴太行山八路军总部采访。在大约一年的时间里,他接受了革命的洗礼和锻炼,此后写了十多篇报告文学,结集为《新的一代》(上海海燕出版社,1950 年)。

其中《刘伯承将军会见记》、《陈赓将军印象记》、《一个厨子的出身》和《模范党员申长林》等产生了较大的反响。

《刘伯承将军会见记》在篇幅不长的人物速写中,传神地展现出刘伯承将军高瞻远瞩、知己知彼、俯瞰全局的战略家的风采,堪称不可多得的佳作。作品开篇写出了一种磅礴弥漫的战争气氛,以此烘托出战争之前的刘伯承将军"安静温雅而可亲",面对大军压境,他没有凌厉急躁,也不是胸中自有成算,而是面对着军事地图,冷静客观地分析敌情。作者没有避讳将军在战争中失去一只眼睛的生理缺陷。但就靠着一只眼睛和受损伤的胸神经,将军应付过无数艰苦的战役。在这里,将军深凹的眼睛,像断臂的维纳斯，不仅无损于将军的高尚形象，反而别有一番魅力。《陈赓将军印象记》中作者以主要篇幅写陈赓的战斗生涯。这位将军机灵理智，细心大胆，运用巧妙的战术“使庞大的铁流在自己手里操纵自如”。这位传奇式的英雄，却有着英俊、文雅、“像一个大学生”的外貌。在日常生活中，他与宣传队的红小鬼开玩笑、做游戏，与老乡闲谈，和蔼可亲。作者还在文章中穿插了敌人的日记和未发出的书信，借敌人之口来赞扬他。这样多角度，多层次的描写，使人物性格得到了多方面的开掘。同样是篇幅短小而内容丰富的精炼之作。

《模范党员申长林》是在延安文艺座谈会后所写的一篇长篇报告文学，是作者自觉地以新的形式去表现新的人民群众的努力，在他的创作中具有标志性的意义。这篇作品也是当时为数不多的“新写作作风”(毛泽东语)的名篇之一。

陈荒煤的报告文学紧紧把握时代脉搏，在社会发展的大环境中选取具有典型意义的人和事，具有很强的社会意义。他写人物，不求面面俱到，而是注重写人物的感情，揭示人物的内心世界。他常常采用对比、象征等艺术手法，创造出强烈感人的艺术效果。他把自己的喜怒哀乐与人物的情感世界融汇在一起，使作品包蕴真挚、炽热的深情，人物形象富有艺术感染力。这是他的报告文学具有感人的艺术魅力之所在。

第五节　刘白羽、华山等作家的报告文学

刘白羽(1916—2005),原名刘玉赞,北京通州人,1916年出生于一个衰落的商人家庭,早年曾在服装店和米面铺当学徒工。1931年考入北平第一中学,1932年到太行山当学兵,1934年考入北平民国学院国文系学习,1936年发表了处女作短篇小说《冰天》,从此走上文学创作道路。1937年上海文化生活出版社出版刘白羽的第一本短篇小说集《草原上》,选入了他发表的6篇短篇小说。该作品后收入巴金主编的文学丛刊。1937年抗日战争爆发,刘白羽从北平到了上海,同年冬天,随上海救亡演剧队第一队到了山西八路军总部,发表了《游击中间》和《八路军七将领》等作品。1938年春他奔赴延安,5月,受党中央派遣陪同美国总统特使卡尔逊访问华北抗日根据地。1939年春参加文艺工作团,走遍华北抗日根据地,开始撰写《朱德将军传》。1944年刘白羽被调往重庆,任《新华日报》副刊部主任,边创作边从事文艺界的统战工作。1945年到北平担任军调处执行部记者。他作为新华社总社军事特派记者,转战东北、华北、华南,先后参加了辽沈、平津和渡江等重大战役,这时期是他创作的旺盛时期,陆续出版了一系列小说和通讯报告集。1949年刘白羽被选为中华全国文学艺术工作者代表大会理事,1950年任总政治部文化部副部长。抗美援朝期间,他先后两次赴朝鲜战场采访,写了通讯报告集《朝鲜在战火中前进》、《对和平宣誓》等。1958年后刘白羽的创作开始转向抒情散文,以《日出》、《长江三日》为代表。粉碎"四人帮"后,他仍笔耕不辍,创作了《巍巍太行山》、《昆仑山的太阳》等作品,2005年8月因病去逝。

刘白羽小时候喜看形象鲜明、感情动人的文学作品,尤爱看《红楼梦》,20岁时即发表作品,早期创作以小说居多。1938年刘白羽到达延安后,深入到华北各抗日根据地。这段时间的硝烟战火给他提供了大量的素材,他写下了两本通讯报告创作集《游击中间》和《八路军七将领》,这是刘白羽通讯报告的尝试期。《游击中间》包括5篇报告文学,内容多为抗日初期游击队队员英勇抗击日寇的事迹。《八路军七将领》与王余杞合

著，刘白羽写了其中的4位将领，描绘了初见任弼时、彭德怀、彭雪枫和肖克等八路军将领时的情景。

刘白羽通讯报告创作的高峰期且取得较大成绩的还是在延安文艺座谈会之后。1943年他在《解放日报》上发表了《读毛泽东同志〈在延安文艺座谈会上的讲话〉笔记》，对自己过去的思想进行了深刻的剖析，他确认延安文艺座谈会给了他第一次文学生命。1944年刘白羽奉命到重庆，与胡绳共编《新华日报》文艺副刊。由于现实斗争的需要，他重新拾起通讯报告这个武器。正如他所说："抗日战争爆发了，我的散文变成了报告文学。这原因很简单，因为在决定中华民族生死存亡的大搏斗中，中国人民需要更直接命中敌人的投枪，更直接激发民族精神的战鼓。"①这时期他写了大量描写边区生活的作品，整理成为《新世界的面貌》，后改名《延安生活》出版。《延安生活》包括7篇通讯。在这部作品里，作者用新旧对比的方式，从各个侧面细致入微地描写边区人民的物质生活，特别是精神生活的深刻变化。作者以炽热如火的感情去观察描绘一切。如描写当乡长的青年农民贺德汉时："（延河）静静的，像历史的证人一样，它望着两边土地上的人们；在太阳光下，它闪着亮的蓝色的玻璃似的光芒。它看见：瘦小的长结实了；衰弱的长壮大了；土地培养着大量的粮食颗粒，棉花花朵；过去被埋没的而今生长起来了。贺德汉是这些人中间的一个。"作者以细腻的笔触描写了延安生活的本质变化，语言朴实无华，具有自然美的艺术魅力。

抗日战争胜利后，刘白羽作为新华社记者被派往北平军调执行部，后随"军调处东北执行小组"进入东北采访，他的职责是"突破封锁，把东北人民的声音带到世界上去"。② 历时3个月，刘白羽从沈阳南部进入东部辽吉的工矿区，而后往北直至哈尔滨，到黑龙江又经转向当时的热河，因所经路线像一个圆环，于是他把这本通讯报告集命名为《环行东北》。这是"九一八"事变后第一本报道东北的通讯报告，揭露了国民党反动派破

① 刘白羽：《形象之花是不会枯萎的》，见《红玛瑙集》，文化艺术出版社，1983年版，第1页。

② 刘白羽：《〈时代的印象〉序言》，见《时代的印象》，光华书店，1948年版，第5页。

坏和平，挑起内战，企图取代日寇统治东北的阴谋。其中《进入东北》表现的是沦陷十多年、满目创伤却仍然前途未卜的沈阳。开篇便定下全文的基调："虽说冰雪正在悄悄溶化，但本地人说：沈阳是没有春天的。"作者描写了沈阳的失业问题和恐怖的现状。东北蒋军谎说东北没有中共武装，内战的阴影笼罩在东北人民头上。《英雄的四平街保卫战》冲破迷烟瘴雾，报道了东北人民英勇斗争的真实情况，打破了国民党编织的谎言和骗局。文中写道："为了完成他们(国民党)在东北树立独裁统治，必将从军事上有新的布置，打内战，打东北人民，而愈是如此，他们将愈失尽东北人心。"抗战胜利后，东北人民反对国民党的独裁统治，支持八路军抗击国民党。由于《环行东北》详细报道了沦陷多年、与内地隔绝的东北地区的真实情况，在国内外引起了广泛的关注。

国共和平谈判破裂后，刘白羽再次以随军记者身份进入东北。将一个连队为基点，参与部队的行军、战斗，和战士打成一片。刘白羽经历了从松花江到长江的几乎所有的解放战争的战役，这样宝贵的生活经历，为他的文学创作打下了坚实的基础。这时期，刘白羽除了小说创作外，将大部分的精力投入到通讯报告的写作之中。这是他创作的鼎盛期，陆续出版的通讯报告集有：《血肉相联》、《人民与战争》、《英雄的记录》、《时代的印象》、《光明照耀着沈阳》和《历史的暴风雨》等。后来作者把其中的主要作品"重新选择、编排、整理"成为《为祖国而战》(1953)一书，作为在"解放战争年代一个比较完整的通讯文集"。[①] 这些作品详细描述了解放战争的光辉历程，是"历史暴风雨"的真实反映。

刘白羽解放战争时期的通讯报告具有强烈的时代感。他曾说："一个记者，如果不把自己的感情、自己的血肉、自己的深深的爱，渗透到那创造新世界的火热斗争中去，你就不能蘸着生命的汁液来描画那美丽的黎明……一个记者必须负担起对人民、对社会、对时代的责任，这是光荣的责任，这是神圣的责任。"[②]《为祖国而战》中，美国支持蒋介石打内战，然

① 刘白羽：《〈为祖国而战〉序》，见《为祖国而战》，新文艺出版社，1953年版，第4页。
② 刘白羽：《我的记者生涯》，见《新华社回忆录(二)》，新华出版社，1991年版，第113页。

而情况却是："在抗日战争时期，我穿过日本大衣，而今天呢？我睡在美国鸭绒被里。抗日战争中一批批日本武器装备了我们，今天是一批批美国武器装备了我们。"战争是残酷的，但"人民不是弱者"，为了解放和民主，"祖国是不会被谁毁坏的，胜利是为祖国而战的人们的"。《光明照耀着沈阳》写在解放沈阳的战役中蒋介石军队兵败如山倒："蒋介石专制王朝的整个生命线，在 11 月 2 日被突破了，而且，这种决口将是无法收拾的。蒋介石一周以前还三到沈阳，救锦州，救瘳兵团，救沈阳，可是人民胜利高潮怒卷而来，这一中外驰名最后解放东北的一战，留给蒋介石三个纪录：锦州是 31 小时，长春紧跟着赶上来，打虎山，国民党的 12 个美械师的覆没也不过两天一夜，优胜者是人民解放军。在这一连串纪录之后，沈阳的解放就是东北战争的煞尾。"刘白羽以诗人的豪情描述历史大进军的胜利进程，给人以强烈的时代气息。这与作者的信条"一个报告文学作家应该是一个最富有时代感的人"①是一致的。

刘白羽解放战争后期的通讯报告充满强烈的抒情意味。作家善于撷取时代的重大题材，表现暴风雨中的战斗群像，艺术地再现中国革命的历史进程。《人民历史新的一页》(后更名为《记北京的胜利日》)写北平解放时市民欢迎解放军入城的情景，老人、小孩和青年们都唱歌，狂欢，整个北平是一片欢乐的海洋。在庄严的检阅式上，作者从一张照片里看到了"强大人民武装力量的缩影"，同时也看到了"强大中国民主阵容的缩影"。《横断中原》以日记体的形式写了国民党拒绝和平签字后，我人民解放军从平津南下，横扫中原："伟大历史新的一幕正在展开，灿烂的光芒照射着人们的前行的道路。"《火炬映红了长江》报道的是武汉人民欢庆解放的盛况，欢快的火炬把浩瀚的长江映成一片通红，"从黑龙江到长江，辽阔的祖国土地都变成了光芒万丈的人民国土时，这欢腾，这热烈，才是不同于以往的任何历史时代的"。文章内涵丰富，令人回味无穷。

刘白羽的通讯报告注重对事实进行冷静透彻的分析，议论精辟，具有强烈的政论色彩。作品无论是写人还是叙事，抒情或是议论，都表现出一

① 刘白羽：《再论报告文学》，见《早晨的太阳》，作家出版社，1959 年版，第 1 页。

种深入透里的观察力和政论家的风度。这一方面与作者的思想深度有关，另一方面也与具体的生活材料的掌握息息相关。《人民与战争》中没有正面描写战争，而是运用大量生动的形象材料，写东北人民自发救护伤员，儿童团员晚上也不合眼，为战士送衣送饭，有力说明了民心向背决定战争的胜负，论述了群众为何支持解放军的道理。他的通讯报告别具特色，豪放深沉，格调高昂，为历史提供了珍贵的资料，有着重要的史料价值。在写作过程中，他也非常善于运用历史资料作背景，以深化主题，强化作品的历史厚重感。总之，刘白羽是中国现代文学史上运用通讯报告反映历史进程的重要作家之一。

华山(1920—1985)，曾用名杨华宁，笔名伯韦、未央、肖杨等，1920 年生于广西龙州。1936 年读中学时参加中华民族解放先锋队，1938 年到陕北安吴堡西北青年训练班学习，同年转入鲁迅艺术学院，加入鲁迅木刻工作团。1939 年调往太行山区抗日根据地《新华日报》华北版工作，先做木刻插图，后改做文字报道，开始从事通讯报告的写作。作品有《窑洞阵地战》和《碉堡线上》等，写的都是敌后抗日游击队英勇斗争的事迹。1944 年回到延安，任军委总政治部宣传部干事。解放战争期间，华山任《东北日报》和新华社特派记者，主要进行战地报道，作品描绘了东北人民解放战争的胜利历程。这时期的作品大都收入《光荣属于战士》(1947)、《踏破辽河千里雪》(1949)和新中国成立后重新整理出版的《远航集》(1962)第二辑中。新中国成立后任新华社总社特派记者，并到朝鲜战争前线采访。1957 年调入全国作协，1980 年任《人民日报》记者，兼《报告文学丛书》主编。1985 年 9 月病逝于广州。

华山在抗日战争时期的通讯报告不是太多，《窑洞阵地战》和《碉堡线上》是著名的两篇。《窑洞阵地战》是对太行山武乡地区敌后抗日武装开展窑洞阵地战的全面综合性报道，作品以简洁的文字，记述了这个地区人民利用窑洞打击日寇的过程。这种窑洞具有“找不到”、“进不去”和“闷不死”的特点，此外里面还有“三关”和“三弯”。他们在党的领导下组织起来，挖出了各种“保险窑”，组织民兵开展斗争，有效地打击敌人。作者敢于从实际出发，如实地反映了人民群众在斗争挫折和血的教训中成长起来的过程。

华山在解放战争时期的通讯报告集主要有《光荣属于战士》和《踏破辽河千里雪》。《光荣属于战士》中很多作品直接描写战斗,《英雄马连长和他的警卫连》、《董庆友打地堡》、《爆炸英雄任子厚》、《刘家胜怎样打地堡》和《再打仗我就有底啦》都是描写战斗中的英雄(这些文章在新中国成立后《远航集》里合成一篇《勇士们》);也有侧面描写民主联军和群众及国民党腐败的作品,《横跨饮马河》中描写国民党征兵,从18岁到45岁,比伪满洲国还要厉害。《踏破辽河千里雪》描绘的是解放战争中一幅幅激烈的战斗场面,以及群众对共产党的支持和拥护。《承德撤退》中"内战的乌云遮断了晴空",我军暂时撤离承德,但"我们还要回来的",这是所有人的共同心声。我军撤离后,承德农民离开土地,活跃在四乡打游击;工人把铁路破坏了,被称为"破路队";知识分子随同解放军撤退到农村。这一切都无言地说明"我们还要回来的",有力地说明了人心向背是战争胜负的决定力量。作品写道:"问题不在于我们能不能回承德,而是我们要不要回承德,有没有决心回承德。更重要的是,千百万农民让不让国民党在人民头上建立'二满洲'。今天我们下乡,就是把广大农民发动起来。有了知识分子和工农群众的结合,我们就有战胜一切的力量,即使反动派暂时占领了承德,我们一定有力量把它拿回来! 承德永远是属于人民的!"《总崩溃》写的是东北我军全线出击,蒋军闻风而逃。《英雄的十月》写解放战争前夕,人民解放军锦州一战,切断敌人的后路。文中一个通讯员伏到路边河岸喝水,回来对指导员悄悄说"这河水,有股关里味道",暗示全国解放指日可待。

华山善于把握时代精神,对胜利充满信心,因而他的通讯报告有很强的气势。正如马铁丁所说:"看了华山的文章,就仿佛看到他手从空劈下来在讲话。那语言常常是急促的、叮当响的。"[①]《英雄的十月》以欢快的话语叙述东北解放前夕,解放军追击蒋军,"整整半个月,满载人马的进军列车疾飞而下,而车窗外面,原野上依然尘土飞扬,马达轰响,伪装着绿丛

① 马铁丁:《远航集》,中国青年出版社,1960年版,第1页。

的炮车活像一行行飞跑着的林荫，从步兵纵队旁边掠过。在大凌河边，这辽锦州北面的天然屏障，耀眼的灯炬如同夜市的大街，望不到头，亮彻了原野。躲在义县城里的敌人，隔河听着惊心动魄的机械吼声，连风沙里的汽油味也闻到了”。作者对行军途中的艰辛，战斗的惨烈，都以一种轻松的笔调展现，处处表现出革命乐观主义精神。

曾克(1917—2009)，是20世纪中国文学史上与谢冰莹、茹志鹃、菡子、刘真等人一样具有战士和作家双重身份的女性。曾克的报告文学作品“充满了为民族自由解放而战斗者的奋发而愉快的面影”①。

曾克原名曾佩兰，曾用笔名田木恋、海牟、一可等。1917年4月生于河南太康县一个知识分子家庭，在开封第五小学和第一小学读完小学，1929年至1936年她又在著名的开封私立北仓女子中学读书，其间因参加“一二·九”抗日爱国学生运动，被学校当局勒令退学。1937年考入上海大夏大学教育先修班，同年“八一三”上海抗日战事爆发后，她参加了大夏大学地下党组织的“大世界难民收容所”的服务工作。不久她回到河南大学借读，同大夏大学的同学柯岗和黎辛创办救亡刊物《争存》半月刊。1938年，曾克来到武汉。她的处女作散文《战斗的心曲》发表在武汉《大公报》副刊《战线》上，接着出版中篇报告文学《在汤阴火线》。1939年曾克到达重庆，参加全国文艺界抗敌协会。1940年冬，她奔赴延安，在延安文艺界抗敌协会从事专业创作。1947年春，曾克正式参加野战军，在野战军新华总社任随军记者，跟着刘邓大军南征北战。她先后投身淮海战役、渡江战役、解放大西南战役，亲眼目睹和参加了解放战争的全过程，成为军内外闻名遐迩的战士作家。1949年9月，曾克被选为全国文联委员和全国文协(即中国作家协会)理事。新中国成立后，自1950年至1978年，先后担任重庆市文联副主席、云南省文联副主席等职。1978年，曾克调到北京，担任中央恢复中国文联和中国作家协会领导小组党组成员，参加中央军委组织的《刘伯承传记》编写工作，任中国作家协会的专业作家、中国延安文艺学会副会长、中国报告文学学会副会长等职。

① 茅盾：《“在汤阴火线”》，载《文艺阵地》1938年第1卷第12期。

中篇报告文学《在汤阴火线》集中描述了"捉汉奸"、"包饺子"和"美人计"三个故事。作品表现了战士和老百姓情同手足同仇敌忾的爱国精神，描写相当细腻。除夕，妇女队长赵大嫂带领全村妇女紧张地包饺子，送到战壕慰劳前方战士。当敌人进犯时，战士们嘴里的饺子还没有咽下便冲向敌人，一个小战士牺牲了，当人们把他抬回来时，发现他的口袋里还有咬过一口的饺子，这是十分感人的精彩情节。一个是妇女，一个是战士，他们，也就是全中国人民，都有一种精神，这是不可征服的伟大精神。

不久，曾克又创作了另一部七万余字的中篇报告文学《在战斗中》(1940 年连载于重庆的《妇女生活》，个别篇章刊于茅盾主编的香港《文艺阵地》)。这部纪实作品是作者跟随部队踏遍河南战区十几个县的所见所闻所思的结果，描写的对象除了抗日战士，还有普通民众，所涉及的生活面相当广泛。这部报告文学主要表现军民英勇杀敌，视死如归，把同敌人你死我活的战斗视为"闪光的梦"，愿把青春献给保卫祖国的伟大事业的抗日故事；但也写行军途中冻饿病死的尸体及战争所造成的各种惨状和凄凉，也写厌战情绪和逃跑，写充满生命意识的生与死的挣扎，也有战斗中的一些平常小事。

曾克的报告文学影响较大的是《挺进大别山》。它由新华书店于 1949 年发行，分《在大反攻浪潮里》、《离开我们的太行山》、《鲁西南人民重见太阳》、《打向蒋管区去》、《进入大别山》和《和鲁西群众共患难的半年》6 组，共 31 篇，内容大多为行军随笔。作者说："本来，这些东西，都是时间性较强的新闻，由于当时交通阻隔，发稿困难，而只将它简单随时记录下来，现在仅仅是想作为材料保存起来。"作品中作者很少正面描写战斗场面，而所写的大多是行军过程中的记录和见闻，我们从中感受到的是战士高昂的士气、民众的苦难和群众在解放后的兴奋。《送别》中部队离开太行山，群众相送。"当汗水浸湿或血花溅透着背心的时候，这句话会给战士们以更大的勇气，永远在大家的眼前闪光：'不打倒蒋介石誓不回家！'"语气豪迈，信心坚定。

曾克善于以报告文学的形式表现战争和对新人进行刻画。在她的作品里，这些文字都与中国人民的伟大战争、劳苦大众有着血肉联系。我们既能看到那些为祖国解放英勇杀敌的无畏战士，也能看到那些支援抗战的群众。英雄人物、新人物、新生活、新气象，是她作品中的精魂，描写的细腻、对大自然的生动描画，使她作品中的人和精神有了真实的生命。茅盾评价她的选材时说“信手拈来，神韵盎然”，因为“作者是生活在部队里，在战斗中，她的脉搏是和部队和战斗相一致的”。① 但也有些许通讯报告材料过多，有提炼不足之缺憾。

刘白羽、华山和曾克的报告文学，都以报道抗日战争和解放战争而著名。刘白羽和华山的报告文学，都善于正面描写抗日战争和解放战争的历史进程，场面宏大，气势磅礴，具有强烈的时代气息；也都注重透过现象，提示事物发展的本质，具有政论色彩，但刘白羽的政论性更强，更注重在纪实的基础上进行透辟的分析；而华山的报告文学，处处表现出热烈奔放的激情，具有强烈的革命乐观主义气息。相对来说，曾克的报告文学更多表现出女性的细腻的特点，侧重于从侧面来写，文笔纤细、委婉。

① 茅盾：《读〈挺进大别山〉》，见《茅盾全集》第23卷，人民文学出版社，1996年版，第95页。

后　记

在体例上，《中国散文通史》是以文体来结构全书的，现代卷则依据叙事、抒情、议论三种成分的不同比重，把散文分为杂文、小品文、记叙抒情散文和纪实散文四类。因为篇幅较大，现代卷分作上、下两册。偏于议论的杂文、小品文放在了上册，下册则为偏于记叙、抒情的记叙抒情散文和纪实散文。“小品文”这个概念在现代有不同的用法，在本卷中是指受英、法随笔影响的夹叙夹议式的散文(familiar essay)，有人称之为“家常体”散文或“絮语”散文。本卷的一个突出的特点是把小品文与杂文、记叙抒情散文区别开来，小品文是现代散文的大宗，这种区别使我们更容易理解小品文和其他文体的不同特点，也更容易看到中国现代散文在中西文化交汇中的借鉴和创新。而在现有的几种现代散文史中，小品文是混同于杂文或记叙抒情散文的。当下对现代小品文的研究显得不足，对其与杂文、记叙抒情散文的边界也没有勘查得很清楚。这给本书的撰写带来了不便，一些小品文家是可以单独成节的，但由于我们一时抽不出时间，又找不到合适的作者，只好付诸阙如。

本卷能够顺利完成，得益于一帮朋友的“友情客串”。作者们绝大多数都供职于大学与科研单位，在现行的体制下，每个人自然都是非常忙的，朋友们的“出场”给本书增添了光彩，让我们十分感激。现按照所写文字出现的先后顺序，把参加本卷撰写的人员及所承担的部分分列如下：

上册

黄开发:绪论、第一编概述、第一编第三章第一节、第二编概述、第二编第一章、第二编第二章第一节与第四节、第二编第三章第一节

吴成年:第一编第一章

曾　锋:第一编第二章

王兆胜:第一编第三章第二节、第二编第二章第三节

姬学友:第一编第三章第三节、第二编第二章第二节与第五节

廖四平:第一编第四章与第五章

张龙福:第一编第六章

肖茂红:第一编第六章第四节关于萧乾的部分

李东芳:第一编第七章

林怡静:第二编第三章第二节、第三节与第四节

张玲玲:第二编第四章

下册

刘　勇:第三编概述、第三编第一章第三节、第三编第一章第六节、第三编第一章第九节、第三编第四章第一节、第四编第三章第一节

邹　红:第三编第一章第一节、第三编第二章第一节、

李春雨:第三编第四章第二节、第三编第五章第四节

姬学友:第四编概述、第三编第一章第二节、第三编第二章第六节、第三编第二章第七节

陈小凡:第三编第一章第四节、第三编第三章第三节

于　祎:第三编第一章第五节、第三编第二章第九节

凤　媛:第三编第一章第七节、第三编第一章第九节、第三编第四章第一节

李　蕾:第三编第三章第一节、第三编第一章第八节、第四编第二章第一节

刘　泉:第三编第二章第二节、第三编第二章第三节

杨　志:第三编第三章第二节、第三编第四章第二节、第三编第五章第六节

黄益倩:第三编第四章第四节、第四编第一章第二节、第四编第一章第三节

毛夫国:第三编第五章第一节、第三编第五章第五节、第四编概述

徐　敏:第三编第五章第二节、第四编第三章第四节

刘　艳:第三编第五章第三节

张露晨:第三编第二章第四节、第三编第二章第八节

张　弛:第三编第二章第五节、第三编第二章第十节

戴　莉:第四编第一章第一节、第四编第二章第二节、第四编第三章第三节

巩　璠:第三编第三章第四节、第四编第三章第二节

万安伦:第四编第三章第五节

黄开发　刘　勇

2011年3月2日于北京师范大学